狐王令

鋌而走險救獄，一諾生死相許

常青 著

此仇不報，我誓不為人。

殺了奸佞小人，為冤屈的忠良昭雪，

這件事我義不容辭！

龍爭虎鬥之間，奇書再掀波瀾，江湖再無平靜

暗潮洶湧的朝堂與江湖，誰能預料一場血雨腥風的浩劫？

目錄

第十三章　江湖救急

一

三日後，蕭天方醒過來。一直在屋裡照看他的小六，驚叫著跑出去。不多時屋裡聚起一群人，李漠帆坐到床前，眼含著淚說了一句：「幫主，你可醒了，真把我們急死了。」蕭天看了眼眾人，披上衣袍便下了床，他站起身時，身子不由晃了晃，他推開眾人就往隔壁跑去。

李漠帆一邊勸眾人散了，一邊吩咐小六準備飯食。這幾天李漠帆著急上火，不停地跑來跑去，人顯得異常憔悴，此時看到蕭天醒過來，氣色也好了很多，才轉憂為喜。

隔壁房間裡只有夏木姑娘在照看明箏。明箏依然氣息微弱，昏迷不醒。蕭天坐在床前為她把了脈，李漠帆講了現下的情況：已經餵下紅參丹，但是仍然不見好轉。陸續請了一批郎中，皆是信誓旦旦而來，掃興而去，最後留下一句話，還是請家眷儘早準備後事吧。

蕭天面色煞白地走出明箏房間，李漠帆急忙為他披上披風。蕭天經過這場劫難，整個人清瘦了不少，昔日臉上奕奕神采被哀傷和憂愁所遮蔽，有著與他年齡極不相稱的沉穩和成熟。他看著李漠帆憂心道：「現如今，只有一個法子了，便是發江湖帖，求高人來救治。」

「看來只有這樣了。」李漠帆點點頭，「想來咱們興龍幫這些年，在江湖上行俠仗義，贏得不少口碑，也有一些幫派欠著咱們人情，我這就回上仙閣辦理此事。」

「這幾日，趙大人可曾來上仙閣？」蕭天問道。

「幫主，我正要和你說呢。」李漠帆擔心蕭天身體，勸道，「幫主，不如回你房間，我再慢慢和你講。」

李漠帆攙住蕭天回到房間，讓他躺下，自己坐到一旁太師椅上。

「昨日，我得了信兒，差了人去東廠大牢，交了贖金，把阿福和雲給領了回來。我又派出人手去了虎口坡，幾經打探，也沒有柳眉之下落。想想我就忍不下這口氣，咱們興龍幫與白蓮會從未有過過節，與他們河水不犯井水，此番如此整治咱們，我定要向白蓮會討個說法。」

「無關白蓮會。」蕭天淡淡地說道，「是我與柳眉之的事，他嫉恨我，源於明箏。他想控制明箏，與《天門山錄》有關，此人野心勃勃，以前我一直不明白一個樂坊裡的人，緣何要弄到那本天下奇書，如今全明白了。」

「看來他一直在打明箏的主意。」李漠帆直搖頭。

「現如今盯住明箏的不只柳眉之，寧騎城肯定也在尋找她。此次能在虎口坡順利帶回明箏，估計是柳眉之也認為明箏無救了。你定要叮囑手下嚴把口風，不可再把明箏的消息洩露出去。」

「是。」李漠帆點點頭。

「還有，此次多虧了雲輕那孩子，也不知他是如何得的信兒，他又是個啞巴。你抽空去趟長春院看看他。」蕭天交代完這些，突然想到貢院會試之事，便問道，「對了，朝堂可有什麼消息？」

「這兩日還出了件大事。」李漠帆壓低聲音道，「貢院的事已鬧到朝堂，一些大臣聯合上疏，言官們更是在大殿拿出買賣的試題，皇上龍顏大怒，要求當場對質，結果派人去貢院取出封印的考題一看，分毫不差，氣得皇上將此次的主考官當堂廷杖三十，張嘯天連二十板子都沒有挨到便斷了氣，陳斌倒是挺了過來，被抬了出去。之後皇上降了道旨，陳斌發配雲貴戍邊。這件轟動京城的買賣試題案，就此便了結了。」

「什麼？」蕭天一愣，「怎麼會就此了結呢？陳斌背後的主使不是還沒有被抓住嗎？難道這次又讓王振那老賊脫身而出？」

「唉，這件大案已經蓋棺定論，誰還敢再掀波濤。會試今日便在貢院開考，這次倒是眾大臣舉薦的主考官主理，也算是那些大臣給王振一次有力的回擊，大家也算揚眉吐氣一回。趙大人來上仙閣兩次，沒有見到你，聽到你受傷，托我捎話給你，讓你安心養傷。」

這時，小六端著一碗粥走進來，李漠帆急忙接過來，把粥碗遞給蕭天道：「幫主，你幾日水米未進，先喝下這碗粥吧。我已差人給你配好了湯藥，這些日子你在這裡靜養，調養身子為重。」

「好，這裡已無須你再費心，你去把那件要事辦了。」蕭天接過粥碗道。

「幫主，按以往先例，這江湖帖發出去三日，便會傳至整個江湖，願意前來的人便會找來，」李漠帆思忖片刻道，「是安排仍然住在上仙閣，還是另尋住處？」

「你是擔心寧騎城已經盯上了上仙閣？」蕭天略一沉思道，「確實會帶來不必要的麻煩。」

「如今寧騎城掌印東廠，他手下的暗樁不計其數，當真是防不勝防，就拿這次白蓮會的堂庵被清剿來說，白蓮會那麼隱祕的地方，還是讓他們發現了，我覺得其中必有蹊蹺。」李漠帆說道。

「是呀，白蓮會與朝廷的恩怨由來已久，咱們也不得不防。」蕭天道，「這樣吧，你另尋一處客棧，先包下幾間上房，待他們來後，酌情處置。若明箏的病情稍有好轉，我便帶她回瑞鶴山莊，那裡遠離京城，適宜養傷。」

「好，就照幫主的吩咐辦理。」李漠帆說完，起身告辭。

李漠帆回到上仙閣，便找來帳房許老先生，他也是幫裡的老人。許老先生聽完大把頭要發江湖帖，便親自書寫了數份。李漠帆叫來鏢行把頭，要他們派人手速速散出去。

三日內果然有了回覆。第一個登門的是天蠶門現任掌門玄墨山人。他的名帖一遞進上仙閣，李漠帆看到大吃一驚，深感意外。天蠶門遠在楚地，他與龍幫與天蠶門素無往來呀。但是人家既是衝著江湖帖遠道而來，便要以禮相待。

李漠帆在暢和堂接見了玄墨山人，此次他只領著兩個弟子前來上仙閣。大弟子吳劍德，四十出頭，人如其名，相貌端正、穩健！另一個弟子排行最末，陳陽澤，十六七歲，機靈活潑。三人一到便受到李漠帆的熱情接待。

小廝端來果品點心，又奉上茶水。一盞茶後，玄墨山人便打開話匣：「李大把頭，老夫向你打聽一個人，貴幫可曾有一個姓蕭的把頭？」

「姓蕭？」李漠帆心裡一動，面上仍是不動聲色地問道，「玄墨掌門可是與姓蕭的有過交情？」

「不瞞大把頭，」玄墨山人說道，「上月，我在京城與東廠起衝突，撤離時被圍攻，幸遇一個江湖中人搭救，此人武功不俗，辭別時問及出處，他口稱是興龍幫之人，姓蕭。昨日我從友人處得知貴幫發出江湖救急帖，想到那日所承之恩，便急忙前來。一來老夫蒙師恩，有些獨門祕術，如能幫到貴幫，不失為善行！二來如能見到昔日恩公，也可了卻一件心事。」

「哈哈……」李漠帆興奮地笑起來。

「大把頭，你這是……」玄墨山人不解地看著李漠帆。

「玄墨掌門，你可知那日救你的姓蕭之人是什麼人？」李漠帆笑道，「他便是我興龍幫幫主，蕭天。」

「啊，」玄墨山人又驚又喜地站起身，他的兩個弟子也高興地站起來，玄墨山人點點頭，捋著鬍鬚笑道，「我與你家幫主竟如此有緣，善哉善哉呀，那此次要救治的是何人呀？」

「唉，也是幫裡之人，只是……」李漠帆便把幫主緣何散帖一一講述了一遍。

「哦，」玄墨山人聽後臉色一沉，沉吟片刻，「沒想到貴幫竟與白蓮會結下梁子，平日對白蓮會堂主也有耳聞，沒想到此人做事如此決絕。聽你描述，明箏姑娘此症候確實少見，李把頭，救人要緊，你速速帶我前去。」

李漠帆見玄墨老先生如此深明大義，十分感動，起身便拜，被玄墨山人扶住，道：「李把頭不要如此見外，我也無甚把握，只能是盡力而為。」

李漠帆迅速安排玄墨掌門兩位弟子暫且在上仙閣休息，並命人備好馬匹，與玄墨山人前往望月樓。兩人從後門直接進去，來到小院。李漠帆領著玄墨山人先來到蕭天房間，小六早已跑進去通稟。待兩人走進去，蕭天已起身，小六正幫他穿上外袍。

玄墨山人打眼一看，正是那日街上相救之人，不由朗聲大笑著抱拳一揖道：「蕭幫主，你可還記得老夫嗎？」

蕭天微笑著揖手，還了一禮道：「前輩，又見面了。」

玄墨山人眼睛打量著蕭天，臉上湧起一片陰雲，他直接走過去，一隻手抓住蕭天手腕，另一隻手搭到脈上，片刻後倒吸了一口涼氣，道：「蕭幫主，你此次傷得不輕，不可下床，老夫不是外人，不用客氣。」

蕭天深深一揖道：「前輩，我無妨，修養一陣子便好，我還要有勞前輩來看一個人。」蕭天說著，引著玄墨掌門走向隔壁房間。

夏木姑娘也得了信，早早恭迎在門邊，看見三人過來，急忙屈膝行禮。玄墨山人徑直走到床榻前，看了一眼昏迷的明箏，走上前伸手試了下鼻息，又手搭脈細診片刻，略感吃驚地看了眼蕭天道：「此症像是氣厥攻心所致，俗稱假死，一般的郎中遇到此症確實無藥可治，在我這裡卻有一劑，只是此劑十分凶險，敢問幫主，你可願冒此風險？」

蕭天額頭上冒出冷汗，他鎮定地看著玄墨山人道：「前輩，天蠶門在江湖上有醫聖的威名，我也聽聞已久，豈有不信任之理，前輩放開手腳，只管下藥吧。」

「我所說的一劑，非藥也。」玄墨山人從衣襟裡取出一個玄色布包，在床邊展開一看，裡面整整齊齊羅列著大小不一、長短不齊的幾十枚銀針。

一旁的蕭天和李漠帆皆是吃了一驚。

玄墨山人瞥了兩人一眼，便不再說話。他取出一根長針，一隻手按著明箏面門，前後摩挲兩下，便一針刺入陽白穴。一旁的蕭天身體晃了一下，被李漠帆扶住，兩人都是面色蒼白。李漠帆壓低聲音道：「幫主，咱們別在這裡添亂，我扶你回房吧。」

蕭天點點頭，兩人回到房間，坐下等待。足足等了有一炷香的工夫，玄墨山人默默走過來，兩人急忙起身，玄墨山人道：「此番要連著行針三天，這位姑娘身邊日夜要有人照看，一旦出現情況，速去通知我。」

蕭天讓小六和李漠帆去安排玄墨山人一行去客棧住下，玄墨山人便向蕭天告辭。

這日夜裡，蕭天聽到房門「啪啪」直響，立刻翻身坐起，披上外袍便去開門，看見夏木姑娘雙眼放光站在門前：「君王，明箏姑娘，她——」
蕭天不等她說完轉身便衝進隔壁房間，圓桌上的燭光很暗，他看見床榻上明箏左右翻動著身子，臉上、額頭冒出大顆的汗珠，口中還嘟嘟囔囔念叨著：「……虎……虎……來人呀……」蕭天一陣激動，看來玄墨山人的這劑猛藥下對了，明箏有了知覺。
夏木走到床前，緊張地看著明箏道：「君王，這可如何是好？」
「夏木，在外人面前你我不可暴露身分，」蕭天看了眼夏木道，「你便隨小六，也稱我幫主。」
「是，幫主。」夏木屈膝一禮道。
此時明箏突然伸出雙手在前面胡亂劃著，額頭上大汗淋漓，蕭天轉身對夏木道：「去取涼水，絞條帕子過來。」夏木應了一聲，跑出房去。蕭天抓住明箏的雙手，大聲說道：「明箏，睜開眼睛，妳快點醒過來吧。」
夏木遞給蕭天一杯清水，蕭天喝了一口，噴到明箏臉上，被冷水一激，明箏渾身一顫，緩緩睜開眼睛。蕭天急忙拿帕子擦去她臉上的水珠，明箏眼神迷離，視線從房頂緩緩移到蕭天面孔上，她直直地盯著蕭天，突然開口道：「蕭大哥，你還是原來的樣子，那我呢？我投胎成了什麼，我不要變成一頭豬……」
「姑娘怕是中魔障了，這可如何是好？」夏木在一旁驚叫道。
「夏木，你去備些粥來，這裡有我。」蕭天扭頭對夏木道。夏木應了一聲轉身出了房間。
「明箏，妳看著我。」蕭天抓住明箏的雙手，一陣興奮，經過這幾日的煎熬，總算苦盡甘來。他長這麼大，頭次嘗到萬箭穿心的痛楚，他不能想像明箏就此醒不過來會怎樣。如今看到明箏終於有了轉機，心裡不由百感交集。

「明箏，我是妳蕭大哥，我沒死，你也沒死。」蕭天大聲說著，想讓她早日從噩夢中醒來，「我被救了，妳也被救了，我們都活著。」

明箏抬起眼皮，她看著蕭天，直直地看了片刻，眼皮一合，便又昏了過去。任蕭天怎麼喚，明箏都沒有醒過來。蕭天一籌莫展，心裡七上八下一片忐忑，呆呆地守到天亮。

二

翌日，李漠帆又收到兩個回帖，一個是直隸的天龍會幫主鐵掌李蕩山，另一個是甘南七煞門掌門太乙玄人張勁之。兩人都帶著幾名弟子趕到上仙閣。

天龍會幫主李蕩山，六十出頭的樣子，面容醜陋，身形瘦高。而七煞門掌門張勁之，則是矮胖之人，面相和善。加上玄墨山人，三位老先生都相識，重聚敘舊自是一番熱鬧。

用過午飯，李漠帆便請三位老先生到望月樓面見蕭天。蕭天一看李蕩山和張勁之也來了，心裡很是感激。他與這兩派打過多次交道，興龍幫也曾幫過他們，此番他們前來多是還人情的。

蕭天把明箏的症候與兩位又說了一遍，並對玄墨山人講了昨夜的事，玄墨山人捋鬚點頭，看來心裡已有數。

三位老先生相互謙讓一番後，還是由玄墨山人先診脈，然後太乙玄人也把了次脈。太乙玄人道：「蕭幫主，此姑娘脈相虛、沉相夾，此乃憂慮傷脾，肝氣滯，血滯虧，致頭目眩暈。你今日有幸請來玄墨山人，便是請對了人，天蠶門有獨門祕方，管保此姑娘轉危為安，我們來是多此一舉呀。」蕭天聽太乙玄人如此說，心中一喜。

玄墨山人指著太乙玄人直搖頭：「你個老滑頭呀，把此等凶險之事推給我，你兩人在一旁看熱鬧。」

「能者多勞嘛。」太乙玄人笑著對蕭天道，「只管問這老漢要他獨門的丹藥。」蕭天知道兩人相熟，聽他們開著玩笑，心裡倒也跟著踏實了幾分。玄墨山人看著蕭天，知道他表面平靜心裡一定著急，便直言道：「無須憂慮，有方。」他拉蕭天到一旁道，「幫主剛才說姑娘昨夜醒過一次，我便放下心來，本來以為要行針三天，現在看來不用了，再行一次便可。我現在先給她行針，然後有一方丹藥，叫開竅丸，很對姑娘的症候。」

鐵掌李幫主笑道：「蕭幫主，有玄墨掌門在此，你便高枕無憂了。」

「不過……」玄墨山人沉吟片刻，對蕭天道，「經過此番病症，姑娘即便恢復，也已落下病根，再不可受到刺激，稍有不慎，便會誘發頭疾，萬不可大意。」

玄墨山人說完，走到床榻前，取出玄色布包準備行針。

蕭天請兩位老先生到自己房間敘話，三人圍著八仙桌坐下。李漠帆便在一旁伺候著茶水。不多時，玄墨山人從隔壁房間走過來，此次用時比昨日短。玄墨山人從隨身攜帶的包囊裡取出一個黑木匣，遞給蕭天道：「裡面有十粒丹藥，隔天隨湯藥服下，我已開了方子，你差人去抓藥吧。」

蕭天一揖到地，不勝感激地道：「前輩不辭辛勞趕來，救人於水火，請受蕭天一拜。」

「使不得。」玄墨山人朗聲一笑道，「天蠶門曾受恩於興龍幫，豈有見死不救之理。實不相瞞，老夫即使沒有見到江湖帖，也會尋上門來的，老夫此次前來是有一件大事要與眾位相談。」

蕭天和在座幾人不知緣由，便請玄墨掌門坐下慢慢道來。

玄墨山人長嘆一聲道：「蕭幫主，你還記得上次咱們遭遇之事嗎？」

「記得，當時你與幾名弟子去刺殺王振的座駕，反被暗藏的東廠高手所困。」蕭天回憶起那天的所見。

「是，幫主是只看到其一，」玄墨山人道，「年前我便率眾弟子進入京城，只為了一事。大家可還記得三年前，新冊封的錦衣衛指揮使寧騎城率一隊緹騎突襲了楚地天蠶門，大肆搜刮本門的鎮門至寶，楚王劍被奪走，並與本門有過一場廝殺。」

「我知道此事。」鐵掌李蕩山擰眉道，「我幫裡有飛鴿傳書，說貴門老掌門竟也戰死。」

「我師父他老人家，不是戰死，而是被氣死的。」玄墨山人道，「那一次損失慘重，這還不是主要的，可怕的是我祖師爺留下的獨門毒王被寧騎城奪走了。此物是祖師爺留下的，由於太毒，他從不許門裡徒兒染指，連我也只是知道有這麼個東西，對怎麼製成一無所知。」

「玄墨掌門，你所說這個獨門毒王，可是那鐵屍穿甲散？」太乙玄人顯然聽說過，雙目圓瞪，一臉驚慌地問道。

看見沉穩若仙的太乙玄人聞此物都勃然變色，那該是怎樣的毒物呀，其他人皆震驚不已，李漠帆更是湊到玄墨掌門跟前追問道：「老前輩你快說呀，到底是何毒物呀？」

「讓太乙兄言中了，正是鐵屍穿甲散。」玄墨山人滿面愁容道，「此物毒就毒在不易置人於死地，卻生生叫人求生不能，求死無望，唉！祖師爺傾盡半生研究它，卻到死才讓我知曉，死前只留下一句話，一定把此物尋回，不可流落民間。」

此言一出，滿座俱驚。

座上之人默默交換著眼色，心情複雜沉重。漫長到幾乎窒息的靜默之後，玄墨山人接著往下說道：「此毒之所以叫鐵屍穿甲散，是因為此毒絕不同於以往人們所見之毒，常見之毒皆是死物，提取植物或提取動物身上物質，加以配製，是死物總有克制的法子。」玄墨山人環視著大家，「而此毒卻是活物。」

大家皆驚出一身冷汗，眼巴巴望著玄墨掌門聽他講下去。

「此毒之所以叫鐵屍穿甲散，是因為毒中藏有一種屍蟲，服食後一無異狀，此毒蟄伏在人體兩三個月後，屍蟲便會在人體內盤活毒發，毒素穿透筋脈，穿透皮膚，在皮膚上與空氣結甲繁殖，日久人便失去人樣，如同鬼怪，生不如死。最可怕的是，一旦此毒占據人體，想要消滅卻不容易。」

這一番描述，讓在座之人無不動容，此毒之奇之陰毒，縱觀天下恐怕也只有素有醫聖之名的天蠶門才想得出。若只是他們中把玩的一種毒物，就此演練醫術，倒也無可厚非。但如今此毒落入寧騎城手中，便變成了禍端。

大家各自唏噓半天，蕭天打破沉默，問道：「前輩作何打算？」

「必奪回此物，」玄墨山人目光如炬，「豁出我的性命也要護住天蠶門的顏面，祖師爺一生救人無數，醫聖之名可不是憑空而來，此毒若是為害一方，我將無臉去見他老人家。」

「若此毒在寧騎城手裡，那麻煩便大了。」鐵掌李幫主眉頭緊皺，「如今寧騎城已今非昔比，他統領錦衣衛，又掌印東廠，從他手裡奪物，便如虎口拔牙。」

「不錯，寧騎城如今身居要職，與朝廷作對不是咱們江湖人的傳統，幾位還要三思呀。」太乙玄人緩緩說道。

「對付寧騎城，是出於私人恩怨，與官府無關。」蕭天徐徐說道，「那年寧騎城憑藉著那本天下奇書，在各地搜繳奇珍異寶，不僅使天蠶門受害，我們興龍幫也深受其害，這筆帳遲早是要算的。」

「此話有理，」鐵掌李幫主點點頭，「算我天龍會一個，我早有此想法。」李幫主雖年過半百，但豪氣不減當年。

「玄墨掌門，你所說之事晚生聽明白了，」蕭天轉向玄墨山人道，「此次你應江湖帖而來，為本幫解了燃眉之急，我蕭天無以回報，願與前輩一起，竭盡興龍幫所能幫你奪回此物。」

「好，好兄弟。」玄墨山人感慨地點點頭。

「各位前輩，此事不可魯莽，還要從長計議，」蕭天望著座上幾位，道，「此番京城裡頗不安寧，不如這樣，幾位前輩隨我到城外小蒼山瑞鶴山莊小住，一來那裡離京城只有半日路程，很是方便，二來可以避過東廠耳目，幾位前輩看如何？」

幾人均點點頭。太乙玄人雖沒有吐口要一起做，但也沒有說要離開。蕭天也不便多言，乾脆將他們一起帶到瑞鶴山莊，容他細想幾日，再做決定。

李漠帆拉著蕭天到一邊，他擔心蕭天身體禁不住路途顛簸，畢竟大病初癒。蕭天執意要去，並叮囑夏木和小六日夜守候在明箏身邊，定時服用湯藥和丹丸。交代完畢，又派人去客棧通知三位前輩的眾弟子在西直門前會合，這才動身前往瑞鶴山莊。

三

三日後，蕭天從瑞鶴山莊回到望月樓。這幾日在莊上把諸事安排妥當，由於牽掛明箏病情，不敢耽擱，便急急趕回來。

他沒有從前院進去，畢竟是青樓，魚龍混雜。他悄然從後院小門走進去，園子裡充斥著各種花香，人還未到，便聽見槐樹下有女子的說笑聲。蕭天沒有理會，悶頭往裡面走，迎面碰見夏木。夏木看見蕭天又驚又喜：「幫主，你回來了。」

「明箏怎麼樣了？」蕭天劈頭便問。

「你進來沒看見她？」夏木笑道。

蕭天一愣，這才回過頭到院子裡尋找。夏木指著槐樹道：「明箏姑娘說，她隱水姑姑最會做槐花糕了，她要做給我們吃。」蕭天驚訝地看著夏木，問道：「她竟然可以下地了？」

「哈，幫主，」夏木笑道，「不僅可以下地，還可以爬樹呢。」夏木手指槐樹道，「你看，在那上面呢。」

蕭天順著夏木的手勢望過去，只見槐樹杈上站著一個黃衣少女，手裡舉著一根長竹竿，拍打樹枝上的槐花，雪白的槐花似雪片般從樹上紛紛飄下。

蕭天撲哧笑了一聲，積鬱在心底的憂思瞬間化解開來，他按捺不住內心的喜悅，沒想到明箏恢復得如此快。但一想到玄墨山人的囑咐，生怕又出事，便著急叫了一聲：「明箏，快下來。」

明箏在樹上正玩得高興，聽見蕭天的聲音，頓時停下來。她從樹枝間看見蕭天已站在樹下，這些日子不見，他明顯消瘦了不少。這幾日她從夏木的口中，聽到很多她昏迷前後的事，聽到他從虎口脫險，而且把老虎打個半死，她的病便好了一半。又聽說他整夜守候在她身邊，還發了江湖帖請高人給她醫治，聽到這些她心裡蕩起一層層暖意，心情一好，病便去得快，再加上丹藥的藥力，幾天時間，她已經生龍活虎了。

「蕭大哥。」明箏扔下手中竹竿，樹下的小六急忙跑過來接住，明箏蹲在樹杈上準備往下跳。「不可。」蕭天見她行事還是如此莽撞，急忙上前伸手接住了她，輕輕放下。

明箏瞄了他一眼，看見他真是生氣了，忙說道：「蕭大哥，我錯了，以後再也不爬樹了。」

蕭天繃著臉，聽見明箏認錯，感到很新鮮，要是放在以前，那簡直不可能。沒想到生一場大病，倒是把性格改好了，遂放緩聲調道：「妳既已康復，這裡也不適宜久留，收拾一下，跟我離開這裡。」

「蕭大哥，前日李把頭來看我，我才得知這次多虧了雲輕，走之前，能不能讓我去見他一面，當面拜謝。」明箏眼巴巴看著蕭天，只等他首肯。

蕭天微微一笑道：「正與我不謀而合，咱們現在便去，我交些贖金要回雲輕的賣身契便是，若他願意留在這裡，讓他跟小六做個伴。」

「好呀，不如讓雲輕入了幫可好？」明箏說著，臉上飛過一片紅暈。在黃色衣衫的映襯下，明箏肌白勝雪，烏髮如墨，雙眸清波流盼，一顰一笑都靈動俏麗，從鬼門關裡過了一遭，竟如同脫胎換骨般變了個人。一時間蕭天有些神思恍惚，強作鎮定轉過身去，喊來小六。

「小六，速去找來兩套短衣，按我和明箏的尺寸。」蕭天吩咐完小六，看著明箏道：「一會兒，還是換上男裝吧，街面上有不少東廠番子，不要暴露了身分。」

明箏像洩了氣的皮球般，身子矮了下來，她低頭留戀地看看身上漂亮的衣裳，有些不捨地道：「這件衣裳是夏木姐姐的，我還是還給她吧。」

蕭天和明箏換上短衣，一個像鋪裡的大夥計，一個像跑腿的小廝。一旁的小六看著他倆嘿嘿直笑。兩人沒有騎馬，而是步行，出了望月樓的小門，拐到街上。

此時已到申時，午間歇市的鋪面又迎來客人，街上的行人也多起來，對面一群人圍著一面牆比比畫畫。明箏好奇，便走過去看。離近才發現是官府新張貼的海捕文書，上面有幾張畫像，蕭天匆匆掃了一眼，急忙從後面拉住明箏便走。

但明箏還是看到其中一張畫像是柳眉之。明箏瞬間臉色大變，積壓已久的怒氣又被撩撥了起來。她低著頭跟著蕭天走了很遠才停下來。蕭天回頭看著她，明箏紅著眼睛說道：「我與柳眉之再無任何牽連。」

蕭天點點頭，但心裡卻是想到另一件事上了，柳眉之的身分極其隱祕，是如何被官府發現的呢？

「這位小哥，嚐嚐酥糕？」一位大嬸拍著兩手麵粉過來招呼明箏。明箏看著面前新鮮出籠的酥糕，一下來了胃口。蕭天走過來給大嬸幾個銅錢，看明箏大口咬著酥糕，心裡一喜：看來她的身體確實康復了。

兩人一前一後向西苑街走去，剛拐到巷口，便看見從巷子裡跑出來一個披頭散髮的年輕女子，女子從明箏身前跑過，把她手裡的半塊糕碰到了地上，明箏剛要發火，卻看見女子拐回來趴到地上抓起半塊糕往嘴裡塞，狼吞虎嚥地咽了下去。這時，從後面傳來雜亂的喊聲：「抓住她，別讓她跑了……」

幾個赤著上身的男子追過來，女子轉身便跑，被明箏一把抓住：「喂，妳跑什麼？」

女子匍匐在地，大喊：「小哥，救命呀。」

明箏和蕭天一愣，兩人交換一下眼色。明箏最看不上男人欺負女人，她上前一步攔住那幾個赤身的壯漢，「一群男人欺負一個女人，算什麼好漢。」

幾個人一看一個小廝攔住他們去路，火冒三丈，叫囂道：「哪裡冒出來的臭小子，敢管老子的閒事，真是活膩了。」

一個壯漢揮拳向明箏打過來，蕭天閃身到前面與壯漢扭打起來。明箏轉身看見另兩個人撲向那個女子，一個男的叫道：「拉回到老鴇處，再跑，打斷腿。」明箏一聽方明白，青天白日竟幹此勾當，心下大怒，跑去攔到兩人面前，大喊道：「放開她！」兩個人一看這個小子又攔到面前，便一起向明箏撲過來，眼看兩人的拳頭打到眼前，明箏氣走丹田，衝其中一人劈出一掌。奇怪的是兩個人同時被震出數丈倒到地上，明箏大吃一驚，她驚訝地攤開雙手看了看，心想怎麼病了一場，變得如此厲害。

不料，耳邊傳來一句：「別看了，收起來吧。」明箏一扭頭，看見蕭天站在身側，方明白剛才那雷霆一擊的出處在他那兒，心裡頓感失落。幾個男人一看同伴吃了虧，哪裡肯依，一起圍攻蕭天。蕭天三拳兩腳打得幾個男人屁滾尿流奪路而逃。

此時，女子整理了衣裳站起身，向兩人深施一禮。明箏看女人身上的衣裳感到甚是眼熟，突然想起這是宮裡宮女的常服，又抬頭看女人，雖然臉上有傷，頭髮不整，但是眉清目秀，又看她行禮時舉止有度，儀態端莊，便斷定：「姐姐可是從宮裡出來的？」

女子一聽此話，面色雪白，雙膝一軟跪倒在地：「求兩位大俠開恩，放奴婢一條生路吧。」

「真是從宮裡出來的。」明箏驚訝地說道，與蕭天交換了個眼色。

「這位姑娘，那些人為何抓妳？」蕭天問道。

「不瞞兩位俠士，我叫梅兒，是和另外一個姐妹一起從宮裡逃出來的，在路上走散了，有些銀兩細軟在姐姐包裡，我身無分文，實在餓壞了，便偷了一些吃食，被發現，他們拖我到房中，欲行不軌，我跑出來了。」女子一邊說，一邊抹眼淚。

「妳那姐姐呢？」明箏十分同情地看著她。

「我也想找到她，我入宮多年，在京城沒有親人，跑出來便不分東西南北，不知道去哪裡找她。」說著便又嚶嚶抽泣起來。

「這樣吧，姑娘，」蕭天一聽到此女子是從宮裡逃出來的，便有心留下他，自從與張公公斷了聯繫，對宮裡的事無從了解，此時碰巧遇見這位梅兒姑娘，倒是緣分，想到這裡，蕭天說道，「若姑娘信任我們，不如跟我們先找個落腳的地方，換了宮裡的衣裳，再尋找妳的姐妹，妳看可好？」梅兒感激地望著面前兩人，她看出他們對她是誠心誠意的，而且透過剛才跟明箏的接觸，已發現她是名女子，便更加放心了，她含淚道：「謝兩位恩公。」「此地不宜久留，咱們趕快離開。」蕭天環視四周，聽見小巷裡傳來嘈雜的說話聲，恐是那幫人尋了幫手過來。

明箏扶著梅兒，蕭天打頭，三人迅速拐到另一條巷子，匆匆向前走去。他們走得很快，過了兩條巷子，見前面圍著許多人，蕭天吩咐明箏在邊上等他，他過去看看。

蕭天擠進人群，看見路中間躺著一名女子，肚子上被人捅了一刀，身下的血已凝固。四周的人議論紛紛，唏噓不已。蕭天注意到此女子的衣裳，很是驚訝，竟然同梅兒的一樣。

蕭天急忙跑回明箏和梅兒身邊，說道：「這位姑娘，妳過去看看，街中央有一具女屍，身上衣裳與妳的一樣，不知是不是妳那位姐姐。」

梅兒一聽，臉色突變，雙膝一軟，差點癱到地上。明箏連扶帶拉拽著梅兒走進人群，梅兒只從人群的縫隙裡望了一眼，便叫了一聲，捂住嘴巴，癱到地上，任明箏怎麼扶也動不了。明箏丟下梅兒，鑽進人群，把地上的女屍看了個仔細。

這時，後面人群一陣騷動，有人喊：「官府來了……」不多時，幾個東廠的番子圍過來。蕭天遠遠看見孫啟遠走了過來，忙拖起地上的梅兒便走。

「不，恩公，我姐姐的屍身……我要去收屍……」梅兒哽咽著道。

「再不走，讓東廠的人看見妳，妳還活得了嗎？」蕭天說道，回頭尋找明箏，卻不見她的蹤影，急得瞬間出了身冷汗。正在這時，明箏從人群裡鑽出來，向他們跑過來，蕭天二話不說，扶著梅兒拉著明箏向街角走去。

「蕭大哥，這個女屍我認出來了，便是那日托我送信的宮女，沒想到死得如此慘。」明箏說道。

蕭天一愣，梅兒也呆呆地看著明箏問道：「姑娘也曾入過宮？」明箏看梅兒已識破自己的女兒身，索性說道：「我曾是秀女。」明箏抬頭看見蕭天阻止的眼神，便不敢再往下說，改口勸慰道，「姐姐莫擔心，妳這位姐姐的家人我們知道，到時去向他們知會一聲便是，定不會讓她拋屍荒野。」明箏回頭看著蕭天問道：「蕭大哥，咱要不要去她家裡？我還記得她父親是個牢頭，叫王鐵君。」

「當下先把這位姑娘安置住再說。」蕭天冷眼看著四周，發現一些行人甚是可疑，他又看了眼此處的方位，前面便是長春院。

蕭天急促地催道：「明箏，這裡布滿暗樁，咱們快些離開。」

遠遠看到望月樓的屋脊，兩人加快了步伐，直接走到後院小門，明箏推開門便看見夏木和翠微姑姑站在天井著急地來回踱著步，看見他們回來，蕭天背上還背著個人，兩人急忙迎了過來。

「剛在街頭救下一位女子，讓她暫時住在耳房吧。」蕭天道。梅兒迷迷糊糊清醒過來，看到身處一片幽靜的院落，知道到了恩人家中，掙扎著倒頭便拜，被蕭天阻止：「姑娘起來吧，」蕭天扶起梅兒，「妳且先住下，我派人找郎中先幫妳療傷，妳今後有何打算，說與這位夏木姑娘。」

蕭天轉回身，想到幾個問題，便又問道：「梅兒姑娘，妳在宮中可知道一位名叫張成的公公？」

「是張公公？」梅兒猛點頭道，「何止認識，張公公為人正直，在宮裡不少接濟我們，和我一起出逃的宮女叫王玉茹，我們和他都很熟，都是萬安宮的。因為秀女那件事，上面把怒氣撒到我們身上，張公公被罰到浣衣局服三個月苦力，兩位嬤嬤也都降了品階，眾秀女留下了一半，但多數充了各宮裡宮女的缺，被冊封的只有六人。」

蕭天和翠微姑姑面面相覷，翠微姑姑緊張地問道：「這位姑娘，妳知道被冊封的幾人的名字嗎？」

梅兒搖搖頭，道：「當時我和玉茹被貶到浣衣局，且是永遠不得出來。剛才所說也是聽其他宮裡的宮女來取衣裳時說起的。」翠微姑姑點點頭，不再追問。

「夏木，妳扶梅兒姑娘去休息吧。」蕭天又囑咐了幾句，看著兩人走遠，突然想到那日張成曾說過，他在萬安宮放了把火燒了秀女名冊，被一個叫梅兒的姑娘頂了鍋，竟然這麼巧，難不成便是這位梅兒姑娘？看來所謂巧合都是注定的。

蕭天拉著翠微姑姑走到一邊說道：「如今不管怎樣，總算知道了張公公的下落，等他服完了三個月的苦役，能出宮門，勢必會來尋咱們。」

翠微姑姑嘆口氣，道：「也只有這樣了。對了，你們什麼時候動身，如今這城裡實在不安全，我這望月樓四周都有東廠的番子，你們還是去瑞鶴山莊躲一陣子再說。」

蕭天點點頭，道：「有一件事，我辦完便走。」

蕭天說著，走到明箏身邊道：「妳在這裡陪著梅兒姑娘，我去長春院一趟，回來便動身。」

「不，我要跟你一起去。」明箏執拗地看著蕭天。

四

申時已過，西苑街上逐漸熱鬧起來，長春院門前像往常一樣，開始清掃準備迎客。幾個負責清掃的門童，看著門前驟然增多的商販很是奇怪，挑擔賣貨卻不吆喝，而是坐在那裡，不由得擔心這些販子一天能掙夠跑腿錢嗎？

這時，一輛簡易的兩輪馬車緩緩停在門口，駕車的少年跳下馬車，扶著一位老者走下馬車。老者兩鬢斑白，駝背，口中叫著少年：「小魚兒，扶著。」叫小魚兒的少年拴好韁繩，向老者跑過來，扶著他緩慢向大門走去。坐在一樓茶桌前的孫啟遠，嘴裡哼著曲子，一抬眼看見一個駝背糟老頭在一個少年的攙扶下走進來，便一臉不待見地哼了一聲：「老棺材瓤子了，倒是會享福。」駝背糟老頭問一旁的門童：「今兒個天音坊可有曲子聽？」

「有的，有的，爺，你走好。」門童應付著。

「呸，一連數日，老子蹲在這地兒，連樓都沒上過。」孫啟遠嘴裡嘟囔著，伸手拂去面前的茶水果品，嘴裡寡淡無味，便叫一旁手下：「小子，給爺到對面醬香居稱兩斤豬臉，兩斤蹄子，一斤白乾。」那手下看著他猶豫了片刻，怯怯地回道：「大人，如果寧大人過來，看見你在這裡飲酒，會不會……」

「媽的，我吃口肉喝口酒，你都管著，你到底是哪邊的人？」孫啟遠一臉不耐煩地罵道。手下點頭哈腰，急忙往門外走，與小魚兒和駝背老者走個正面，手下一轉身跑出去。

駝背老者眼角餘光掃過孫啟遠，眼角顫了下，不動聲色地向小魚兒遞個眼色，小魚兒點點頭，留在樓梯口等著，駝背老者徐徐向樓上走去，一邊啞聲說道：「小魚兒，你在這裡等著啊。」

孫啟遠瞟了駝背老者一眼，便繼續喝茶。小魚兒坐到牆角一把椅子上，目送駝背老者緩慢上了樓，然後便偷眼瞟著孫啟遠。

駝背老者走上二樓，迎面有小廝攙住他，問明去處，便帶他走向天音坊。場子裡寥寥數人，臺上有一青衣，唱得異常賣力，但是臺下客人不買帳，依然喝倒彩。青衣狼狽地躊躇片刻，退下場子。

「小哥，今兒個有柳牌子的曲嗎？」駝背老者嘶啞著嗓子問道。

「柳公子請假省親去了，過一段時間便回來。」小廝和藹地回道。

「那好，你去吧，我聽會子曲兒。」駝背老者打發走小廝，自己走到邊角一個席上坐下。

臺上又換了一個人，依然是青衣，臺下仍不買帳，又是一陣噓聲。客人紛紛起身吆喝，駝背老者也站起身，他走到臺角向後臺走去，趁人不留意，推開甬道的木門，悄然進去，卻與一個人撞了個滿懷。

「老先生，沒撞到你吧？」來人是雲，他去扶駝背老者，卻不想被老者躲開，老者也不答話便匆匆走過去。

「那是後臺，老先生……」雲有些納悶，覺得老者行為古怪，這後臺有何看頭，以前有人鑽後臺是為一睹柳眉之風采，近日柳眉之沒有回長春院，這個戲臺子也時常空置著，平時為了應付門面也上一兩出戲，但總是被喝倒彩的人攆下去。

雲略一沉思，遂轉身去尋那老者，但搜遍後臺也不見其蹤影。雲一驚，這老者對這裡如此熟悉，不得不讓人起疑。雲想到另一個出口，後臺連著二樓柳眉之房間的後門，後門右手就是僕役用的簡易樓梯，當初是為了不打擾樓裡客人，才設置了這個樓梯，此樓梯直通到街上，有一個隱祕的小門，十分不起眼。雲不再遲疑，徑直往柳眉之房間走去，走到門前，突然聽到屋裡有窸窸窣窣的響聲，雲突然想到一件事：柳眉之有易容的癖好，平時喜歡出門扮成女人，但也扮過瞎子、老人，那麼這個駝背老者會不會是……

雲身體貼著牆，彎腰來到窗下，用手指沾上唾液捅破窗紙，從洞中看見屋裡果然有一個人在走動，正是那個駝背老者，只是在這裡他的背挺得筆直。他走到博古架前，抓住一個圓肚青花瓷梅瓶的底座轉了兩圈，一陣咯咯吱吱的響聲，博古架旁打開一扇小門，裡面是一間很小的密室。

雲驚訝地張大嘴巴，原來密室的開關在這裡。雲嘴角露出一絲冷笑，他知道這間房裡有密室，但是一直沒有找到開關，看來他猜得不錯，柳眉之在這間密室裡放有至關重要的物品，所以才冒此風險前來取走。雲悄悄起身，向右手邊樓梯跑去，他知道樓梯直通街面，東廠的番子和偽裝的錦衣衛日夜監視這個地方，只要他下去擺一下手……雲眼裡閃爍著瘋狂的光芒，像足了一個賭徒又得到一個籌碼後的興奮和不安。

正當他沉浸在興奮之中，一個人從樓梯跑上來，與他擦肩而過，那人回頭拍了拍他的肩。

雲回過神，定睛一看是雲輕，這個小啞巴眨著眼看著他，眼裡滿是詢問。雲不想讓雲輕起疑，便衝雲輕大聲說道：「後廚沒飯了，我去街上吃。」說著指指自己肚子，雲輕看著他，點了下頭。雲轉身往樓下走，也不知自己的說辭能不能讓雲輕相信，總感覺如芒在背。近幾天雲輕頗有些古怪，總是神出鬼沒，而且對他很關心，沒事總跟著他。一開始，他還以為是柳眉之不在，他一個人孤單寂寞，但後來不再這麼想了，他甚至有些怕雲輕，總感到他古怪的背後是知道了什麼。

雲不安地回頭，發現雲輕沒有跟上來，方放心地跑下樓。

街面那幾個挑擔賣貨的傢伙不知去向，只有幾個貨挑擺在那裡。雲急得一頭火，他正左右張望，看見挑擔壯漢咬著大餅走過來。他向那人走去，突然身後衝過來一個人拉住他便往樓梯上拽。雲正要發火，看見是雲輕。「雲輕，你做甚？」

他還以為是出了什麼事。幾步之外的那個挑擔壯漢愣怔著盯著他，雲向他一揮手，然後拉住雲輕往樓梯上走，一邊怒不可遏地說道，「你為何總跟著我？」

雲輕瞪著雲，然後指著樓上，又指指樓下，一邊搖頭擺手。雲一驚，心裡琢磨著他這是何意。

雲輕突然伸出手向脖子上比畫，然後瞪著他，雙眼充滿血絲，從他眼神裡分明看到了仇恨和怒火。

雲猛然明白了，他的身分被雲輕發現了，或許他早就發現了。他指樓上是知道柳眉之回來了，指指樓下搖頭擺手是讓他不要告發，他向脖子上比畫是指要殺頭。雲苦笑著，然後仰面大笑，眼淚都笑了出來：「雲輕呀雲輕，還好你不會說話。哈哈……」

突然，雲面色大變，他一把推開雲輕，大喝一聲：「滾，滾得越遠越好，別妨礙我……」

雲說完便向樓下跑，但一條腿卻被雲輕死死抱住，雲輕嘴裡發出「咿咿呀呀」的吼聲，雲用拳頭打、用腳踹都掙脫不出來，雲輕仍然死死抱住雲的一條腿，他的臉被雲打得紅腫出血，但他咬著下唇依然死死瞪著他。

雲輕的目光快把雲逼瘋了，他極力想掙脫出來，抓起周圍能抓到的東西砸向雲輕，磚頭、木塊，最後雲想起靴子裡還藏有一把匕首，他拔出匕首，瘋狂地向雲輕捅去。

雲輕胸前被刺了一刀，血噴湧而出，他的雙手終於垂下，身體蜷縮著倒在樓梯上。雲恐懼地望著雲輕，幾乎哭起來，他抹了一把臉上的淚，驚慌地看著滿是血的雙手，慌不擇路地往樓下跑。

此時，蕭天領著明箏沿著街邊走向長春院。為了掩人耳目，兩人都是短衣打扮，蕭天頭上還戴個破斗笠，肩上搭著一捆麻繩。兩人看上去像是靠出力討生活的腳夫。

兩人沿著街邊走向長春院，就在此時，長春院門口聚起一群人，本來這個街口便熱鬧，此時更是吸引了眾多閒人向那裡跑去。還聽見有人在喊：「……看見官府的人了……」「是不是又出大案了……」「走啊，瞧瞧去……」

蕭天突然站住，他看著明箏壓低聲音道：「壞了，咱們還是晚了一步。」明箏不安地望著他，蕭天道：「你在這裡等我，不要靠近。」兩人說話間，看見從長春院裡走出來一群人，中間簇擁著一個白衣男子。人群一陣轟動，有人認出是柳眉之，蕭天和明箏雖說心裡已有預感，但還是無比震驚。

押解柳眉之的眾人裡有東廠的番役、錦衣衛校尉，這些人一個個壯碩剽悍，把柳眉之護在中間，層層防範。

「我過去看看，你別動。」蕭天以從未有過的威嚴目光逼著明箏留在原地，他飛快地擠到看熱鬧的人群裡。

一輛囚車穿過人群停下來，幾個彪形大漢推著柳眉之上囚車。柳眉之面色蒼白，卻一臉平靜。剛才他從房間的密室一出來，便被幾個壯漢撲倒，被他們撕去臉上的假面，他心裡很清楚自己被人出賣了。柳眉之環視四周，心想：罷了，成者為王敗者寇，不過如此。

「押解回詔獄。」一個錦衣衛校尉大聲說道。

人群裡一個少年向囚車撲去，用雙手拽著鐵欄。一個壯漢手持繡春刀對少年大罵：「一邊去，一邊去……」一個戴斗笠的瘦高個一把抓住少年，一個縱身回到人群裡。

「你不想活了？」蕭天怒道。

「師父，我師父……」少年欲哭無淚，雙眼空茫地望著囚車。

「柳眉之是你師父？你也是白蓮會的人？」蕭天壓低聲音問道，「你叫什麼名字？」

「小魚兒。」少年道。

「這裡不宜久留，跟我來。」蕭天拉住他向街邊跑去，本想叫上明箏趕緊撤離，但眼前哪還有明箏的身影，蕭天心中憂急，又不能喊明箏的名字，瞬間急出一身冷汗。

剛才，明箏看著蕭天走進人群，然後眼巴巴看見柳眉之走上囚車，雖說她因為虎籠之事憎恨柳眉之，但是看見他如今落入牢獄，心裡終究是不忍。她又急又惱，急是此時無計可施，惱是自己學藝不精，不堪重用。

她想到自己靴子裡有把小刀，總比手無寸鐵強，她抽出小刀，藏進衣袖裡，悄悄向人群走去，她想在人群裡找到蕭天，她一邊走，一邊東張西望，突然她感到背後靠上一個人。

「明箏。」一個陰森的聲音從身後響起。

明箏全身的血液都在這一刻凝固了，這鬼魅般的聲音她幾生幾世都不會忘掉，這個陰魂不散的寧騎城如何會在人群裡？明箏脊背僵直，不敢回頭，她心裡清楚自己穿著男裝，不理他看能否混過去，一瞬間她腦子裡浮上無數個逃跑法子。

「我知道妳是明箏，別想再從我手裡逃走。」那個低沉的聲音又近了一步，「我一直跟著妳們，那個蕭公子怎麼把妳一個人丟下獨自走了？」

明箏的頭「嗡」一聲，額頭上冒出豆粒大的汗珠，本來病症才好轉，這一急，便有些頭重腳輕，眼前發黑，一頭栽到地上。明箏這一舉動，著實把身後的寧騎城嚇了一跳，有些始料不及。他甩掉頭上的寬簷草帽，蹲下身去查看，就在他蹲下身的一瞬間，明箏翻身持小刀刺進寧騎城的肩胛骨，血瞬間濺了明箏一臉。

兩人都愣住了。明箏沒想到寧騎城根本沒有設防，讓她如此輕易得手，意外之後，看見血她便蒙了，一臉迷茫地看著寧騎城，手中的小刀也滑了下來。寧騎城一心想辨清明箏面容，看見明箏回過頭，像受驚的小兔般瞪著他，也是一時愣住，直到肩胛骨刺痛了一下，才發現這丫頭居然行刺自己，而且選擇的位置竟在肩部。等他回過神來，明箏已經瘋了似的跑進人群裡，不見蹤跡。

明箏躲進人群裡，她在人群裡左躲右閃，見寧騎城沒有追上，便徑直往長春院跑，她知道那裡有一個隱蔽的小門，心想先躲進去再說。她閃身跑進小門，向樓上跑去，只上了幾級臺階，便發現地下大攤的血，她順著血跡望過去，看見一個人倒在血泊裡，走近一看，不由發出一聲驚叫：「雲輕，雲輕……」她上前抱起雲輕，發現他早已沒有了氣息，明箏失聲哭了起來。

有兩個人影跑進來，一個高個子衝到明箏面前：「明箏。」

明箏抬頭一看是蕭天，哽咽道：「雲輕，雲輕在這裡……」

蕭天先是一驚，繼而返身回到小門，拿一根木棍絆住門環，然後跑上樓梯。樓梯很暗，但還是可以看清雲輕傷得不輕，面目扭曲，渾身是傷，一雙眼睛依然憤怒地圓睜著。蕭天把雲輕從明箏懷裡抱到地板上，重新打量著四周。

跟在蕭天身後的小魚兒突然開口道：「我見過他。」蕭天一愣，追問道：「你在哪裡見過？」

小魚兒有些猶豫，突然又改口道：「或許我看錯了。」蕭天敏銳地察覺到這中間定有蹊蹺，按說柳眉之白蓮會堂主的身分是隱祕的，也絕不會讓雲輕知道，那雲輕和小魚兒其實是不認識的。為了打消小魚兒的顧慮，他指著明箏對小魚兒道：「她是你們堂主的妹妹明箏姑娘，我是你們堂主的朋友，對我們你還有何擔心？」

小魚兒一聽此話，瞪大一雙眼睛盯著明箏，突然點頭道：「是了，堂主曾說過，有一位聖姑，是他妹妹，叫明箏，說是馬上要入會的。」

明箏和蕭天不由面面相覷。

小魚兒結結巴巴地說道：「那天，在我們堂庵，錦衣衛突然來襲，抓走了很多信眾，我看見一個小孩，便是他，嚇壞了，趴在地上，我看他可憐，又是個啞巴，被抓住還有好嗎？便拉他藏進密道。這個密道只有組織裡的人才知道，好在錦衣衛抓了人便走了，密道未被發現，後來我忙別的事，便把他忘了。」

「啊，原來是這麼回事。」明箏和蕭天心裡那個謎團竟然被小魚兒解開了。想來那雲輕藏進密道中，估計是躲了一宿，次日迷迷糊糊醒來爬出密道，沒想到又目睹了一場更慘烈的事，那便是蕭天被投入虎籠。所以才有了後來他跑去找李漠帆前來相救。這個可憐的孩子呀，眼看便要脫離苦海，卻遭此不測。明箏眼淚流下來，她看著雲輕那圓睜的雙目，突然問道：「是誰這麼殘忍，殺死了他？」

「你看，」蕭天突然指著牆上的血跡，那顯然不是濺上去的，像是用手指畫上去的，蕭天道，「聽李漠帆說，雲輕去找他們時也是畫了幅圖，他是想說什麼呢？」

兩人仔細辨，明箏看了會兒，突然說道：「我看出來了，這是……你看像不像一張大嘴巴？這是一個箭頭，這是……」

「靴子。」蕭天飛快地說，他又低頭查看雲輕的兩隻手，看見他右手上有血跡，便肯定道，「不錯，是雲輕畫的。」

「他這是何意呀？」明箏看著風馬牛不相及的圖發愣。

「還用說，」小魚兒插上一句，「要是我，一定在死前寫下行凶者的名字。」

「雲輕不會寫字，所以他會畫出那個行凶者。」明箏看著蕭天，突然覺得一陣毛骨悚然。

蕭天盯著牆上那血跡未乾的圖，片刻後，道：「記下這個圖，這裡不宜久留，跟我走。」蕭天說著抱起雲輕的屍身向樓下走。

「蕭大哥，不能出去。」明箏站起身攔住蕭天，「剛才，我在街上……我……我與寧騎城交手……我刺了他……一刀，才跑掉。」明箏結結巴巴地說完，一臉恐懼地望著蕭天。

蕭天看著明箏，沒想到自己方離開片刻，便險象環生。看來此時外面已布滿喬裝的東廠及錦衣衛的爪牙，反而這裡倒是比較安全。蕭天抬頭望了眼樓上，做出了決定：「走，去柳眉之的房間，他的房間如今最安全。」

蕭天抱著雲輕的屍身往樓上走，明箏和小魚兒緊跟其後。上了樓梯，便聽見走廊裡哭聲罵聲驚叫聲不絕於耳，一片混亂。三人迅速拐到柳眉之房間後門，只見房門大開，裡面一片狼藉。

蕭天把雲輕放到地板上，小魚兒在身後關上房門。屋裡桌翻櫃倒，衣物瓷器散落一地。蕭天撿起一個皺巴巴的面具和一個白髮頭套，小魚兒看見一把搶過來，抱在懷裡失聲痛哭：「師父，我該怎麼辦呀？」

明箏扶起倒在一邊的桌子，突然看見地板上一支笛子，她撿起反覆端詳著：「小魚兒，你知道你師父冒如此大的風險回來做什麼？」

「他……他說取重要的東西，他沒讓我上來，他自己上來取的。」小魚兒抽泣著說道。

「是這個。」明箏眸中一閃，泛上瑩瑩淚光，「這個是柳眉之父親生前的愛物，他總是隨身繫在腰間，記得我少時頑皮，總是奪過來吹著玩，李叔吹得極好，還應該有一把劍，我記得這兩樣東西李叔從不離身。」

「是這個嗎？」蕭天在一片碎瓷片裡撿起一把手柄已磨光的短劍。

「正是。」明箏奪過來拿在手裡，看著不由得潸然淚下，「這是父親早年贈給李叔讓他防身用的，李叔視若珍寶。柳眉之冒著被抓的風險前來取的便是這兩樣東西。」明箏說著，抹了一把臉上的淚。

這時，從走廊傳來沉重的腳步聲，蕭天示意他們不要出聲。他迅速抱起雲輕屍身向裡面走，看見敞開的密室的門，回頭低聲叫道：「這裡有個密室，快進來。」小魚兒拉著明箏跑進密室，小魚兒把密室門再次合上。

「咣噹」一聲，門被撞開，幾個東廠的番子在屋裡巡視了一圈，有個檔頭叫道：「走，下一間。」

密室裡幾個人聽腳步聲遠去，方鬆了口氣。蕭天摸索著站起身，從懷裡掏出火摺子，引燃後看到裡面有一張小桌，桌上有燭臺，便點燃蠟燭。密室裡亮起一團昏黃的光，這才看清裡面只有丈餘寬，靠牆有幾個箱子。三人坐到幾個箱子上，對突如其來的變故，依然驚魂未定。

「柳眉之被抓，雲輕被刺死，這之間似是有什麼關聯。」蕭天突兀地說道。

明箏和小魚兒大眼瞪小眼，兩人此時只有膽戰心驚的份兒，哪兒有思考的能力？

「要是知道是誰殺死雲輕，便好了。」小魚兒反應過來，「興許他便是那個告密者，雲輕去阻止，便被殺了。」

「完全有可能。」蕭天從箱子上站起身，在巴掌大的空地上來回踱步。

「若是那個圖便是凶手……」明箏眼露疑惑，眉頭越皺越緊抱怨道，「哎呀，雲輕呀雲輕，你為何是個啞巴，可偏偏畫個大嘴巴，你到底想說什麼呀？」

蕭天臉上掠過一絲不易察覺的驚駭，他深邃的眸子一閃，似是被自己猛然冒出的念頭駭住，他走到明箏面前，鎮定地說道：「明箏，妳還記得柳眉之是如何評價他的兩個僕從嗎？」

「一個是大嘴巴愛說，一個是悶葫蘆啞巴。」明箏說完，似是恍然大悟般，渾身一顫，她看著蕭天，「難道那個大嘴巴是指雲？」

「雲輕是孤兒，在世上沒有幾個相熟的人，跟了柳眉之，便只與雲來往。雲愛說，柳眉之便給他起了個綽號大嘴巴，這件事盡人皆知。那個血跡斑斑的大嘴巴若不是指雲，難道還有別的解釋嗎？」

「那後面畫一個靴子是何意呢？」明箏追問道。

蕭天低頭瞅著自己的方口玄色布鞋，突然抬起頭說道：「是官靴。我朝法度森嚴，一般百姓不可穿靴，只有官府之人並儒士方可穿靴，雲輕難道是想說，雲是官府的人？」

「官府的暗樁。」明箏接過蕭天的話題說了下去，此話一出，有種石破天驚之感，在場的幾人皆是驚呆了。

「如此一來，便可解釋通了，柳眉之被抓，白蓮會堂庵被搗毀，都與雲脫不了干係。」

「蕭大哥，接下來怎麼辦？」明箏憂心地問道。

被明箏一問，蕭天從神思恍惚中回過神來，道：「接下來定會牽連到許多人，迫在眉睫的是先要通知跟雲有過接觸的人，暫時躲起來。雲這事，必須馬上通知李漠帆。」蕭天說著，目光投向地板上雲輕的屍身，「夜裡出城，先把雲輕埋了，這孩子救了咱們兩次。」蕭天走到雲輕面前蹲下身，伸手蓋住他圓睜的雙眼，緩聲道，「雲輕，你是好樣的，你雖身有不足，卻比健全人多了仁義忠誠，你是一個堂堂正正的男子，一身正氣，義薄雲天。你的話我們全聽見了，你放心地走吧。」

明箏撕下一片衣衫，擦去雲輕臉上的血污。小魚兒也過來幫忙，雖然他與雲輕沒有交往，但聽了他們的談話，也陡然對他肅然起敬。三人把雲輕的屍身收拾妥當，便只等外面官府的人撤去，擇機離開此地。

第十四章　白衣囚徒

一

即便不是陰雨天，外面日頭高照，牢裡也如同風雨晦暝一般，暗無天日，清冷淒涼。牢頭王鐵君順著石階往下走，近日犯了風寒的老寒腿越發不聽使喚，下了幾級臺階便出了身大汗。

石壁上插著火燭，昏黃的光照亮牢門，那門上畫有狴犴，青面獠牙，猙獰可怖。這邊便是「人」字型大小牢房，五步一崗，戒備最為森嚴。牢房裡沒有窗，只有靠近鐵柵欄外走廊裡石壁上插的火燭發出微弱的光。

幾個值崗的獄卒向王鐵君打招呼，王鐵君點著頭，一路走過來，一邊叮囑著：「哥幾個，精神著點。如今咱這牢裡關了重犯，寧大人隨時都會來，誰碰到刀口上，可別埋怨老哥沒提醒。」

「是，是。」幾個獄卒應了幾聲。

「那個白蓮會堂主關在哪間？」王鐵君問道。

「老哥，你右手第二間。」一個獄卒回道。王鐵君向前面走了幾步，看見這間牢房面牆坐著一個白衣囚徒。他面壁而坐，眼睛專注地盯著石壁。水珠從石壁上滲出，在地面上砸出一個個小坑，發出「滴答滴答」的響聲。由於這座牢房建在地下，免不了要受地下水汽的侵擾，但有一點好處，便是固若金湯，任何人進了這座牢房都會打消逃出的蠢念，逆來順受。這便是詔獄讓人聞風喪膽的緣由之一。

王鐵君看了眼鐵柵欄裡面絲毫未動的牢飯，嘆息一聲。他是聽送飯的獄卒說這間牢房裡牢飯三日未動，才趕緊跑來，他可不想犯人還未審，便在他的牢裡一命嗚呼，無法對寧大人交差。他又嘆息一聲，開口道：「這位人犯，聽老夫一句勸，好死不如賴活著，你且吃下飯，將養好身子，才有力氣受審。或許你也聽說過，詔獄裡十八般酷刑，那可不是浪得虛名的，若要在這鬼門關裡過一遭，沒個好身板，那可要白瞎了。」

王鐵君看白衣囚徒依然一動不動，便接著勸道：「你瞧你隔壁的人犯，此人姓于，大名于謙，人家獲罪前可是朝裡大員，但進了詔獄便很守規矩，每日送的牢飯人家吃得一粒不剩，送回碗時還要對我言一聲謝，這麼好的人犯著實讓我很是愛戴呀。」

王鐵君看他依然不為所動，便依然耐心地開導道：「這位人犯，你若覺得冤屈，便更要吃飽飯，好有力氣申冤呀，最起碼要見到主審官，這樣你便可以有冤申冤……」王鐵君還沒說完，突見白衣人站起身來，幾步走到鐵柵欄前，端起碗呼嚕呼嚕往嘴裡扒，不一會兒一碗冷飯便進了肚。

王鐵君見自己說服了他，興奮地說：「你終於想通了，太好了。」

「你可以走了，我不想有人再來打擾我。」柳眉之寒冰般的雙眸瞪著他，把碗扔回到托盤上，起身又回到石壁前，面壁而坐。

王鐵君愣怔了片刻，沒想到自己的好心換來如此的奚落，悻悻地嘆息一聲，低聲道：「保重吧，若是你見到寧大人，還是這般骨氣，我便是真心服你了。」

王鐵君伸手到鐵柵欄裡收拾好碗，拿回托盤。只要看到人犯吃了飯，他便滿足了，以後的生死靠自己的造化了。他站起身，抱著托盤，瘸著腿往回走。拖拖遝遝的腳步聲回蕩在走廊裡。

柳眉之不知這樣坐了多久，他在暗無天日的牢房裡，眼睛盯著石壁，神思卻早已飛走。他一直在想，究竟是哪裡出了錯，讓他栽了如此大的跟頭。他在一年前終於如願以償被晉升為北部堂主，統領北部上萬的信眾，即便近年幾次受到朝廷打壓，他們被迫轉到地下，他還是做得風生水起，眼看他部署完便可離開京城，卻在這個時候被抓住，七八年的努力付之東流，一切前功盡棄。

是哪裡出了差錯？柳眉之此時的心情便如油煎火燎般苦不堪言。眼前突然模模糊糊浮出一個人影，柳眉之想到那日在虎口坡看見蕭天，心裡便一陣後悔，沒想到自己的優柔寡斷還是毀了自己，當初就該一劍了結了他，便不會有後面的變故。

定是此人通告了官府，把自己逼入了絕境，還奪走了明箏。

想到此，柳眉之又是滿心的不甘。不過是一招落敗，豈有滿盤皆輸的道理？他坐在這裡三天三夜苦思冥想，怎麼對付寧騎城。但是等了三天，寧騎城這個大魔頭一直沒有露面，他心裡沒數，對這個人，他一向拿不準。他把自己抓來，想從自己身上得到什麼，他不得而知，但是他想脫身的念頭，隨著時間的流逝，一點一點變得渺茫。

苦悶至極的柳眉之，面色似雪，眉宇間一片悽楚之色，他突然低吟起一段曲調：「……迢迢路不知是哪裡？前途去，安身何處？一點點雨間著一行行恓惶淚，一陣陣風對著一聲聲愁和氣……」

突然，旁邊牢房傳來擊掌喝彩聲。柳眉之突然頓住，甚是掃興地大喝一聲：「何人擊掌？」

「同是圜土之人。」從牆外傳出來話音。

「于大人？」柳眉之想到剛才牢頭口中所誇罪臣于謙，便問道。

「正是。」一牆之隔，于謙坐在草鋪之上答道。

此間牢房與別處有一點不同，多了一張矮案，案幾上放著一盞油燈。于謙正借昏暗的燈光讀一本兵書，忽聽得隔壁幽幽曲調，不由放下書細聽，瞬間也已猜出是誰。

柳眉之入監時，他是知曉的，也從高健口中得知這位柳牌子的另一重身分，雖震驚，但也不無惋惜。他一路巡查進京，怎會不知民間疾苦，由此派生出各種名目的教門引誘信眾，多打著佛祖之名，念佛持戒，可以往生，可以幸福，可見民間百姓對富足安康的嚮往和渴望。一路之上，他雖對州府的酷政有所矯正，但官官相護，積弊深重，豈是他一人之力可以扭轉。

想到此，他不由對隔壁之人充滿好奇。同樣讓他好奇的還有寧騎城對這位柳眉之的態度。一關數日，不聞不問，這個寧騎城打的是何主意？「人」字型大小牢房還從未這麼平靜過，記得月初押進來三人，都是朝中官員，均是與販賣違禁品有關的，天天上大刑，整個牢裡都充斥著鬼哭狼嚎的叫聲，四天不到，三人都已半殘，扔到「地」字型大小牢房去了。

于謙正若有所思之際，便聽見隔壁的人說道：「于大人官謈清明，怎也落得如此下場？」

「所謂天有不測風雲呀。」于謙道，「剛才聽聞先生的曲調，不愧為長春院的頭牌，聽過仍是餘音嫋嫋啊。」

「大人如此境地，竟仍有心聽曲，心真是寬呀。」柳眉之平時最忌諱別人說他是長春院的頭牌，一時惱羞成怒，便譏諷道。

「既是唱曲之人，不待在長春院，如何與我為鄰？」于謙聽出對方話中有刺，便也打趣道。

「說出來嚇死你。」柳眉之不屑地仰頭長嘆，「天下不公，豪傑蜂起，勝者為王，敗者成寇。這豈是你附庸朝堂之人所能明白的道理？」

「哈哈……」牆壁後的于謙朗聲大笑，「君子懷德，小人懷土！君子懷刑，小人懷惠。這豈是你貪慕私利之人所能明白的道理？」

柳眉之大怒，他自小也是浸淫經文，豈能不知被于謙比作小人，便怒道：「你自詡是君子，我倒要看看你這個君子，會是個什麼下場。」說完，話鋒一轉，又唱了一曲，「翠巍巍西山一帶，碧澄澄寒波幾派，深密煙林數簇，滴溜溜黃葉都飄敗。一兩陣風，三五聲過雁哀。傷心對景愁無奈。回首家鄉，珠淚滿腮……」

「呵呵，你們挺會玩的。」走道上突然響起一個低沉陰森的嗓音。

柳眉之和于謙同時回頭，只見寧騎城一身飛魚朝服威風凜凜地走過來，身後跟著四名校尉，身旁站著同樣威風的千戶高健。

「瞧瞧，一個唱曲，一個讀書，拿我詔獄當養生堂了。」寧騎城陰陽怪氣地道，他站在兩個牢房中間，既可以看見柳眉之又可以看見于謙，連于謙手中書目都一目了然。

「大人，這個人犯于謙已在押兩月有餘，卻仍未認罪。依下官之意，定要讓他吃些苦頭，讓他好知道身在何處。」一個校尉走到寧騎城面前道。

高健猛地瞪了一眼這個校尉，差點罵出口。

「高千戶，瞪什麼眼呀？人家校尉說得甚是有理，為何不審？還給他一盞燈，這是你安排的吧？」寧騎城乜斜著高健，依然陰陽怪氣地問道。

「是這樣，大人，容屬下回稟。」高健腦門上開始冒汗，他語無倫次地說道，「大人，屬下聽說，這個于大人，不是，是于犯，是個清官，家裡除了幾本破書，啥也沒有，你想呀，大人，咱們勞神費力審了半天，跑他家一抄家，一堆破鋪陳爛套子，招人笑話不是。」

那個校尉還想爭辯，誰知寧騎城哈哈大笑，道：「高千戶說得有理，這種人懶得搭理。」

高健愣怔著望著寧騎城，額頭上汗珠掉下來，他咽了口唾液，沒想到如此牽強的說辭，也能蒙混過去。不過轉念一想，他剛才說得雖然直白，卻正中要害。以往經手的要犯，審後抄家，哪個不是金銀滿屋，抄家也抄得有氣勢。朝中落銀子，他們落名聲。可是面對于謙，寧騎城似乎比自己更了解，一是于謙不貪不腐，正直廉潔，二是官譽良好，深受百姓愛戴，所以他寧願置之不理，也不招惹，真是聰明至極的做法，高健不得不服。

此時，寧騎城走到柳眉之的牢房前，面對著鐵柵欄，雙手抱臂饒有興致地望著面壁而坐的柳眉之。

「你的原名叫李宵石，是罪臣原工部尚書李漢江的家奴，我沒說錯吧？」寧騎城語調一改往日的猙獰，異常溫和地說道，「你是長春院的頭牌，又與我們高千戶熟悉，高千戶素來對你有好感，是不是，高千戶？」寧騎城轉身詼諧地看著高健。

「是呀，柳兄。」高健也有心助柳眉之，忙說道，「柳兄，只要你把知道的白蓮會的事說清楚，大人不會為難你，真的。」高健回頭叫獄卒，「來呀，拿筆墨來。」

這時，一名獄卒端來一個木托盤，上面有一支筆、墨水匣和一卷宣紙。獄卒把這些東西從鐵柵欄間送進去，便退了回去。柳眉之回過頭，看也不看那些東西，他面色煞白，知道自己躲不過去了，但是頭腦還是清晰的，一旦開口，死得更快，便緩緩說道：「你們休想得到一字。」

「不要蹬鼻子上臉，給臉不要臉。」一個校尉在一旁吼道。

「你作為白蓮會的堂主，難道不想知道是誰出賣了你嗎？」寧騎城依然不急不躁地說道。

這一句話顯然擊中了柳眉之的痛處，他臉上的肌肉一陣顫動，眼睛通紅地瞪著寧騎城。他站起身，慢慢走向鐵柵欄，問道：「是誰？」他突然衝向前，抓住柵欄，大聲吼道，「誰，你告訴我……」

寧騎城一陣獰笑，並不回答。

「你說呀……」柳眉之猛地搖晃著鐵柵欄，大聲吼著，接著彎腰把腳下的筆墨紙張，一件件砸向寧騎城，然後抓住柵欄發出「哐當哐當」的巨響。

「來人。」寧騎城閃身躲著，墨水匣裡墨汁還是濺出來，濺到他嶄新的飛魚朝服上，令他大怒，他指著柳眉之對一旁校尉道，「把他拉出去，讓他長長眼。」

「長長眼」是行話，校尉馬上心領神會。獄卒打開牢門，另幾個校尉提著鐵鍊子走進去，兜頭拴住柳眉之便拉了出去。高健本想相勸，一看寧騎城陰沉著臉，也不便多言。他並不傻，知道寧騎城已經給足了自己面子，把柳眉之晾了幾天，今天又好言相勸，是他柳眉之不知好歹，也怪不得別人。只得嘆息一聲，跟在後面。

兩個校尉綁著柳眉之，開始柳眉之還掙扎，但是那粗重的鐵鍊壓到他脖子上片刻，他便渾身無力，哪裡還能動彈，只能像狗一樣被拉著走。走道前方是一片空地，牆壁上插著火燭，一路擺著各種質地的刑具。柳眉之以為只是刑具，離近才發現，每個刑具上都有人，只是被扒光了衣服，只留下一片布遮蓋性器，肉體的顏色和刑具混為一體了，這些人個個骨瘦如柴，行將就木，看得人不由得膽戰心驚。

離他最近的是三個站籠。以前曾在長春院聽客人當趣事講過，如今活生生擺在眼前。只見籠口上卡著囚犯的脖子，站籠尺寸有限，囚犯站不直，只能微屈膝勉強撐著。他從這名囚犯面前經過時，看見他雙腿顫動，眼神迷離，其痛苦之狀讓人觸目驚心，不忍直視。另兩個站籠裡，囚犯腦袋低垂，雙臂亂晃，柳眉之忙閉上眼，雙腿一陣發軟。

再經過那些酷刑場面時，柳眉之連呼吸的力氣都沒有了，只感到頭重腳輕，幾乎站立不住。最後，他被鐵鍊拉著走進一個充斥著血腥氣的房間，被鎖到一個寬大的木椅上。柳眉之知道他所坐的木椅也是個刑具，再看四周皆是聞所未聞的各種刑具，牆角還有一個灶臺，火紅的木炭在裡面「劈劈啪啪」地燃著，看來想從這間陰森可怖的牢房裡活著出去，比登天還難。

一盞茶工夫，寧騎城換了身便裝走進來，徑直坐到了木椅對面的桌案後面。寧騎城不動聲色地端詳著柳眉之，與剛才牢房裡的疾言厲色相比，此時的柳眉之已虛弱得如同一攤爛泥。寧騎城並不感到意外，參觀過他的牢獄刑具的人一般都是這樣，畢竟人都是血肉做的。

「你想知道是誰出賣了你？」寧騎城開門見山地問道。

柳眉之面色慘白，嘴唇輕顫，他並沒有點頭，也沒有搖頭。

「我很樂意告訴你，是你的僕役雲。」寧騎城嘿嘿一樂，「他早已為我所用。」柳眉之抬起頭，遲疑地搖著頭，布滿血絲的雙眼古怪地瞪著寧騎城：「不可能，他……他怎麼可能……一定不是他，不可能，他是我從大街上撿回來的，他能活到今天全靠我，他不會出賣我，肯定另有其人。」

寧騎城乾笑了兩聲，一揮手，吩咐屬下道：「把雲帶上來。」柳眉之警惕地盯著寧騎城，不知他到底耍什麼手段。不多時，走廊傳來一陣鐵鍊的叮噹之聲，接著四個校尉一人手裡拉著一根鐵鍊，鐵鍊中間拉著一個黑乎乎的類似獸類般猙獰的怪物，圓咕隆咚，蜷縮在一起，看不出首尾。隨著怪物被拉進屋，屋裡便充斥著一股腐臭味，熏得人睜不開眼睛。

「雲，抬起頭來。」

「寧大人，你饒了我吧，你讓我做的，我全做了，我要解藥，給我解藥吧……」雲嘶啞的嗓音咆哮著，在地上滾成一團。

柳眉之聽出是雲的聲音，待他仔細看鐵鍊中間那怪物，不由驚得毛骨悚然。這怪物滾到寧騎城面前，坐在地上，只見他全身呈黧色，皮膚皸裂，似暑天乾裂的土地，並結成硬痂。頭髮已脫光，怪不得看不出首尾，人不像人，比鬼還不如。那結滿硬痂的臉上，一雙眸子發出綠光，他盯著寧騎城，連滾帶爬地到寧騎城桌前，四個校尉忙拉緊鐵鍊，把他拉回原地。

雲這時看見了柳眉之，突然大笑著向他撲來：「是我告的密，你殺了我吧，殺了我……」

一股惡臭向柳眉之撲面而來，柳眉之側身迴避，胃裡一陣翻江倒海，嘔吐不止，幾乎把膽汁都吐了出來。

寧騎城一擺手，四個校尉拉著雲往外走。

雲掙扎著，咆哮著，身上的硬痂撲簌簌往下掉，他瘋狂地想撞牆，卻被四個校尉用鐵鍊從四個方向把他固定住了。這時，柳眉之才發現，那四根大鐵鍊子竟然是從雙臂雙腿的骨中穿過。雲回過頭，雙眼變成藍色，像狼一樣嘯叫：「嗥——」雲的嘯叫聲響徹整個牢房，在走廊回蕩……

「寧騎城，」柳眉之渾身打戰，他撕心裂肺地喊了一聲，「你不是人！」

寧騎城把兩條腿搭到桌案上，悠然地答道：「我幫你收拾背叛你的人，你卻罵我，唉，好人真是難做呀。」

柳眉之喘著氣，努力壓制著自己的恐懼，看來在這裡求死也變成了一種奢望。他放緩語氣，像個鬥敗的公雞，幾乎是哀求道：「寧大人，你到底怎樣才肯放過我？」

「雲吃下的毒，便是那江湖上傳聞已久的天下第一毒——鐵屍穿甲散。」寧騎城收回雙腿，猛地站起身說道，「它可是出自天蠶門祖師之手，他把死人身上的屍蟲納入藥方，服後並無異樣，只是月餘之後，如不服用克制屍蟲的解藥，那屍蟲便會在人體內盤結生長，破膚而出……想不想知道以後他會變成何種模樣？」

柳眉之聽到此幾乎徹底崩潰，他雙腿打戰，吐了一身，小便失禁，尿水順著衣角滴到地面上。

「嘿嘿……」寧騎城一聲冷笑，「我當是什麼大人物呢，不過如此。」寧騎城從桌面端起一個木匣子，走到柳眉之面前，輕啟匣蓋，只聽「啪」一聲，匣子打開，裡面是一枚烏黑的大藥丸。

柳眉之驚恐萬狀地大叫：「不，我不吃……」

「那你是願意跟我合作了？」寧騎城明知故問道。

「我說……我會把我知道的全告訴大人。」柳眉之額頭上冒出豆大的汗珠，他面色發灰，眼神發直，身體不住地顫抖，他舔了下乾澀的嘴唇，說道，「白蓮會有四大堂主、一個總壇主，四大堂主分布在四個區域，東西南北，我是北部堂主，其他幾個堂主，我只見過東堂主，去年他進京取銀子時，我宴請過他，其他人沒有見過，在總壇之間一直由白眉行者聯繫，他是十大護法之首。」

「沒了？」寧騎城擰眉沉思。

「我手下有四個堂庵，你率人搗毀的是其中之一，還有三處，不在京城，兩個在直隸，一個在山東。」

柳眉之喘口氣，膽怯地望著寧騎城。

「還有呢？」寧騎城顯得有些不耐煩。

「大人，知道的我全都說了，」柳眉之不安地看著寧騎城，絞盡腦汁，突然他又想到一事，說道：「還有……那個蕭天，他的身分是興龍幫幫主，上仙閣掌櫃也是他的人。」

此話一出，寧騎城探身望著他，眼睛狡黠地瞇成一條縫，突然，寧騎城爆發出一陣大笑，饒有興致地從桌案前走出來，在柳眉之面前踱著步，「興龍幫——幫主——原來如此，怪不得我每次見到他，總覺得此人很是莫測，而且，明箏姑娘一直跟著他。柳眉之，」寧騎城逼近他，臉色陰鷙地問道，「除了這兩個人的底細外，你可認得狐族，你與他們有來往嗎？狐山君王你可識得？」

「我與他們沒有來往，對於狐族，我也只是在坊間聽人說過。」柳眉之一直搖著頭。

一陣冷笑後，寧騎城說道：「好，那便說說那本《天門山錄》吧。」

柳眉之額頭上的汗直往下流，他喘了口氣，道：「我從高健口中得知有此書，又從他口中知道你嗜酒如命，便派白蓮會的護法跟蹤你，在酒肆往你酒裡下藥，盜得此書。」說完，柳眉之晃動著手上的鐵鍊哀求道，「大人，你要是放我出去，我讓明箏默出《天門山錄》交給你，絕不食言。」

「哼！」寧騎城冷笑一聲，「這個不勞你動手，我自己會做，不過，你說蕭天是興龍幫幫主，這倒是讓我很意外。聽說你對蕭天下手了？」

「他搶走了明箏。」柳眉之神情痛苦，有些語無倫次，「我同明箏一起長大，是我一直守在她身邊，如果他不出現，明箏怎會如此待我。」

寧騎城乜斜著柳眉之，臉上擠出一個不懷好意的笑，問道：「她如何待你？」

柳眉之垂下頭，嘴裡嘟囔了一句：「形同陌路。」

「那個蕭天竟然在你的虎籠裡活了下來？」寧騎城很是好奇地問道。

「他被興龍幫找到，救了出去。」柳眉之長嘆一聲，「是我一時優柔寡斷，本該一劍了結，反而害了自己，以後興龍幫也不會放過我。」

「這麼說來，我抓你進詔獄，反而救了你，免了興龍幫的追殺了。」寧騎城點了下頭，臉上一副似笑非笑的表情，他在柳眉之面前來回踱了幾步，然後轉回身道，「柳眉之，你若是沒有什麼要說的了，咱們今日的談話便到此，你回去想想，想起什麼再告訴我。你今日的表現令我很滿意，我會吩咐牢頭，你今日的牢飯加菜加酒，並添上一份肉包子，你可滿意？」

這時，寧府管家李達在一名校尉的陪同下走進來，直接走到寧騎城身前，附在他耳旁低語了幾句，寧騎城臉上掠過一絲慌亂，他向李達遞了個眼色，李達退了出去。

柳眉之眼巴巴地看著寧騎城，本想再多說幾句，但寧騎城一揮手，對身後的獄卒道：「押回牢房吧。」寧騎城目送柳眉之走出去，又說了一句，「好好用膳，我會吩咐牢頭對柳公子好生看待。」

二

寧騎城一出衙門，便遣散了身後的隨從，獨自騎馬回府。

在府門前看見早已候在那裡的李達，李達跑過去牽住他的馬，寧騎城翻身下馬，問道：「還沒走？」

「沒走，說是不見你一面，絕不回去。」李達瞄了寧騎城一眼，不敢多言，忙拉著馬往側門走去。

寧騎城站在那裡，皺了下眉頭，低著頭緩步向大門走，過了影壁，沿著回廊向書房走去。偌大的寧府，除了演武場便是放置著兵器架的沙地，即便不愛花草，在春光中也遍布綠葉紅花。回廊兩側此時已被不知名的花草占據。寧騎城站在一株叫不上名字的花木前，停下腳步。

突然背後一陣風過，寧騎城眸子一閃，抬起的手臂又落下來。接著一雙溫軟的手臂從背後抱住了他：「黑子哥。」

「和古帖，放手。」寧騎城轉回身，皺著眉頭看著和古帖，這個與他在蒙古草原一起長大的姑娘，出落得越發健碩和美麗了。只是她今天的一身打扮，差點讓寧騎城失聲笑出來。和古帖穿著漢家女子的衣裳，緊巴巴地箍在她豐碩的軀體上，頭上的髮式也是學漢家女子的，但是梳得過於毛糙，一些髮絲亂糟糟垂下來，在風裡飄動。「你看我這身衣裳好看嗎？」和古帖圓圓的臉蛋紅撲撲的，一雙細長的眼睛看著寧騎城。

寧騎城背著雙手，後退了一步，看著和古帖點點頭道：「其實，妳還是穿蒙古袍比較好看。」

和古帖臉色一變，她瞪著寧騎城道：「我以為你喜歡漢人女子，所以才把自己打扮成這樣，我也不喜歡穿成這樣。」

寧騎城沉下臉，問道：「和古帖，乞顏烈難道沒有交代過，不准私自跑我府裡見我嗎？」

「交代過，我知道，我是偷跑出來的。」和古帖突然上前從背後抱住寧騎城，把臉貼到他背上，「我阿爹給我定了親，我不想回草原，我想跟你在一起，黑子哥，你說話呀。」

寧騎城脊背僵直，他慢慢掰開和古帖的雙手，淡淡地說道：「和古帖，妳我的命都攥在乞顏烈的手中，何事是可以自己決定的？」

「我們跑吧！」和古帖湊近寧騎城，眼睛放著光。

寧騎城盯著和古帖，冷酷地說道：「我送妳回馬市，以後不可再提此事。」和古帖呆呆地凝視著寧騎城，片刻後雙目通紅，臉色煞白地說道：「你如今成了大明的大官便把往事一股腦全忘了，你忘了你兒時被師父打得起不了床，是誰照顧你！你忘了你被罰面壁餓得半死，是誰偷偷給你送吃的？沒有我，你死過不止十次了。從小到大，我心裡只有你，你呢，原來你不過是一直在利用我罷了。」和古帖說完，怒氣衝衝地向外跑去。

寧騎城一個箭步攔到前面：「和古帖，我送妳走，如今街面上到處是東廠的人——」

「不用你管，」和古帖走了幾步，又轉回身，望著寧騎城道，「你只回答我一句話，到底心裡有沒有我，若有，我可以等你。」

寧騎城垂下眼瞼，沉默片刻，走到和古帖面前拉住她的手道：「和古帖，我從來都把妳當妹妹看待，在這個世上除了我養母便是妳，妳們是我最親的人。」

「我不要做你妹妹，我要做你的女人。」和古帖大聲說道，「我們草原上的女子便是如此，敢愛敢恨，從不壓抑自己的愛，你若心裡沒有我，直說好了。」和古帖直直地盯著他。

「我……我心中已有了一個女子。」寧騎城低聲說道。

「好！」和古帖眼淚噴湧而出，順著臉頰流下來，她擦把臉，轉身便走。寧騎城幾步跟上來：「和古帖，我送妳。」

「不用你送。」和古帖固執地一路疾走，到了側門前，牽了自己的馬，翻身上馬，頭也不回衝出門去。寧騎城叫了聲，李達急忙牽來他的坐騎，寧騎城跟著和古帖的馬疾馳而去。

回來時，天已擦黑。李達跑去牽馬時，才發現寧騎城一身酒氣。寧騎城從馬背上滾下來，被兩個家丁扶著往寢室走。「李達，拿酒去。」寧騎城一路含糊不清地說著。

「大人，你又喝酒了，你要誤大事啦。」李達跟在他身邊著急地說著，一邊吩咐人速去備醒酒湯，一個僕役飛跑著去了。

「什麼事？我不管，我要喝酒，給我拿酒……」寧騎城被扶著走進寢房，躺倒在床榻上。

「大人，你交代小的，要我提醒你，你今晚要進宮，面見王公公，你難道忘了嗎？」李達對著床榻上的寧騎城大聲說。

寧騎城眼神一晃，猛地站起身，走到屋子中間方如夢初醒，他揉了揉額頭，酒也嚇醒了幾分。李達看寧騎城清醒過來，急忙說道：「我已吩咐下去，一會兒大人喝了醒酒湯，便會好受些。」

「你不說，我倒要忘了。」寧騎城看著李達，「去打些水，我淨下面，還有，給我準備一套新的朝服。」這時，僕役端來醒酒湯，寧騎城端起碗，一飲而盡。李達從銅盆裡絞出一個帕子遞給寧騎城，寧騎城擦了把臉，他脫掉身上的便服，依然不放心地低頭聞了一下，問道，「李達，我身上還有酒味嗎？」

「大人，已去了十之八九，有一點，我想一般人也不會留意。」李達笑著說道。

「一般人？王振是一般人嗎？」寧騎城沉著臉懟了一句，又覺得不該對李達發火，是自己要跑到酒館喝酒，他上前一步拍拍李達的肩道，「我去了。」

寧騎城換上飛魚朝服，看了眼外面的天色，匆匆走出去。騎著馬一路疾馳，趕到宮裡，正是掌燈時分。

今日換值的守宮門的守將正好是高健，高健遠遠看見寧騎城的坐騎飛奔而來，便從宮門裡走出來，身後的兩個隨從跑上前去牽寧騎城的馬。高健陪著寧騎城往宮裡走，一路上似是有話要說，又猶豫不決，寧騎城也不說破，只顧默默向前走，眼看便要到司禮監了，高健終於憋不住，問道：「大人，你說柳眉之會被處以極刑嗎？」

寧騎城不動聲色地一笑：「等你半天了，知道你要問這件事。」寧騎城回過頭盯著高健道，「柳眉之如何處置要看上面的意思，你不要插手。」說完，他指著前面司禮監的大門道，「你回去吧，我到了。」

「寧大人，」高昌波正巧從司禮監走出來，迎面向寧騎城走來，他嬉笑著拱手一揖道，「聽聞寧大人破獲一驚天大案，京城都傳遍了，可喜可賀呀。」

「高公公，謬讚了。」寧騎城急忙還了一禮，然後抬眼瞟了下院子裡。高昌波急忙說：「先生正在裡面候著呢。」

寧騎城辭別高昌波，抬腿走進院裡，早有小太監跑進去稟告。王振尖細的嗓音從廂房裡傳出來：「我那乾兒來了。」

寧騎城快步走過天井，上了幾級臺階，挑簾子走進房裡，王振坐在八仙桌旁，身後站著陳德全。寧騎城剛要行禮，被王振止住，聽聲音便可知王振今日心情大好，臉上的褶子也淺了些，竟有了幾分精氣神。

「給我兒看茶。」王振笑瞇瞇地說道。

「乾爹，」寧騎城也露出笑臉道，「兒看你今日神采奕奕，定是有什麼喜事嘍。」

「哈哈，我一孤老頭子，喜從何來？」王振瞇著眼睛看著寧騎城道，「倒是你給我帶來了好彩頭，我兒不知，此番朝中這幫大臣正以科舉之事要為難我，他們聯名上疏，正鬧得不死不休之時，我兒這次雷霆之勢的出擊，恰當其時，不僅轉移了眾朝臣的視線，生生封住他們的口，皇上也龍顏大悅。」

寧騎城急忙站起身，拱手一揖道：「為乾爹分憂，是兒的本分。」

「說得好。」王振點頭道，「我兒堪此重任。」

「對了，乾爹，」寧騎城看此時王振正值春風得意之時，便尋下此時機道，「上次，你讓兒查與蒙古商人易貨之事，兒查出些端倪，據查實，朝中一些大員的親屬私自與蒙古商人易貨交易，此事油水豐厚，那些蠻夷之地物資貧乏，所需物品皆從大明所得，那些與蒙古商人交易的人家，個個賺得盆滿缽盈。」

「哦?有這種事?」王振眼縫中精光一閃，「怪不得如今這京城裡蒙古使團的人數越來越多，剋扣他們的禮單，他們也毫無怨言。」

「我兒，你有何想法?」王振看著寧騎城。

「他們中有人找到我，說是如今草原部落之間，連年征戰，弓箭兵器捉襟見肘，要用草原上最好的馬換咱們的弓箭。乾爹，咱們工部有的是廢棄不用的弓箭，做成這個交易不費周章。」寧騎城偷眼看著王振。

「如今弓箭可是緊俏貨，誰稀罕他們的馬，總是以次充好，若他們真想成交，便用三倍的價錢，用銀子或金子。」王振看著寧騎城，呵呵一笑道，「我兒，你看如何?」

「還是乾爹思慮周全，兒子受教了。」寧騎城笑著說。

王振十分開心，又與寧騎城說了會兒話，然後看了眼木案上沙漏，便起身道：「我得到乾清宮轉一圈了，看看皇上有沒有旨意。」寧騎城也站起身，兩人一起走到門口，一些隨從太監遠遠跟在身後。

「乾爹，如今白蓮會的北堂主在詔獄裡，兒子還要向你討個示下。」寧騎城躬身問道。

王振背著手，走了幾步，緩緩道：「不急，我今兒便向皇上說一下，聽聽皇上的意思。」

兩人在甬道分了手，一個往南，一個往北。

三

這日巳時，上仙閣的夥計剛清掃完畢，便走進來三位客人，均是商賈的打扮。夥計跑上前引著三人走到中間的一張桌子前，客氣地說道：「三位貴客是今兒的頭番客人，請問用些什麼？」

三人中年長的大漢，氣宇頗有些不凡。他並不說話，而是從懷裡掏出一個帖子，道：「有勞這位小哥，請把這個帖子遞給你們掌櫃的。」夥計一看這人架勢，再看桌面上那個帖子，心裡已明白七八分，此三人定是江湖中人。夥計雙手接過帖子，匆匆向裡面走去。

夥計走到穿堂，看見小六便叫住他：「小六，大堂上有人拿著帖子要見掌櫃的。」小六走過來，拿過那張帖子看了看，道：「這是咱們散出去的帖子，只是這幾人來得也太遲了些。如今掌櫃的他們都不在這裡。」

「小六，你想個法子，我還要去回這幾位客人呢。」夥計道。

「這樣，你把帖子交給我，我去找主事的帳房，讓他去回話。」小六說完，便一溜煙往後院跑去。

小六找到帳房陳先生，把帖子往他面前一晃，陳先生立刻從算盤前站起身來，拿過帖子端詳了片刻，道：「咱這封江湖救急帖散出去，時日可不少了，為何此時才來？不過，按江湖上規矩，拿著帖子前來的，便都是朋友，要好生招待。雖說此時掌櫃和幫主都不在，咱們不可怠慢了來人，還是問清了緣由，再做打算。」

一炷香工夫，小六引著三人來到望荷亭，此亭築在水塘中間，有曲廊連通，與暢和堂遙遙相望，安排在此待客也算給足了來人面子。陳先生迎著三人抱拳道：「敢問朋友來自何方，也好向我們幫主回話。」

打頭的大漢抱拳道：「我等三人乃是白蓮會總壇主特使，特來拜會興龍幫幫主，鄙人是護法白眉行者，這兩人是我的屬下。」

陳先生和小六聽完他們的介紹，當場愣住。片刻後，兩人交換了個眼色，陳先生面露難色道：「三位俠士，我們幫主不在此地，我是主事的帳房，不如三位暫且住下，等待幫主回來。」

白眉行者沉吟片刻，點點頭道：「好，聽候主事的安排，不過有一事還要有勞先生，請把我的拜帖速派人送到你們幫主手中，我想他看過後，很快便會來見我。」說著，他從衣襟裡掏出一個燙金邊的帖子，交給陳先生。

帳房陳先生接過帖子，馬上吩咐人引著三人到後院的客房休息，看到他們走後，陳先生拉住小六道：「這些人是白蓮會的，咱們與他們素無往來呀。」

「哼，陳先生，你是不知情，」小六滿臉怒容道，「上次幫主便是被白蓮會堂主算計了，險些喪命。如今他們還敢大搖大擺前來，我真想把他們轟出去。」

「不可魯莽，你小子懂什麼？」陳先生瞪著小六，「這白蓮會在各省都有分支，勢力很大，咱們不好得罪，既然他們拿了拜帖，你便跑一趟，去瑞鶴山莊交給幫主，讓幫主決斷吧。」

小六騎一匹快馬，趕到瑞鶴山莊時，已是申末時。晚霞映紅了小蒼山諸峰，山林披上一層神祕的色彩。守衛山莊大門的莊丁並不認識小六，便進去回稟。不多時，巍峨的山莊大門打開，一個莊丁道：「幫主命你到櫻語堂回話。」

小六也是頭次來瑞鶴山莊，以前總是聽旁人說起，不得眼見，如今總算一睹真容。一路所見不僅闊達，而且奇秀，處處曲徑通幽，若不是莊丁引路，恐怕自己找到次日也找不到櫻語堂。

此時，櫻語堂座無虛席。蕭天和明箏等人以及在山莊做客的玄墨山人師徒和天龍會師徒正在堂中品茶。由於前幾天七煞門飛鴿傳書，門裡有事，太乙玄人掌門領著幾個弟子已先行離去，不然的話更是熱鬧異常。如今山莊裡只住著天蠶門師徒和天龍會師徒。這些人聚在一處，倒是很對脾氣，要麼談論新近發生的江湖中事，要麼便是眾弟子切磋武藝。

小六一路跑進來，一看堂內眾人，面生的居多，不由愣了愣，剛才的頑皮相收斂了些，一本正經地走到蕭天和眾人面前，規規矩矩地行禮道：「參見幫主、李把頭、明箏姐姐、盤陽大哥、林棲大哥，還有……各位英雄。」小六身體轉了一圈，對在座之人一一行禮，眾人被小六的滑稽相逗樂了。

「好了，」蕭天笑道，「你今日從京城跑來，所為何事？」

小六從懷裡掏出燙金拜帖遞給蕭天道：「回幫主，今日白蓮會的白眉行者拿著咱們散的帖子來上仙閣，口口聲聲要拜見幫主，這是他的拜帖。」

眾人全都盯著那個燙金帖子。蕭天皺著眉頭打開帖子看了看，吩咐莊丁領著小六下去吃飯休息。他們一離開櫻語堂，大家便一陣交頭接耳。

「此時，白蓮會怎麼會找上門來？」李漠帆問道。

「近日朝廷對他們打壓得很厲害，」玄墨山人捋鬚說道，「現如今堂主也被抓進詔獄，難道與這事有關？」

「老李，」蕭天扭頭看著李漠帆道，「那日跟咱們一起來的孩子，叫小魚兒的，可還在莊上？」

「在呢，」李漠帆道，「他是柳眉之的人，柳眉之進了大獄，他也無處可去，我看他可憐，安排在農莊裡。」

「你速去叫他過來。」蕭天說道。

李漠帆起身走出去，不多時便領著小魚兒走進來。待蕭天把剛才的事一說，小魚兒雙眼發光道：「白眉行者是總壇主的十大護法之首，我們堂主也都要聽他的，太好了，我要去見白眉行者。」

蕭天點點頭，對大家道：「既然人家遞了拜帖，又是白蓮會總壇主的特使，豈有不見的道理。這樣，老李你帶著小魚兒和小六回京，接白眉行者一行來瑞鶴山莊見面，就說我蕭天在此恭候。」

眾人議論半天，也覺得如此處置合乎江湖規矩。

次日一早，李漠帆便帶著小六和小魚兒出發了。臨走時蕭天特意關照小魚兒，可以跟著白眉行者回到白蓮會。小魚兒很是興奮，但片刻後又變得愁腸百結，他在這裡跟他們相處一久，便有些難捨難分。最後，小魚兒抹著眼淚隨李漠帆和小六騎馬而去。

送走他們，蕭天回到櫻語堂。一進院門，便看見明箏一身素白的衣裙站在院中那株粗大的櫻樹下。他們回到山莊時，已過了花期，只看見一地落櫻。如今樹幹上還剩下孤零零的幾星花瓣，明箏站在樹下似是若有所思，直到蕭天走到近前，她才發現。

「明箏，」蕭天看著她，「這些天忙著招呼客人，也沒有問妳，在這裡可還住得習慣？」

明箏點點頭，微風下裙裾飄飛。近日她清瘦了不少，也許是大病一場的緣故，原本活潑開朗的性子硬是給磨出了幾分寧靜。她抬起頭，聲音有些低沉：「蕭大哥，今日是雲輕的『頭七』，咱們去墳前上炷香吧。」

經明箏一提，蕭天方才記起。那日他們出京，把雲輕的屍身裝進棺木，直接拉走埋在小蒼山的半山腰，當時過於匆忙，連紙都沒燒一張。蕭天點點頭，對明箏道：「我去準備些祭祀的物品，妳在這裡等我。」

蕭天回到寢房，換了身月白的長袍，然後吩咐小廝準備一個竹籃並兩匹快馬。兩人騎馬出了山莊大門，一路上坡，來到小蒼山的半山腰。山坡上一片楊樹林，站在此處遠望，觸目所及，層巒疊嶂，綠意盎然。兩人下了馬，放馬在山坡吃草。陽光下山坡上開滿五顏六色的花，他們從花叢中走過，卻無心賞此山中美景。

「明箏，妳有什麼心事，說給大哥聽聽。」蕭天注意到明箏的反常，一路都沉默不語。

「蕭大哥，你說此次柳眉之會被處死嗎？」明箏低聲問道。

蕭天停下腳步，他不知該如何回答，從明箏口中說出這句話，他並不意外，估計這些天她都在為這件事糾結。他與明箏相處越久，越是深知她的心性脾氣，明箏就似一汪清泉，清澈見底，至純至善。蕭天試探地問道：「妳不想他死？」

明箏眼裡淚光閃閃，看得出她心裡充滿矛盾：「不是，我恨他，有時候我恨不得他死，他為何要那樣對你？但是，我又怕，我怕極了，聽到他死，我……」明箏哽咽著說不下去了。

蕭天心頭一顫，他看到明箏傷心的樣子，不知該如何安慰她，他扶著明箏的雙肩道：「明箏，我知妳把他當哥哥看待，身邊只剩下這一位親人了。」

明箏點點頭，蕭天說中了她的心思，她一頭撲到蕭天懷裡，抱著他的腰把臉埋進他懷裡大哭起來，蕭天僵直著脊背任明箏在他懷裡哭，腦子卻飛到別處。過了片刻，蕭天拉起明箏，用手擦去她臉上的淚道：「明箏，或許柳眉之不會死。」

「啊？」明箏梨花帶雨地看著蕭天。

「白眉行者遞上拜帖要見我，或許便是要同我談柳眉之的事。」蕭天思忖片刻，接著說道，「你想，白蓮會怎麼容許他的堂主被官府掌控？此次白蓮會總壇主派來特使，看來他們也慌了，必是柳眉之掌握有他們很多底細。」

「他們要救他！」明箏恍然大悟，「可為什麼要見你？」

「京城裡數一數二的幫派就這麼幾個，興龍幫算是口碑最好，仗義疏財，名聲在外。如今白蓮會在京城連落腳之地都沒有，他們不找我找誰？」

明箏突然面色煞白，她緊張地盯著蕭天問道：「蕭大哥，若是果然如你所料，他們要聯合興龍幫一起救柳眉之，你會出手相救嗎？」

蕭天微微一笑道：「妳若要我救，我便救。」

「他那樣害你，把你投入虎籠，你不記恨他嗎？」明箏驚叫道。

「一隻病虎，能奈我何？」蕭天一笑。明箏滿面通紅，她既興奮又惆悵，上前拉住蕭天的手道：「蕭大哥，我要向上天許一個誓言，你必須答應。」

「答應什麼？」蕭天一愣。

「你若救柳眉之，我便以身相許。」明箏說完，也不管他答應不答應，轉身飛跑到坡崖，面對著遠山，跪倒在地，大聲說道，「天地為證，明箏在此當著遠山、白雲、樹神發個誓言，明箏上無父母可依，也厭倦世人的繁文縟節，今兒個自作主張，把自己許配給蕭天，今生今世便只願為一人而終。若食言，便從此山跌入陰曹地府，永世為畜。」

站在坡下的蕭天聞此言，大吃一驚，他急忙跑上前道：「明箏，妳……不可……」

「我要報答你的恩情。」明箏執拗地說道。

「我無須妳報答。」蕭天紅著臉，有些不知所措。

明箏低下頭，喃喃自語：「蕭大哥，我是不是太不矜持了？」

「是，太……太……」蕭天一臉窘迫，不知如何回答是好。

「是，我不矜持。」明箏的臉說變就變，突然潸然淚下，「我從小流離失所，跟著隱水姑姑雲遊四方，隱水姑姑一心尋親，她哪裡知道我是個女兒身，要教會我矜持，讓你如今嫌棄我……」

不等明箏說完，蕭天一把拉起她，把她擁進懷裡，眼裡漾出淚光，他緊緊擁住她，她柔軟的身子緊緊貼在他胸前。他閉上眼睛，心裡的痛豈是別人可以理解的，他吃力地說道：「明箏，妳是個好姑娘，我……我怕我……負了妳。」

明箏抬起頭，凝視著他，道：「我知道，你不會。」

「可是，萬一有一天，我離開了妳呢？」蕭天憂心地問道。

「我會去找你，總之你今生便是我的夫君。」明箏突然破涕為笑道。蕭天聽此言渾身一顫，他鬆開她，背過身去，過了好一陣子，蕭天轉回身，緩緩道：「明箏，此事還要從長計議，眼下不是談婚論嫁的時候。」

「我知道，大仇未報，不應說這個。但是，」明箏雙眸一閃，瞟著蕭天，一臉嬌羞地道，「咱們先私訂終身，也不為過。戲本上都是這麼唱的。」

「有嗎？」蕭天有些哭笑不得。

「有。」明箏鄭重地點點頭。

「若是我以前有婚約在身呢？」蕭天試探著問道。

「婚約？」明箏瞪著蕭天，以為他是在逗她，便嬉笑著說道，「那便來一次比武招親，打一架好了。」

蕭天一聲苦笑，嘆息道：「若世上的事，都可以打一架便做個了斷，便好了。」

蕭天心裡雖然五味雜陳，但聽到明箏那幾句古怪的誓言，喜悅還是溢滿心胸，臉上洋溢著幸福的神采。他看了眼天色，忙說：「別忘了，咱們是來看雲輕的。」一句話提醒了明箏，明箏拉著他走到楊樹林雲輕的墳頭前。

兩人擺好祭祀的物品，在墳前燃了三炷香。明箏說道：「雲輕，今兒是你的『頭七』，我們來看你了，你是我們的救命恩人，你救了我夫君，以後每年你的祭日，我都會來看你。」

蕭天看著身旁的明箏，聽到她喊他夫君，臉上一紅，但是並沒有去阻止，他眼裡的憂思和不安在那一瞬間變成了柔情蜜意，等明箏說完，他從竹籃裡取出一個酒瓶，畝酒於地。祭拜完，看天色不早，蕭天和明箏匆匆趕回山莊。

四

蕭天和明箏剛回到櫻語堂，莊丁便跑來回稟：「從山外來了五匹快馬。」蕭天沒想到他們當天便趕過來，忙令小廝去通知玄墨山人和李蕩山來櫻語堂議事。

不一會兒堂上坐滿了人，玄墨山人、李蕩山以及他們的徒兒，林棲和盤陽也跑過來。一盞茶工夫，曹管家領著眾人走進櫻語堂，蕭天等人到廊下迎接。

眾人看到小六隨行，卻不見李漠帆。白眉行者大步走到眾人面前，向諸位一抱拳高聲道：「有勞各位英雄相迎，白眉行者這裡有禮了。」眾人一陣寒暄，蕭天走出來，相互引薦一番，這才把客人請進櫻語堂，分賓主落座。

小六走到蕭天面前回稟道：「回幫主，李把頭留在上仙閣，命我帶白眉行者一行前來。」

白眉行者盯著蕭天，這時也方想起見過此人，突然朗聲笑道：「蕭幫主，真是不打不相識呀。」蕭天微微一笑，看到座上兩位前輩投來疑惑的目光，便把曾與白眉行者一起對付東廠督主王浩的事說了一遍。

「白眉行者此時拜會興龍幫，所為何事呀？」蕭天問道。

「蕭幫主，兩位前輩，」白眉行者站起身，向幾位一拱手，「還有座上諸位朋友，我此次前來，是受白蓮會總壇主之托，懇請興龍幫協助我前去詔獄，解救北部堂主柳眉之。」

此言一出，除了蕭天不動聲色，堂上的各位皆面露驚訝之色，氣氛驟然變得緊張，隨後便像一串點燃的炮仗扔進了鐵鍋裡，劈里啪啦炸了起來，眾人高聲叫嚷著：「救他？」

「他如何待我們幫主，怎可饒他？」

「憑什麼去救他，白蓮會與咱們有鳥關係！」叫嚷聲最大的數林棲和盤陽了。白眉行者的來意不出蕭天所料，他瞄了眼明箏，明箏目光裡滿是敬佩，迅速回了他一個眼神。蕭天抬頭默默注視著白眉行者，然後向眾人擺手，制止住大家的七嘴八舌，大聲道：「大家安靜，聽白眉行者說下去。」

白眉行者目睹堂上的情狀並不意外，他也是有備而來。對於柳眉之與蕭幫主之間的恩怨，他有所耳聞，說白了不過是兒女之事，若蕭天以此回絕，他便真要看扁了他。

白眉行者看蕭幫主已壓住眾人氣焰，便向眾人抱拳，滿面歉意地道：「各位老少英雄，我知道這個事太難為大家。但是，大家想過沒有，柳眉之多在詔獄待一天，咱們大家都多一天危險，此話並不危言聳聽。柳眉之認識你們大多數人，特別是蕭幫主，還有明箏姑娘，包括李把頭，大家都處在危險之中。這些年咱們或多或少都與王振那閹賊有過過節，而寧騎城便是他的爪牙，一旦寧騎城從柳眉之口中得知諸位的真實身分，大家都不好過。只有將他盡快救出來，大家才可保周全。」

李蕩山不屑地哼了一聲道：「你門中堂堂一堂之主，竟然如此不堪嗎？你料定他會出賣大家？」

「李老英雄，」白眉行者站起身，望著大家道，「我想在座的也會有所耳聞，那詔獄不亞於人間地獄，裡面的十八般酷刑堪比閻羅地府，都是血肉之軀，有幾人能受得住？盡快救他出來，才是保全大家的法子。」

眾人頓時沉默下來，大眼瞪小眼。

玄墨山人開口道：「恐怕是你們白蓮會才會保全吧。」

「老英雄此話一語中的，」白眉行者嘆息道，「柳堂主已進入白蓮會四大堂主之列，門中諸多機密恐也知十之三四，他此番入獄，害得整個門裡都亂了套。諸位請看，」他說著從衣襟裡取出一個細小的竹筒，從裡面取出一張字條，眾人好奇地看著他，他舉著那張字條道，「這是我今日收到的總壇主的飛鴿傳書，總壇主令我盡快救出柳眉之，若劫獄不成，便混進獄中滅口。」

一時間堂上寂靜無聲，唏噓之聲四起。

「請問在座的老少英雄，去救他，還是去殺他呢？」四周議論聲再起，眾人交頭接耳。

蕭天看到明箏整張臉蒼白如雪，便遞過一個眼神。明箏驚慌的神情在蕭天篤定眼神的安撫下，終於鎮定下來。

「諸位，」蕭天突然開口說道，「此番柳堂主身陷詔獄，雖是白蓮會之事，與我們皆不相干，但是白蓮會總壇主既然派特使有求於咱們，咱們便不能袖手旁觀，畢竟大家都在江湖謀生，抬頭不見低頭見，讓白蓮會欠咱們人情，總比反目成仇強，不知諸位意下如何？」

席上一片靜默，有人小聲耳語。

玄墨山人哈哈一笑，點頭稱讚：「蕭幫主，此言頗有遠謀，不錯，大家行走江湖，豈有見死不救之理。再說，白蓮會如今勢力通達南方諸州府，落他們的人情划算。常在河邊走，哪能不濕鞋，誰也不能保證自己沒有求人的一天。」

「話是這麼說，但是……」李蕩山神情嚴峻地看著大家，「咱們願意出手相救是一回事，救得了救不了又是一回事。諸位，咱們可是要劫獄呀，那詔獄可是你想劫便能劫的？」

「不錯，詔獄素有銅牆鐵壁之稱。」玄墨山人道。

此時，蕭天與白眉行者四目相對，相視一笑。兩人很高興看到話題已從出不出手，轉到怎麼劫獄上。大家開始各抒己見，一時爭論不下，白眉行者也不接話，有意讓大家直抒胸臆，大堂上好不熱鬧。

一炷香的工夫，蕭天、白眉行者、玄墨山人、李蕩山四人簡單溝通過後，蕭天便伸手止住大家，堂上立刻安靜下來，大家都把目光投向蕭天。

「既然大家已達成共識，下一步便是如何劫獄。」蕭天正色道，「此事萬不可魯莽，要好好籌謀。剛才我與玄墨掌門和李幫主，以及白眉行者商議了一下，第一步，分頭潛入京城，以三天為期，摸清詔獄的地形、駐軍部署，回山莊再做打算。」

當晚，眾人分成四路人馬相繼離開瑞鶴山莊。白眉行者領著他三名手下和小魚兒先行離去，李蕩山領著兩名弟子也離開了山莊。玄墨山人臨走時在山莊大門前叫住蕭天。蕭天見他有話要說，便跟了過去。

玄墨山人拉住蕭天低聲道：「蕭幫主，我此番另有計畫，待回來後詳細告訴你。」

「與寧騎城有關吧？」蕭天微微一笑道。

「正是，」玄墨山人慚愧地搖頭道，「我這點私心還是讓你看出了，我是想借此事對付寧騎城，查尋『鐵屍穿甲散』的下落。」

「不算私心，一舉兩得豈不更好。」蕭天笑道。

聽蕭天如此說，玄墨山人豁然開朗，大笑著離去，幾名弟子也跟著與蕭天辭別而去。

此時，明箏也收拾好行李，帶著小六走到蕭天身邊。蕭天只留下林棲和盤陽守在山莊，由於他倆南方口音太重，像這種混跡在市井中的事，一般排不上他倆。蕭天他們最後離開山莊，三人各騎一匹快馬，蕭天和明箏扮作夫妻模樣，小六則是僕從，三人打馬而去。

一路上明箏沉默不語，只是不停地快馬加鞭。蕭天以為明箏過於憂思了，便開導道：「明箏，妳放心，幾大門派聯手，會有辦法的。」

「唉，我剛剛在想……」明箏回過頭，「我知道你答應救他是為了我。我一直以來對他心存愧疚，是我欠他，我父親的案子連累了他一家人，還有他母親……此番救他，便是還清欠他的情，如此一來，我與他再不相欠，從此再無瓜葛。」

蕭天點點頭，看著明箏道：「如此甚好。」

第十五章　潛入京城

一

三人一路快馬疾馳，在黃昏時趕到城門前，蕭天看到城門前並無加崗布哨，一切與以往並無二致。三人進了城，騎馬路過一個不起眼的小客棧，蕭天翻身下馬，對小六道：「你先回上仙閣，通知李漠帆來這個客棧見我，今晚我們在此歇息。」

小六應了一聲，打馬而去。

小客棧門前立著一根竹竿，挑著一面黑邊白底旗子，上寫四字「悅來客棧」。蕭天和明箏牽馬進了院子，有店小二招呼著牽過馬匹到一旁馬廄餵料去了。兩人走進客棧，蕭天向掌櫃的要了一間上房。掌櫃的一臉和氣，一雙細長的眼睛卻盯著兩人瞄來瞄去，最後目光停留在明箏身上。蕭天看他如此無禮，不由動了氣。

「掌櫃的，我的話你沒聽見？還不在前面引路去客房？」蕭天怒道。

「是，是……」掌櫃的答應著，手伸到櫃檯下面摸出幾張告示，一邊賠著小心，一邊苦著臉道，「客官有所不知，如今官府有令，住店的要逐個核查，不是我怠慢，這是官府發的告示，我不得不遵從，以免誤了客官也誤了我這小店。」說著，他把四張告示鋪在櫃檯上，掌櫃的又向他兩人瞄了一眼，方微笑著點了下頭，「得嘞！」明箏一把抓過那幾張告示，原來是海捕文書。她與蕭天對視一眼。蕭天展開那四張海捕文書，上面均有畫像：一張上寫狐山君王，畫像凶悍醜陋滿臉虬髯，幾乎可以當惡魔去嚇唬小孩了！另一張上寫明箏，畫的卻是一個束髮美目的少年。其餘兩張畫像是遠近聞名的大盜。

明箏看完一臉煞白，一雙眸子既驚又恐，她低頭看看自己身上所穿的青色衣裙，很慶幸出來時聽蕭天的與他扮成夫妻。

掌櫃的看面前一對小夫妻神情有異，以為是被這幾張告示嚇住了，忙賠笑道：「客官，小的奉命行事，嚇著二位了，請跟我來吧。」那間上房在二樓，掌櫃的領著看完房，便離開了。

明箏急忙關上房門，詫異地問蕭天：「蕭大哥，你難道掐指會算？讓我換上女裝真是及時，不然一定會被樓下這個掌櫃的告發。」

「哪裡是我掐指會算，」蕭天走到窗前，推開窗戶，看著街面，道，「妳忘了，寧騎城最後一次見妳，是在長春院門前，妳那日穿著男裝。」

「這……你也記著？」明箏恍然大悟，但是依然詫異地問道，「可是，官府為何要通緝我？」

「與寧騎城有關。」蕭天道，「他要抓妳，還不是為了那本《天門山錄》！此書從他手中所失，王振定會向他討要。」蕭天說著坐到屋子中間的方桌前，「妳我現在處境艱難，時刻都要留意周圍的一切。」

明箏長出一口氣，嘟著嘴帶著氣說道：「哼，想想便來氣，我的畫像竟跟那個惡鬼狐山君王攪到一起。」

蕭天一愣，瞥了眼明箏問道：「你知道狐山君王？」

「京城裡誰人不知?」明箏叫道,「我進京一路便聽到他的傳聞,從我家街坊那裡聽到的更多,說他生吞嬰兒、扒女人皮……」

「啪」一聲,蕭天手裡的茶碗掀翻到桌上,水潑了一桌。明箏急忙走過來,從桌下找出一塊抹布,一邊收拾一邊道:「與這樣的人為伍,還不知以後人們如何編排我呢,會不會說我也生吞嬰兒?」

蕭天一笑,掩飾著尷尬接著喝茶。

明箏拿著燭臺,找到客房裡的火折,點燃了燭臺上的蠟燭。屋裡被昏黃的光照亮。明箏看著房間一側的床榻,這才想起蕭天只要了一間上房,不由一陣尷尬:「蕭大哥,我明明看見走廊上還空出幾間上房呢。」

「你想讓我再要一間上房,好讓掌櫃的猜疑咱倆並不是夫妻?」蕭天放下茶碗,問道。

「那便不要了。」明箏坐到蕭天對面,端起蕭天給她斟滿的茶,一飲而盡。

這時,從窗外傳來一聲口哨。蕭天機警地抬起頭,他迅速走到窗前,看了一眼窗外道:「是小六,你去把他領上來。」

小六抱著一個食籃站在櫃檯前,正與掌櫃的答話,一看見明箏從樓上下來,便跑過去說道:「姑娘,妳要的飯食全熱乎著呢。」

「好,有勞小哥,跟我來吧。」明箏轉身走上樓,小六跟在她身後匆匆上了樓。兩人一走進客房,蕭天劈頭便問小六:「李把頭如何沒來?」小六放下食籃,哭喪著臉說道:「幫主,出大事了!」他用袖頭擦了把臉上的淚,「李把頭被抓走了。」

「何時發生的?」蕭天抓住小六的肩膀叫道。

「聽帳房陳先生說，是昨個上午，被錦衣衛的人帶走的。陳先生使銀子買了口風，李把頭如今關在詔獄裡。我去時他們正商討著要去瑞鶴山莊報信呢，一看我回來，便托我向幫主討個示下。」

蕭天一陣追悔莫及，他沒料到寧騎城連李漠帆都盯上了，當時真不該讓他回上仙閣。他拍拍小六的肩膀，道：「小六，你回去告訴陳先生他們，這件事我已知曉，讓他們照常開門待客，我會想辦法的。」

小六點點頭，默默從食籃裡拿出幾樣飯菜，拎著食籃走了。

蕭天和明箏面對著桌上飯菜卻毫無胃口。明箏看蕭天一直沉默不語，實在忍不住了，問道：「蕭大哥，你倒是說話呀，咱們怎麼辦呀？」

「在這之前是救柳眉之，」蕭天平靜地開口道，「在這之後便是救柳眉之和李漠帆，多一個人而已。」蕭天拿起竹筷道，「先吃飯，吃飽了睡覺。」

「啊，這……能吃得下嗎？」明箏看著蕭天大口吃起來，自己卻一點胃口也沒有，在蕭天的幾次催促下，只好拿起竹筷，吃了幾口，便再也吃不下。

蕭天看她毫無食欲，也不再勉強。他關緊門窗，只留下方桌上一盞燈，然後走到明箏面前道：「我睡前半夜，妳睡後半夜。」明箏一愣，沒聽清他說什麼，便看見他走到床榻前倒下便睡，不一會兒便聽見蕭天均勻的鼾聲。

「這人心可真大。」明箏直搖頭，她無論如何睡不著，盯著桌上燭光，滿腹心事，想想李漠帆如今也到了那該死的地方，心裡便如同刀絞般痛。她托著腮幫陷入沉思，不一會兒便昏昏欲睡。

街上更夫敲過三更，更聲催醒了蕭天，他猛地坐起身。

方桌上燭臺的亮光只剩下黃豆般大小，明箏趴在桌面早已昏昏入睡。蕭天小心地扶住明箏的肩，輕輕抱起她，慢慢走到床榻前，把她放到床上，蓋上被褥。他換上夜行衣，走到桌前吹滅了燭臺。他走到窗前，打開窗戶，飛身躍過窗臺，便消失在黑夜裡。

蕭天從屋脊上落到一條小巷裡，他左右查看了下，辨出此巷子的走向，一邊健步如飛向前疾走，一邊思忖著此時要去的地方。他有意在明箏睡熟後再出來，是不想讓她跟著冒險，再加上她手腳太慢，怕耽誤時間。

不多時已跑到一個府門前，門前挑著一個竹篾紮的燈籠，上寫著一個「趙」字。蕭天左右看著巷子，此時大多數街坊都已熄燈歇息了。蕭天來到府門前，輕叩大門。過了一會兒，聽見一個蒼老的嗓音問道：「是誰呀，大半夜的？」接著聽見門閂鬆動的聲音，大門開了一條縫，從裡面探出一個白髮蒼蒼的頭，睡眼惺忪地望著門外。「老人家，有勞你向你家老爺回稟一聲，說蕭公子深夜拜訪。」蕭天拱手說道。老僕瞇著眼端詳蕭天，遲鈍地點頭道：「哦，好，公子……稍候。」半炷香工夫，院子裡傳來說話聲，接著響起一陣細細碎碎的腳步聲，從門縫裡看到燈燭的亮光。兩扇大門被僕役打開，趙源杰披著一件披風，裡面只穿著中衣，手裡提著一盞燈籠匆匆走過來，笑道：「賢弟呀，你來也不提前打個招呼，讓我如此狼狽，哈哈。」

「兄長恕小弟魯莽，深夜叨擾。」蕭天上前拱手一揖。

「賢弟，快別說那見外的話，跟我去書房敘話。」可以看出趙源杰看見蕭天很是高興，他拉過他便走。

兩人一路說笑走到書房。趙源杰吩咐管家遣走門外的僕役，自己隨手關上房門，一轉身看著蕭天問道：「賢弟，你如今為何還在京城？我以為你已經走了呢。」

「不瞞兄長，我今日才回到京城。」蕭天說著，看到趙源杰一臉惶恐，忙問道，「兄長可是聽到什麼消息？」

「賢弟，你且聽大哥一句勸，趕緊離開京城，越遠越好，不如到南方遊玩個一年半載再回。」趙源杰說道。

「哦?為何?」蕭天暗吃一驚，他看著趙源杰一臉嚴肅的樣子，不像是同他開玩笑。

「賢弟，上仙閣那個李掌櫃，我不知與你是何關係，我告訴你，他也被抓起來了，聽說與貢院買賣試題案有關。如今朝堂上党爭已成劍拔弩張之勢，你是一幫之主，興龍幫又是大幫派，還是不要在京城蹚渾水了。」

「兄長，買賣試題案不是已經結了嗎?」蕭天一愣。

「唉，如何了結?此次王振吃了大虧，不僅損失了張嘯天和陳斌，還把自己的老底兒險些都搭進去。近日他們抓捕了一批人，有朝堂上的言官，還有與買賣試題案有關的其他人。此番瘋狂地抓捕，一是為了報復，二是殺雞儆猴。近來，朝堂上那些在買賣試題案上聯名上疏的大臣，告假的告假，抱病的抱病，都躲在府裡抱恙不出了。」

「難道就沒有人能整治王振嗎?」蕭天咬牙道。

「還真有一人。」趙源杰說道。

「誰?」

「此人還在詔獄裡。」

「于謙，于大人?」

「正是。」趙源杰說到此，神情有些憂鬱，嘆息道，「我和高風遠還有張雲通，一直在想法子給陛下上奏章，赦免于大人。但怎奈王振盯得很緊，一直沒有機會。」

蕭天一皺眉頭，道：「算來，于大人在詔獄也有幾個月了吧，一定遭了不少罪，得趕緊想辦法救他出來，不然時間一長還會有好？」

「說到這個，我也是很奇怪。」趙源杰皺眉道，「我從高健那裡得知，寧騎城對於于謙始終是睜隻眼閉隻眼，甚至沒有動刑。雖說有高健照應，但若是寧騎城要為難他，也是一句話的事。就此我也是想不通，難道寧騎城這個大魔頭竟然敬仰于大人的人品，不願為難他？」

「寧騎城性情一向古怪、狡猾，城府又深。如果非要給此事一個說法，」蕭天一聲冷笑道，「照我看，倒是權宜之策，如果朝堂上沒有了王振的對手，那王振養著他們這些爪牙作何用途？」

「哦，」趙源杰一聽此言，茅塞頓開，不由得佩服地看著蕭天，點點頭道，「還是賢弟看得通透，如此說來，他們也不是鐵板一塊。」

「我與寧騎城交過手，不止一次。」蕭天道，「勝負倒是各半。」

趙源杰點點頭，嘆息道：「連兄弟你都如此說，看來這寧騎城真是不好對付，如今於大人身陷囹圄，可把我們愁死了。」

蕭天眼前一亮，他看著趙源杰突然說道：「兄長，你還沒有問我此次為何而來。」趙源杰被蕭天這句古怪的話問住，撓著頭笑起來：「是呀，看我囉哩囉嗦了半天，還未問兄弟此次為何而來？」說著，他端起茶盞看著蕭天。

「兄長，我正在謀劃劫詔獄。」蕭天平靜地說道。趙源杰一口茶噙在嘴裡，吐也不是，咽也不是，最後連咳帶嗆給噴了出去，眼睛都憋出血絲。如此驚天動地的大事被蕭天輕描淡寫地來了一句，趙源杰握著茶盞半天沒有穩住神。

趙源杰惶恐地起身走到書房大門，打開房門左右查看片刻，反身關上房門。他回到座上，一隻手按住蕭天握茶盞的手，壓抑著腔調，語氣粗重地道：「萬萬不可呀，那是何種地方，勢必一去無回，賢弟，要三思啊。」

蕭天默默看了趙源杰一眼，素來沉穩有度的這位兄長也被這個大膽瘋狂的想法嚇得失了分寸，不由充滿歉意地說道：「兄長，形勢所逼，這次不光是我興龍幫，幾個幫派聯合出手，即便我停手，他們也不會住手。」於是，蕭天便把這次行動的前因後果給他講了一遍，如今又多了一個要營救的人，李漠帆。

「原來李掌櫃也是興龍幫的人。」趙源杰點點頭，憂心地說道，「看來兄弟真要出手了。」趙源杰嘆息一聲，「只是這詔獄，不是銅牆鐵壁，卻勝似銅牆鐵壁，我知道你決心已下，便不會更改，但是，你可以思量一下，能有幾分勝算，做個周全的謀畫。」趙源杰說著，突然走到書案前，取出一張宣紙，拿筆浸墨在紙上描畫起來。

蕭天好奇地走過來，看見趙源杰用毛筆在白宣紙上勾勾畫畫，不一會兒，一張圖呈現在面前。

「這便是詔獄。」趙源杰指著圖說道。

蕭天俯身看圖，不由驚訝於此圖的詳盡，問道：「兄長，你如何會繪製此圖？」

「是我接手刑部侍郎時，整理案卷時發現的，當年曾經我手整理過，後來刑部的牢獄被劃撥到錦衣衛衙門，又在它的基礎上完善和改建。這是個兩進的院子，重要的人犯其實都在裡面院子裡，在最堅固的『人』字牢和『地』字牢裡，這幾處牢房都在地下。這個圖或許對你們有幫助，其他的我也幫不上。」

蕭天仔細地看著圖，詔獄的結構、各個牢房的布局上面都有，不由異常興奮，他此番來沒想到會有如此大的收穫。蕭天仔細地疊起圖，突然笑著說道：「兄長，不如我們一併把于大人也給救出來算了，你看如何？」

趙源杰愣怔在當地，有些跟不上蕭天的思路。片刻之間，剛才他還是一名旁觀者，怎麼突然之間便變成參與者了？他一時無語，眨動著眼睛。他何嘗不想于謙早日出獄，他們一眾大臣日夜謀劃的便是此事。但是，若朝堂上的事能用江湖上的辦法解決，那該少去多少麻煩呀。

「這……這……」趙源杰額頭冒汗，心跳加快，一時氣都喘不過來了。

「這樣吧，兄長，」蕭天知道趙源杰不好回答，便說道，「一切隨緣吧，若是那天我們找到于謙，便是我們的緣分，兄長看可好？」

趙源杰瞪著蕭天，眼神漸漸清晰起來，矛盾的心理也逐漸平復下來，他重重地點頭道：「一切看天意吧。」

蕭天把圖塞進衣襟，看趙源杰依然神情緊張地看著自己，便笑著寬慰道：「兄長放心，此番動手，必謀劃得當，不會貿然出手。還有，此次定與寧騎城一決高下，若能除去此人，王振也將少一個爪牙。」

趙源杰點點頭，思忖片刻道：「也好，寧騎城如今是王振最得意的爪牙，朝中忠正之士多受其打壓。張嘯天一死，禮部尚書之位空缺，我們也是力爭，但怎奈王振又一次捷足先登，被他舉薦的陳文君得到。此人任山西知府時便以貪腐出名，後被于大人巡查時上疏降級處置，沒想到于大人一進詔獄，他便又出來上躥下跳，買通了王振，竟然連升數級，從鹽運使升為禮部尚書，聞所未聞。」

「冰凍三尺，非一日之寒。」蕭天沉吟道。

「是呀，時運至此。」趙源杰望著蕭天，「賢弟有何需要，兄必赴湯蹈火。」蕭天一笑，點點頭道：「那兄弟告辭了。」

趙源杰急忙提起燈籠要送他，被蕭天勸阻。蕭天抱拳辭別，閃身出了書房，便消失在黑夜裡。

夜色如墨，更鼓已敲過四更。蕭天沿著巷子飛奔，眼看到了悅來客棧，他飛身躍上院牆，沿院牆爬上二樓的屋脊，找到入住客房的窗戶，出來時他在窗臺上放了一根短樹枝。

他落到窗臺上，伸手去推窗框。只聽「哐啷哐啷」之聲，卻根本推不動，似是從裡面閂住了。蕭天一驚，轉念一想，能從裡面閂住窗戶的，還會是誰。便急忙把臉湊近窗，壓低聲音叫道：「明箏，再不開窗，我要掉下去了。」

突然，窗戶大開，蕭天飛身躍了進去。明箏急忙關上窗戶，蕭天摸索著找到火摺子，點燃蠟燭。屋裡頓時大亮，卻見明箏一臉怒氣瞪著他：「你去哪兒了，為何不帶我去？」

「屋裡太悶，妳的呼嚕聲又太大，我出去鬆散鬆散筋骨。」蕭天笑道。

「胡說。」明箏怒道，「我只睡著一會兒，便找不著你了，我都急死了。」蕭天急忙認錯道：「是我不對，下次一定帶上妳，我只不過在四周跑了一圈。好了，天不早了，再不睡，天便亮了。」他拉著明箏，把她拉到床邊道，「說好的，我睡前半夜，妳睡後半夜，快睡吧。」明箏經此一折騰，已毫無睡意。

蕭天坐到方桌前，從衣襟裡拿出那張圖對著燭光看起來。明箏走到他一旁坐下，問道：「這是你剛才的戰利品？」

「這是詔獄的地圖。」蕭天說道，手指敲打著地圖蹙眉思忖。

「啊！」明箏瞪大眼睛，她急忙湊上前看著地圖，嘴裡喃喃自語，「還對我說去鬆散筋骨，你這筋骨鬆散的……可真是不虛此行呀。」

「去了趙大人府，」蕭天老實交代道，「是他幫我繪製的。」蕭天突然看著明箏，問道，「妳可還記得咱們上次在小巷救的梅兒姑娘？」

「那個宮女？」明箏當然記得。

「同她一起出逃的王玉茹，慘死在街巷，」蕭天接著說道，「咱們還去拜會過王玉茹的爹，你可還記得？」

「那個牢頭王鐵君？」明箏說完，猛然醒悟道，「牢頭？難道他是詔獄的牢頭？」

「正是。」蕭天看著明箏道，「天一亮，妳便去望月樓，接著梅兒姑娘來客棧等我。」

「那你去哪兒？」明箏聽他又要單獨行動，不快地問道。

「我去的地方妳定不願前往，我去刑部看看王玉茹的屍身被他們處置了沒有。當時咱們走得急，都沒有來得及通知她家人。」

兩人又說了會兒話，天便亮了。

二

晨光熹微，巷子裡傳來一陣「嗒嗒」的馬蹄聲，一輛馬車緩緩在一戶人家門口停下。蕭天下了馬車上前叩門，開門的正是王鐵君，他身上的獄卒衣服都沒有換下，正端著茶碗喝水，見來人十分面熟，又一時想不起來，便愣怔了一下。

「爹，這不是上次捎來妹子信的那位公子嗎？」王鐵君的兒子一眼便認出蕭天。蕭天一笑，道：「還是這位小哥好眼力，在下蕭天。」

王鐵君眉頭一挑，也記起了此人，忙放下茶碗。這時，明箏扶著梅兒走進來。王鐵君一愣，望著兩位姑娘。明箏和梅兒向王鐵君行禮，王鐵君臉上的肌肉抽動著，眼睛失神地盯著兩位姑娘，半天說不出話來。他兒子急忙用胳膊肘碰了碰父親，父親才回過神來，用袖頭擦了下眼睛，尷尬地道：「失禮了，兩位姑娘讓我想到我家小女。」

「老伯，」梅兒撲通一聲跪下，哽咽著道，「你家女兒叫王玉茹，宮裡名號香菫，十三年前入宮，入宮時十四歲，引她入宮的太監名叫李得順，我說的可對嗎？」王鐵君一愣，忙上前扶起梅兒姑娘：「妳……妳是……」

「我和玉茹一道從宮裡逃出來……」梅兒說到這裡，一時情急便劇烈地咳嗽起來。明箏急忙上前去安撫梅兒的背，蕭天拉住王鐵君走到一旁，把事情經過原原本本說了一遍。王鐵君聽後抱頭痛哭，一邊哭一邊念叨：「我那可憐的閨女呀，妳死了當爹的都不知道呀……」

「王牢頭，」蕭天叫住他，「如今我已托人從仵作那裡把你閨女的屍身贖出，就在外面馬車上。」

王鐵君愣怔半天，撒腿便往外跑，一邊跑一邊喊兒子的名字：「大栓，快，跟爹過來。」父子兩人跑出去，直奔馬車。

王鐵君、大栓、蕭天加上明箏，四人抬著棺木走進院子。王鐵君走到牆角拿起劈柴的斧子撬開棺蓋，只見裡面躺著一個面色發灰的女子，定睛一看正是自己那苦命的女兒。他扔掉斧頭，倒身向蕭天跪下：「謝公子讓我家小女入土為安，你是我王家的恩人呀。」

明箏看著棺木中的女子，身上紅綢衣裙，奪人眼目。不由感嘆蕭天如此短的時間，竟然把事做得如此周密。

王鐵君在後院辟出一間房子，設置了簡單的靈堂，放置了香燭、果盤等祭祀的物品。大栓和梅兒守在靈堂前，由於不宜張揚，他們不打算通知親友。

燃上三炷香後，王鐵君潸然淚下，對著棺木裡衣衫鮮紅的女兒緩緩說道：「玉茹呀，按理說白髮人送黑髮人，爹該難過才是，但是，看到妳安安靜靜地躺在自個兒家裡，爹心裡別提多知足了。如果有來生，爹一定給你許配個好人家。爹知道妳這一生心裡委屈，爹知道妳想家，想爹想妳哥，如今妳再也不用傷心了，妳回家了，爹守著妳啊……」

蕭天和明箏相繼上了香，被王鐵君請到正房裡用茶。梅兒不願離開，要為姐姐守靈。他們拗不過她，便由著她去了。

一行人回到正房，王鐵君對著蕭天又是深深一揖，感激不盡。

蕭天微微一笑道：「王牢頭，你先別謝呢，我也是有一事相求，還怕你不肯呢。」

「哪裡的話，公子對小女的大恩大德此生謹記，如有用得著小人的地方，但說無妨。」王鐵君拍著胸膛說道。

「如今便有一事想讓牢頭幫忙，」蕭天端起茶盞一飲而盡，然後平靜地從懷裡掏出折起的紙張，展開來遞給王鐵君，「你可認得此圖？」

王鐵君把紙攤到方桌上，不看則已，一看不由驚得倒吸幾口涼氣：「這……這不是詔獄地圖嗎？我在這裡待了半輩子，豈有不識之理？」王鐵君狐疑地望著蕭天，臉上掠過一絲不安，更多的是驚恐和慌亂。

「不瞞王兄，」蕭天淡然一笑，「有幾個朋友在裡面，我要出手相救。」

王鐵君一聽此言，手一抖，桌上的茶盞被碰到地上，「嘩啦」一聲，碎了一地。「好漢，英雄……」王鐵君慌亂得不知如何稱呼才好了，「我不是退縮怕事，這詔獄當真是銅牆鐵壁，守衛森嚴，且機關重重呀！我看你對我家小女便知你是俠肝義膽，是重情義的好人，真不忍心看你們去送命呀，但凡有別的法子便不要冒這個風險。」

「是呀，」蕭天一聲苦笑，「但凡有別的法子我們也不會冒這個風險。」

王鐵君緊張得鬍子亂顫，本來就醜陋的面容此時看上去更加難看。他從蕭天的言談中看出此人身分一定不簡單，而詔獄中所關押的犯人哪一個是凡夫俗子？他雖不知蕭天身分，但從他寥寥數語中便能感受到一種英雄氣概，早年他也曾在江湖中闖蕩過，有了兒女才退出江湖。憑他多年浸潤江湖的看人經驗，此人身分定是非同一般的尊貴。

王鐵君從初聞此事的震驚中回過神來，抹了把臉上的冷汗，開始思謀如何幫蕭天，他緊皺眉頭，越想越擔憂，不禁搖頭嘆息。

「王兄，詔獄這麼大，難道就尋不到一點破綻嗎？」蕭天問道。

「尋不到。」王鐵君回答得乾脆俐落，「這麼多年，別說有人劫獄，便是出逃的又有幾人？蕭大俠，外人只知詔獄圍牆丈八高，卻不知所有圍牆都是雙層，夾層裡填滿細沙，如果鑿洞的話，很快會被流動的沙子掩埋。裡面的水井，都是整塊石頭鏤空出的只容木桶大小的洞口。屋頂設有暗箭，不管你輕功多麼了得，只要踏上一片瓦，便萬箭齊發。而屋頂屋簷之間密布鐵網，網上掛著銅鈴，猶如天羅地網，並非誇張。」

「這麼說還真是找不到破綻。」明箏在一旁感嘆道，「圍牆裡有沙，房頂上有箭，房子之間有鐵網，又有重兵把守，這……」

「你要說破綻嘛……」王鐵君搖著頭道，「也不知這點算不算？」

「王兄但說無妨。」蕭天盯著王鐵君道。

「唉，要說寧騎城心思縝密，能想到的他都設防了，唯獨地下，」王鐵君苦笑著手指地面，無奈地攤開雙手，「只有地下。」

蕭天一聲淺笑，點點頭道：「王兄，多謝指教。」

「唉，哪裡能幫上你呀。」王鐵君慚愧道。

「還有一事，」蕭天起身走到窗邊一張書案前，案上雖說積滿灰塵，卻有筆墨，蕭天取出一支筆，找到一張紙片，匆匆寫下些字，然後疊成兩個豆腐塊大小遞給王鐵君，道，「還要麻煩王兄，往獄裡送個口信。這兩個人，一個叫柳眉之，一個叫李漠帆。」

王鐵君小心接到手裡，信誓旦旦地點頭：「別的幫不上，這送信一事便交給我吧。」

三

翌日未時，在昏暗的崗房裡，王鐵君和當值的三個獄卒正在吃晌午飯。獄裡為他們提供的伙食不比犯人強多少，只是沒有發餿發黴罷了。王鐵君站起身從牆上掛著的一個褡褳裡，取出一包東西，壓低聲音道：「哥幾個，來！」

三個人轉回身看見王鐵君展開紙包放到木桌上，立刻一股撲鼻的香味溢出來。三人又驚又喜，湊了過來，一個問道：「老哥，今兒是啥日子？」一邊問一邊下手，抓起一塊又肥又油的豬頭肉塞進嘴裡。

「啥日子也不是，臨來兒子孝敬的。」王鐵君樂呵呵地說著，拿筷子往他們碗裡夾肉片。

這時，牢門被叩響，一個熟悉的粗嗓門咋呼著：「開門，開飯了。」

「這個劉飯頭可真準時，為犯人送個飯，比為他媽送飯還積極。」小個子獄卒不耐煩地叫了一聲，「讓他等會兒吧。」

「你們吃，我去。」王鐵君放下碗向牢門走去。

鐵柵欄上了兩道鎖，下了鎖，王鐵君把牢門拉開。劉飯頭提著兩個食籃走進來，看見王鐵君樂呵呵地打了聲招呼：「鐵頭，今兒你當值啊。」獄裡人都喜歡起綽號，不為別的，只為了圖一樂。在陰冷酷烈的獄裡時間長了，便渴望找點喜慶的事。

於是，王鐵君便有了「鐵頭」的綽號，其他人也都有，剛才那個小個子叫「耳朵」，其他兩人，一個叫「帽兒」，一個叫「油條」。

王鐵君跟著劉飯頭向牢房走去。這時牢裡的守衛都在換防，長長的過道裡只有兩名守衛。王鐵君看劉飯頭腿一瘸一瘸，便問道：「劉飯頭，你這腿是咋的啦？」

「唉，老寒腿，剛才下臺階太急，又滑了一跤。」劉飯頭喪氣地說道。

「劉飯頭，這邊交給我吧，」王鐵君從劉飯頭手裡接過一個食籃道，「你腿腳不好，少跑幾步，我去『人』字型大小吧。」

「鐵頭，謝了啊。」劉飯頭往「地」字型大小走去。

王鐵君從一個守衛面前走過，前面的走道寂靜無聲。他臉上的肌肉由於緊張抽動了一下，一隻手從衣角剝出一個方形紙塊，迅速塞進籃裡一個黑乎乎的饅頭裡，不動聲色走到一個鐵柵欄前，把半碗醬菜和一個黑饅頭放進去。王鐵君向裡面看了一眼，那人躺在草墊上，一動不動。王鐵君知道這新來的犯人叫李漠帆，是上仙閣的掌櫃，昨個剛受了刑。他看裡面的人沒動靜，便開口道：「大俠，吃饅頭。」裡面的人依然沒有動靜，王鐵君嘆口氣，站起身向裡面走去。

「人」字型大小獄裡關押了七名犯人，王鐵君沿著鐵柵欄挨個送飯，在走到柳眉之牢房前，匆匆把另一張紙片塞進饅頭。柳眉之坐在草鋪中間，嘴裡念念有詞：「……哆他伽多夜，哆地夜他，阿彌唎哆……」

王鐵君把半碗醬菜和一個黑饅頭放到鐵柵欄裡，說道：「活佛，吃飯了。」

王鐵君聽「耳朵」說，這位柳眉之是白蓮會的活佛，所以他也跟著這麼叫。「耳朵」人小鬼大，是他們獄裡無所不知的人物，最愛打聽各種小道消息，所以人送綽號「耳朵」。

最裡面的牢房關押的是于大人，王鐵君看見牢房裡小油燈還亮著，只是越發地暗了。他走過去道：「哎喲，先生，還讀著呢？」

于謙從油燈下抬起頭，看著牢頭提著食籃站在鐵柵欄外，便笑道：「是呀，書中自有黃金屋嘛。」

「照我看呀，書中自有牢獄屋。」王鐵君蹲下身，從籃裡取出半碗醬菜和一個黑饅頭，「你少讀些書，也許會少受些罪。得嘞，你先吃著，我去給你油燈裡添些油。」

「有勞了。」于謙起身遞給牢頭油燈。

王鐵君提著食籃舉著油燈從柳眉之牢房前經過時，看見他仍然在念經文，鐵柵欄前的飯碗未動，便嘆口氣向前面走去。

柳眉之把往生咒念到第四十九遍時睜開眼睛，混濁暗淡的眸子在經文的作用下似乎又恢復了些許光彩。在獄裡苦熬，他如今唯一的支撐便是念經，可惜他能記下的只有這些。

他目光掃過這間不足丈寬的牢房，滿腦子都是瘋狂的念頭，即使硬著心腸念經文，也止不住要逃走的欲念。剛進來時的那份淡定早已消失殆盡。當他想到雲那副鬼樣子時，對「鐵屍穿甲散」的恐懼已震懾心扉，早一天出去，便早一天擺脫那可怕的毒丸。現在寧騎城雖未對他用毒，不表示以後不會，這個人古怪至極，誰又能揣測到他的心思。

他眼睛盯著鐵柵欄邊的牢飯，肚子條件反射般叫了起來。他要保持體力，不得不吃飯。他走過去伸手端起粗陶碗，仍然是半碗醬菜一個黑饅頭。他一隻手捏起饅頭，在往嘴裡放的瞬間，發現饅頭一側被動過手腳，他像被馬蜂蜇住似的，猛地把饅頭扔了出去，心裡一片驚悸。他望著饅頭在牢房草鋪上滾動著。

他嚇得雙腿一軟，跪倒在草鋪上。自從知道寧騎城手裡有「鐵屍穿甲散」這種奇毒，他對進口的食物特別當心，有一點不對，他便不吃。他穩了下心神，趴到饅頭面前，小心地拿起它，三下兩下把它掰開，突然從饅頭裡掉出一個方形紙片。柳眉之捏起紙片，小心地展開，借著走道昏黃的燭光，看見上面寫有四個字：靜等救援。柳眉之捏著這張紙片震驚之餘，腦子飛快地旋轉著。難道是白眉行者找到總壇主，他們要救他？但這四個字明顯不是出自白眉行者之手，他的筆跡柳眉之見過。這次寧騎城對他堂庵的剿滅是毀滅性的，白蓮會在京城的力量損失近半，僅憑白眉行者和他們幾個護法很難劫詔獄。他低頭又仔細端詳著紙片上的四個字，下筆雖急，但筆勢雄健，力透紙背。只這書寫的造詣便非他白蓮會裡人所為，難道另有其人？

他手裡捏著這片紙，突然想到一個脫身的主意。只有讓寧騎城害怕，事情或許才會有轉機。他對著走道上的守衛大喊：「哎喲，來人呀，來人呀，肚子痛⋯⋯」那名守衛聞聲跑過來，厲聲喝道：「嚷什麼嚷！」

柳眉之雙手抓住鐵柵欄，壓低聲音對那名守衛道：「我要見寧大人。」那名守衛不屑地瞪他一眼，道：「寧大人豈是你想見便能見的？」

「我有重要情報要告訴他，」柳眉之搖晃著鐵柵欄，嚇唬守衛道，「誤了事，小心你的腦袋！」守衛不耐煩地白了他一眼，不為所動。柳眉之突然揚起那張紙片道：「那你把這個交給寧大人。」守衛接過紙片一看，立刻繃直了上身，一隻手不由按住佩劍，他攥著紙片二話不說向走道跑去。

半炷香的工夫，走道上便響起沉重雜亂的腳步聲。寧騎城陰沉著臉快步向這裡走來，他身後跟著幾個護衛。寧騎城臉上毫無表情，柳眉之坐在牢房暗處看著，實在琢磨不透寧騎城收到這張字條是震怒還是驚恐。

寧騎城一揮手，吩咐屬下：「打開牢門。」

剛才跑出去的那名守衛拿出一串鑰匙打開牢門，寧騎城高大的身軀一走進去，那名守衛又立刻關上牢門，幾名護衛在門外候著。

「有人要救你？」寧騎城雙手抱臂站在牢房中間，盯著坐在牆角的柳眉之。

「大人，你的麻煩來了。」柳眉之答非所問懶洋洋地回了一句。

「有人想救你，對你來說豈不是求之不得之事，為何要告訴我？」寧騎城瞇起眼睛，饒有興致地盯著柳眉之。

「與其相信他們，不如相信大人你更穩妥。他們怎會是你的對手，如何能攻破你這銅牆鐵壁的詔獄？」柳眉之小心翼翼地說著，眼角的餘光瞥著寧騎城。

寧騎城一聲冷笑，點點頭，道：「我最喜歡與聰明人打交道。」

「但是，」柳眉之站起身，走到寧騎城面前道，「寧大人，你也許不了解白蓮會，我作為北堂主，被關在你這詔獄裡，我的信眾他們會不惜代價來救我，即便攻不破這牢獄，但是由此招來的血腥殺戮必將引起朝野公憤，到那時豈不是有損你一個錦衣衛指揮使的榮耀？」

寧騎城嘴角擠出一個冷笑，譏諷地道：「你真為我著想，那依柳堂主的意思……」

「放我出去，他們自然便放棄攻擊。」柳眉之深深地看了寧騎城一眼，信誓旦旦地道，「我出去後，絕不會再踏進京城半步，寧大人看如何？」

「哈哈……」寧騎城陰森的面孔現出一抹厭惡的情緒，他逼近柳眉之，伸出一隻手，手上捏著一張紙片，用冷得幾乎掉下冰碴的聲音說道，「你用一片破紙，來向我提條件……」說著，他瞬間將字條揉成一團，甩到柳眉之臉上。

「你不想知道這四字出自誰之手？」柳眉之額頭上冒出冷汗，想最後一搏，必須說一個讓寧騎城忌憚的人。

「說！」

「蕭天。」

「興龍幫幫主？」寧騎城冷冷地望著他，「他會來救你？」

「別忘了，我妹妹明箏跟他在一起。」柳眉之說道，「明箏會念在我們以前的情分上求他的。」柳眉之對此深信不疑，因為他太了解明箏了，「一定是白眉行者說服了興龍幫，你要知道江湖上，白蓮會也是聲名顯赫，白蓮會的面子不是誰都可以駁的。」

寧騎城愣怔了片刻，柳眉之抓住這個機會接著說道：「只要你放我出去，我便會見到明箏。她早已答應我默寫出《天門山錄》，我用此書作為你放我的條件，大人看如何？」

寧騎城臉色一陣發白，眼神遊移間有些變幻不定。柳眉之以為自己如簧巧舌說服了寧騎城，不由一陣竊喜。寧騎城沉吟片刻，背過身去，他打量著這間牢房，漫不經心地說道：「我倒是真想看看，他們用什麼手段來攻破我的詔獄。柳堂主，讓他們救你出去豈不更好，到那時，你會擁有更多的信眾。哈哈……即便你今日不拿出這片破紙，我也該來看你了，今夜是月圓之夜。」寧騎城的聲音越發低沉、陰森，說著他伸出一隻手，手掌上有一枚黑色藥丸。

柳眉之猛地向後退去，眼睛瞪著藥丸，身體如掉進冰窟一般，一股惡氣從胸口騰起，他如此討好他，換來的不過是更大的侮辱。他一掌打翻寧騎城手中藥丸，歇斯底里地叫道：「我不會吃的，休想把我變成雲……」

「愛吃不吃。」寧騎城冷冷一笑，轉身便走。守衛在外面打開牢門，寧騎城走到門邊，又轉回身，用極低的聲音說道：「這是解藥，如再不吃下去，小心你體內的屍蟲鑽出來喔。」

柳眉之大驚，他撲向寧騎城，寧騎城一閃身，柳眉之撲了空，雙手卻抱住寧騎城的大腿，他狂叫著：「你騙人，你想騙我吃下去，我不會上當，我不會上當。」

寧騎城彎腰盯著柳眉之道：「你可以自己看看，看看你的皮膚有何變化？」

柳眉之徹底慌了，他盯著自己的手背，剛才還篤定的內心片刻間崩潰了，他慌亂地瞪著寧騎城。

「讓你吃還會告訴你嗎？它就在那天你吃的包子裡。」寧騎城一聲輕笑，逼近柳眉之，「每月的月圓之夜，便是你來見我之時，還記得惜月河畔嗎？」

柳眉之額頭上冒出大顆的冷汗，胃裡一陣翻滾，不由嘔吐起來，一邊吐一邊無力地跪到地上，絕望又一次向他襲來，他聽到身後腳步聲，牢門重重地關上，一陣「稀里嘩啦」上鎖的聲響，接著走道響起一陣嘈雜的腳步聲……

柳眉之清醒過來，他驚恐地爬到草鋪上，四處尋找那粒解藥……

寧騎城走出牢房，外面還在下雨。他踏著雨水徑直走到後堂，命人去找高健來見他。

寧騎城坐在太師椅上，端詳著手中一張字條。正是柳眉之交出來的字條，剛才他當面揉碎的只是一張白紙。他面色凝重地盯著那四個字，陷入沉思。

沒過多久，高健冒雨趕來。他一身甲胄，面色憔悴，不知這時寧騎城要見他所為何事，心裡有些忐忑。一走進後堂見只有寧騎城一人坐著喝茶，便上前行禮道：「大人，卑職剛好有一事要向大人回稟。」

「哦？說吧。」寧騎城抬眼看著他。

「有暗樁來報，那工部尚書王瑞慶與蒙古人的馬市來往過密，我暗中盯了幾天，懷疑他們暗中有交易。」

「這事你不用管了。」寧騎城放下茶盞道。

「不管？」高健很是不解，「若他們暗中交易，這可是朝廷明令禁止的，若是傳出去，豈不是要說咱們失察？」

「賺點銀子罷了。」寧騎城沒好氣地說道，「我說高健，該你管的不見你操心，不該你管的你操哪門子心。」

這句話把高健罵醒了，難不成寧騎城也知道？得嘞，高健垂下頭，自己一個小小芝麻官，管住自己跟前的事才對。

「大人，卑職明白了。」高健一樂，說道。

「你明白個屁！」寧騎城訓道，「場面上的交易便掰扯不清，眼下有人要攻打詔獄了，你還樂呵呢。」

高健一愣，喝道：「哪裡來的狂妄之徒，太不自量力了！」

「有人打詔獄的主意，咱不得不防呀。」寧騎城說著站起身，在室內踱著步，吩咐高健道，「你近日著便服去查一下興龍幫的動向，記住，不可打草驚蛇。」

「是，大人。」高健猶疑了一下問道，「那我手邊的事？」

「讓你手下盯著便是了。」寧騎城不耐煩地說道，然後陰沉著臉在室內踱著步，「你先去吧，讓我好好想想。」高健躬身退到門邊，他看見寧騎城仰面靠到太師椅上，整個臉隱在暗影裡，便輕輕合上了門。

第十六章　瞞天過海

一

翌日午後，按約定潛入京城的各路人馬相繼回到瑞鶴山莊。

櫻語堂座無虛席，一些輩分低的弟子索性席地而坐。大家帶回的消息五花八門，千頭萬緒。眾人聽後心裡更是煩亂如麻，理不出個頭緒。

蕭天看大家說得差不多了，便微笑著站起身，道：「各位請跟我來。」說著，他走到偏堂，眾人不明就裡相繼起身跟著走過來。

偏堂一面牆上掛著一張地形圖。這張圖是昨夜他和明箏比照著趙源杰的圖連夜畫出來的。眾人站在圖下仔細地端詳著，玄墨山人沉吟片刻，捋著鬍鬚問道：「難道此圖標識的便是詔獄不成？」

「正是。」蕭天微笑著道。

「啊——」眾人發出驚嘆，全都圍過來。

「如此詳盡啊！」鐵掌李幫主盯著地圖讚嘆不已，「蕭幫主，你這一張圖頂我們大家跑來跑去多少趟啊。」

「你那是瞎耽誤工夫，」玄墨山人打趣道，「打聽點小道消息便回來邀功。」

「你個老東西還說我，」李幫主也不依不饒，「你帶來的消息算個屁呀，還說詔獄增加布防，加了一個百戶所，你知道一個百戶所幾人嗎？一百一十人，只有這些人守詔獄，不是笑話嗎？」

蕭天看著兩位老英雄鬥嘴，笑而不語。林棲在一旁按捺不住，大吼一聲：「閉嘴！」林棲說完一臉冷漠地站到一旁。對於林棲的囂張，玄墨山人和李蕩山倒是不以為意，但是兩邊的弟子卻不幹了，一個個氣不過走到林棲面前，玄墨山人的大弟子吳劍德衝著林棲喝道：「快給兩位掌門道歉。」

林棲像是沒有聽見，白了他一眼，仰臉望著房梁。

吳劍德受此侮辱哪裡能忍，拔劍向林棲刺來。大家一看這是要動手呀，竟沒有人上前去攔，卻呼啦啦向後退去，空出中間一片場地。明箏在一旁看不下去，剛邁出一步，便被身後一隻大手抓住胳膊給拽了回來。

明箏轉回身，看見蕭天給她遞了個眼色，在她耳邊低語道：「打一架，添點士氣也好。」明箏一看此時情景，是得給眾人點臉色，不然也鎮不住他們，況且這些人行走江湖，素來尚武，以力服人。

吳劍德連刺兩劍，林棲依然抱臂不理，只是身子跟著劍身躲閃。這一下徹底激怒了吳劍德，他使出了本門絕活天蠶劍法，陰柔奇幻讓人眼花繚亂，四周響起叫好聲。林棲一看突然來了興致，好久沒有伸展腿腳了，他跳到一名白蓮會護法身前，從他腰間抽出一把長劍，說了聲：「借用一下。」轉身跳到吳劍德身前。

兩人在場地中間比畫開來。一時間劍氣四橫，銀光閃爍。眾人詫異的目光跟著銀光，只感到陣陣寒氣，卻不見半點招式，只聽見耳邊「嗖嗖」的風聲，卻不見劍身。

吳劍德劍法師承玄墨山人，此時玄墨山人站在場外不由暗暗欽佩，林棲的劍法詭異奇絕，遠遠在吳劍德之上，如再不叫停，恐自己弟子吃虧，便上前道：「劍德，還不嫌丟人現眼嗎？這位林兄弟一直在讓著你呢。」

吳劍德鬧了個大紅臉，心下也是對林棲身法很是震驚，便停了手，拱手一揖道：「得罪了。」

「今日我白眉行者也是長了見識啦。」白眉行者走到中間打著圓場道，「門派之間切磋武功，是難得的幸事呀。」

「是呀，是呀。」此時眾人紛紛上前寒暄。林棲對吳劍德抱拳還了一禮，然後，兩人各自退到主家身後。這時，大家皆把目光投到蕭天身上，堂上一片寂靜。

蕭天微微一笑，走到地圖前，接著剛才的話題往下說道：「諸位，這張圖出自我一個刑部的朋友，大家毋庸置疑，此圖非常精準。據我了解的情況，你們看這些周邊的牆，雙層且裡面灌滿細沙。這些屋頂都設有暗箭，一旦踏上，萬箭齊發。屋簷之間密布鐵網，網上掛有銅鈴，一動便響。」蕭天說完注視著眾人。

下面一片靜默，所有人都盯著那張圖，大眼瞪小眼。

「都說詔獄是銅牆鐵壁，這簡直有過之而無不及，寧騎城簡直是布下了天羅地網呀，這……咱們如何下手？從哪兒下手？」李蕩山眨著眼睛問道。

玄墨山人盯著蕭天說道：「蕭幫主，你一定是有了主意，不要賣關子了，快講給我們聽聽。」

「如今擺在咱們面前的只有一條路，入地。」蕭天說道。

「入地？」眾人重複著蕭天的話，交頭接耳。

「聽蕭幫主怎麼說。」李蕩山打斷眾人道。

「剛才大家帶回的消息都很重要。」蕭天望著眾人道。經過剛才一場短暫的較量，林棲的出手讓眾人驚黜，而林棲如此修為不過是蕭天一名護衛，眾人對這位溫文爾雅的幫主開始肅然起敬。此時大家已心無旁騖，如果以前還有一些輕視蕭天的話，剛才的較量已修正視聽。蕭天說道：「綜合大家的消息，咱們才可以籌謀一套可行的計畫，宜早不宜遲。玄墨掌門、李幫主還有白眉行者，你們跟我進入密室，我會把計畫詳告大家。」

玄墨山人、李蕩山和白眉行者相互交換了眼色，遂跟隨蕭天走進偏堂一隅的密室商談，盤陽招呼眾人回到正堂喝茶等候。

足足等候了一個時辰，四人才從密室裡出來。這幾位均是江湖上闖蕩慣的，個個老辣沉穩，從他們臉上根本看不出任何端倪。他們一出密室，便走到各自弟子面前，招呼著相繼告辭離去。不一會兒，櫻語堂便只剩下蕭天、明箏、林棲和盤陽。

林棲見眾人散去，猶豫著走到蕭天面前，鬱鬱不樂地說道：「主人，你總是忙於其他幫派的事，咱們的事，你何時才動手？」

「你這人，小氣！」盤陽趕緊給林棲遞眼色，不想讓他往下說，「別忘了你的身分，幫主怎麼吩咐，咱們怎麼做便是，少問了。」

「林棲，這怎麼能說是別人的事，跟咱們息息相關，寧騎城不除掉，咱們怎會有勝算？」蕭天不悅地說道。

明箏不知道他們在說什麼，傻乎乎地問道：「你們要幹什麼？」

「救人啦。」盤陽笑著說，「幫主不是一直在救人嘛。」

蕭天叫住盤陽，在他耳邊低語了幾句，盤陽點點頭，拉著林棲走出櫻語堂。

「明箏，我帶妳去見識個有趣的東西。」蕭天見明箏還在猜疑，便笑著說道。明箏一聽「有趣」，立刻點頭跟著往外走去。

他們沿著遊廊直走到山莊尾部，抬頭便可以看見山體，這裡有一個隱蔽的小門，此時已經打開，兩人走出去，外面便是鬱鬱蔥蔥的小蒼山。有一條窄小的山路蜿蜒向上，兩人沿著山路向山上走。

「蕭大哥，剛才在密室裡，你們都談了什麼？」明箏好奇地問。

「已經部署好了，大家各司其職。」蕭天道。

「啊？」明箏停住腳步，驚訝地瞪大眼睛望著蕭天道，「要動手了？」「對。」蕭天平靜地說道，「一會兒便動身。」

明箏如墜迷霧裡，不安地看著他道：「有……有把握嗎？」

兩人正說著話，前面出現一片開闊地，像是人工平整過的，明箏跑過去，蕭天在後面叫道：「小心，前面是懸崖。」明箏停住腳步，環視四周這才發現此處竟是一座孤立的山峰，他們所處的位置正在山峰的中部，目光所及皆是崇山峻嶺，一群鳥兒展翅飛過，衝她唧唧鳴叫。

蕭天走到平地中間一個木箱前，明箏從崖邊走回來，看見這個木箱很是奇怪：「蕭大哥，這木箱從何而來？」

「是我讓盤陽和林棲抬來的，妳過來看看可還識得。」蕭天說著打開箱蓋，回頭看著明箏。

明箏走到木箱跟前，低頭一看，不由暗吃一驚。裡面是黑色的巨大的羽翼，黑色的羽毛細密光滑，在陽光下閃著絲綢般的光，宛如活的一般。「簡直就是一隻大鳥。」明箏喃喃自語，她伸手小心地展開羽翼，手指便觸碰到裡面做工精巧的木架、鋼索……明箏渾身一震，她抬起頭，雙頰緋紅，眼睛放光地看著蕭天大叫道：「天呀，飛天翼！」

「何以識得？」蕭天問道。

「所幸我讀過《天門山錄》，狐族人世代生活在崇山峻嶺間，那裡奇山秀水，峰巒突兀，世代以狩獵和採藥為生，為了征服那裡聳入雲霄的山峰，在萬壑千岩中來去自由，他們製作了飛天翼，經過幾代狐族人不斷完善終於成功，這便是狐族至寶之一。」明箏激動地看著箱子裡的飛天翼，突然問道，「蕭大哥，狐族的至寶怎會落入你興龍幫之手？」

蕭天微笑著點點頭，頗為讚許地看著她道：「看來妳真是把《天門山錄》熟記於心啦。不錯，這是狐族的至寶，當年差點落入王浩的手裡，為了保它，老狐王付出了生命。這是我那個狐族朋友托我保管的，此次咱們借來一用。」

「用它？」明箏依然迷惑。

「是，這次劫詔獄沒有狐族兩樣至寶的幫助，很難成功。」蕭天說道。

「還有一樣？」明箏叫起來，「難道是鑽地龍？」

「是，我說過咱們只有唯一的一條路，入地，便靠它。」蕭天道。

「好神奇呀。」明箏聽到此已是激動不已，一路上的擔憂疑惑已蕩然無存，剩下的只有期待，她興奮地抓住蕭天的手道：「蕭大哥，你已制訂好計畫了，是不是？」

「是，」蕭天皺起眉頭，「但是，有一個重要地點確定不下來，詔獄四周戒備森嚴，街上又滿是東廠番子，白天很難接近，只能夜間探查，今夜你便跟我去。那裡機關重重，無處下手，也無處落腳，咱們只能冒險從它上頭飛過，」蕭天看著明箏，一字一字說道，「我操作飛天翼，妳可要瞪大眼，記下四周連通詔獄的地貌，回來要詳盡地畫出來。只有半炷香的工夫，只可一次，沒有下次。」明箏瞪著雙眼，剛才緋紅的雙頰，已變得雪白。

蕭天展眉一笑，安撫地拍拍明箏的肩，問道：「怎麼，害怕啦？」

「不是，是……」明箏把頭搖得像個撥浪鼓，「興奮！」

蕭天從木箱裡取出飛天翼，放到地面開始組裝。原來竟是一隻巨大的類似木鳶的裝置。其實木鳶起源於風箏，明箏兒時便喜歡玩風箏，她的閨名便帶著一個箏字。明箏眼前一亮，她自小熟讀經典，《韓非子》中有類似記載，便笑著說道：「蕭大哥，『墨子木鳶，三年而成，蜚一日而敗』。看來，狐族的飛天翼竟比那墨子的木鳶不知要精巧和奇幻多少倍呢，怪不得被譽為狐族至寶，讓那麼多人覬覦。」

蕭天笑著看著明箏道：「看來，以後我要尊妳一聲夫子了，真不知妳那個小小的腦袋裡怎麼裝得下這麼多東西。」

明箏一笑，頑皮地說道：「我打不過你，腦子再不好使，豈不是要被你欺負死？」明箏說著，看著蕭天組裝好飛天翼，還是吃驚地發出一聲長嘆，「啊——」

「別緊張，咱們先試一次，有風便可飛了。」蕭天說著，自己先走進飛天翼的翼身下，用繩索勒緊胸前，然後拉過明箏把她綁到一起，他們雙手一起抓住翼下的一根支架。蕭天扭頭看明箏，發現明箏身體微微發抖，便安慰道：「一會兒咱們一起奔跑，然後妳便閉上眼睛，我讓妳睜開，妳再睜開。」明箏默默點頭，臉上早已沒了顏色。

蕭天調整好飛天翼，對著懸崖的方向，然後輕輕說了一聲：「跑！」兩人向前跑，蕭天接著道，「明箏，閉眼。」

其實明箏在跑向懸崖的那一瞬間便閉上了雙眼，她只感到耳畔風聲，心跳快到極限，腳下根本不聽使喚，不是她在跑，而是蕭天帶著她在跑，一股更猛的風撲過來，她的雙腿僵直，感到身體隨之懸了起來。

「明箏，睜開眼睛。」身旁蕭天對她說道。

明箏睜開眼睛，大吃一驚，彷彿墜入夢裡，一切都變得那麼不真實：眼前鬱鬱蔥蔥的山脈，蜿蜒閃亮的河道，遠處還有一片碧綠的湖泊……

「蕭大哥，咱們真的飛起來了！」明箏驚叫著，身側那個黑色的巨大羽翼足有七八尺長，隨著風勢不停搧動著，她扭頭看見蕭天正專心操作機關上的杠杆，便不敢再打擾他。明箏低下頭，看見腳下樹林，連枝葉都清晰可見。林中的小道，道邊的溪流……正看得津津有味，耳邊卻聽見蕭天說道：「蜷著腿，小心，要落地了。」明箏看見前面一片草叢，卻不是剛才的懸崖。接著飛天翼震動起來，明箏閉上眼睛，身體隨之落到一片草叢裡。從草叢裡跑出來兩個人，正是盤陽和林棲，兩人跑上前幫著解開繩索。

「太快了，為什麼不飛遠點？」明箏有些意猶未盡。

「妳以為是鳥呢，飛個百十里沒事？」林棲沒好氣地懟了一句。

「明箏姑娘，知足吧。今日飛翔算是幸運的，沒見過有去沒回的，有時碰見老鷹便交代了，被老鷹叼走半條腿也是有的。」盤陽說道。

「你們別嚇她了。」蕭天說道，「收拾起來，準備出發。」

林棲和盤陽小心翼翼地收起飛天翼，一樣一樣放入草叢中一個木箱裡。明箏直到此時頭都是眩暈的，她只好坐到草叢裡，呼呼喘著氣。蕭天走過來，坐到她身邊道：「這次妳可以看風景，今夜妳可要瞪大眼睛，趙源杰繪製的圖沒有標識周邊的地形，咱們必須找到一個入口。」

明箏倒吸了口涼氣，直到此時方才進入她的角色，才明白為何蕭天要帶上她，論腦力也非她莫屬。詔獄四周只有從空中看，才最是一目了然。

二

這天傍晚，一輛簡易粗糙的拉木頭的馬車自正陽門進城，一路顛簸到正陽門西北角一個叫「來一壺」的茶樓。駕車人正是盤陽和林棲，他們按約好的時辰趕到。蕭天和明箏騎快馬早他們一個時辰到，此時正候在那裡。

盤陽和林棲走進茶樓，坐在蕭天旁邊的桌前，向小二要了茶水，四人喝茶用飯，靜候天黑。敲二更時，四人離開茶樓。「來一壺」茶樓離詔獄很近，他們走不多遠，便看見一處深宅大院，再往前走便可看見詔獄布滿鐵網的高牆。他們退到那戶人家的圍牆外，這戶人家從外面看黑燈瞎火，像是裡面無人。想想也是，與詔獄為鄰，怎會住得安康。

他們走到黑暗的牆角，都脫下外衣，露出裡面的夜行衣。明箏也脫掉衣裙，裡面也是一身夜行衣。他們重新蹲下，等待敲響三更。蕭天借機查看了四周，看中了這戶人家的高圍牆，圍牆連著一側屋頂，正好可以跑得開。這日夜裡月明星稀，確是難得的好天氣。

更鼓敲過三更，蕭天起身吩咐：「準備吧。」

林棲和盤陽從馬車上搬下一根粗大的原木，掰開一頭，原來裡面是空的，飛天翼藏在裡面。盤陽和林棲蹲在地上組裝，蕭天拿出繩索往身上拴。明箏坐在地上，看著他們忙活，腦門上不住冒冷汗。蕭天向明箏招手，明箏站了兩站，沒站起來。

蕭天走過去，一把拉起她，附在她耳邊道：「不怕，一切有我。」黑暗裡明箏凝視著蕭天的臉，深吸了口氣，點點頭。

蕭天走向飛天翼，很快綁好繩索。蕭天向林棲做了個手勢，指了下明箏，自己托著飛天翼一躍而上，站到了圍牆上。明箏驚訝地抬頭看著高牆上的蕭天。這時，林棲走到她身後，不待見地說道：「走吧。」

林棲一臉不耐煩地托著明箏躍上牆頭，明箏等林棲把自己送上牆頭，才發覺此牆的高度，絕不是自己能輕易上來的。蕭天在上面一把抓住明箏，然後吩咐林棲：「你速去那邊等我們。」林棲點了下頭，縱身而下，片刻便消失在黑暗中。

蕭天飛快地用繩索綁住明箏，一邊故作輕鬆地說：「月光下，人們會看到一隻大鳥從頭頂飛過，是不是很有趣？」明箏被他這句話給逗樂了。

蕭天仰臉試著來風，雖說是夜裡，但風依然很大。兩人雙手抓住翼下的支架，蕭天輕聲道：「跑！」兩人跑起來，明箏顯然不適應在屋頂上跑，她無法做到專心，眼睛也無法閉上，在身體離開牆體時那巨大的失重感讓她手足無措，雙手脫離了支架，驚慌中抱住了蕭天的腰，蕭天也跟著開始搖晃起來，整個飛天翼都在搖晃，從遠處看就像一隻受傷的大鳥在盤旋。

蕭天臉色瞬間慘白如雪，此時，兩人已在半空中，前面便是詔獄，一個不小心便會折羽掉下去，沒有比此時更危險和不能出絲毫差池的了。明箏抱著蕭天的腰，低頭看了眼腳下，烏泱泱一片屋宇，差點昏厥過去，只聽見耳邊呼呼風聲。

「明箏，別怕，上來，抓住支架。」蕭天在頭頂上叫道。

明箏的身體抖得厲害，雙手幾乎無法抓住支架，若不是兩人被繩索綁住，明箏或許已掉下去。蕭天勉強伸出一隻手臂，抓住她腰間的繩索，把她提了上來，明箏就勢爬上蕭天的臂膀。在兩人相擁的瞬間，明箏一隻手終於抓到了支架，四目相對，彷彿過了千山萬水般百感交集。

此時他們已到詔獄上空，下面漆黑一片，死一般沉靜。明箏環視四周，目光死死盯住下面區域。詔獄四周地形獨特，高牆的外面是寬闊的大道，哪裡有可容藏身的地方呀？明箏臉上冒出一層細汗，手不由抖起來。

蕭天操縱橫杆迎著風往前滑翔，明箏的緊張也傳遞給了他，他低聲道：「記下即可。」蕭天說著，吃力地操作著羽翼，「風勢緩下來，必須落了。」

「別急，讓我再看看……那邊……」明箏心裡清楚他們要進入詔獄，便必須找到一處與詔獄連通的地方，若是沒有，便要大動干戈。可是黑壓壓的一片區域竟然找不到一點漏洞，她心裡不服氣。此時蕭天也急了，他再次催道：「不行，要落了。」

「奇怪，我看見一條斷頭路。」明箏突然說道，眼睛盯著下方，「哎呀，再等一會兒。」

「記下，明箏，咱們時間真的不多了。」蕭天說著，吃力地操作著羽翼，「必須落了。」蕭天瞅準一片空地，叮囑明箏，「要落了，雙腿蜷起。」

「轟！」一聲，兩人倒在一片低矮的草棚上，幸虧是個遺棄的棚子，裡面沒有人。不多時，林棲氣喘吁吁跑過來，幫著兩人解開繩索。林棲衝夜空學了幾聲鳥鳴，半晌後，只看見一輛載有原木的破馬車吱吱扭扭駛過來。

三

這日，寧騎城辰時不到便出現在詔獄裡，讓當值的大小獄官誠惶誠恐跪倒一片。寧騎城一改往日的陰鷙和冷漠，臉上多出一絲生氣，他眼光饒有興致地掃過跪在地上的一片屬下，以少有的平淡語氣道：「都起來吧，各司其職去吧。」

眾人起身，呼啦啦退出去。寧騎城轉回身對身後的高健道：「走，跟我各處走走。」寧騎城在前，高健和四名校尉在後，一行人向牢房走去。高健緊跟著寧騎城，近日他越發猜不透寧騎城的心思，不知他腦子裡是如何盤算的，只得加倍小心謹慎。寧騎城一邊走，一邊四處查看，他乜斜著高健突然好奇地問：「高健，若是你來劫獄，你會從哪裡攻擊？」

高健一愣，不加思索粗聲大氣地叫道：「若是我？我不會來。這不是明擺著送死嗎？」高健回完話，眼睛盯著寧騎城，不知道他如何會問這麼一句不著調的話，心裡充滿狐疑。寧騎城聽後似笑非笑，徑直往前走去。

一陣風過，頭頂的屋簷上密布的鈴鐺發出一陣清脆的響聲。寧騎城抬頭望著頭頂上的鐵網對高健道：「看來，你對這裡的防衛很有信心啊。」高健聽不出這句話是誇他還是損他，只得呵呵乾笑了幾聲。

「高健，你放下其他事，來詔獄協防。」寧騎城突然說道。

「啊，大人……」高健愣怔了片刻，驚慌地道，「卑職能力有限，做些緝捕、巡查這等小事還可，守衛詔獄這等千鈞重任，怎擔當得起？」

「用你擔當嗎？不是還有我嘛。」寧騎城沒好氣地說道，「我天天進宮，對這裡不放心，才把你調來。」

寧騎城說完向前走去，高健看著他的背影，心裡一片紛亂。

「你去把孫啟遠叫過來，我有事吩咐。」寧騎城回過頭吩咐高健道。

「是。」高健急忙撤身離去，一邊飛快地走著，一邊抹了把額頭上的冷汗。高健帶著孫啟遠回到衙門，一走進二門，便有一個校尉走過來道：「高千戶，寧大人在後院等著你們，請跟我來。」高健和孫啟遠一聽此話，相互交換了個眼神，跟著校尉向裡走去。

孫啟遠一臉忐忑，他壓低聲音道：「高千戶，你給個痛快話，大人找我來究竟所為何事呀？就算幫兄弟一把。」高健虎著臉，直搖頭道：「孫百戶，不瞞你說，我也是雲裡霧裡不知所以。」

天井院裡，寧騎城坐在一張籐椅上，四名校尉分立左右兩旁。寧騎城座前放著一張方幾，幾上擺著茶壺，他端起一盅茶，啜飲一口，然後抬頭看著走過來的兩個人。

孫啟遠忙上前叩拜：「小的孫啟遠，拜見大人。」

「起來吧。」寧騎城斜靠到椅子上，問道，「近來差辦得如何？」

「這……」孫啟遠血往上湧，臉上忽紅忽白，「大人，一直在辦……」

「海捕文書發下去這麼久了，為何一點動靜都沒有？」寧騎城瞥著他，漆黑的雙眸深不見底，讓人不敢直視。孫啟遠再次跪下，口中念叨著：「小的無能，小的該死。」

「近日，這詔獄周邊頗不安寧，」寧騎城狠狠瞪他一眼，道，「今兒一早，我便聽下面的人來報，說是昨夜詔獄上空飛過一隻大鳥，甚是怪異，高健，你可有聽說？」

高健急忙上前一揖道：「大人，屬下也確實聽說了，後來又有人說是眼花看錯了，是一隻大風箏。各種說辭均有，也無處核實。」

「孫啟遠，你帶著你那些番役，不要再像無頭蒼蠅四處亂跑了。從今日起布防在詔獄四周，給我看好了，連隻老鼠都不能放進來。」寧騎城吩咐完，便讓兩人退下了。

孫啟遠和高健一前一後走出去。出了二門，孫啟遠有意放慢步子等高健，他想向高健打探虛實。但高健平時便對他愛答不理的，此時哪有心情與他攀談，只抱了下拳，便辭別而去。

孫啟遠撇了下嘴，喃喃自語：「這上頭又抽哪根筋，詔獄鐵桶一般，有何可防的……」

孫啟遠手下一百個番役，除去生病、受傷、娘死守孝的二十幾人，其餘的分成三班，一班崗二十幾人，全撒到詔獄四周的街上。孫啟遠對他們下達的命令是：站累了，坐著！坐累了，躺著，萬萬不可挪地兒。

孫啟遠匆匆跑回家，換了身便服，兜裡揣了兩張媳婦新烙的餅，便跑出家門。媳婦在背後直吆喝：「辦個破差，連吃飯也顧不上了。」

「顧不上吃飯事小，顧腦袋事大。」孫啟遠撂出去一句，便到了街上。

孫啟遠一路走到正陽門，看見一輛破馬車駛過來，車上拉著幾根原木，車身上濺滿泥漿，像是遠道而來。趕車的兩個人呆頭呆腦，長相怪異，一看便不是本地人，甚是可疑，便走上前，攔住他們。

「喂，站住，哪兒來的呀？」

「你是誰呀？管得著嗎？」林棲一瞪眼睛，梗著脖子頂了一句。他旁邊的盤陽一眼認出了孫啟遠，雖然他沒穿官服。

「看看，認識這個嗎？」孫啟遠取出東廠腰牌在他們眼前晃了下。

盤陽急忙跳下車，躬身一揖道：「大老爺，我們從山上販木材，換點鹹鹽布料。」

「哪邊山上呀？」孫啟遠白了盤陽一眼。

「西邊。」盤陽從腰間繫的錢袋裡摸出點碎銀遞上去，「爺，跑半天了，口也渴了吧，要不喝口茶去？」

「是口渴了。」孫啟遠不客氣地接過銀子，心想剛才只啃了張麵餅，連口湯都沒來得及喝，正好去喝口茶，他衝盤陽揮揮手，他一向對懂事理的人很寬厚，「告訴你們，近日城門關得早，早點出城。」

「得嘞。」盤陽哈腰鞠躬應了一聲。馬車向前行駛，林棲對坐在身邊的盤陽一陣奚落：「瞧你剛才那德行，真像個奴才。」

「奴才在我身邊坐著呢。」盤陽滿不在乎地說道，「林棲，你跟著你主子這麼多年，怎麼一點長進也沒有呀。」

「哼……」林棲哼了一聲，自顧趕車，不再理他。

「停，我看見他倆了。」盤陽叫住林棲。

街對面一家麵館門前，蕭天和明箏坐在布篷下吃麵。林棲把馬車趕到一旁停下。盤陽走過去向掌櫃的要了兩碗麵。由於沒有空桌子，掌櫃請盤陽和林棲坐到蕭天和明箏對面。

今日，蕭天是一個遊走郎中的打扮，一身玄色長衣，隨身帶著一個藥箱，肩上搭著褡褳，身後放著一個布幌子。明箏則扮作盲女，手裡握著一根長竹竿。

盤陽一坐下，便油腔滑調地提醒明箏：「這位姑娘，哪個瞎子大眼珠子骨碌亂轉啊？」

「我是瞎子還是你是瞎子？我願意轉。」明箏氣哼哼地說道，「本來我就不願意扮瞎子。」

「好了，」蕭天環視四周，壓低聲音問道：「盤陽，東西都帶齊了？」盤陽點點頭。蕭天又道：「我和明箏已找到那條斷頭路，在詔獄西邊，路邊有一戶人家，這戶人家是距離詔獄最近的一戶人家。動手的地址便選在那裡。我已打聽過了，那戶人家姓錢，是個小買賣人，家裡四口人，一個老父親，一對小夫妻和一個七歲男孩。一會兒咱們過去，下手要輕，不能傷著孩子。」

「主人，」林棲甕聲甕氣地問道，「下手如何輕？」

「笨呀，」明箏瞪著他，「不能傷人性命。」

「不傷人性命？如何下手？」林棲梗著脖子問道。

「頭兒，這活難度太大，他做不了，乾脆讓他在門外放風吧，」盤陽接著說道，「照我看，咱們三個足夠對付這四口人啦，讓明箏姑娘對付那男孩，你對付一老一少倆男人，我對付那媳婦。」

明箏繃不住笑出聲，白了盤陽一眼。

「唉，明箏姑娘，就妳剛才那一眼，像極了瞎子。」盤陽一本正經地道。

「盤陽，聽你的還是聽——」明箏瞪著盤陽說了一半，被蕭天打斷：「好，依盤陽剛才所言，咱們一會兒分頭行動。」蕭天一臉平靜地說完，繼續吃麵。

「這……你們……」林棲看看這個，望望那個，只見三人低頭吃麵，沒人理會他，他手指自己鼻尖道，「我……放風？」

麵館斜對著一條小巷，叫魚尾巷。蕭天和明箏走進小巷，此時正值午後，不少人家有歇午的習慣，因此行人稀少。蕭天舉著賣藥的幌子，明箏杵著根竹竿，巷子很深，倒是沒有幾戶人家，各個院門緊閉。他們飛快地往裡面走，最後一戶人家，院門虛掩著，煙囪裡還冒著煙。

蕭天和明箏走到院門前，蕭天從肩上褡褳裡取出一個紅色錦盒，回頭看明箏，明箏已把竹竿扔到一邊，此時已不需要扮瞎子了，林棲和盤陽也跟上來。

蕭天叩響門環，不一會兒裡面傳來一個大嗓門女人的聲音：「來啦，誰呀？」門從裡面拉開，露出一個插滿珠翠的中年女人的頭來，她看見兩個陌生人，眉頭一皺，又看見其中一位手上托著一個錦盒，不由一愣。

「大嫂，可是姓陳？妳的遠方親戚托我捎來東西給妳。」蕭天說道。

女人一愣，眼神盯著紅色錦盒，雙眸狡黠地一閃，笑著說道：「啊，是嗎？請進來吧。」

女人背後響起一個蒼老的聲音：「這家不姓陳，姓錢，出去吧。」

女人忙叫起來：「哎呀，家裡有個老爺子整日糊裡糊塗，自己姓什麼都弄不清了，讓你們見笑了，讓我看看，是什麼東西呀？」

「挺貴重的東西。」蕭天說道。

女人拉開大門，蕭天托著紅色錦盒走進去，明箏和盤陽緊跟其後，盤陽順勢把門閂上。女人看到盤陽一愣：「這人是……」盤陽端詳著面前體態粗壯的女人，苦著臉直盤算，恍然想起剛才他說要對付女人，蕭天則一聲不吭。唉，薑還是老的辣，自己怎麼會玩得轉蕭天，自己討的楣頭自己受吧。

「大嫂。」盤陽微笑著走向胖女人，突然撲上去一把捂住女人的嘴，女人受驚嚇，一時蒙住。盤陽迅速從腰間掏出一卷布塞進女人嘴裡，女人此時方明白過來，開始死力掙扎。盤陽顧上顧不了下，被女人狠狠踢到下身，痛得齜牙咧嘴又不敢叫，只得痛打女人，女人嗷嗷叫了幾聲，便萎了下去。

蕭天和明箏徑直走過天井，走進堂屋，只見西頭大炕上半躺著一個生病的花甲老人，中間方桌上一個男子和一個孩子正在吃飯。

「叨擾各位了。」蕭天上前行了個禮。

飯桌上父子倆呆呆地望著蕭天，蕭天把手上錦盒放到方桌上，然後走到男人和男孩中間，快如閃電點了兩人穴道。明箏看男孩要倒下去，忙上前抱住他。

「和老人放一起。」蕭天拉著男人放到炕上，明箏抱著孩子與男人放到一起。

「你們這是……」炕上老人眼見如此變故，氣喘得如同風箱一樣，呼呼哧哧咳個不止。

「老人家，我們不是壞人，不會傷你們性命，只是要借你家這塊地一用。」蕭天坐到炕沿安慰著老人。

這時，盤陽一臉青黑扛著披頭散髮的女人走進來，把她扔到床上，站在一旁呼呼喘氣。老人大驚，口齒不清地哭訴道：「你……你把我兒媳如何了？」盤陽氣不打一處來，吼道：「老頭，你看看我，是你兒媳把我弄傷了，好不好！」

「放心，老爺子，」蕭天衝老人一笑道，「只要你們配合，我們幾天後便離去，不會傷到你們。」

「大俠，大俠呀，」炕上老人忽然雙手舉起，抱拳顫顫巍巍地道，「好漢，你可要說話算話，不要傷我家人性命呀……」蕭天和善地點點頭。然後他和林棲把這一家三口用繩子捆好，每個人嘴裡塞上布，然後用一床棉被蓋上。

蕭天又從褡褳裡拿出一條帕子，從背後捂到老爺子臉上，不多時，老爺子便倒到一邊。蕭天看到明箏驚訝的眼神，忙解釋道：「帕子用香清酥藥粉浸過，可以使人沉睡。」

明箏站在一旁看呆了：「你們以前是幹什麼的？」

「我們可不打家劫舍。」盤陽很正直地回了一句。

四

兩日後的黃昏時分，悅來客棧突然來了幾撥客人，把掌櫃的樂壞了，沒想到自己偏僻的小店也有顧客盈門的時候。

小小的馬廄裡已拴滿馬，再也騰不出地方來，只好在門外放上一個馬槽，添滿草料，作為臨時馬廄。客人們坐在一樓用茶，南來北往的商人、行走江湖的道士、進京獻藝的樂師，把大廳擠得滿滿當當。

掌櫃的和兩個夥計馬不停蹄地忙碌，這時看見又走進來兩個人，認出是先前投宿的客人，便上前打招呼：「蕭先生，這裡客人已滿了，不如，你們先上樓，我讓夥計把茶點送上樓去。」

蕭天點點頭，他身旁的明箏無意間向大廳中掃了一眼，不由驚訝地失聲叫了一聲。蕭天急忙遞給明箏一個眼色，明箏頓感失態，急忙低下頭去。蕭天當著掌櫃的面說道：「真巧，在這裡碰到故人了。」掌櫃的一聽便知趣地忙別的去了。

明箏剛才失態的原因，是她突然看到短短兩日內瑞鶴山莊所見的眾人在這裡再次聚首。西邊兩張桌子上商人打扮的是李蕩山的弟子！中間一桌，灰布道士打扮的吳劍德正在大談修仙術，想必是玄墨山人的幾個弟子！另外兩張桌子上坐著的人衣衫豔麗，桌角堆著大小怪異的錦布包，像是各種樂器，再仔細看這兩桌人，明箏猜出來，定是白眉行者一夥的。

明箏有些目不暇接，只聽一旁蕭天輕咳了一下。明箏急忙收神跟著他往裡走。角落裡還坐有一桌，正是玄墨山人、李幫主、白眉行者，看來三人正在等他。蕭天和明箏一落座，玄墨山人便低聲說道：「蕭幫主，我們把人都帶來了，何時動手？」

「兩日前，我們順利進入離詔獄最近的一戶錢姓人家，現在林棲和盤陽帶著五名壯漢，日夜不停輪流下去挖土，但是從錢姓人家到詔獄後院地牢也有近十丈的距離，雖說咱手裡有鑽地利器，仍需大半日。」蕭天回道。

「也好，正好讓大家養精蓄銳。」白眉行者道。

「蕭幫主，我有一事，」李蕩山有些羞於啟齒，他飲了口茶道，「按說到了此時不該說這個，但也是朋友相托，詔獄裡關著一位朋友的岳丈姓胡名鎮山，咱們這次也一併帶出來吧。」

「我算服你了，老李頭，你真是無利不起早呀。」玄墨山人譏諷地說道。

「李幫主，你既開口，我豈有不允之理。」蕭天笑道，「咱們既劫獄，救一個也是救，當然多多益善，也不枉費工夫。」

「痛快！蕭幫主，」李蕩山爽快地說道，「跟你共事，就是痛快。」

「若是還需大半日，」白眉行者接著剛才的話題說道，「那便是明日啦。」

「這也是我此次見三位要說的。」蕭天從懷裡取出一張圖，正是那日趙源杰所畫的詔獄地圖。蕭天把地圖展開放到桌面上，與此同時，白眉行者向他的人示意，有兩個青色衣衫的男子走到一旁把風。玄墨山人點點頭，讚許道：「還是小心為好。」

「昨日我去見了詔獄一個牢頭，」蕭天一臉凝重地說道，「他告訴我，詔獄又調防了一個千戶，寧騎城行蹤不定，但這個千戶天天蹲在詔獄。如今詔獄一日四巡，分辰、酉、子、寅四個時辰。因此，他們最為鬆懈的便是晌午飯點，而最為嚴密的便是夜間。」

三人盯著蕭天，點了點頭，相互交換個眼色，然後目光又回到蕭天身上。蕭天繼續往下說道：「此次便定在午時動手。咱們兵分三路，頭路是李幫主他們，直接攻正門，此為虛招，不要使強，主要是引防守的兵卒轉移視線。第二路是白眉行者和玄墨山人，你們帶人從側面翻牆而入，這裡，」蕭天指著圖上一角，「這裡直通二門，這片區域是衙門裡放案卷和文員辦案所在，寧騎城也會在此處用膳和休息，這裡的防衛不嚴，你們直奔這裡，尋找寧騎城。最後，是我這邊，我們從地道直接進入地牢，把人帶出地牢進入地道出來後，便會向天空發兩支響箭，你們見到響箭後，無論戰況如何，身在何處，務必撤離。」蕭天說完，端詳著幾人，道：「誰還有補充嗎？」

三人思忖片刻，均表示沒有問題。

蕭天和明箏離開悅來客棧向魚尾巷走去，兩人依然還是原先的打扮，蕭天背著褡褳，舉著幌子，只是明箏不願扮瞎子，扔掉了竹竿，跟在蕭天身邊。

此時天已擦黑，街上行人稀疏，各個行色匆匆，不時有一兩匹快馬從街上呼嘯而過。這時，從魚尾巷裡披頭散髮跑出來一個女人，一邊跑一邊尖聲呼救：「救命呀……殺人啦……」女人尖利的嗓門立刻吸引了街上不少行人駐足觀看。

女人身後又跑出來一個男人，從身後抱住女人，兩人扭在一處。

「喂，哪裡來的狂人敢在天子腳下撒野。」孫啟遠從人群裡躥出來，向那兩個扭打在一處的人跑過去。

「壞了！」蕭天站在巷口認出那個喊救命的女人便是那錢姓人家的媳婦，而追出來的男人是盤陽。蕭天瞬間面白如雪，額上冷汗涔涔，雙手不由緊攥成拳。若是那個女人向孫啟遠說出家中被劫持，孫啟遠帶人去錢家，那麼他們策劃許久的這次行動便前功盡棄了。

「蕭大哥，怎麼辦呀？」明箏在一旁緊張地問道。她頭皮發麻，呼吸都急促起來，眼看著孫啟遠帶著兩個番子圍上去。

「你個破鞋，老子殺了你，讓你勾搭野男人，讓你勾搭野男人……」盤陽騎在女人身上，左一拳右一拳猛搧女人的臉，女人已被打昏，口吐白沫。

四周人群一聽，原來是夫妻打架，男人教訓女人，一陣嬉笑後一哄而散。孫啟遠看著盤陽有些眼熟，正要走近追問，盤陽已背起女人向胡同裡走去。孫啟遠看著盤陽的背影，對身後兩個番子道：「你們守在這裡，我過去瞧瞧。」

孫啟遠跟著盤陽向裡面走，在他身後，蕭天和明箏也悄悄跟上去。

盤陽背著女人撞開院門走進去，孫啟遠緊跟著探身張望。突然背後伸出一隻手掌，猛推一下，孫啟遠不由自主隨著手掌的力度跌進院裡。孫啟遠倒到地上，摔了個嘴啃泥，罵罵咧咧剛要爬起來，看門裡閃身進來一男一女，蕭天反身閂上院門。明箏上前一腳踏到孫啟遠背上，孫啟遠詫異地瞪著明箏：「明箏姑娘？」院裡的盤陽轉回身，看到這一幕，倒吸了口涼氣。

「怎麼回事？」蕭天擰著眉，一臉怒火。

「一個不留神，這娘兒們便跑了。」盤陽也嚇壞了，一臉大汗，氣喘吁吁，一旁地上放著被打昏的女人。這時林棲從屋裡跑出來，驚訝地望著他們。

「蕭公子？」孫啟遠從地上爬起來，環視一圈，他指著蕭天，認出來這不是投奔到李宅的那個趕考的蕭公子嗎？這才發現院子裡到處堆著土，已堆出半人高。他眼裡一片狐疑，指著土堆，問道：「你們這是……」

「你們招呼好孫大人。」蕭天示意林棲，面無表情地說道，「不可再出差池。」

林棲和盤陽點點頭，林棲上前一腳踹到孫啟遠的胸口，孫啟遠嘴裡「噢」了一聲便昏了過去。林棲走上前扛起孫啟遠，盤陽扛起女人，兩人一前一後走進屋裡，把肩上的人撂到炕上。炕上另外三人倒是很安靜，老爺子抱著男孩，男孩的父親靠著老爺子，這一家三代男人此時用同一個表情望著進來的人。蕭天直接走進一側的偏房，此時房中已出現一個大洞，洞裡泛出昏黃的燭光，

借著光亮可以看到洞有丈八深，然後向右側橫挖，開的洞口有半人高。

「怎麼樣？」蕭天蹲到洞口問裡面的人。小六從裡側探出身，回話道：「幫主，裡面的人一直沒回來，如今不知道裡面啥情況。」

蕭天轉身走到洞口旁的方桌前，拿起桌上的地圖，明箏走過來問道：「是不是下面出問題了？」蕭天看著地圖，皺著眉頭道：「要說這一帶的土質，應該不會有事。」

「你不說有鑽地龍嗎？」明箏問道。

突然，洞口傳來喊聲，小六叫道：「幫主，從裡面出來一個人，是我爹。」蕭天扔下地圖，跑到洞口，只見小六舉著燈燭趴在洞口照著亮，不一會兒，一個全身是土的大個漢子爬出來，小六上前扶著郭把頭，只聽他喊道：「出事了！幫主呢？」

「郭把頭，我在，快說出了何事？」蕭天探出身，緊張地望著大個漢子。

大個漢子仰起頭，用手拍著身上頭上的土，說道：「幫主，剛才打到牆體，俺們以為是牢房的牆壁，很是吃力，打了半個時辰，結果錯了，打到井裡，好在井水深，咱們打到井壁，我往下一看，差一點便見水了。」

「井？」蕭天臉色一變，扭頭叫道，「明箏拿圖。」

明箏跑過去拿圖，一邊不加思索地說道：「斜了，後院裡只有一口井。」蕭天看了眼明箏，然後接住圖一看，果然如明箏所說。蕭天看了看圖，對洞裡的大個說道：「郭把頭，你去對裡面的人說，撤回去大致有二丈遠，直著往前挖。」

「幫主，還有一件事，鑽地龍，毀了，任怎麼也動不了。」郭把頭說完，看見蕭天一時愣怔住。

蕭天瞬間後背便濕透了，若是鑽地龍壞了，他們的麻煩便大了。蕭天突然回過頭，大喊一聲：「林棲、盤陽，你們過來。」林棲和盤陽聞言急忙跑過來，看著蕭天。

蕭天面色嚴峻地說道：「鑽地龍壞了，只能用人力了，如今這裡只有咱三人可以用，輪流下去，林棲你先守在外面，我和盤陽下去，一會兒換郭把頭。」蕭天轉回身看著明箏，「你在外面，一切小心。」說著，蕭天和盤陽便跳進洞裡。

翌日辰時，明箏和林棲緊張地趴在洞口。已經挖了一夜，屋裡的土已堆滿，裡面還是沒有任何消息。明箏焦急地等待著，一顆心幾乎提到嗓子眼，她萬萬沒有想到最後這一段挖得如此緩慢。

明箏看著林棲，突然想到他蹲在這裡已經很長時間了，便催促道：「林棲，你去外面看看，你在這裡也沒有用。」林棲白了明箏一眼，不情願地向外面走去。

這時，洞口傳來粗重的說話聲。一旁的明箏十分興奮，她趴到洞口壓低聲音喊道：「喂，通了嗎？」

「通了。」是蕭天的聲音。不一會兒，一個土人爬出來，明箏一眼認出是蕭天，她順著洞壁溜下去，正跌到蕭天身上，蕭天竟然沒站住，兩人摔倒在地上。明箏急忙用手拍打蕭天身上的土，蕭天沒有動，任明箏拍打，他已經累得動不了了。

明箏抓住蕭天的手，那雙手已經傷得鮮血淋漓，明箏眼裡的淚噴湧而出：「蕭大哥……」蕭天在她耳邊低語了一句：「無妨，不過破了層皮。」便昏了過去。

又有幾個人爬出來，郭把頭和盤陽東倒西歪倒在地上，還有兩個人，臉上全是土，根本分辨不出是誰。小六最後提著燈出來，小六倒是很精神，他們沒有讓小六上手去挖，只讓他提著燈照亮。

林棲飛身跳下，手裡提著水壺、拿著幾個碗，分別給幾個人端來水。明箏給蕭天灌了些水，他才緩過來，看了眼四周，急忙坐起身，盯著林棲說道：「誰叫你下來的，快去上面看著點，那兒還有幾個大活人呢。」

林棲應了聲，放下手裡的水壺，轉身躍上去。不一會兒，林棲臉色煞白地跑回來，探身看著洞裡的蕭天叫道：「不好了，孫啟遠不見了。」

蕭天的火氣「噌」一下躥到頭頂，他猛地站起身，怒視著林棲：「何時跑的？」林棲瞪著眼珠子，眼裡一片空茫。蕭天一看，也問不出個所以然來。坐著的幾人都站起來，緊張地盯著蕭天，洞裡的氣氛瞬間降到冰點，情況萬分緊急。蕭天頸上青筋突起，他抿緊嘴唇，眸色異常深邃。此時不是問責的時候，孫啟遠的出逃意味著所有精心準備的計畫還沒有開始便毀於一旦，急也於事無補。他思忖了片刻，此時也只有快刀斬亂麻了。

蕭天看著洞裡的幾人，飛快地吩咐道：「通知玄墨山人、白眉行者、李幫主，行事提前到巳時。」蕭天說完，指了指面前的小六和盤陽，「你們倆，自己分一下，快去通知吧。」小六和盤陽二話沒說，拉著林棲扔下的繩索爬上去。

「等洞裡最後幾人出來，把鑽地龍就地拆毀埋起來，郭把頭你引著這幾人送他們離開小院。林棲，你去外間查看一下，不可再出差池。然後把火蒺藜送下來，巳時一到，咱們便開始行動。」蕭天吩咐完，看著幾人。

「幫主，你讓那五人離去，咱們人手會不會不夠？」郭把頭問道。

「這五人連日挖洞，體力已經消耗殆盡，攻打詔獄他們出不上力。你和我加上林棲，也夠了，再說地牢裡空間不大，也容不下那麼多人，過道裡頂多不超過十個守衛。」

郭把頭點點頭，這時明箏從上面用繩索吊下一個籃子，郭把頭看見裡面的牛肉和大餅高興地大笑：「還是明箏姑娘想得周到啊。」兩人坐下，一手大餅、一手牛肉大吃起來。

小六和盤陽一路疾走出了魚尾巷，便分了手。小六負責通知玄墨山人和白眉行者，盤陽去通知李蕩山。小六本來腳力就好，再加上事態緊急，雙腿便如蹬了風火輪般跑得飛快。在行到東安門時突然看到前面有一個瘸子分外眼熟，他疾走幾步，從側面一看，竟是逃出去的孫啟遠。

孫啟遠此時走得精疲力竭，加上昨晚喝的水裡被做了手腳，他猜得出是蒙汗藥，由於他胃不好夜裡嘔吐了兩次，藥效自然減輕，只是直到此時都頭重腳輕。剛才跑出院子時，被土塊絆倒又摔了一跤，這條腿火燒火燎地痛。而此時他顧不上身上的痛，腦子裡盤算著一件大事，他撞到了通緝的要犯，顯然這些人藏身在那間民居裡，這要是報告給寧騎城，一定是個頭功。想到這裡，他便一瘸一拐奔向詔獄。

孫啟遠一腦門升官發財的美夢，冷不丁撞上小六。小六人小膽大，在興龍幫多年，也算是個小江湖了。他上前一步，一把抓住孫啟遠的手腕。孫啟遠認出這小六是那些人的同夥，以為他們追來了，嚇得雙膝發軟，差點坐到地上。轉臉一看，小六身邊並無旁人，便來了精神。這裡離東廠衙門和錦衣衛都不遠，料定周圍有番子巡街，便扯開喉嚨大喊：「抓逃犯，來人呀……抓逃犯……」

街市上一片混亂，遠處一隊東廠番子向這裡跑來。小六一看，想到自己還身負使命，便丟下孫啟遠拔腿就跑。

「孫百戶，逃犯在哪兒？」一個番子發現癱在地上的孫啟遠問道。

「快，扶我去見寧大人，我有大事要稟告。」孫啟遠一條胳膊搭在番子脖子上，一邊踮著腳站起來，他扭頭看消失在街巷的小六的背影，惡狠狠地道，「等著吧，一會兒再收拾你們。」

他和兩個番子一瘸一拐走到詔獄，卻被街角兩幫人攔住。一幫人拉著大車，車上是鹹魚，另一幫人是賣雜貨的，兩幫人不知因為何事發生爭執，兩邊都有數十眾，各著一個頭目站在街中央理論，吸引了不少行人駐足觀看。

孫啟遠和兩個番子罵罵咧咧從人群裡穿過，卻被困在裡面，兩廂誰也不讓過，十幾名大漢攔住他們。此時孫啟遠也不想惹事，迫不得已向詔獄門前駐守的守衛亮出自己的東廠腰牌，一個滿臉虬髯的黑臉漢子認出孫啟遠，他一揮手，門前駐守的幾個守衛跟著他衝過來，本想接應孫啟遠，誰知一進入人群便被兩廂的纏鬥攪了進來，一片混亂。孫啟遠急於脫身，卻無法擺脫。

眼見雙方纏鬥在一起，駐守詔獄的幾個守衛也被攪進來，孫啟遠心急如焚，看這陣勢一時半會兒分不出勝負，心一橫便趴到地上，趁人不留意從人腿之間往外爬，不知從哪兒伸出一隻腳，踹到他臉上，孫啟遠咬著牙，忍著痛爬了出去。

孫啟遠狼狽不堪地爬出激鬥的場子，向詔獄角門跑去。門前守衛的校尉看見他舉著東廠的腰牌大喊著：「我要面見寧大人……」也不阻攔，直接打開角門。

孫啟遠跛著腳，走走停停，好不容易走到二門，正遇見打此巡視的高健。「高千戶，外面都打成一鍋粥了，你還在這裡閒逛？寧大人在哪裡？我有大事回稟。」孫啟遠問道。

高健也聽聞門外有人鬧事，本想出去看看，但是想到寧騎城都沒有動靜，他肯定早得到報信，卻按兵不動，想必是另有圖謀，便走到孫啟遠面前道：「我帶你去見寧大人。」兩人便向二門走去。

此時寧騎城站在天井院裡，手握一張硬弓，正在往牆上一個靶子上射箭。「寧大人，」孫啟遠幾乎是跟頭流水般撲過來，腿一軟跪到地上，「大人，我遇到逃犯明箏，跟他一起的還有蕭天，裡面有一群人，我被他們綁了一夜，你看我這樣子，我剛逃出來……」寧騎城一愣，他轉回身緊走幾步到孫啟遠面前，扔下手中弓，一把抓住孫啟遠的衣襟，雙眸閃著鬼魅般的光芒：「你再說一遍，你看見了誰？在哪兒？」

「在……魚尾巷，一間民居裡。」孫啟遠說道。

突然，一個校尉氣喘吁吁地跑過來稟告：「寧大人，高千戶，不好了，那幫賣鹹魚的和那幫賣雜貨的在詔獄大門前打起來了。」

寧騎城轉身叫住高健：「你去看看，我帶人去魚尾巷。」

「大人，門外有人鬧事，你這個時候不能離開呀。」高健說道。

「呵呵，高健，你本事見長啊，我的家你也敢當。」寧騎城似笑非笑地說了一句，轉身對身後屬下道，「孫檔頭看見朝堂要犯，你叫上一隊人馬，跟我去魚尾巷把他們緝捕歸案。」

寧騎城領著一眾人馬和孫啟遠剛離開，又一名校尉慌亂地跑來，向高健稟告：「高千戶，不好了，詔獄側牆被攻擊，一幫人扛著長梯子馬上就要攻進來了。」高健頭有些發蒙，片刻後他猛然意識到大門和側牆同時遭到攻擊，這不是明顯要劫獄嗎？可此時偏偏寧騎城帶著一隊人馬出了詔獄，他問那名校尉：「院子裡還剩下多少人？」那名校尉哭喪著臉道：「剛才寧大人帶走一隊校尉，咱這裡不足百人。」

「去吧，調集所有的守衛，不能讓他們進來。」高健說著，想起地牢，便交代，「我去地牢看看，你在這裡招呼著。」

那名校尉離開後，高健迅速向地牢跑去。牢門口六個守衛看見高健跑來，忙比肩而立，面容肅穆地望向高健，高健一點頭問道：「裡面有無異常？」一個當值頭目回道：「回高千戶，沒有異常。」高健命守衛打開鐵門，他急急走進去，迅速跑下十幾級臺階，在崗房門口，看見當值的牢頭王鐵君，以及幾個獄卒都在，便問道：「鐵頭，有無異常？」

「回千戶，一切正常。」王鐵君忙上前，躬身道。

就在此時，從走道裡突然傳來一聲悶響，似雷聲震得崗房裡桌椅亂晃。王鐵君和高健面面相覷，兩人都是閱歷豐富的人，這哪是雷聲呀，明明是火蒺藜爆炸的動靜。高健面色突變，他轉身便向走道跑去。

幾個獄卒驚慌地圍住王鐵君，王鐵君看著獄卒「耳朵」「油條」幾個人，壓低聲音道：「哥幾個，想活命嗎？」幾個人恐懼地瞪著王鐵君，頭似搗蒜般一通亂點。王鐵君道：「這動靜是有人劫獄呀，敢來此劫獄，皆是三頭六臂之人，豈是咱們一群鼠輩能抵擋的？人在做，天在看，與咱們無關，哥幾個，聽我的口令，倒下。」

「耳朵」第一個躺倒，隨後幾個人紛紛效仿他，橫七豎八地倒了一片。

走道深處一片煙塵，中間出現一個洞口，從裡面爬出個人，走道裡的守衛這才醒悟過來，大叫著衝過去，只聽見刀刃相磕發出的錚錚之聲，那人身法奇絕，一陣鏗鏘之聲後，已有兩名守衛倒地。從洞口又爬出幾人。高健這時趕過去，從腰間抽出繡春刀向迎面之人刺去，只聽「錚」一聲脆響，那人持劍磕開，兩人打了個照面。

「是你？」高健認出蕭天，愕然地叫了一聲，沒想到領人劫獄的竟是他。

「高千戶，別來無恙。」蕭天面色沉靜，目光逼人，見到高健後，轉手腕長劍收到背後，很儒雅地向高健抱拳道，「此次前來，只想帶走幾人，絕不想傷及無辜。」

高健將目光從蕭天身上移開，看到他身後一身夜行衣的明箏，更是驚訝無比，他們身後幾個彪形大漢手持利器已制住另外三個守衛，此時正虎視眈眈地盯著這裡。高健抬眼看到那個洞口，竟然恰到好處地開在走道，不得不佩服這群人過人的膽量和智謀。

「蕭先生，」他沉吟片刻，也抱起拳道，「想聽一句痛快話，你們是什麼人？要救什麼人？」

「他是我們幫主，我們是興龍幫的。」身後的明箏大聲說道。

「不錯，高千戶，」蕭天一笑道，「此次我們只想帶走柳眉之、李漠帆、胡鎮山還有于謙于大人。」

高健聽到于謙的名字很是驚訝：「為何還有……于謙，于大人？」

「受人之托。」蕭天簡短地說道。

「明白了。」高健點點頭，眉頭一蹙，眼眸中立時閃過一絲苦楚，他望著蕭天，「想我高健乃忠良之後，誓死忠於朝廷，但怎奈奸人當道，為禍朝綱，我高健縱不能匡扶正義，但出些力相扶忠良，也不愧對祖宗。」

蕭天寶劍入鞘，眼露敬意地望著高健道：「受人之托，定保其周全。」

高健輕輕拭去眼角淚花，牙關一咬，一個「好」字未說完，便一頭向走道邊廊柱撞去，眾人聞聲看去，只見他一頭鮮血倒在地上。

明箏驚叫一聲，便要跑過去，被蕭天攔住。蕭天道：「傷不住他，這樣對大家都好。」然後他看著眾人命令道，「跟著王牢頭，讓他帶著快去分頭找人。」

王鐵君領著眾人拐進「人」字型大小牢內，他對蕭天道：「只有胡鎮山在『地』字型大小，其他三人都在這裡。」蕭天吩咐林棲跟王牢頭去「地」字型大小，他和明箏去「人」字型大小。

蕭天的話音剛落，便聽見一個熟悉的哽咽的喊聲：「幫主，我在這裡。」明箏聽出是李漠帆，她早已從王牢頭手裡拿過鑰匙，便循著聲音跑過去：「李大哥，你在哪裡？」

「第四個牢房。」李漠帆帶著哭聲說道。

明箏跑過去，看見一個鐵柵欄裡伸出一隻手，明箏蹲下來，看見裡面躺在草墊上一身是血的李漠帆。明箏急忙去開鎖。蕭天走進去背起李漠帆便走，李漠帆抱住蕭天的背失聲痛哭。

「漠帆，你在這裡等我。」蕭天放下李漠帆對明箏道，「你去找柳眉之，我去找于大人。要快，咱們的時間不多。」說著，兩人繼續向裡面走去。

「柳眉之……」明箏往裡走，一邊喚著名字，在走到第七間牢房時，看見一堆白衣服。明箏抓住鐵柵欄，看清草鋪上了無聲息地躺著一個人，一動不動，像一堆被棄的破布，在那一堆皺巴巴的破布裡，她認出氣若遊絲的柳眉之。明箏心頭一顫，眼淚隨之撲簌簌掉下來。她打開牢門，彎腰背起柳眉之，覺得他輕得似一片枯葉。

蕭天走到最後一個牢房，看見一盞油燈下枯坐的于謙。此時于謙一臉迷惑，書也被撂到一邊，一雙不大的眼睛呆呆地看著外面，顯然他也發現了異樣。

蕭天走到鐵柵欄前，抱拳道：「不才蕭天，冒天下之大不韙解救先生於水火，請跟我走吧。」

于謙微微一笑：「敢問俠士名號？」

「興龍幫幫主蕭天。」蕭天道。

「蕭幫主既知是冒天下之大不韙，為何還要老夫隨行？」于謙語氣篤定地問道。

「這……」蕭天情急道，「先生是清官，不該遭受牢獄之苦。」于謙淡然一笑道：「蕭幫主既知我是清官，便不該對我用此下策。」

「先生……」蕭天急切地回頭，看到林棲返回來背起李漠帆、明箏背著柳眉之已撤離，只剩下他和于謙了，「先生，只要活著便可重來。」

「蕭幫主，」于謙站起身，拱手一揖道，「你和我雖所處的江湖不同，但是規矩卻相同，那便是一個忠字。我若貪慕生死，隨你而去，便是把自己逼入不忠不孝之死地，再無臉面活在世間。我既效忠朝廷，便做好了被冤被屈被處死的準備，一心奉上，絕無他念，即便把牢底坐穿，也心甘情願。」

蕭天站在鐵柵欄外，聽到此言猶如醍醐灌頂，愕然呆立。蕭天雙眸閃著淚光，漸露仰慕之情。他深深一揖道：「晚生有幸在此結識先生，受教了。先生保重，後會有期。」

蕭天說完，轉身離去，沿著走道跑向洞口。

此時，詔獄院子裡一片混戰。玄墨山人和白眉行者各率弟子攻入二門，與守衛發生激戰，各有傷亡。玄墨山人在院子裡四處尋找，不見寧騎城，正在雙方相持不下之時，只見遠方天空躥起一支響箭，緊接著又一支響箭躥上天空。

這是撤離信號，玄墨山人惱恨地直拍大腿，又喪失了一次絕好的機會。但是，再掃興也要執行，玄墨山人與白眉行者聚到一處，向各自弟子發出撤離信號。

大門裡，李幫主帶領著眾門下弟子，正與守衛鬥到酣處。他一部分弟子扮作賣鹹魚的，一部分弟子扮作賣雜貨的，衝進大門裡引來詔獄一半的守衛，雙方正膠著著分不出上下。頭頂上躥上兩支響箭，李幫主大喜，心想他們得手了，便不戀戰，速傳話撤離。

再說孫啟遠帶著寧騎城和一隊校尉出了詔獄直奔魚尾巷，左拐右拐找不到那條斷頭巷。魚尾巷有兩條，一左一右，孫啟遠領著眾人走錯了道，被寧騎城踢了一腳，好一頓罵。

一眾人等終於摸到那條小巷，圍住那戶錢姓人家。可是屋裡已人去屋空，堂屋中間方桌上扔著一個敞開的紅錦盒，桌上還掉了些碎銀。

「人呢？」寧騎城氣勢洶洶地問道。

孫啟遠看到大炕上那被綁的四口人也不見了，心裡一陣發慌，出了一身冷汗。這時，一個校尉走進偏房，大喊一聲：「大人，快看這是什麼？」

寧騎城走進偏房，看見那個洞口，想到院子裡堆的泥土，什麼都明白了，氣急敗壞地吼道：「這個洞定是通到詔獄，快，回詔獄！」

待寧騎城押著孫啟遠趕回詔獄，只見院裡一片慘狀，被打死打傷的衙役守衛倒了一片，寧騎城大發雷霆，一腳踹翻了孫啟遠，孫啟遠嚇得渾身打戰，心裡暗罵自己這不是引火焚身嘛！

第十七章　災民圍城

一

一輛簡易的雙輪青篷馬車駛向西苑街，此時正是晌午時分，街上車水馬龍異常熱鬧，這輛馬車混在車馬行人之間並不起眼。這時從街東頭突然出現一隊疾行的緹騎，他們吆喝著：「錦衣衛辦案。」嚇得四周行人紛紛後退讓道，一眾人馬打馬疾駛而去。

青篷馬車駛向望月樓偏門，梅兒姑娘早已候在那裡，眼看馬車駛過來，便拉開大門。馬車駛進之後，又跟著進來幾匹馬，梅兒姑娘看人已到齊，便急忙關上大門，跑到一匹馬跟前說道：「蕭幫主，翠微姑姑在後院等你們。」

蕭天、明箏和盤陽翻身下馬，林棲趕著馬車直接駛往後院。翠微姑姑走出月亮門迎上來，她環視眾人問道：「人都回來了？」蕭天點點頭，眾人走向馬車，盤陽掀起青布轎簾，只見車廂裡橫躺著三個人。李漠帆傷勢看上去最重，滿身鞭痕！柳眉之身上不見有傷，但面容枯槁，氣若遊絲，顯然昏迷多時！只有胡鎮山醒著，他一見眾人，感激涕零倒頭便拜：「各位恩公，在下給你們磕頭了。」

「使不得，」蕭天見他一頭白髮，少說也有六十來歲了，便扶起他道，「這位老哥，我們是受鐵掌李蕩山之托，都是朋友，不用客氣，你暫且在這裡將養身體。」

蕭天扶著他下了車，盤陽扛起柳眉之，林棲背著李漠帆，幾個人跟著翠微姑姑走進小院，裡面為他們準備了幾間房。柳眉之被單獨安置在西廂房裡，李漠帆和胡鎮山住在東廂房。蕭天逐個查看了三人的傷情，派小六去請個可靠的郎中來給他們診治一下。

小六很快請來一個郎中，給三人把了脈，開了方子。蕭天問起柳眉之的傷情，郎中道：「此人無傷，只要開始飲食，便無礙。」蕭天和明箏很是驚訝不解。郎中解釋道：「我估算，這位公子已斷食三日，我給他開的方子是開胃助食的。」

這時，林棲走進來，向蕭天遞了個眼色，蕭天站起身走出正房。林棲低聲道：「白眉行者到了。」

兩人離開廊下，走到天井中那株老槐樹下。白眉行者佇立在樹下，他肩上有一處傷，雖換了衣衫血跡仍然洇了出來，蕭天看他臉色疲憊，嘴角緊繃，料是此次行動不順。白眉行者一看蕭天走來，抱拳道：「蕭幫主，慚愧得很，計畫沒有完成。」

蕭天只是點了下頭，道：「此番行動以救人為主，既然人已救出，其他的都是次要的，不妨從頭再來。」說著，他領著白眉行者向柳眉之房間走去。白眉行者看到柳眉之安然無礙之後，臉上方現出喜色，他退後一步，雙手抱拳，深深一揖道：「蕭幫主，在下代總壇主向你轉達他的敬意，白蓮會恩怨分明，今後興龍幫行走江湖，有用得著的地方，言語一聲即可。」

蕭天微微一笑，還了一禮道：「前輩此話太客氣了。」兩人說著走出柳眉之房間，來到老槐樹下，蕭天話鋒一轉，問道，「還沒有來得及問，你們那邊的情況如何？」

白眉行者嘆口氣道：「人算不如天算，我們攻進院裡，根本沒看到寧騎城那個魔頭的影子，玄墨山人損失了兩名弟子，我也損失了三人，一人重傷。鐵掌李蕩山那邊也損失了三四名弟子，他讓我帶個話，會來接走胡鎮山，然後護送弟子的屍身回去安葬。玄墨山人帶領弟子回瑞鶴山莊了，讓我和你說一下。」

「寧騎城不在詔獄？」蕭天也是一驚，他一直擔心這個環節，還是出了差錯，此次沒能殺了他，以後便只能看他耀武揚威了。

「好在人都救出來了。」白眉行者頗感欣慰道，「這次咱們鬧出這麼大動靜，寧騎城那邊絕不會善罷甘休。我來時，看到各個路口都有巡街的番子，城門恐怕盤查得更嚴了，如何出城是個問題。」

「是呀。」蕭天沉吟片刻道，「一定得想個穩妥的法子。」

送走白眉行者，蕭天徐徐走回小院。此時已是黃昏，小院一片寂靜，連日奔波的眾人都回屋歇息了。蕭天走過李漠帆房間，看見他和胡鎮山都已沉沉睡去。隔壁卻傳來說話聲，細一辨，是明箏的聲音，他悄悄走過去，西廂房的房門緊閉，窗臺有一扇窗未關，蕭天走到窗下，裡面的說話聲清晰可辨，他抬眼望去，看見明箏端著湯藥站在柳眉之床榻前。柳眉之雖然醒來，但依然虛弱，說話的聲音也輕飄飄的：「明箏，我知道妳不願見我，」柳眉之眼底一片悽楚，有氣無力地低語著，「妳們為何要救我，讓我死在那裡，不是落個清淨，大家都痛快嗎？」

明箏嘆口氣，冷冷地道：「我明箏長這麼大，不想欠誰的情，以前是我欠你，如今你我兩不相欠了，今後各走各的路，再無牽連。」

「明箏，明箏妹妹……」柳眉之突然掙扎著直起身，他神情衝動地看著明箏，「我沒想害妳，我只是不願看到妳和蕭天在一起，他不是個好人，他只是想利用妳罷了。」

「閉嘴！」明箏頓足道，「我不是小孩子，是非曲直我分得清，倒是你……你有何面目說蕭大哥！」

「明箏妹妹，」柳眉之從床榻上滾下來，抓住明箏裙角，「我知道我錯了，妳能原諒我嗎？」

「原諒你？」明箏一聲苦笑，「你我之間談不上原諒不原諒，你能讓蕭大哥原諒你嗎？」

「又是他！」柳眉之掙扎著站起身，他痛苦地盯著明箏道，「妳別忘了，妳姨母在世時，曾說過要讓妳我結親，我一直以為此次接妳回京，便是與妳定親，家裡人都知道，難道這不是事實嗎？」

「呸！」明箏怒斥著後退了一步，「我告訴你，我已定了親。」

「誰？」柳眉之嗓音低沉地問道。

「我與蕭天兩情相悅，已私訂終身。」明箏大喇喇地說道，「你不要再存無望幻想，我已與你說清，你我之間兩不相欠。待你傷一好，便離開這裡吧。」

柳眉之一陣咳嗽，一口血噴出來。明箏嚇了一跳，急忙跑去端來一碗清水，柳眉之揮手打翻水碗，瓷碗落地發出脆響。柳眉之極度沮喪地退到床沿，跌坐到床榻上，他痛心地盯著明箏，眼神可怕至極。他聲音暗啞發狠說道：「明箏，妳會為妳的選擇後悔的，我與妳一起長大，在這個世界上只有我才是真正維護妳的人。那個蕭天險惡至極，他只是利用妳罷了，妳被他騙了，他是個大騙子！」

「你胡說什麼！」明箏越想越氣，眼淚不爭氣地湧出來，她轉身推門跑出去，一邊跑一邊哭泣著。

蕭天隱在窗後，臉上一片陰晴不定，他望著哭著跑出去的明箏，邁出去的腳又縮了回去。他緊皺眉頭靠到牆壁上，太陽穴青筋突突亂跳，心裡一陣針扎般痛。柳眉之的話句句誅心，他被說成一個騙子，卻無言以對，想到此他雙手不由緊握，指甲深深嵌進肉裡，他竟渾然不覺。

天色暗下來，四周一片昏暗。遠處有人提著燈燭開始掌燈。蕭天動了一下已麻木的雙腿，渾身如虛脫一般，吃力地向李漠帆房間走去。

東廂房裡已點上燈燭，夏木端來一碗粥，李漠帆半靠著喝了半碗。李漠帆看見蕭天走進來，光亮下發現他神情不對，忙讓夏木把碗端走。蕭天坐到床頭一把太師椅上對夏木道：「夏木姑娘，我有事與李把頭商談。」

夏木一笑，知趣地退了出去，並輕輕掩上房門。

「漠帆，我思忖著，」蕭天神色疲倦地垂下眼簾，「此次你受傷過重，我想讓你離開京城回山東休養，你看可好？」

「幫主，這點皮肉傷實在不足掛齒。」李漠帆笑著說，「我走了，京城裡這一大攤子誰來招呼呀？」

「這個你不用操心，鬧了這一場事，上仙閣是回不去了。我已著手散布消息，把上仙閣出售。實際上，我派人把山西那邊的韓把頭召回，讓他以山西商人的身分接手上仙閣。我想讓你帶著明箏離開京城，在山東躲避一時，你也可借機將養身體。」

「幫主是想讓我帶走明箏姑娘？」李漠帆是何等聰明之人，他看蕭天臉色心裡已明白七八分，臉上一片惋惜之色，嘆口氣道，「唉，我早說過，明箏姑娘對你情根深種，帶走她也只是權宜之策，幫主還是要早做打算。」

「我不想傷害她，也不想她被人傷害。」蕭天垂下頭，臉上一片慘澹，「她身分特殊，又天賦異稟，被心懷叵測之人覬覦，時時處在危險之中，若是我都不能護她周全，她還能去哪兒？」

「幫主，難道你對明箏姑娘只是這些，沒有一點思慕之情？」李漠帆偷眼看著蕭天，乾脆把話挑明。

「漠帆，你如何也糊塗了，我……」蕭天抱住腦袋，甕聲甕氣地說道，「你難道不知道我是有婚約的？」

「狗屁婚約。」李漠帆氣鼓鼓地直言道，「青冥已是皇上的妃子，你傻呀，你還在等她？要說這個婚約，她青冥已是自行廢掉，怨不得你不遵守。」李漠帆向床沿挪了一下，壓低聲音道，「照我說，幫主，你只管把生米做成熟飯，趕緊與明箏拜堂成親，讓那幫狐人無話可說才是。」

蕭天抬起頭，已是漲紅了臉，直紅到脖根：「老李，話雖可以這樣說，但事不能這麼做。狐王於我蕭家有恩，我既已應允便不得更改。這個婚約還需青冥來定奪，是成是廢都由青冥郡主說了算。雖然此時還沒有她的音信，但是，我在老狐王面前發過毒誓，必帶她出宮回到狐地。」

「幫主，那明箏姑娘呢？」李漠帆問道。

「老李，」蕭天有些上火，大聲道，「剛才不是跟你商量嗎，你帶明箏去山東，我——」

突然，木門被撞開，明箏一臉不滿地走進來，瞪大眼睛盯著兩人，問道：「為何讓我去山東？」

李漠帆看著明箏笑著道：「明箏姑娘，妳進來也不敲一下門，哈，幫主是擔心你在京城太危險，想讓咱倆去山東躲避一時嘛。那可是個好地方，吃得也好，大蔥蘸醬，白麵大餅……」

「我不去。」明箏打斷李漠帆的話，看著蕭天問道，「為何要攆我走，是不是覺得我是個累贅要甩掉？既如此為何當初要救我，讓我頂著一身膿包死了算了，還費事給我療傷，還鼓動我加入興龍幫，這便是幫主所為嗎？」

面對明箏的責問，蕭天臉上一陣紅一陣白，連話都接不上了。李漠帆一看，忍住笑，悄悄躺到床上，乾脆拉被子蒙住頭，一會兒從被子裡發出長短不一的呼嚕聲。

「你看，」明箏指著床上的李漠帆氣呼呼地道，「他倒是睡著了，我還指望他給評理呢。」

「評什麼理呀？你說得對，全對，我錯了，好不好。」蕭天走到明箏身邊，耐心說道，「留在京城就等於在刀尖上過活，妳一個姑娘家如何能與我們一樣？」

「我就要與你在一起。」明箏盯著蕭天道，「在我來京前，我便一直在刀尖上過活，我習慣了。」

蕭天啞口無言，明箏突然雙眸一閃臉頰跳上一個明媚的笑容，道：「別忘了，你和我可是有婚約的。」明箏說完，山雀一般雀躍著「飛」出了房間。

只剩下蕭天呆立在當地。

李漠帆掀開被褥坐起身，一臉同情地望著蕭天道：「幫主，你麻煩大了。」「閉嘴！」蕭天怒喝一聲，匆匆走出去。

二

翌日巳時，幫裡派出去打探消息的郭把頭回來見蕭天。郭把頭一身短衣打扮，肩上還搭捆麻繩：「幫主，所有的城門都加強了布防，盤查很緊，沒有身分文書很難出去。還有此次咱們救出的三人都上了海捕文書，滿大街張貼的都是海捕文書，重金懸賞。」

在座的林棲和明箏不由面面相覷。蕭天急忙問道：「寧騎城那邊有什麼情況？」

「很奇怪，」郭把頭皺著眉頭道，「那邊如同一潭死水，毫無動靜。按說咱們掀起這麼大的浪頭，就是一塊石頭扔進去也該有幾片浪花呀，連咱們打進東廠的暗樁李東都毫不知情。」

「看來，還真是令人費解。」蕭天望著窗外思忖著。

「還有一事，此時城外聚了眾多災民，為阻止災民進城，城門提前一個時辰關閉。」郭把頭又說道。

「災民？」蕭天一皺眉，「哪兒來的災民？」

「不清楚，」郭把頭搖搖頭道，「我從城門裡可以看見外面黑壓壓的人群，沒敢出去，怕一旦走出去便進不來了。」

蕭天點點頭，吩咐盤陽帶郭把頭去廚房用飯，然後對林棲道：「你跟我出去看看。」

明箏立刻起身，道：「我去吧，你讓他跟著不是闖禍便是惹事，他還不會說本地話。」

「誰稀罕？」林棲蹲在椅子上不屑地白了她一眼，「裝瞎賣傻的，我才不稀罕。」

「你說誰裝瞎賣傻？」明箏氣鼓鼓地瞪著他。

聽到兩人打嘴架蕭天也不去理會，從牆壁上取下兩個寬簷斗笠，他戴上一個，另一個交給明箏，並囑咐她換身短衣。他回頭交代林棲一定記得按時給三人送湯藥。

一炷香工夫，蕭天和明箏穿戴整齊，兩人都是短衣打扮，戴著斗笠，寬大的帽檐足以遮住整張臉。兩人的穿戴一看便是販夫走卒出苦力的。兩人手裡各拿著一根扁擔，遇危險還能當武器。

兩人一前一後走出巷口，向最近的城門西直門走去。

把守西直門的門千總姓魏，兵卒都稱呼他魏千總。他此時正站在城門前吆五喝六地大罵，十幾個兵卒持長槍橫亙在城門洞裡，還有一個時辰才能關城門，但城門外已聚滿黑壓壓的人群。這些人衣衫襤褸，攜幼扶老，扛著家什包裹，堵在城門前。

「魏千總，」一個伍長氣喘吁吁跑到跟前，一臉大汗，叫道，「擋不住了，災民太多，還是……還是稟明朝廷吧？」

「混帳，必須攔住。」魏千總跺著腳大叫，「待一個時辰後關上城門，我上報朝廷再做定奪。」魏千總說著，已是一身大汗。這兩三日之間城門前聚起上萬的災民，如果任由災民進城，恐盜寇四起，伺機作亂，他豈不是要犯下瀆職之罪。正在他焦慮不安之時，城門洞被災民捅破一個口子，一些災民擁進來。

「魏千總，災民闖城啦……」

「抓住，抓住他們……」魏千總氣急敗壞地衝過去。城門一側手持長槍的兵卒向四散而逃的災民追過去，見一個抓一個。一對母女跑進巷口被兩個兵卒攆上，母親摔到地上，包袱被一個兵卒踢到遠處，母親爬著去撿包袱，另一個兵卒趁機抓到女孩。女孩有十歲模樣，面黃肌瘦，被兵卒一提扛到肩上。突然，從路邊躥上來一個戴斗笠的少年，上去一腳踹到兵卒腿窩，兵卒腿一軟，身子一斜，女孩摔到地上，少年拉起女孩便跑。

跑進巷子，女孩撐著不走哭喊著要娘。片刻後，另一個戴斗笠的男人護著她母親跑過來，母女擁到一起，抱頭痛哭。母親拉著女兒對兩人跪下。明箏取下頭上斗笠，扶起母女倆，一臉憐惜地問道：「大嫂，你們從何而來，為何被困在這裡？」

「恩人呀，你們身在天子腳下，如何會知偏鄉僻壤之苦。如今大旱之年，赤地千里，萬畝絕收。我母女本是河南尉氏縣人，只因我夫君正月裡進京趕考，至今杳無音訊，別無他法，我母女二人跟著眾鄉親逃荒至此，只想尋找夫君。我雖容貌粗陋，但也出身書香，至於這般，實屬無奈。」女人說不下去，臉上淚水漣漣。

蕭天和明箏聽到她此番經歷，不由也跟著黯然神傷。

「大嫂，妳們出來了多少人？」蕭天問道。

「有一二百人，途中走散一些，到京城也有百八十人呢。」女人道。

「大嫂，請問妳夫君的姓名，我們也可幫忙尋找。」蕭天問道。

「他叫陳文達。」女人說道。

「陳文達？」明箏愕然回頭望向蕭天，蕭天驟然皺起眉頭，來自河南尉氏縣不是他又是誰，這個陳文達為科考變賣了房產，如今他妻女走投無路來投奔，而他現如今在哪裡呢？蕭天向明箏遞了個眼色，用眼神阻止她說出真相，留給這對可憐的母女一點念想。

「大嫂，這個名字我們記下了，也幫妳打聽著。」蕭天從腰間拽下一個錢袋，他看了眼明箏，明箏也立刻從腰間解下錢袋交給蕭天，蕭天手托著兩個錢袋塞進女人手裡，道，「妳拿著，先找一個客棧住下，再找妳夫君吧。」

女人一臉惶恐望著手中兩個錢袋，眼裡淚花閃動，她搖著頭：「不，不，大兄弟，看你們也是出力之人，得銀子不易，我怎能……」

「妳且收下吧。」蕭天指著巷子，道，「前面有一家悅來客棧，我與老闆相熟，妳去那裡歇腳，安頓下來再找陳文達，我們有了信兒也方便去找妳。」

女人聽罷，納頭便拜，被蕭天扶起：「大嫂，快帶孩子去吧。」蕭天說著，拉著明箏便走，兩人快步走出小巷，再次向城門走去。

「蕭大哥，此次災民圍城，咱們恐怕更難出城了。」明箏憂心地說道。

「是呀。」蕭天拉低了斗笠，瞇眼遠眺，「李漠帆和柳眉之留在城裡一天，便多一天風險，必須想辦法儘早送他們走。」

「蕭大哥，其實，你可以不用管柳眉之。」明箏說著，眼睛怯生生地看著蕭天。

蕭天一笑，他很清楚她那顆小腦袋瓜裡想什麼，便坦然說道：「這是我與白蓮會之間的事，既已應承他們總壇主，便要把他安全護送過去。妳不要再有負擔，也不要再胡思亂想。他把我關入虎籠其實與跟我打一架沒什麼區別，打完便完了。」

聽蕭天這麼一說，明箏嫣然一笑，似乎困擾她多日的心結瞬間解開，臉上如沐春風般明豔照人。兩人混進出城的車馬人群裡，向城門前走去。

此時，城門前已亂作一團。本來未時是一日裡進出城門最繁忙的節點，但是接到指令要關城門。這邊是趕著關城門前出城，那邊是趕著關城門前進城，再加上城門外眾多的災民擁在城門前，進也進不來，出也出不去，兩邊的人群皆是炸窩般七嘴八舌地叫嚷。

眼見相持不下，魏千總又調來一隊兵卒，這邊剛堵住一個口子，那邊又被擠破一個口子，跑進來的人被兵卒抓住。兵卒顯然人手不夠。魏千總氣勢洶洶地站在城門洞大吼：「關城門！」但是城門洞裡全是人，有百姓有兵卒，啟動門閘的兵卒乾著急，卻沒辦法關。

這時，從大道上飛馳而來一隊甲胄閃亮的騎兵，單從服飾上看還以為是從三大營調來的兵部將官，一些守城的兵卒大喜，去叫魏千總：「千總，兵部來人了。」魏千總正自納悶，那隊人馬離近了才認出是錦衣衛緹騎。高健一馬當先，直奔到魏千總面前：「魏千總，這裡發生何事？」「高千戶，你來得正是時候，災民圍城，我已遣人上報朝廷。」

高健翻身下馬，對著魏千總乾笑了兩聲道：「老兄，我如今已不是千戶，降作百戶了。」高健說著扶了下頭盔，露出額頭，額頭上纏的棉布上還洇有血跡。

「哦？高健你受傷了？」魏千總盯著高健的額頭問道，「誰這麼大膽，敢對錦衣衛下手。」

「唉，別提了，詔獄裡跑出去幾個囚犯。」高健壓低聲音道，「寧大人沒割下我的腦袋已是萬幸，這件事被他生生壓了下去，即便嚴防也還是走漏了風聲，讓幾個大臣參了一本，要不是找到一個背鍋的倒楣鬼，寧大人的錦衣衛指揮使也不保了，他被迫交出了東廠掌印。」

「哦，」魏千總瞪著眼，張著大嘴半天沒合上，今年也不知是趕上了什麼年份，盡出奇事，鐵桶般的詔獄竟被劫了，三年五載發大水的河南、山西竟然大旱，他湊到高健近前輕聲問，「那……那個倒楣的背鍋人是……」

「是孫啟遠，」高健近似幸災樂禍地說道，「這小子那天出門定是沒看皇曆，怎麼那麼倒楣，在關鍵時刻，他帶著寧騎城出了詔獄，說是遇見什麼逃犯，結果逃犯沒抓到，詔獄裡倒是逃走了幾個。」

魏千總樂得扯著嗓子乾笑了幾聲，笑過又問道：「他個小小的百戶，再降……降到……」

「被扔進詔獄大牢裡了。」高健沉下臉，搖著頭道，「這小子只能靠自己的命數了。」

魏千總繃起嘴，眼珠子在眼眶裡轉了幾圈，壓低聲音道：「兄弟，莫妄議國事，咱們還是當好咱的差吧。」

高健點點頭，向身後的一個校尉喊道：「到人群裡盤查。」

今日，高健奉寧騎城之令去各個城門巡查，海捕文書在每個城門都已張貼，過去了幾天，仍沒有任何動靜。他望著城門前聚起的人群，也不知蕭天他們出城了沒有。正胡思亂想，一陣急促的馬蹄聲從背後響起，高健回過頭，看見一隊人馬飛馳而來，打頭的正是寧騎城。

高健忙迎著跑過去：「寧大人。」

「魏千總，速速關上城門，放跑了逃犯，你這差事可就別幹了。」寧騎城說著，望了眼城門洞裡已爛成一片片的海捕文書，皺起眉頭。

「是卑職的錯，卑職馬上差人換新的。」魏千總說著，轉身跑向城門。寧騎城鼻孔裡哼了一聲，走向高健，高健急忙恭順地低頭靜立一旁。「高健，你說那幫逃犯現如今出城了沒有？」寧騎城冷冷問道。

「他們傻呀，都幾天了，還不走，等著被抓呀？」高健低著頭道。

寧騎城似笑非笑地端詳著高健，看了看他腦門上的傷，問道：「是誰把你打傷的？」

「這……我沒看清……光線太暗，人太多……」高健嘟囔著，一隻手扶住頭，一臉可憐樣。

「你知道當值的牢頭怎麼說嗎？」寧騎城陰沉沉地乾笑了兩聲，「還有那幾個獄卒，眾口一詞，說劫匪窮凶極惡，個個三頭六臂，從地底下鑽出，黑壓壓望不到頭，說你像個天兵天將從天而降。」

高健臉一紅，道：「大人，是有點誇張，他們也是想……」

「我倒是想……」寧騎城打斷他的話，陰森地盯著他的腦門，一陣冷笑，「這一招，分寸拿捏得真是好呀。」寧騎城說完轉身向城門走去。

高健站在原地，尋思著寧騎城的話，臉上冷汗冒了出來。

大道上一個校尉快馬加鞭趕過來，直奔到寧騎城面前，然後翻身下馬，走到寧騎城近前低語了幾句。寧騎城臉色一變，轉身叫高健：「你在這裡守著，我進宮去。」

寧騎城只帶了兩名護衛向宮城疾馳而去。他此時腦子裡頗不平靜，猜不出王振急著召見他又為何事。那日詔獄被劫後雖下了封口令，但還是洩露了風聲，朝堂震動。平素與王振為敵的那幫朝臣立刻聯名上疏要追究寧騎城的罪責，有言官更是列出他的十宗重罪。

此奏疏被王振截下，並有意讓他過目。他無話可說，十條大罪條條屬實，卻皆為王振所差使，但在朝臣面前，他百口莫辯。不得已他交出東廠掌印以封眾人之口。為掩人耳目，他又交出了孫啟遠，算是替他受過。到此，詔獄之事才算翻了過去，今日又是所為何事呢？

寧騎城順著甬道走進司禮監時，天已擦黑。正是掌燈時分，司禮監裡小太監們挑著宮燈到各處點燈，一個小太監眼尖，看見他走進來，忙跑到裡面通報去了。不一會兒，高昌波笑瞇瞇地走出來。

「先生正在裡面候著你呢。」高昌波笑著說。

寧騎城隨高昌波走進房裡，看見王振斜靠在一堆軟墊上，有氣無力，面色陰鬱，似是剛發了一通脾氣，一旁伺候的兩個太監連頭都不敢抬。王振看見寧騎城進來，招手指著一旁一張椅子讓他坐。

高昌波捧上一盞茶給寧騎城，寧騎城接過端著，並沒有喝，而是關切地望著王振，問道：「乾爹，你臉色這般不好，莫非身體有恙？」

「無妨，只是偶遇風寒。你說怪不怪，這大日頭的得此症。」王振說著，手裡擺弄著一串佛珠再無下文，只是用眼角瞥著寧騎城。

寧騎城端著茶盞，慢慢啜飲，只等著他開口說下文。

「此次收了你東廠大印，也是權宜之計，」王振數著佛珠開了口，「先要堵住那幫老傢伙的嘴。再說了，東廠督主的位置一直空著，放眼朝堂哪個人敢接這個印，早晚不還是你的嗎？但是……以後若再出紕漏，我可是無臉面再給你兜著了。」

寧騎城放下茶盞，抖袍服跪倒在地：「乾爹教訓得極是，兒子知罪。」

「唉，坐得好好的，如何出溜到地上去了，來……坐著。」王振向地上的寧騎城擺手，「來，坐著，你說那日逃出去三人？」王振瞇著眼睛突然問道。

「是。」

「于謙呢？」

「還在。」寧騎城忙回道。

「唉，你說這老東西為何不跑呢？」王振瞪起眼睛，「他要是借機逃出去多好，我便沿街放十萬鞭來慶祝，這個老東西真不讓人省心。」

「此人便是茅坑裡的石頭，又臭又硬。」寧騎城道。

「又臭又硬也得放了，當初拿他入獄，也是僅憑王浩之死以他兵部守衛京城不力為由，並沒有抓住他的把柄。」王振神經質地猛抓著頭皮，「我今日喚你來，說的便是這事。吏部尚書陳柄乙、戶部侍郎高風遠聯名上疏奏請皇上赦免于謙，皇上已經准了。不過，這次我不露聲色，他們也是高興得太早了。如今山西、河南大旱，皇上已准從國庫撥三十萬兩銀子賑災，這個差我力薦陳文君去辦，皇上也准了。」

「啊，乾爹，你這招暗度陳倉，用得好。」寧騎城乾笑著，一個勁奉承，「怪不得這兩日城門口，災民圍城，這個差……以于謙那個老東西交換，咱不虧。」

「你懂什麼！」王振乾咳一聲，道，「我擔心于謙插手賑災事宜，他可是才從兩地巡視回京。」

「此次給他個教訓，若再不老實，再抓進去不得了。」寧騎城道。

「娃子，此人可不是你想的那麼簡單，你要時時派人盯住他，不要掉以輕心，絕不可讓他攪了咱們的事。」王振瞇起眼睛寒光一閃，盯住寧騎城囑咐道。

「是。」寧騎城急忙點點頭，眼角的餘光瞥見王振閉上雙眼，便起身告辭，王振微點了下頭，依然閉著雙眼含糊地道：「下去吧，好好辦差。」

寧騎城走出司禮監時，夜色已深，宮裡更夫剛好敲過頭更。

三

陰暗的「人」字型大小牢房被幾支火燭照得通明。王鐵君和幾名獄卒排成「一」字形有序地向前走著。突然從前方鐵柵欄裡伸出兩隻手，一個嘶啞的聲音大喊：「大人……我冤枉呀，我冤呀……」

王鐵君一看是新近送來的孫啟遠，便急忙把他伸出的雙手給塞進去，好言好語低聲地勸解：「我說孫啟遠，別在這裡喊了，進來的人哪一個不說自己冤，你要相信，人命天定，你瞧瞧于大人，這不官復原職了不是？」

鐵柵欄裡的孫啟遠瞪起眼睛，一張苦瓜臉扭曲成一團。

王鐵君領著幾個獄卒繼續向前走，他身旁的獄卒「耳朵」拉著他問道：「鐵頭哥，你真的接到旨意，于犯要放了？」

「你傻呀？」王鐵君伸手拍了下「耳朵」的腦袋，「還叫于犯，于大人啦，你沒聽見嗎？官復原職。」

外號「油條」的獄卒突然回頭對王鐵君豎起大拇指，極是慶幸地說道：「鐵頭哥，咱們哥幾個幸虧聽你的，沒為難過於大人。趕明兒，于大人復了官，也不會為難咱幾個。」

「耳朵」和另幾個獄卒點點頭，心裡一陣慶幸。

「唉，你們幾個小崽子，學著點吧，人生的學問大了去了。我比你們多吃了幾年飯，也看多了人生得失榮枯。記住，與人為善，與己為善，與人有路，與己有路。」

正說話間，幾人已走到于謙的牢門前。王鐵君打開牢門，兩支火燭下，幾個獄卒分立兩旁，于謙在牢房裡已收拾停當，他脫下號服，換上一身灰色長衣，從容地走過來。他走到幾位獄卒面前，停下腳步，面對幾人，拱手一揖，氣定神閒地說道：「幾位獄官，于某在此承蒙照顧，就此別過。」

王鐵君和「耳朵」、「油條」幾人忙一字排開，誠惶誠恐地躬身還禮，七嘴八舌亂叫一氣，有稱于大人的，有稱于侍郎的。

于謙微微一笑，轉身隨著前方火燭的指引走了出去。

牢門近在眼前，于謙走上十幾級臺階，牢門終於在他面前敞開。刺眼的光亮猛然閃耀著，刺痛了他的雙目，他不得不閉上眼，一隻手捂在眼上，緩緩走出去。

天井裡已是一派夏日的盛景。雖然高牆石壁難尋幾片綠色，但是在石板間、磚頭縫裡、牆角邊、屋簷下，那一簇簇、一叢叢、一朵朵綠色的植被在陽光下活得肆意盎然、生機勃勃。

于謙眼角滑過幾滴淚，他把目光從草色中收回到這個黑沉沉的院子裡，雖然待了近四個月，卻依然是陌生的地方，四周的高牆壓得他喘不過氣來，他稍作停留，便快步向大門走去。

王鐵君站在牢門前，看著于謙走遠，還沒有來得及發出一聲感慨，他的名字便被人高聲叫起：「王牢頭！」

王鐵君回頭一看，暗吃一驚，是宮裡的高昌波，便急忙上前行禮：「高公公，今日是天上哪片雲彩把你老人家喚來了？」

高昌波順著王鐵君的目光瞟了眼遠處，目光久久地盯著于謙的背影，若有所思地問道：「于大人官復原職了？」

「是呀。」王鐵君躬身應了一聲。在他的印象裡高昌波來詔獄的次數很少，上一次是對于謙動刑，不想驚動了寧騎城，兩人鬧得很不愉快，雖說面上不說什麼，但是梁子肯定是結下了，今日高昌波又跑來不知所為何事，便哈著腰賠著小心問道：「高公公有何吩咐？」

「走，帶我去見見孫啟遠。」高昌波說著向牢房走去。王鐵君回頭望一眼獨自走向大門的于謙，跟在高昌波身後向牢房走去。

「王牢頭，」高昌波壓抑著尖利的嗓音，低聲道，「我來的事，不要張揚，你懂嗎？」王鐵君急忙點頭應允。兩人一路沿著地下臺階向地牢「人」字型大小獄走去。

王鐵君領著高昌波一路走到孫啟遠的牢房前。孫啟遠一看見高昌波，像見了親娘般一把抓住高昌波的手腕不放，眼淚鼻涕一把一把地流下來，嘴裡喊著冤枉，泣不成聲。

「呸，你冤枉個屁！」高昌波罵了一聲，嫌棄地瞪著孫啟遠，壓低嗓音數落道，「你腦袋鏽掉了，自個兒把自個兒挖個坑埋進去，死到臨頭了，哭有屁用……」

孫啟遠面色蒼白，撲通一聲跪到地上，隔著鐵柵欄望著高昌波哀求道：「高公公，你不能不管我呀，你若能救我出去，我做牛做馬報答你的恩情，做你一世的奴才侍奉你……」

高昌波皺巴著臉，不耐煩地點點頭道：「行了，別起誓了，唉，誰讓我心善呢，就見不了別人被欺負，行了，你的事我管了。」

「高公公，恩人啊……」孫啟遠說著磕頭如搗蒜。

「行了。」高昌波甩了下袖，徑直往外走，幾步外與王鐵君打了個照面，王鐵君急忙陪著他往外走，高昌波微笑著道，「王牢頭，你當差真是盡職盡責，我會向王公公引薦，你等著晉升吧。」

王鐵君聽聞急忙哈腰躬身，連連稱：「不敢當。」只聽高昌波又說：「唉，孫啟遠這個跟頭栽的，可憐見的。」高昌波說著背著雙手走出牢門，王鐵君站在門內躬身稱是，他心知肚明，高昌波看過孫啟遠，那他離走出牢獄便不遠了。他地位低微，看不到朝堂上的明爭暗鬥，但是這詔獄誰出誰進他心裡有數。想到剛剛出去的那一位，他臉上不由露出欣慰的笑容。

四

詔獄大門外，一輛半舊的雙輪馬車早已候在那裡。于府管家于賀站在馬車旁眼巴巴地盯著詔獄大門，于謙一走出來，于賀便神情衝動地跑上去，熱淚盈眶地喊道：「老爺，你可算出來了。」

于謙走到馬車前，看了看眼前的街景，呆了一呆，感嘆了一聲：「恍若隔世呀。」

「老爺在陰曹地府走了一遭，大難不死，必有後福啊。」于賀喜滋滋地說道，他扶于謙上了馬車，自己轉身跳上去，接著揚鞭吆馬，雙輪小馬車避開熙熙攘攘的主街，揀安靜人稀的小巷回府。一路上于謙挑簾觀景，眼裡的清冷漸漸被街上的人氣所感染，臉上有了笑容。

府門外寂靜如常。本來于謙平素喜靜，府裡吃穿用度又是極簡，周圍鄰家一直以為此府裡住著一個老學究，後來才聞知真相，又對他的清譽滿心敬仰，便很少過往叨擾，于謙也樂得自在。

馬車直接駛進側門，一個小廝跟著跑過來，于賀把馬車交給小廝，他扶著于謙下了馬車。於府很小，是個兩進的院子，前院正房待客，兩廂是書房和客房，天井一側設有演武場，也是于謙每日習劍的地方。後院住著婦孺家人。整個院子已被家僕清掃一新，天井院裡那株老槐也已綠蓋滿園。

于謙沿著遊廊走到老槐樹下，佇立片刻，便向書房走去。一旁的于賀眼睛卻不安分地瞟著書房的大門，有些忐忑。書房的門緊閉著，于謙輕輕推開，一隻腳剛踏進去，房裡頓時人聲鼎沸，七八個人突然擁到于謙面前，把他團團圍住。于謙愣在當地，臉上又驚又喜。他身後的于賀捂住嘴偷樂，然後悄悄把門關上，溜了出去。

再看屋裡這群雪鬢霜鬍的老者，此時皆變成了頑童，個個以把于謙震在當地為樂，一群人開懷大笑。吏部尚書陳柄乙第一個走上前，他拉著于謙上下打量：「于兄，終於把你從那個鬼地方弄出來了，哈哈！」陳柄乙雖已近耳順之年，但得益於長年堅持練太極，鬍鬚雖白卻精神矍鑠，他朗聲笑道：「見你是走著進來的，不是被抬進來的，我們大家都放心了。」

于謙一臉笑意環視四周，一出詔獄便能見到眾多好友，他是又激動又感激，為官多年，深知朝堂黨爭從未停息，自己能走出詔獄跟這些人的努力是分不開的。環視一周才看清在座之人，除吏部尚書陳柄乙，還有戶部侍郎高風遠、刑部侍郎趙源杰、禮部郎中蘇通、大理寺卿張雲通。看著眾人，不覺心頭一熱，眼中漾出淚光，他拱手向眾人深深一揖道：「于某何德何能，得此同道厚愛。」

大家又是一陣寒暄，幾人急忙張羅著給于謙搬來椅子坐下。于謙回頭向窗外喊于賀，于賀早已樂呵呵地端著茶盤候在外面，一聽到叫他，便推門走進來。于謙手指著于賀，埋怨著：「好你個渾小子，事先也不跟我通個氣，讓我好有個準備。」

「哈哈……」高風遠站起身道，「是我們交代他不要說，便要給你個驚喜。」高風遠雖已近四十，但在這些人裡面數他最活潑。他進士出身，喜好詩文歌賦，平日便清高，最厭繁文縟節，心直口快在朝中是出了名的，有幾次都險些因為仗義執言惹禍上身，全仰仗他平日為人豪爽正直攢下好人緣才化險為夷。此時高風遠哈哈笑著，為自己這個主意得意萬分。

「今日見到諸位真是一個大大的驚喜呀，哈哈……」于謙站起身，對於賀道，「快去廚房準備果品酒醪，今日我定要與諸公一醉方休。」

「老爺，早備好了。」于賀把茶盤放到黑漆木圓桌上，便下去喚小廝上酒菜。

眾人圍坐到黑漆木圓桌前，剛才也笑了也鬧了，此時卻不約而同沉默下來，于謙望著眾人好生詫異：「怎麼，嫌我的酒不好嗎？」

「于兄，不是你的酒不好，按說也理應為兄長接風洗塵，只不過……」高風遠快言快語，毫不理會陳柄乙遞過來阻止他下文的眼神，「于兄有所不知，城外災民圍城，此時真無飲酒之心呀。」

「何來災民？」于謙大吃一驚，望著高風遠問道。

「你呀，嘴真快，你既知于兄才進家門，又拿這事讓人不痛快。」陳柄乙不滿地瞥了高風遠一眼，轉向于謙道：「本想讓你休息幾日，看來也是瞞不住了。自開春以來，山西、河南便大旱，春上無雨耕種，很多州縣絕收，據查此次大旱是十年來最重的一次。上報的奏章堆了一堆，皇上終於恩准賑災事宜，只是……」陳柄乙說到此，心緒難平，遂停頓下來。

「有啥不敢說的，我來說，」高風遠湊上前，接著說道，「于兄你可知此次由誰主理山西、河南賑災嗎？便是那個新到任的陳文君和工部尚書王瑞慶。這兩人是王振力薦的，王瑞慶在貢院一案中也被牽連，卻毫髮無損，這一轉眼又神氣活現地去賑災了，讓他主理賑災，那賑災銀子還能落到百姓手裡？還有那個陳文君，極盡溜鬚拍馬、阿諛奉承之能事，這兩人倒是天作之合，哼！」

「難道諸位臣公都沒有異議嗎？」于謙一時氣結於胸，他環視諸位，在座諸位皆閉口不語。于謙道：

「我巡撫山西、河南時，陳文君在河南任鹽運使，我手中還有數份告他貪腐的狀子呢。我進詔獄這些時日，他竟然連升數級，成為禮部尚書，這真是滑天下之大稽啊。」

「這種貽笑大方的事在當今朝堂還少嗎？咱們這位皇上只聽信王振的，不管是朝臣上疏的奏章，還是沸騰的民意都無法上達天聽，如今這位王公公可謂一人之下萬人之上，哪裡還把朝臣放在眼裡？」

「一些膽小怕事的大臣躲還唯恐不及，誰還敢進言呀。」趙源杰插話道。

「其實還有一個隱情。」陳柄乙嘆口氣，對于謙道，「王振曾見過我，以放你出詔獄為條件，換我們閉口，此事張雲通與我再三權衡，即便咱們上疏反對，也不一定能扭轉局面，還不如先把你救出來穩妥，於是，終達成妥協。」

陳柄乙此話一出，在座的諸位才恍然大悟，紛紛點頭。

張雲通一副道家風骨，此時他手撚長須道：「不足為慮，仍有轉機。」

「此話怎講？」蘇通好奇地問道。

「為今之計，如能握住陳文君和王瑞慶的把柄，此事便還有轉機。」張雲通說道，「如今最緊迫的其實是城外災民的安置。」張雲通寥寥數語，便切中關鍵，眾人皆點頭稱是。張雲通在眾人中學問最高，學貫古今，頗有謀略，大家都喜歡以「張諸葛」來稱呼他，凡事都請教他，張雲通也樂此不疲。

于謙點頭道：「張兄所言極是，可先行開粥棚，以穩定民心，再由戶部起草奏章擬一個安置災民的方案。」

眾人皆點頭，蘇通道：「有飯吃，那些災民便不會思亂。」

此時，于賀與兩名小廝端來酒菜：幾盤時鮮青菜，一盤花生米，一壺老酒。眾人望著圓桌上的酒菜，平素便聞于謙節儉，今日一見果然名不虛傳，頓生感慨。朝堂重臣家中所用連平常人家也不如，在座眾人不由都心生敬意，幾人端起酒盅，紛紛向于謙敬酒，于謙也不相讓，豪爽地持酒盅一飲而盡。

眾人敬罷酒坐下，話題即轉到王瑞慶和陳文君身上。眾人議論紛紛，趙源杰憂憤地說道：「貢院一案，王瑞慶極力維護陳斌，不惜買凶滅口，要不是刑部的人及時趕到救出國子監教習，便是死無對證。如此欺君罔上，由於王振極力護佑，他竟逃脫三法司的偵查，毫髮無損。看來此人定是王振的死黨，想動他談何容易。」

「那便從陳文君入手。」高風遠說道，「可先由言官上奏章揭出陳文君在河南任鹽運使時貪腐的罪狀，再由幾位大臣上疏提出更換賑災官員。只要王瑞慶和陳文君這兩個王振的死黨能夠換下一個，再上去一個廉潔公正的官員隨行，他們做事便會有所顧慮，也不至於兩省的災民苦盼而來的賑災銀子全部落空。」

眾人聽完，就目前來看也尋不到更好的法子，便紛紛點頭。

陳柄乙掂起酒壺晃了晃，酒壺已空了，便笑著道：「雖說酒逢知己千杯少，但各位明日還要早朝，再者于兄身陷囹圄多日，也要與家人團聚敘話，我看咱們還是各自打道回府吧。」

「陳兄所言極是。」張雲通第一個站起身，道，「來日方長嘛。」

于謙笑著站起身，向眾人又是深深一揖道：「今日的接風酒令于某終生難忘。」眾人笑著相繼起身告辭。趙源杰最後一個走到于謙面前，他剛要張口告辭，見于謙上前一步低聲道：「趙兄，請留步，待我送完客回頭與你敘話。」

趙源杰點點頭，看出于謙對自己是有話要講，便悄然退回去。于謙隨眾人走到門口，早已有小廝打開大門。為了避嫌，諸位大人都是獨自步行前來，因此，門外並無車馬接送，各自獨步出門，在街邊分開向各自的府邸走去。

于謙回到書房，見於賀已差小廝撤下圓桌上的酒菜，並擺好茶具。趙源杰站立在書案一側，仰頭盯著牆上掛的一幅畫軸，那是一幅前朝大將文天祥的畫像。趙源杰見于謙走回來，忙轉身上前一步，拱手一揖道：「于兄，你吃苦了。」

于謙請趙源杰坐下，淡然一笑，道：「苦倒是沒吃，牢飯吃了不少。」

「于兄，此番看見你，我心裡還是一陣後怕呀。」趙源杰並不想隱瞞，湊近說道，「詔獄被劫，逃出幾位要犯，我一直以為你會跟著他們走，現在想來，還後怕呢。」

「唉，」于謙端起茶盅，小啜一口，道，「不瞞你說，當時我真是想一走了之。仗劍走天涯是我年少時的夢想，行走江湖，可比在廟堂上快樂隨性，沒有鉤心鬥角、爾虞我詐，豈不是不亦樂乎。」

「哎呀，于兄啊，」趙源杰笑道，「幸虧你沒有一走了之。江湖上可不少你一個俠客，但廟堂上不能沒有你這樣的硬骨頭。經此一事，小弟更是對大人敬佩得很呀。」

于謙也笑起來，道：「你說我是硬骨頭我認，我這個硬骨頭讓王振無處下口，只能恨得牙癢癢。」于謙說著，臉色一滯，略一沉思道，「那日在獄中，我遇到劫獄的主謀，姓蕭，自稱蕭天，我見此人氣宇不凡，而且手段奇詭，非一般江湖上的小盜小寇。」

「于兄，此人你未必不知。」趙源杰神祕地一笑。

「哦？他是誰？」于謙一愣。

「說到此人，我要先說說他的父親，你必識得。」趙源杰突然眼眶一熱，壓抑住心中悲情道，「此人父親便是原國子監祭酒大儒士蕭源，蕭天是他的獨子蕭書遠。」

于謙一聽此言，愣在當地，突然站起身在室內踱了幾步，一陣唏噓道：「蕭源我如何會不知？大儒蕭源之子，怪不得有如此風采。他祖上是大明開國元勳蕭敬。他父親蕭源被王振構陷，赴雲南充軍途中死於瘟疫，這在朝中人盡皆知呀。」于謙轉向趙源杰，「你如何對他如此了解？」

「于兄，」趙源杰站起身，道，「蕭源乃我恩師呀，我幾乎是看著蕭天長大的。他自幼尚武，十二歲獨自離家赴峨眉山拜師，拜在密谷道長門下，所以京城裡真正記住他的人不多。」

于謙一笑，道：「這麼說來，蕭天進京必是要拜會你，那麼他劫獄你也是知情的，恐怕你還拜託他把我一併救出來吧？」

趙源杰羞愧地一笑，撓著頭道：「什麼也逃不出于兄的法眼，我確實拜託他救你出來。」

「他沒有食言，確實找到我，讓我跟他走。」于謙感慨地道，「如此人物，只可惜不能為朝廷所用。」

「于兄有所不知，貢院一案是蕭天向我密報的消息，後來又給我提供線索。要不是咱們及時掌握有利證據抓住王振的把柄，以王振的勢力豈會善罷甘休，那些含辛茹苦的學子便會被王振玩於股掌之中，談何明經取士，為國求賢？」

「看來，此人雖身在江湖，實則心懷魏闕。」于謙道。

「正是。」趙源杰點點頭，「不瞞于兄，蕭天的真實身分是興龍幫幫主，他在江湖上聲譽很高，他為人正直行俠仗義，而興龍幫在山東、河南、直隸都有分會組織，幫眾甚多。」

于謙點點頭，目露期待道：「此人乃人中翹楚，有機會我一定要面見他。」趙源杰一笑：「你們真是英雄相惜，必會相見恨晚。」

于謙思忖道：「他們鬧出此番動靜，還會留在京城嗎？」

趙源杰一愣，還是于謙心思縝密，此番大動干戈，怕是早已離京而去，不由惋惜道：「是呀，不知是否還能見到他。」

第十八章　鋌而走險

一

望月樓門前一如既往地喧囂熱鬧。翠微姑姑每日迎來送往，面上笑意盈盈，但只有她自己清楚，每日都是煎熬。一想到這一幫人住在她那後院，即便再隱蔽，也讓她日日提心吊膽，如履薄冰。

但奇怪的是，一連十幾天過去了，京城裡倒是很安靜。此時大街小巷人們的話題，已從詔獄被劫轉到賑災上。城外的災民已暫時得到安置，每日都有粥棚供應稀如白水的粥，雖說吃不飽卻也餓不死。有些災民聽到皇上已派大員去賑災，便拖家帶口往回趕，城門外黑壓壓的災民已走了不少，城門也恢復了往日的通暢。

蕭天比翠微姑姑更關心城門的狀況，每日都讓小六去城門口溜達。小六人小，又機靈，他喜歡跑到城門前一家果子鋪吃糖糕，一邊吃一邊觀察城門的情況。剛開始通關兵卒檢查很嚴，後來便逐漸鬆懈下來。近幾日，有的兵卒已懶到不查身分文書，只對照一下牆上海捕文書上的畫像，便直接放行。

小六跑回望月樓，直接跑到後院。蕭天他們正坐在正房裡商議此事，小六便把看到的如實稟告蕭天，蕭天聽後只是點點頭，臉上依然沒有一絲輕鬆的表情。

一旁的李漠帆有些急了，他在這十幾天裡不僅傷全好了，還吃胖了，翠微姑姑像餵豬一樣把他餵得又白又胖。他站起身道：「幫主，不宜在此久留，寧騎城嗅覺靈敏，又遍布暗樁，隨時都有可能發現咱們。再說柳眉之傷也基本好了，都可以下地了。不如就此分開，各走各的，京城這麼多城門，大家分開走，還怕出不了城？」蕭天抬頭望了眼窗外，窗被外面老槐樹巨大的樹冠遮得嚴嚴實實，樹上幾隻蟬正沒完沒了地鳴叫著。蕭天把目光從窗外收回室內，他看到明箏一聲不響坐在一旁，蹙眉沉思，便問道：「明箏，你在想什麼？」

「蕭大哥，如按李大哥的想法，各走各的，」明箏憂心地抬起頭，道，「一個人，沒有同伴的照應，自個兒一走進城門，在畫像前一過，豈有不露餡的？白白送上門。」

蕭天點點頭，這點也正是他猶豫許久的原因：「在沒想到一個萬全之策之前，絕不可冒險。此番為救你們出詔獄，搭上多少弟兄的性命，豈能再冒被抓捕的風險。」

「蕭幫主。」門口傳來一個熟悉的聲音，眾人望向大門，只見柳眉之一身月白長衣，高束額髮，緩緩走進來。屋裡眾人頓時一片靜默，林棲和盤陽本來斜靠在椅子上，看見柳眉之走進來，立刻正襟危坐，露出嫌棄的表情。明箏一臉尷尬，低下頭去，雙手揉著衣衫，也不去看他。李漠帆乾脆轉過身，給他個背影。

只有蕭天神情自若，他淡淡一笑，道：「柳堂主，看來你身子恢復得不錯。」

柳眉之面色依舊慘白，除了神情有些陰鬱外，其他也看不出什麼。他緩步走到眾人面前，向眾人一一拜過，又鄭重地向蕭天深深一揖道：「眉之愧對幫主，謝幫主解救之恩。」

「我救你是受白蓮會總壇主所托，」蕭天風輕雲淡地說道，「再說此次劫獄，白眉行者也參與其中，是興龍幫與白蓮會還有天蠶門、天龍會合作而為，柳堂主何必多想。」蕭天轉身對林棲道，「林棲，給柳堂主搬張椅子。」

林棲十分不情願地把自己的椅子讓給柳眉之，柳眉之謝過後坐下。他一坐下便轉向明箏，明箏看蕭天這樣待他，也不好再迴避，默默看他一眼，柳眉之受到鼓舞，心情也舒朗許多，便問道：「剛才你們是在談論出城之事嗎？」

「是，柳堂主有何高見？」蕭天問道。

「蕭幫主可知五日後是何節氣？」柳眉之突然問道。

「是何節氣？」蕭天一笑，道，「蕭某還真是疏忽了。」

「五日後是七夕節。」柳眉之身子前傾，看著蕭天鄭重其事地說道，「如果想出城，這是個機會。不知蕭幫主是否知道京城裡過七夕的風俗？據我所知，京城富貴人家對這個節氣極為重視，未婚女子這一日正午往碗水中投小針，以卜女乞巧。而已婚女子在這一日要上妙音山乞拜觀音娘娘，以示求子。所以七夕日，京城裡不管是平民百姓還是富貴人家，皆會出城去妙音山上香火。」

「原來如此，這確實是個機會。」蕭天點點頭，環視眾人，徵求他們的意見。

「冒充富貴人家去妙音山上香火？」李漠帆搖搖頭，道，「到城門前受到盤查如何說？難道平白編排一戶人家？你也太小看守城的官兵了。」

「難道他們會挨個盤查不成？」柳眉之很不以為然地道，「那一日出城的人那麼多，可以用人山人海來形容，請問他們要盤查到幾時？」

對這個問題，李漠帆顯然答不上來。

「七夕是個機會。」蕭天肯定地說道，「人多便好蒙混過去，只是還要再想想如何蒙混過去。」

這時，門口傳來小六的哭叫聲，只見翠微姑姑拎著小六的耳朵走進來。李漠帆一看見立刻瞪著眼睛叫起來：「喂，妳個婆娘，妳為何這般整治小六？」李漠帆把小六從翠微姑姑手裡拉回到自己身邊。

「姓李的，你個吃貨，你吃下老娘多少東西，你吃下便也罷了，還讓你手下來偷。」翠微姑姑也不甘示弱，雙手叉腰指著李漠帆大叫，「你問他！」

「小六，你說，」李漠帆被翠微姑姑罵得如此不堪，氣不打一處來，揪住小六耳朵問道，「說呀！」

小六被拎著耳朵踮起腳尖，一邊齜牙咧嘴一邊不得已承認道：「幾盒點心而已，真是小氣。」

「幾盒點心？」翠微姑姑大罵道，「那是人家姑娘出嫁時備下的彩頭，你個小崽子，全讓你毀了。」

蕭天突然站起身，一步走到翠微姑姑面前，問道：「姑姑近日可是有喜事？」

「是，定在五日後七夕那日。是樓裡一位姑娘，叫彩虹，被一位行走郎中看中，前幾日出了贖金，雖不多，但那彩虹也老大不小了，有此歸宿也算圓滿。這幾日我和樓裡姑娘正張羅著打發她，按她娘家習俗，出嫁女要備彩頭，在出嫁當天饋贈給送嫁的親友，這彩頭由點心和禮金合起包入紅綢中，這可好，才備好的點心，讓這小子偷去一半。」

「臭小子，這也偷！」李漠帆伸手拍打小六的屁股。

「我是想讓你和明箏姐姐，還有幫主嚐嚐鮮，」小六跳著腳蹦，躲著李漠帆的巴掌，「我冤枉呀，我不知道那是彩頭，我只是吃上一口，覺得好吃，不知不覺吃多了……剩下的我都藏起來了，我這便去拿給你。」小六說著，打了個飽嗝，惹得眾人哄堂大笑。

「此事甚妙。」蕭天突然大聲說道。眾人聽他如此說，紛紛回頭望向他。

「翠微姑姑，妳把彩虹姑娘的婚事交由我們來辦，一定辦得風風光光、熱熱鬧鬧。」蕭天說著，臉上多日來的陰雲一掃而光，他掃視著屋裡眾人，簡單明瞭地說道：「此次出城就借七夕之日，彩虹姑娘出嫁之時，各位都去準備吧。」眾人愣怔片刻，方如夢初醒，紛紛點頭，驚嘆道是個好主意。

七夕這日卯時不到，後院裡人們便已起身忙碌起來。天還未亮，只得掌燈，翠微姑姑從前院姑娘們處抱來一堆女人的衣服，命這裡的男人穿上。男人們紛紛退縮，蕭天抱起衣服，命大家穿上。

大家只得從命。李漠帆第一個穿好，由於體胖他穿不上姑娘們的衣服，只得穿了件翠微姑姑的紅色襦裙，他從屋裡一走出來立刻讓眾人笑得炸了窩。李漠帆對著眾人擠眉弄眼，雙手叉腰道：「幾位姑娘看看，我像個婆娘嗎？」連林棲這樣從來不笑的人，此時也繃不住了，笑道：「怎麼看妳都像個老鴇。」

梅兒從衣服堆裡揀出一件水綠色裙子遞給林棲，林棲跳起來便跑，梅兒在後面一陣追，林棲索性縱身躍到屋頂的房梁上，說啥也不穿。

「不穿算了，」蕭天抬頭衝房梁上的林棲道，「你駕車，下來吧。」

蕭天揀了一件素淨的藍色比甲和灰色襦裙走進自己房間去換衣。梅兒和夏木把小六擠到牆角給他穿上一身杏黃色綴裙，又張羅著給他梳頭。盤陽站在一堆女人衣服前，揀出來一件往身上比比，不滿意，又揀出來一件，費了半天工夫，很是惆悵了一陣子，一會兒跑到夏木面前，死乞白賴地問道：「夏木姑娘，妳說我穿哪件更好看，妳給我選一身唄。」然後又湊到梅兒身邊：「梅兒姑娘，妳也給我梳個頭唄。」

夏木和梅兒都躲著他，梅兒道：「盤大俠，你那一臉鬍子楂兒，不穿還好，一穿準露餡。」

「可是，他們都穿了，你們不讓我穿，是何道理？」盤陽一臉委屈地靠到夏木身邊，夏木有些哭笑不得。

這時，柳眉之和蕭天換好衣裳走出來。他們兩人身著女裝一走進來，讓屋裡人又熱鬧了一番。柳眉之經常女裝出行，所以這身行頭在他身上再自然不過了，他穿著青色緙翠竹的外褂，下著翡翠撒花縐裙，形態婀娜多姿又明豔照人。再看蕭天，就有點讓人忍俊不禁了。他身著女裝卻毫無女人之態，四方臉上濃眉厲目，棱角分明，眉宇間都泛著凜然之色，沒有半分女兒之態，惹得翠微姑姑大笑：「可惜了我這一身女兒家的衣裳，竟把你打扮成道姑的模樣。」這一句話更是惹得眾人大笑不已。

明箏從房間出來時，已在臉上黏了鬍鬚，並在臉上抹了一層炭灰，穿著車夫的短衣。未走進這間房便聽見裡面的笑聲，她急急跑進來，迎面看見蕭天扭捏地擺弄著身上比甲，明箏上前去拉著比甲便大笑起來，一邊笑一邊說道：「哪裡來的大姐呀。」

「呦，這位小哥，別碰我們家姑娘。」李漠帆從一旁走過來，打趣道。

明箏回過頭，看見李漠帆，差點笑癱在地。李漠帆被翠微姑姑在腮幫上塗了胭脂，嘴上還夾著片胭脂，把嘴唇染成大紅色。

「好了，準備出發吧。」蕭天看屋裡眾人都已穿戴好，便止住大家說笑，一邊吩咐道：「林棲、盤陽、明箏分別駕三輛馬車，第一輛馬車上，夏木、柳堂主、小六、翠微姑姑！新娘和幾個女伴坐第二輛馬車！第三輛馬車上，梅兒、李漠帆、我和另兩位兄弟。現在大家分頭上馬車吧，把該帶的東西都帶上。」

「幫主，如果盤查起來，如何回話？」林棲問道。

「實話實說，望月樓姑娘出門，樓裡姑娘送行。」蕭天道。他說完目視大家，又交代道：「一會兒官兵問話，樓裡姑娘回話便行了，其他人保持沉默，不要說話。每輛馬車上我都安排有姑娘，大家見機行事。」

說話間已到了巳時，望月樓前停著三輛披紅掛彩的馬車。一陣鞭炮過後，一群花紅柳綠的姑娘簇擁著一對新人走出來。新郎身材瘦小，被一群姑娘吆來喝去早已不知東西南北。新娘頭罩紅綢蓋頭，身著大紅雲緞霞帔，下著大紅色繡花縐裙。姑娘們把新郎和新娘塞進第二輛馬車，又擠進兩個姐妹陪同。

街坊中有人過來向翠微姑姑道喜，翠微姑姑笑著還禮，與幾位熟人一陣寒暄過後，便坐上頭輛馬車。送親的隊伍便出發了，三輛馬車迤邐駛出西苑街，向西直門而去。

此時街上已是車水馬龍，各種規格的馬車似舳艫相繼，望不到頭。因是七夕，街上挑擔賣貨和步行觀景的人比平日裡多出許多。再加上許多富貴人家出行，車馬隊伍擠滿了街道，那些四輪華蓋馬車以及傭人僕役擠滿大街。一些本來縮在街頭巷尾的販夫走卒此時都聚過來在街上瞧熱鬧，若是哪家閨秀耐不住煩悶掀開轎簾，便會引起街頭一片歡叫。

當望月樓的三輛馬車駛過來時，便瞬間引起更大的騷動。一些行人不知從哪裡得知是望月樓姑娘從良，今兒個出嫁，一些腳夫、乞丐便跟著馬車跑，一邊跑一邊起哄。

在行至一處三岔口時，右邊巷子突然冒出來一個商隊，有七輛大馬車，馬車上拉著笨重的大箱子。看馬車的式樣便知道是蒙古商隊，這些馬車與望月樓的馬車擠到一處，把整個街巷都堵住了。

林棲本來脾氣就暴躁，此時看到這些馬車目中無人地在巷子裡橫衝直撞，有輛大車的車轅幾次撞到自己的車廂上，便怒氣衝衝直接站起身猛抖轠繩，兩輛馬車瞬間碰撞到一起，那輛馬車套著兩匹馬，於是三匹馬相互頂撞嘶鳴起來。

「林棲，」翠微姑姑從車廂裡探出頭，大叫道，「不要尋事，趕緊走呀。」「是他們擋住路。」林棲一臉怒氣。

翠微姑姑一看，全卡在這裡動彈不得了。對方馬車裡跳下一人，罵罵咧咧走過來。翠微姑姑怕林棲壞事，也急忙跳下馬車。

對方走過來的人一身蒙古人打扮，藍色的蒙古袍一角掖進腰帶，露出靴子和腰間佩戴的兩把腰刀，他氣勢洶洶走過來，朝馬車用蹩腳的漢話大喊道：「讓路……讓路……」

翠微姑姑走上去，與他交涉起來。

此時蕭天在第三輛馬車上也看到了這一幕，並一眼認出那個蒙古男人是和古瑞，他盯著那些馬車和車上的大箱子，皺起眉頭，他們也趕在這個時候出城？從車身來看，若不是十分沉重的東西也用不著兩匹馬來拉，絕不會是絲綢布匹。蕭天頓時對箱子裡的東西產生了好奇。

李漠帆和翠微姑姑一前一後已與和古瑞交上火，雙方互不相讓，吵了起來。他們這一吵，引來更多圍觀看熱鬧的行人，這個三岔口漸漸便被堵死了。

蒙古商隊這邊也是亂作一團。從馬車上跑下來幾個蒙古大漢，幾個男人一看這邊全是花紅柳綠的女人，本來是找碴兒打架，如今變成了戲耍騷擾，街邊的行人也跟著起哄。

林棲本來便一肚子氣，此時再也忍不住，要給這些男人來個下馬威，教訓他們一下。他二話不說衝上前便與和古瑞大打出手。和古瑞異常凶猛，一拳一腳都虎虎生風。林棲出手既狠又刁鑽，乾脆俐落，與和古瑞的花哨架勢不同，任那和古瑞東奔西跑都抓不住他，反而露出破綻，被林棲抓住下手，又狠又辣，生生被打得「嗷嗷」直叫，漸漸處於下風。

和古瑞怎肯善罷甘休，迅速糾集幾個蒙古大漢走過來，身後跑來一個蒙古女人，大喊道：「和古瑞，你回來，別誤了事。」

「和古帖，妳回去，今日不給這小子點教訓，絕不甘休。」和古瑞一把推開和古帖。

此時，圍觀的人越來越多，已驚動前方守城將士，只見一隊兵士排著隊向這裡跑來，不遠處新近晉升為百戶的李東，帶著幾個東廠番子吆五喝六地跑過來，驅趕圍觀的行人。李東本是孫啟遠的屬下，孫啟遠被抓進了詔獄，李東順理成章接替了他百戶的位置。

李漠帆看著場地中變成幾個人對打一個人，他便叫上盤陽要去幫場，卻被明箏叫住：「李大哥，蕭幫主不見了。」明箏急得左右四顧，哪裡有蕭天的影子？李漠帆忙安慰她，他一個大活人，估計是到前面了。李漠帆盯著蒙古商隊的馬車，突然有了主意，他湊近明箏道：「不如給他們找點亂子，讓他們顧不上打架。」

明箏展顏一笑，調皮地道：「走，你跟我上馬車，咱們朝那些馬車上撞，看看那些箱子裡到底是些什麼玩意兒。」

李漠帆突然明白了，大笑著指著明箏道：「還是你的腦袋瓜好使，走……」李漠帆跳上第三輛馬車，立刻拉住馬的韁繩，大喊，「坐穩了……」

馬車向路邊一輛載著大箱子的馬車撞去，三匹馬撞到一起，對方的兩匹馬受到驚嚇，突然嘶鳴著高高躍起，騰起前蹄，那輛馬車車身突然傾斜，車上的大箱子隨著車身的傾斜掙斷繩索，滾到地下，翻了幾下，頓時碎成幾片，裡面的弓箭似流水般流出來，整個街面都是弓箭。圍觀的人群一陣大呼小叫，幾個蒙古漢子從前面跑過來，看見箱子碎裂，弓箭流了一地，很是驚慌，呼叫著向這邊跑過來。

「是那兩個人，抓住他們！」一個蒙古人指著馬車上李漠帆和明箏喊道。

突然，一支箭向明箏射了過來，明箏急忙躲過去，李漠帆見勢不妙，急忙拉著明箏跳下馬車。這時，十幾支箭一起向這裡射過來，李漠帆拉明箏到馬車後，自己從靴子裡拔出一柄短劍去擋飛來的箭，只恨自己的短劍鞭長莫及。突然，一個藍色身影擋到兩人前面，一把長劍銀光四射，只聽耳畔一片「啪啪啪」的響聲，瞬間腳下落了一堆箭。

「蕭大哥！」明箏驚喜地看見蕭天持劍擋箭。

「果然是弓箭。」蕭天看著一地的弓箭，剛才他幾乎就要靠近馬車了，看見明箏和李漠帆駕車撞過來。

「漠帆，去撿一支回來。」

李漠帆彎腰繞到人群裡，從人堆裡撿起幾支箭跑回來交給蕭天。蕭天拿著箭看了一眼，交給明箏問道：「認識嗎？」明箏接過箭，仔細地看了眼箭尾，驚訝地叫出聲來：「工部鍛造！」

「上車。」蕭天說著，看到對方已撤離，估計他們也發現事態不妙想撤了，「不能讓他們跑了。」蕭天抓住馬的韁繩，明箏坐到一旁，蕭天叫住李漠帆，「去叫住林棲，讓他駕車攔住他們的退路。」

蕭天駕著車向蒙古商隊靠近，蒙古商隊裡也發現這輛馬車來者不善，突然從其中一輛馬車上射出三支箭，蕭天用手肘一碰明箏，明箏往旁邊一歪，躲過一支箭，蕭天持劍擋住一支，另一支由於他手臂拉著韁繩無法躲閃，射進左肩。明箏嚇得面色慘白。蕭天沉著地駕著馬車向最近的蒙古馬車撞去，一邊囑咐明箏：「明箏，坐穩了！」

「血，一直在流血，蕭大哥……」明箏終於尖叫起來。

「無妨，不過是掛點彩，快幫我拉住韁繩，再撞一輛。」蕭天把韁繩交給明箏，自己騰出手，持劍向靠近馬車的兩個蒙古漢子刺去。

明箏緊張地抓住韁繩，看到又有兩個蒙古漢子向他們包抄過來，向蕭天大喊：「在你身後！」但她一看見蕭天肩膀的血染紅了大片衣衫，便亂了分寸。一個蒙古人嘶叫著向她這邊撲過來，她整個身子都僵硬了，也忘了害怕。蕭天用受傷的手臂奪過明箏手裡的馬鞭，揚鞭甩向那個蒙古人，那個人捂住臉一聲慘叫退了回去。

蕭天站到明箏身後雙手穩住明箏拉轠繩的手，馬車撞向蒙古商隊的另一輛馬車，直接把車上的大箱子撞翻在地，箱子開裂，裡面的盔甲滾了出來。

此時，從城門趕來的守城官兵和李東帶領的東廠番子把這裡團團圍住。街中央與林棲大戰的和古瑞看到驚動了官兵，想逃走，被幾個東廠番子控制住。翠微姑姑一看官兵來了，便站在當街，扯開大嗓門一把鼻涕一把淚地哭訴起來：「青天大老爺呀，你要為民女做主呀，我們好端端地送女出嫁呀，被這幫人橫衝直撞地毀了呀……」

李東從人群裡一頭大汗鑽出來，他一眼看見魏千總，急忙打招呼：「魏千總，你在這裡呀。」「李百戶呀，這裡都鬧翻天了，我還能不過來？」魏千總一臉怒氣地說道。

突然身後圍觀的人群又一陣騷亂，有人大喊：「是……刑部衙門……衙役過來了……」

李東和魏千總撥開人群一看，只見刑部十幾名捕快和眾多的衙役已把街邊七輛蒙古商隊的馬車團團圍住。一匹馬上端坐一人正在指揮捕頭，李東認出是刑部趙源杰。李東正在納悶，被魏千總拉著向趙源杰走過去，這時他倆也看見地面一片弓箭和另一個摔裂的箱子裡露出的盔甲。

兩人相視交換了個眼色，臉上均失了顏色。按大明律，凡私自攜帶鐵貨、銅錢、緞匹、絲錦等違禁物及與外藩交易者一律處斬。況且是弓箭，全是違禁品，更不容私自交易，這可是當斬的大罪。

這時，趙源杰手下幾個捕快又打開幾個箱子，皆是弓箭盾甲。衙役和捕快把所有大箱子從馬車上卸下來，一一查看，這一查，讓所有現場的人都瞠目結舌，竟然全是弓箭盾甲等軍用物資。

趙源杰下令把攜帶兵器者押回刑部審理。剛才只忙著查驗箱子，此時聽到命令再去抓人，哪還有那些蒙古人的影子，只有和古瑞被東廠幾個番子扭住立在當街，其他人蹤影皆無。

李東見蒙古人逃了，而送親的隊伍還在，便對趙源杰道：「大人，這幫人如何處理？」

趙源杰翻身下馬，翠微姑姑和李漠帆走到他跟前，一邊哭一邊講述著事情經過。趙源杰卻全然沒有心思聽他們嘮叨。他東張西望，腦子裡盤算著。剛才在衙門管家跑過來遞給他一張字條，上面寥寥數字：「東升巷三岔口，蒙古商隊。」他認出是蕭天的字，本以為能見到蕭天，而眼前卻是望月樓老鴇又哭又鬧，心裡多少有些失落。

他一揮手，不耐煩地說道：「行了，你們走吧。」

「不行。」魏千總從一旁走過來，伸手攔住翠微姑姑道，「案子沒結，你們誰也不准出城。」魏千總說著回過頭，看著趙源杰道，「趙大人，你如何糊塗了，放跑了他們，你去哪裡再找證人？」

「是，是……」趙源杰急忙向魏千總拱手致謝，「我是被嚇糊塗了。」趙源杰轉身向翠微姑姑道，「各位請回吧，晚幾日嫁人能死呀？回吧，隨時聽候傳喚。」

翠微姑姑一聽此言，傻了眼，哭哭啼啼地向新娘的馬車走去，李漠帆在一旁扶著她，兩人一路走，一路吵架。圍觀的眾人見官府來了，也紛紛散了，馬車上的人重新跳上馬車，原路返回。

李東命幾個東廠番役把和古瑞交給幾個捕快，向趙源杰告辭而去。身邊的番役有些不服問道：「百戶，咱們抓的人幹麼交給刑部呀，這個功勞不成了他刑部的嗎？」

「你懂個屁，平日你抓人上癮了是不是？」李東伸腿踩了他一腳，「蒙古使團在京城有幾千人，他們會看著自己的人被刑部押著？看吧，麻煩在後面呢。」

番役猛然醒悟，點頭哈腰地連連稱是。東廠的人匆匆撤離了現場，只剩下刑部的人在清理箱子。

二

翠微姑姑招呼著眾人回到望月樓，這才發現少了一輛馬車，獨獨不見蕭天和明箏。她急忙吩咐小六、盤陽去找。直到黃昏時分，才有了消息。小六一路飛跑著過來，一邊喊道：「那輛馬車回來了……」

眾人紛紛走出來，不多時看見蕭天一身黧色短衣，肩部被包裹著打了繃帶，懷裡抱著一個人匆匆走過來。眾人跑上前，七手八腳接住蕭天懷裡的那個人，才看清是明箏，面色發白，昏迷不醒。

「幫主，明箏姑娘受傷了？」李漠帆驚道。

「她沒受傷，我中了一箭。」他的回答，讓眾人很是迷糊，看著昏迷不醒的明箏，明明像傷得不輕。蕭天看眾人疑慮，便把剛才的經歷講了一遍。

原來那會兒他中了一箭，出血不止，明箏奪過他手裡韁繩駕車拐入一條小巷，路過一家生藥鋪，他被明箏拉進去，掌櫃的精通箭傷，只是在拔箭時，忘了明箏在旁，可能是當時的場景太過血腥，他忘了玄墨山人交代過，明箏頭疾落下病根，不能受刺激，結果，他肩上的箭是拔下來了，明箏也當場昏了過去。眾人聽完，一陣唏噓，好在人沒有受傷，只是嚇昏了。翠微招呼著眾人七手八腳把明箏送入房裡，夏木在一旁服侍她，蕭天吩咐去熬些醒神的湯藥，便讓眾人散去。

李漠帆跟在蕭天背後憂心道：「幫主，咱們這次沒走成，下一步該怎麼辦？」

「咱們這次雖說沒走成，但是咱們無意中幹了件震驚朝堂的大事。」蕭天一笑，一臉輕鬆道，「估計此時朝廷又要一陣忙亂，他們一時半會兒不會再在咱們身上費心思了。」

「哦？難道咱們揭了蒙古商隊的老底，朝廷要查他們？」翠微問道。

「不僅如此，那些弓箭上刻著『工部鍛造』，此次交易一定與朝堂上的大臣有關聯，沒準一查能揪出一窩。今日之事，事發在繁華街市，又是萬人空巷的七夕之日，定然已是盡人皆知，想掩蓋都無處下手。如今朝堂上已是人人自危，咱們可以放心大膽住在這裡，靜待事態發展。」聽蕭天如此一說，眾人都鬆了一口氣。

這時，小六領著一個人走過院門，匆匆向這裡走來。李漠帆眼尖，一眼認出是上仙閣帳房許先生，便走出去迎接。許先生走進來，先是拜見蕭天：「見過幫主。」蕭天讓人搬來一張椅子，問道：「許先生，你今日見我所為何事？」

「幫主，剛才上仙閣來了一位公公，稱呼自己姓張名成，是你和李把頭的故人，想要見你，我便把他帶來了。」許帳房說道。

蕭天一驚，面色瞬間變白，手中茶盞也失手掉到地上：「張公公，他來了？」蕭天和座上的翠微姑姑交換了個眼色，他努力鎮定下來，大聲說道：「快請進來。」

不一會兒，小六領著張公公走進來，蕭天和李漠帆忙起身相迎。三四個月的工夫，張成瘦了許多，臉上皮膚又黑又皺，背也有些駝了。三人回到房裡一落座，張成便打開話匣子：「恩公呀，我一出宮，恍如隔世，一切都變了。」

「是呀，近段時間發生不少事，我們也只能躲起來了。」李漠帆笑道。

「張公公，你老人家此次受苦了。」蕭天說道。

「唉，苦命人吃苦還不是像喝水一樣平常。」張成啜飲一口茶道，「那次宮裡出事又加上東廠督主被刺，受牽連的何止我一個，我在浣衣局當了四個月差，多虧了康嬪才能順利從浣衣局出來，一出來便到了萬安宮。如今萬安宮住著一個嬪一個貴人。那康嬪便是菱歌姑娘。」

蕭天和翠微姑姑相視一笑，臉上都是又驚又喜，蕭天問道：「菱歌姑娘被冊封為康嬪了，那其他三位姑娘呢？」

「拂衣姑娘到太后跟前伺候了。綠竹姑娘進了尚儀局，做了女官。只有秋月姑娘跟在康嬪身邊，住在萬安宮。」張成又啜飲一口茶水，道，「我一到萬安宮，康嬪便差我去尋你們，上仙閣我去過兩次，聽說換了掌櫃，新掌櫃姓韓，便沒敢進去。今日我又去，在門外溜達，遇見許帳房，我以前見過他，知道他是李把頭的人，這才敢去見他。」

屋裡眾人聽完張成的講述，皆是一陣唏噓。翠微姑姑尤為激動，她苦盼已久的宮裡的消息，今日終於得到了，竟比預想的還要好。

蕭天在屋裡來回踱了幾步，轉身望著張成，問道：「公公，按宮裡的規矩，康嬪的家人可能進宮見她？」

「不行。」張成直搖頭，「一是康嬪位分太低，二是宮裡對省親之事有嚴格的管制，有專門的女官負責，規矩甚嚴。有句話說得極是，一入宮門深似海，從此天涯各一方。」張成說著，看了眼窗外，道，「天色不早了，在外不宜耽擱太久，恩公，可有話讓我帶給康嬪？」

「張公公，你老回去，告訴康嬪，」蕭天道，「我們都好，一直在等她的口信，讓她按以前說好的辦便是。」

張成默默記下，點點頭，便起身告辭。蕭天和李漠帆一起送他到院門外，喊來小六駕著馬車送他回宮。

目送馬車拐過街角，蕭天默默往回走。李漠帆與他並排而行，幾次想開口，每次話到嘴邊又咽了回去。蕭天似乎身側長了眼睛，早已把他的心思看穿，不冷不熱地開了口：「想說便說。」

「幫主，這個青冥郡主一去四五年，杳無音訊，康嬪她們能找到嗎？」

「先不說她與我的婚約，她是狐族的郡主，老狐王唯一的骨血，整個狐族都在盼著她回狐地好重振狐族，皇上少一個妃或嬪無足輕重，可狐族不能沒有郡主。這件事拖得太久了，我愧對他們，此次但凡有一線希望，也要不惜一切救她出宮。」蕭天一臉凝重地說道。

「可是，若真把她從宮裡救出來，那幫主你……你豈不是要履行與她的婚約，這……」

「那又如何？比起狐族四分五裂，到處漂泊，我……」蕭天沒有說下去，卻已面白似雪，整個人看上去就像風雪中獨立的一株枯樹，又乾又硬又悲又戚。

李漠帆嘆口氣，眼裡流露出深深的悲哀，他凝視著蕭天，低聲說道：「幫主，恐怕你的這一重身分要瞞不住了，你打算何時告訴明箏姑娘？」

蕭天一愣，臉色越加慘白：「我……我自有打算。」

李漠帆點點頭，感慨道：「唉，今日也是巧了，趕上明箏犯頭疾，要不以明箏的機靈勁兒，張公公找來，豈有不露餡的？」

「你去把翠微姑姑找來，我有話對她說。」蕭天沒有理會李漠帆的嘀咕，吩咐他道。

半炷香的工夫，翠微姑姑與李漠帆從前院走過來。蕭天也不多言，直截了當地說道：「既已跟宮裡取得聯繫，出城之事以後再議。如今只等宮裡找到青冥郡主，咱們便開始下一步行動。」

翠微姑姑有些激動，眼睛通紅，用力點著頭道：「一切聽從狐山君王指令。」

「你去通知其他狐族人，做好準備。」蕭天壓低聲音道，「一旦救出郡主，便率眾離開這裡，全部回狐地。」蕭天說著，向他們揮了下手，「你們回去吧，我去看看明箏醒過來沒。」

翠微姑姑和李漠帆四目相對，各懷心事，默默注視蕭天離去的背影發呆。

三

明箏的臥房在前院，與夏木和梅兒同住。此時，兩個姐妹正守在床榻前，焦急地看著仍然昏迷不醒的明箏。她們把能想到的手段都使了一遍：用帕子包著冰塊冷敷，給她灌下醒神湯，給她按摩足底。兩人忙活一下午，依然沒有起色。

蕭天走進來時，兩人累得出了一身大汗，卻毫無方法。看見蕭天走進來，兩姐妹急忙閃身，讓蕭天過來。

蕭天坐到床沿，握住明箏的右手腕，開始把脈。他從師父那裡只學到一點皮毛，脈搏還算平穩，只是人昏迷了幾個時辰還沒醒來，讓蕭天越發提心吊膽。明箏看上去面容平和，肌膚依然閃亮，低垂的眼睫毛像一叢野草，暗藏著勃勃生機，這無論如何也不像一張得病昏迷的臉。蕭天握住明箏的手，她的手心也是溫熱的。

「不再等了。」蕭天心口突突跳著，突然抬起頭，對梅兒說道，「你去把小六叫來。」

不多時，小六跟著梅兒從外面跑進來。

「小六，你再辛苦一趟，」蕭天急切地吩咐道，「去瑞鶴山莊找玄墨山人，把明箏此次的癥結給他說一下，讓他給拿個主意，或是有對症的丹丸也行，速去速回。」

「好咧，幫主，明箏姐姐平日最疼我了，我現在便出發。」小六說著，轉身便跑了出去。

看著小六一溜煙跑出去的背影，蕭天心情稍微平穩了些，他又叮囑夏木和梅兒夜裡留一人守夜，輪著睡覺。夏木和梅兒皆是顧大局的穩妥之人，想到有她們守著明箏，他便放心了。

翌日，蕭天醒來天已大亮，日頭老高了。由於夜裡思慮頗多致使夜不能眠，後來聽到四更梆響，方迷迷糊糊睡著。一轉眼天便大亮了，他起身簡單洗漱一下，便走出房門，身不由己走到前院明箏房門前。他沒有敲門，直接走到窗下，看見夏木趴在窗下的書案上睡著了，再往屋裡瞧，梅兒趴在床邊睡著了，床上的明箏依然是老樣子。蕭天看罷轉身便走，心裡清楚兩個姑娘定是守了一夜，他不願打擾她們，便直接走出去，心裡推算著小六何時能回。

出了大門，向昨日為他拔箭的生藥鋪走去。想到要去生藥鋪換藥，他今日只穿了件半舊的灰布長衣，腰間繫了根同色的束帶。他出門一是去換藥，再者也是想去街上看看，打聽一點消息。

那家生藥鋪離這裡不遠，拐過兩條街，便看見那條巷子。他臂膀上的箭傷輕了許多，走路也輕鬆多了。走到生藥鋪門前，看見一旁多出一個賣字的先生，他的案前圍著兩人，這人的長相有些面熟，此時正彎腰專心地給人寫著狀子，那兩人一邊比畫著，一邊說著，賣字先生抬起頭，認真地聽著。蕭天這次看清楚了，認出來此人正是陳文達。

「陳文達。」

陳文達正低頭寫狀子，忽聽有人喚他的大名，他忐忑地抬起頭。春闈過去才幾個月，陳文達已兩鬢斑白，老了許多。蕭天看到他如此慘狀，不禁一陣心酸。陳文達恍惚了片刻，一時沒有想起面前這位高個子男子是何人。

蕭天也不願多說，直接告訴他：「陳文達，你的妻女進京來尋你，你的家鄉正逢大旱，她們母女逃荒進京，你快去與她們母女團聚吧，她們就在西直門附近的悅來客棧。」

陳文達一時愣怔住，視線漸漸模糊，眼裡有淚光閃動，他顫動著嘴唇半天才發出幾個暗啞的字眼：「我的……妻女……來了？」

蕭天不忍再看他，急忙從腰間解下荷包，從裡面倒出一些碎銀，放到案上，道：「你收拾收拾帶妻女回家吧。」

陳文達淚眼模糊地拱手一揖道：「敢問這位小兄弟尊姓大名，來年我進京趕考，定會去府上拜謝。」蕭天的打扮不同於往日，陳文達沒有認出來，蕭天也不願說破。「你一把年紀了，回家過日月吧，」蕭天想打消他的執念，「不要再進京趕考了。」

「小兄弟此話甚是不妥，十年寒窗苦，只為蟾宮折桂，豈有半途而廢的道理？」陳文達一說起趕考，便一掃剛才的頹廢之態，雙眼閃閃發光。

蕭天見他執念太深，苦笑一聲，便不再相勸，起身告辭而去。他一踏進生藥鋪，掌櫃的便迎面笑道：「壯士，你對那個瘋子是白費心思，他執迷不悟，誰勸他也不聽。兩年後會試期一到，他準來。」掌櫃的說著，引著蕭天走進裡間，關切地問道，「昨日與你同來的那個小兄弟可好些了？」

「已無大礙。」蕭天說著，深深一揖道，「今日前來拜謝掌櫃的。」

「嗨，舉手之勞，何況壯士出手豪闊，豈有怠慢之理？」掌櫃的請蕭天坐下，解開他的衣襟，待他一層層解開棉布，露出傷口，不由欣慰地點頭道，「傷口腫脹已消，很快便會恢復。」掌櫃的開始清理傷口，塗抹藥膏。

「掌櫃的，你這生藥鋪地處鬧市，街坊鄰居又多，定是能聽到許多奇聞逸事，不妨說來聽聽？」蕭天風輕雲淡地閒問了一句。

「嗨，從昨兒個到今兒，那熱鬧多了去了，你聽說沒有，朝堂亂成一鍋粥了。」掌櫃的眉飛色舞地說起來，「聽人說，刑部把從蒙古商隊繳獲的弓箭上交給朝廷，這一下子，直接捅到皇上面前了。皇上責令三法司聯合審理，由大理寺卿主理，那個熱鬧呀。這第二件事，更是轟動一時，今日早朝，有言官上疏此次賑災大員陳文君在任河南鹽運使時貪腐，狀子有丈八長。可不知為何龍顏大怒，當堂廷杖言官，錦衣衛只打了不到三十板子，一名言官便斃了命，另一名言官被抬了下去，唉……」

蕭天目光炯炯有神，想到朝堂紛爭再起，他們便有了喘息之機，心下一陣輕鬆，便道：「唉，言官也有硬骨頭啊。朝堂有朝堂的事，咱老百姓有咱老百姓的事，都不容易。」

「唉，壯士是個明白人，說實話，在朝為官也真不容易呀。」

這時，外面傳來夥計與客人的說話聲：「趙大人，小的給你行禮了。」只聽另一個渾厚的嗓音問道：「你家掌櫃的呢？」

掌櫃的在裡間聽出是熟人，便回了一句：「趙大人，你稍候啊，我正給病人上藥膏呢。」

蕭天眉頭一挑，聽到這個聲音非常耳熟，不由心頭一驚，難道真會有如此巧合之事？

掌櫃的向蕭天歉意地一笑，道：「壯士見諒，我去打個招呼便回。」掌櫃的隨後拿一旁帕子擦了把手，便起身向外屋走去。蕭天略一遲疑，整理了下衣襟，也跟著走了出去。

只見正堂上站立著一人，正是趙源杰。他此時一身便服，腰間佩著劍。掌櫃的笑著迎出來，趙源杰回過頭，詫異地瞪大了眼睛，緊走兩步，卻沒有走向掌櫃的，而是直接走到蕭天身邊，又驚又喜地叫道：「兄弟，你如何在此處？」

「兄長。」蕭天也沒有想到來生藥鋪換藥會遇見趙源杰，頓時喜上眉梢。

掌櫃的眼見他倆相熟的樣子，朗聲一笑，說了一句十分應景的話：「人生無處不相逢啊。」遂把趙源杰讓進裡屋。

趙源杰一走進來，便聞到很濃的創傷膏的味道，他眉頭一皺，敏銳的目光盯著蕭天，這才發現蕭天解開的衣襟，忙問道：「兄弟，你受傷了？」

掌櫃接過他的話道：「你這位兄弟，是條漢子，昨日給他拔下一支蒙古人的箭，帶倒鉤的，他硬是沒吭一聲，倒是把身旁一個少年嚇暈了。」他嘴裡說著，手也沒閒著，繼續給蕭天肩膀塗藥。

趙源杰馬上明白了，他隱晦地問道：「可是在東升巷三岔口？」蕭天點點頭，微微一笑道：「難道兄長沒認出我的字？」

「我再蠢，也不會認不出你的字，別忘了兒時恩師總是讓我來督促檢查你的功課。」趙源杰說著，不由喜不自禁地看著蕭天。今日意外的相逢，讓他頓時如沐春風，把幾日裡的愁緒都拋到了腦後。

掌櫃的聽著兩人東一句西一句、風馬牛不相及的說辭，看出兩人的關係非同一般，不由也跟著開心地笑起來：「難得見趙大人如此開心的樣子呀。」

「掌櫃的，我還沒有好好感謝你醫治我的兄弟呢。」趙源杰恢復了常態，向掌櫃的抱拳行禮。掌櫃的急忙還禮，嘴裡不停地說道：「使不得，使不得呀，若早知道你與這位壯士的關係，我不應該收銀子呀，你對我一家有恩，我還沒有報答，這……老夫慚愧得很呢。」掌櫃的急忙面對蕭天道，「這位壯士，銀子老夫一定奉還，我若收了，下輩子都會寢食不安。」

蕭天也笑道：「掌櫃的，你若不收，我下輩子也會寢食不安。」

他們三人又說笑了一陣子，便說起掌櫃的與趙源杰的淵源。原來，這掌櫃的姓潘，早年也是行走江湖的一條漢子。師父是天蠶門下弟子，由於犯門規被驅逐出山門，四處流浪。後憑著絕世醫術和祕製的膏藥，在京師立足並收了三個徒弟。七年前，師父得了怪病離奇去世，不多久另一個師弟也離奇死了。大師兄把他告到衙門，從他臥房找到一包奇毒，人贓並獲，衙門判他謀害師父和師弟。在他萬念俱灰之際，案子被新上任的趙源杰破了，揪出了真凶，竟然是大師兄。掌櫃的才從死牢裡被放了出來，經過打聽知道了事情經過，他便帶領家人跑到趙府門外跪拜。從此便結識了趙源杰。後來衙門裡受傷的捕快都找他拿藥，再後來連兵部的人也知道了，在東升巷有個神醫。

蕭天點點頭，站起身對掌櫃的說道：「潘掌櫃，你可知道玄墨山人？」

潘掌櫃道：「如何不知，那是我們祖師爺啊，是我師父的師父，我雖沒福氣相見，也沒資格認他老人家，但是師承一脈不可違。」

「我與玄墨山人是好朋友，有朝一日定要促成你們相見。」蕭天說道。

潘掌櫃一聽此言，二話不說，倒頭便拜。蕭天和趙源杰急忙拉起他，蕭天又問道：「你師父尊姓大名？」潘掌櫃道：「許有仁。」蕭天點點頭，記下了這個名字。潘掌櫃轉身吩咐夥計準備茶水去了。

屋裡只剩下了蕭天和趙源杰，兩人坐到窗前方桌前，蕭天關切地看著趙源杰問道：「兄長，你來這裡可是身體有恙？」

「我來是為取這裡的獨門創傷膏，」趙源杰壓低了聲音問道，「兄弟有所不知，近日朝中頗不平靜，你可聽說了？」

「人盡皆知。」蕭天一笑道，「大街小巷都在傳，我也是剛聽說，死了一個言官。」

「是，還有一個躺在家中呢，我此次便是為他取創傷膏的。」趙源杰沮喪地嘆口氣道。

「為何皇上會發這麼大火？」蕭天問道。

「是我們太莽撞了，有些冒進。」趙源杰承認道，「本來蒙古商隊與朝中私自交易軍火已掀起軒然大波，矛頭直指工部尚書王瑞慶，而王瑞慶的後臺是王振，這也是盡人皆知的事，如果我們見好便收，也不會傷及人命。但是，那幾個言官秉持著要揭便揭個底朝天的執念，一不做二不休，便把陳文君的事也捅了出來。你想呀，皇上欽定的兩個賑災大臣，一個私自交易軍火，一個貪腐巨大，這讓皇上的臉面往哪裡擱？生生打皇上的臉不是？再說了，皇上一直以來睜一隻眼閉一隻眼，樂見兩邊勢力相當，所以皇上恩准放了于大人，是看在此消彼長的事態上，若是咱們做大，皇上也並不樂見。」

「哦，」蕭天點點頭，深有感觸地道，「兄長所見，甚是深刻。」

「嗨，這哪是我能看到的層面，這是于大人說的話，我把他的話複述了一遍罷了。」趙源杰道。

「于謙于大人，果然是蓋世英才。」蕭天突然想到在詔獄與于謙的一面之緣，不禁嘆息道，「若是我能面見他該多好呀。」

「你們倆真是英雄相惜啊，」趙源杰衝動地說道，「于大人也有意見你，他曾在我面前誇你是人中翹楚。兄弟，不如這樣，我做東，咱們擇日一聚可好？」

「兄長，擇日不如撞日，今日可好？」蕭天激動得雙目放光。

「甚合我意，痛快！」趙源杰拉著蕭天便往外走。

四

正晌午時分，西苑街聚福樓外車水馬龍。蕭天坐在二樓一個單間裡，望著窗外焦急地等著趙源杰。半個時辰前，趙源杰與他定下這個房間，便匆匆離開。趙源杰要先去言官呂良家，把創傷膏交給呂良的家人，然後再去于府請于謙。

蕭天望著窗外，腦中卻是另一番風景。平心而論，他是很敬仰于謙的，他相信于謙是一位正直的大臣。以蕭天如今的處境，讓他終日耿耿於懷銘心刻骨的便是狐族的冤案，躲避終究不是長久之計，終有一日他要向朝廷遞上陳情的狀子，到那時若是朝中多幾個像于謙、趙源杰一樣的忠正之臣，豈能不昭雪天下？因此他願意結識于謙于大人。雖然如今他還是朝廷通緝的要犯，但並不擔心于謙會忌諱他的身分，因為他知道他們有著共同的敵人——王振，有了這層隱情，他們便可以坦然相處。

蕭天正在胡思亂想，看見打南面駛過來一輛半舊的青篷馬車。馬車停在樓下，從馬車上下來兩位衣著尋常的男子。蕭天一眼認出趙源杰，另一位清瘦的男子正是于謙。

不一會兒，夥計引著趙源杰和于謙走進來，蕭天早已站在門口迎接。看見兩人走進來，蕭天一陣心潮澎湃，拱手道：「大人，咱們又見面了。」

于謙露出一個笑臉，拱手還禮：「我說過，後會有期嘛。」三人依次落座。

「蕭幫主的身世我是從源杰老弟那裡得知的，對於令尊我于某一生敬仰。」于謙一落座便侃侃而談，字字中肯，「雖說令尊賢名依然蒙塵，但來日方長，清者自清，假以時日，自有公論。」

聽罷于謙一席話，蕭天突然眼眶發紅，心裡湧起一股熱浪，不禁悵然道：「幼時隨父親讀書，曾問過父親，何為國？父親道：君明臣良，文修武備，國家有道，百姓安康。父親的話至今仍記憶猶新。朝中有了先生你，自是有了希望。」

「蕭老先生字字珠璣。」于謙悵然道，「如今朝堂之亂局也讓爾等痛心。身為朝臣有不可推卸的責任。我于某雖德薄望淺，但在此興衰危亡之際，如不能扶正除邪，扶危定傾，將有何面目見列祖列宗。」

于謙雖只寥寥數語，但鏗鏘有力，擲地有聲。

蕭天站起身，臉上除了敬仰，多了一層悲壯，他鄭重地拱手道：「大人，蕭天不才，但凡有用得著小弟的地方，必肝膽塗地，死而無憾。大人有何吩咐今後只管說來。」

于謙也起身，拱手還禮道：「幫主身在江湖，心存魏闕，令在下欽佩。」

兩人四目相對，相視大笑，之後都從容地坐下。這時，夥計端上幾盤小菜、酒釀。趙源杰分別給兩人斟滿酒盅，兩人也不再客套，大口吃菜，端酒盅對飲。

「于兄，你可知那日緝拿蒙古商隊給我傳信的人是誰？」趙源杰樂呵呵地問道。

「難不成是蕭幫主？」于謙轉向蕭天，臉上露出笑容。

「正是。」趙源杰點點頭。

「我本是選在七夕那日趁節氣人多想混出城，沒想到路遇蒙古商隊，估計他們也是選這個日子好蒙混過關。」蕭天一笑，問道，「大人，那些弓箭盾甲可夠一個營房的配置？」

「哈哈，足夠了。」于謙笑道，「當天便拉到了北大營。此案三法司已接手，那些弓箭明眼人一看便知出自官坊，與工部脫不了干係。看這次王瑞慶還如何狡辯，恐怕此時王振和寧騎城已是熱鍋上的螞蟻了。」

「大人，我看王振和寧騎城也非鐵板一塊。」蕭天突然壓低聲音，把他在進京路上路遇寧騎城，隊伍裡面有幾個蒙古人的事向兩人說了一遍，「我懷疑寧騎城與蒙古商隊有關係。」

「哦？」于謙和趙源杰面面相覷。

「兄長，那日刑部緝拿的那個蒙古人和古瑞，你可要看牢了。」蕭天說道。

「此話怎講？」趙源杰一愣。

「若是寧騎城跟蒙古商隊有關係，他們必然會讓寧騎城想方設法救和古瑞出來。」蕭天略一停頓，問道，「你那裡的捕快有幾個能勝過寧騎城？」

趙源杰倒吸一口涼氣，點點頭道：「兄弟提點得極是，回去我便多加護衛，嚴防死守。」

「恐怕此時王振也沒工夫顧及這個案子，如今最緊要的是賑災一事。」于謙說道。

「大人，此案一出，王瑞慶和陳文君都身負官司，難道皇上還不考慮置換賑災大臣嗎？」蕭天問道。

「唉，據我所知，皇上已經差內閣首輔楊大人擬接任的名單了。」于謙蹙眉道。

「哦，這是好事呀。」蕭天笑道，「大家的努力總算沒有白費。」

「賢弟，你有所不知，若是此時換人，便大大地上王振的當了，」于謙一臉凝重地說道，「事態全然沒有你我想的這麼簡單，此一時，彼一時。」于謙放下筷子，深深嘆一口氣道，「王振已經把咱們逼到絕地，咱們也只有絕地反擊一條路可走。」

蕭天臉色一變，與趙源杰交換了個眼色，但聽到于謙說「咱們」，顯然把他當成了自己人，心中又是一熱，便眼巴巴地看著于謙，聽他往下說。

「前幾日，我收到來自河南、山西的密報，因我是正月裡才從兩地巡撫回京，兩地一些熟悉的官員，便紛紛寫信向我求助。此次賑災，王瑞慶和陳文君到兩地後，馬不停蹄遍訪當地大戶，逼迫大戶捐錢、施粥，不從者以忤逆論處。兩地官員苦盼多日的賑災款，卻不見蹤跡。官員催要急了，兩人便說要動員當地自救。」「難道皇上沒有下旨撥三十萬兩的賑災款？」蕭天疑惑地問道。

「皇上的旨意是有，」于謙說道，「關鍵是這三十萬兩白銀到了哪裡。此前，我們沒有弄清情況，組織言官上諫，本想把王瑞慶和陳文君扳倒，迫使皇上更換賑災大臣，」于謙垂下頭，有些哽咽地道，「卻導致一名言官當場斃命，此舉措已全然失敗。」

「大人何出此言？」

「如今就算皇上恩准，也是不能換了。」

「為何？」

「那三十萬兩銀子下落不明，就算換上一個廉潔的良臣又能如何，不過是成了他們的替罪羊。」于謙說道。

蕭天全身一震，恍然大悟，心有餘悸地看著于謙：「他們這一招好歹毒呀。」

「可憐我山西、河南的災民，正眼巴巴盼望著靠賑災銀子渡過難關呢。」于謙臉色陰沉地說道，「今年的冬糧加上明年開春後的種子，這可關係到成千上萬百姓的生死。一旦斷糧，饑民便會思亂，天下一亂，豪傑盜匪各地稱王，朝廷必然會派官兵鎮壓……我大明江山豈不是又要經歷一番血雨腥風，自立國我們所見的屍山血海還少嗎？」

蕭天連吸了幾口冷氣，彷彿于謙描述的畫面便在眼前，止不住嘴唇一抖，說道：「大人，難道就沒有化解的法子嗎？」

「我思謀了幾夜，法子倒是有，」于謙搖著頭道，「卻是有風險。」

「此風險難道比饑民造反的風險還大？」蕭天問道。

「這個風險便是要冒著違逆的風險，是擺不到檯面上的。」于謙苦笑道。

「嗨，非常之時，用非常之法。」蕭天鬆了口氣，道，「大人，請講。」「關鍵便是那三十萬兩銀子的下落。」于謙道。

「我明白了，」蕭天一笑，道，「只要找到王振藏銀子的地方，不管用何手段，拿到便可化解一切懸而未決的問題。」

「兄弟，此言一語中的。」于謙點點頭，欣賞地望著蕭天。

「妙呀，即使把銀子搶過來，誰也不敢聲張。」蕭天臉上現出一個笑容，「那……接下來呢？」

「查一下各地上報的奏章，找一個餘糧庫存充足的州府，三十萬兩銀子神不知鬼不覺地拉過去，全部買成糧食拉回災區，只要能平安度過這次大災之年，冒險也值得。」于謙苦笑了一聲，看著蕭天道，「兄弟，為官到這個份兒上，讓你見笑了。」

「大人言過了。」蕭天目露敬佩，道，「大人心繫百姓社稷，在下當全力支持。」蕭天說著端起酒盅一飲而盡，望著于謙道，「以大人的身分，對這件事當無能為力，而我率興龍幫弟兄搶下這三十萬兩銀子，不是沒有可能。」

于謙點點頭，道：「我等雖不宜參與，但可以配合你。你興龍幫只管搶回這三十萬兩銀子，我和趙源杰負責後面購糧和運糧之事，巧的是此時正好趕上兵部換防，定會做得天衣無縫。」

三人目光碰到一起，眼裡都充滿喜悅之情。

「如今重中之重是查清這三十萬兩銀子在哪兒。」趙源杰道。

「既是從國庫中運出來，而山西、河南兩地又不見銀子，」于謙思忖良久，說道，「沒準兒這銀子就沒出京城。」于謙說完站起身，走到窗前望著外面繁華的街市皺起眉頭，蕭天和趙源杰也相繼起身走到窗前。三人並排佇立在窗前，一起望著窗外的街市……

第十九章　節外生枝

一

寧府空蕩蕩的演武場上，寧騎城一身白色勁裝，獨自站在場中舞劍。這是他每日早晨的功課，劍在他手中似是有了生命般，已達到出神入化的境地。只把站在一旁觀看的高健看得瞠目結舌，像今日這般從頭至尾看寧騎城的劍術他還是第一次。寧騎城在場中肆意舞劍，臉上卻沒有一絲輕鬆之態。他緊皺雙眉，目光陰鷙冷酷，那劍招更是招招快如騰兔，追形逐影。他不時瞟一眼場外的高健，知道他一大早來準沒好事。前日的事已經攪得他夜不能寐了，想到和古瑞如今被關在刑部，他便覺得背部陣陣發寒。

待寧騎城收勢將劍轉腕收回背後，高健才敢走過去。

「大人，我有事回稟。」高健皺著眉頭，一臉疑惑地道，「一大早詔獄的牢頭王鐵君找來，對我說昨日高公公把孫啟遠帶走了，這事很是蹊蹺。」

「高公公帶走了孫啟遠？」寧騎城頗感驚訝。

「聽王鐵君說，高公公來過兩次，兩人在牢房裡說了會兒話，說了什麼不知道，只知道這次高公公帶來王振的口信，說是要讓孫啟遠戴罪立功查明真凶，就這樣直接帶走了孫啟遠。」高健說完，站立在一旁狐疑地看著寧騎城。

寧騎城點點頭，從僕役手裡接過帕子擦了把臉，緩緩說道：「知道了，今日正好進宮見王振，看他如何對我說此事，再做定奪。」

「大人，這孫啟遠對大人可是有頗多怨言，大人還是小心為好。」高健提醒道。

「哼！」寧騎城一陣冷笑，「一個小小的東廠番役能奈我何？他能掀起多大的風浪，我會怕他？笑話！」

「這倒是。」高健點點頭，道，「詔獄被劫這事，孫啟遠有不可推卸的責任，若是高公公有意維護他，也要給咱們一個說法。」

「如今先顧不上他，我今日去見王振，又少不了挨頓罵。」寧騎城臉色陰沉，望著高健道，「近日接二連三地出事，讓人猝不及防。本來災區賑災一事便飽受爭議，給那些與王振為敵的大臣落下口實，大臣們上奏章要求彈劾王瑞慶和陳文君，這事還沒擺平，又冒出蒙古商隊私運兵器案，這次牽連的人更多，估計王振也坐不住了。唉，這頓罵是逃不掉了。」寧騎城說著，突然盯著高健壓低聲音道：「你祕密派幾個得力的人，查查刑部，還有他們那日所抓捕的蒙古商隊的人關在何處，如何審理？越清楚越好，去吧。」

高健揖手領令，便轉身匆匆走了。

寧騎城目送高健走遠，忙吩咐管家李達備馬。

寧騎城和四個隨身侍衛一路疾馳，行至宮門外。他翻身下馬將馬交與侍衛，自己直接走向宮門，守門的禁衛一看是指揮使大人，哪敢怠慢，急忙打開宮門。

寧騎城長驅直入，向司禮監走去。由於近幾日皇上身體有恙，不上朝，宮裡一片死寂。寧騎城知道自己進宮早了些，便放緩步子，故意繞道，向甬道一邊的御花園走去。御花園裡有一條小道，通向司禮監的側門。

寧騎城一邊走著，一邊思忖著一會兒面見王振後的說辭，不知不覺走進鬱鬱蔥蔥的花圃之中。時值盛夏，百花盛開，一片鳥語花香。小道盡頭便是司禮監的側門，側門外站著兩個人，正在低語。寧騎城急忙躲到花木後面，隱身在花草叢中，悄悄靠上去。

在遠處只看見一般太監的衣裳，離近了才看清這兩個人，竟然是高昌波和孫啟遠，隱隱聽見兩人的說話聲：「……放寬心吧，此次把差事辦好，不愁沒有晉升的機會……」高昌波樂呵呵地安慰孫啟遠，「還有，這次恢復你的百戶身分，你可不許跑出去胡吹……」

「謝公公信任，我的這條小命是公公給的，我必然唯公公馬首是瞻，全聽公公差遣。」孫啟遠說著，臉色一滯，目露凶光道，「只是這次寧騎城讓我背黑鍋，我這個冤呀，他身為錦衣衛指揮使又掌印東廠，竟然幹不過幾個流匪，理應他來背負罪名，憑什麼由我一個小小的番役來背這個鍋，我想想便氣。」

「好啦，你也別氣了。寧騎城東廠的印不是已經被收了嗎？」高昌波道，「此次派你駐守鑫福通錢莊，不僅是我信任你，也是先生願意給你一次立功的機會，才會把這麼緊要的事交給你來辦。」

孫啟遠臉上泛出紅潤，頻頻點頭道：「是，是。要我說先生應該把東廠督主的位置讓高公公你這樣賢能的人來坐。」

「哈哈……」高昌波不動聲色地一笑，道，「孫啟遠，你小子哪都好，就是管不住自己的嘴，哈哈。」

「不，高公公，小的說的可是肺腑之言。」孫啟遠極盡奉承道。

高昌波嘴裡不說，心裡卻美滋滋的，他拍了下孫啟遠的肩，道：「好了，你隨我去鑫福通吧，當差要緊，走吧。」

兩人沿著側門的小道拐入甬道，向宮門的方向走去。

寧騎城見兩人走遠，方從草叢裡走出來。他望著兩人的背影，想著剛才聽到的一番話，心裡一陣翻江倒海。他心裡清楚高昌波肯定是在王振的授意下起用了孫啟遠，而高昌波做的事，寧騎城一概不知，看來他是單獨執行王振的密令。寧騎城感到脖頸上陣陣寒意，王振口口聲聲喊著他乾兒，其實卻是一直都不信任他。

剛才從高昌波口中聽到鑫福通這三個字，讓他很意外。鑫福通是京城一家名氣不大的錢莊，卻要讓孫啟遠帶人駐守，看來這家錢莊與王振是有牽連的。此時他才知曉，看來王振一直有意對他隱瞞。

思索再三，寧騎城還是決定，以不變應萬變。他沿著小道，走到司禮監正門，門口早有小太監看見他，跑進去稟告。

不一會兒，一個小太監走過來，在前面引路，直接把他帶到正堂一側的偏廳。寧騎城看見王振獨自坐在靠窗的大炕上，背靠軟墊閉目養神，便緊走幾步，上前行禮：「乾爹，孩兒讓你久等了。」

「來了，坐吧。」王振乾巴巴地擠出一個笑容，「來嚐嚐新近上貢的雨前茶，一會兒讓陳德全給你備一份，走時帶走。」

寧騎城沒敢坐下，而是走到炕前，雙膝跪下請罪道：「乾爹，孩兒辦差不力，請乾爹責罰。」

「唉，小城子，你這是唱的哪齣呀，快起來。」王振說著，向身後的陳德全揮揮手，陳德全急忙上前扶起寧騎城。王振深深看了寧騎城一眼，語重心長地說道：「你是我最信任的人，除了你，我還能信誰去？」

「乾爹，此番接連出事，是孩兒料事不周，讓對手得逞。」

「俗話說福無雙至，禍不單行，」王振獰笑了一聲，道，「不過，咱們也沒有什麼可擔心的，只要不露出首尾，誰也拿咱們沒法子。」

「可是……」寧騎城猶豫了一下，「只怕是紙包不住火。」「怎講？」

「我昨日去刑部拜會趙源杰，他竟然以身體有恙為名拒見我。蒙古商隊私帶兵器案現在三法司手裡，那個大理寺卿又是個軟硬不吃難纏的主。」

「不是還有都察院李亦玉嗎？前日我還見過他。」王振說道。

「李大人是個老滑頭，他兩邊誰都不得罪。本來還有一點把握，現如今于謙官復原職，他們的氣焰便更盛了，處處與咱們作對，口口聲聲叫囂著要查出私自交易兵器的幕後主使，此事極是難辦。那些弓箭一看便知出自官坊，而這又在王瑞慶的職責內，現在所有矛頭都指向他，若不是王瑞慶身處河南賑災，估計他們都要行動了。」寧騎城一口氣說完，便直愣愣地望著王振，等他示下。

王振深吸了口氣，微閉著雙眼，似是小憩，頭還微微搖著。

「還有那個和古瑞，」寧騎城看出王振此時正在籌謀，便索性都說出來，「和古瑞現如今押在刑部大牢，那裡雖不比詔獄，但是皮肉之苦還是要受的，只怕這傢伙受不住，胡說一氣，把先生你……」

王振猛地睜開眼睛，由於速度過猛，眼球往外凸現，裡面布滿血絲，目光逼人。他打斷寧騎城的話，道：「此二人不能留了，和古瑞和王瑞慶，你去辦吧。」王振緩和下語氣，道：「只要他們抓不住人證，便有轉機，最後不了了之。」「是。」寧騎城點了下頭，臉上不帶任何表情地應了一聲。

這時，陳德全急慌慌跑進來，附在王振耳邊低語了幾句。王振急忙站起身，抖擻起精神，一邊整理衣襟，一邊不無得意地吩咐：「去把典籍帶上。」說完，他看著寧騎城道，「御前李公公請我過去，我這便去伺候皇上去了，皇上還是離不開我，這陣子迷上了聽太祖征戰的故事，前日剛講到太湖大戰，今兒個還需接著前日的往下講。」

寧騎城一臉詫異地站起身：「那孩兒告辭了。」

「去吧，著實操心著差事。」王振不放心地囑咐一句，「辦妥了，給我回個話。」「是。」寧騎城應了一聲，躬身退出去。

二

寧騎城從司禮監出來，徑直出宮。他沒想到事情進展得如此順利，得到王振的首肯，他便可以對和古瑞出手了，至於是死是活，便是他一句話的事了，只要這個傢伙離開京城他便可以對乞顏烈交差了。在出手之前，他還需要去見一個人。寧騎城抬頭看天空，此時雖然豔陽高照，但今日是十五，晚上是月圓之夜。這個月圓之約，他已經等不及了。

寧騎城一路疾馳，回到府裡，直接回到臥房，換下朝服，穿上常服，把管家李達喚了進來。「李達，你聽說過鑫福通錢莊嗎？」寧騎城似是不經意地問道。

「鑫福通？」李達皺起眉頭，想了片刻道，「大人怎麼想起問這家錢莊？它就在山陽街上，這家錢莊口碑不是太好，咱們府上去兌換銀子或銅錢都不去鑫福通。」

「為何？」寧騎城問道。

「這家鑫福通索要的抽頭比別的錢莊多一倍。」李達撇著嘴說道，「所以這家錢莊生意一直不好，可以用門可羅雀來形容它的凋敝，但是奇怪得很，這麼多年過去了，這家錢莊居然還沒倒閉，也是邪乎。」

「哦。」寧騎城有些恍然大悟，他點點頭，吩咐後廚開飯。

用了午飯，寧騎城便把自己關在臥房裡，一下午都不曾出門。直到日落西山，眼看黃昏時分，寧騎城才走出臥房。此時寧騎城換上一件不常穿的綢袍，腰間繫著鑲玉的束帶，一副風流公子的打扮，吩咐管家李達備馬車。

李達駕著一輛雙輪黑篷馬車候在府門外，不多時寧騎城走出來，直接坐進馬車裡，然後緊緊拉上轎簾，對李達道：「去惜月河畔。」

此時天已擦黑。馬車一路疾駛，街上商鋪亮起燈燭，已然是萬家燈火。馬車駛入熙熙攘攘的西苑街，在一家樂坊前停下，陣陣絲竹聲從樓上飄來。只見這家樂坊門上掛著一個匾額，上書「惜月河畔」四個隸體大字。

寧騎城從車上下來，回頭吩咐李達道：「你候在這裡。」早已有一個粉衣姑娘上前行禮，莞爾一笑道：「公子，請隨小奴上樓吧。」

「帶我去『惜月軒』。」寧騎城說著，轉身四處掃視了一眼，抬腿往樓上走。粉衣姑娘笑著說：「原來公子在這裡密會佳人啊，那位佳人早已候在那裡了。」說著，偷眼瞄著這個器宇不凡的年輕公子，看他臉上絲毫沒有赴約時的興奮和喜悅，卻是一臉的冷酷和機警，不像是來此地尋歡作樂的，倒像是來尋仇的。不過見多識廣的粉衣姑娘也是見怪不怪了。

「公子，這邊走。」粉衣姑娘喚著寧騎城。

寧騎城繃著臉，並不聽粉衣姑娘的，而是在樓道上四處窺探，隨意推開幾間房，直到裡面傳出來叫罵聲，他才作罷。他們走到二樓第四個房間，粉衣姑娘停下腳步，寧騎城看門上一個木牌上書「惜月軒」三字。寧騎城推門進去，反手關上房門。

屋裡空無一人，窗前琴臺上亮著兩盞黃紗蒙面的宮燈。寧騎城正納悶，只見露臺前白紗簾一晃，一個白色身影從裡面走出來，站到了寧騎城的面前。

寧騎城雙眼放光，呵呵一笑，大喇喇地坐到一旁軟椅上道：「柳堂主，別來無恙。」

柳眉之今日一身素白的女裝，臉上做了偽裝，描眉畫眼，與一般女子沒有分別。柳眉之面色陰鬱地點了下頭，緩緩走到另一張椅子前坐下。

寧騎城露出笑容，笑道：「不錯，一個很好的開端。你我約定在這個月圓之夜見面，看來你是有信之人。」

柳眉之並不吃他這一套，他冷冷地望著寧騎城，問道：「解藥帶來了嗎？」寧騎城嘴角擠出個冷笑，道：「這便要看你帶來了什麼。」柳眉之胸口一震，深吸了口氣，問道：「你想聽什麼？」

寧騎城從軟椅上站起身，收起了臉上的笑容，一臉冷酷地說道：「若不是為了放長線釣大魚，你以為光憑蕭天那幾個人，能闖進詔獄帶走你們嗎？」寧騎城在屋裡來回踱了幾步，自言自語道，「不過，我也確實小看了他們，我問你，那日攻打詔獄的都是什麼人？」

「我當時在牢房，如何會知道外面的事？」柳眉之嘟囔了一句。

「當時不知道，那現如今還不知道？」寧騎城不依不饒地說道，「別忘了，你的小命在我手裡，敢對我耍花招，你便會成為第二個雲。」

柳眉之渾身一顫，目光一沉，白了寧騎城一眼道：「興龍幫和白蓮會聯手。」

「狐族是不是也參與了？」寧騎城問道。

「狐族？」柳眉之皺起眉頭，詫異地道，「跟他們有何關係？沒聽說跟這些人有來往，我便與他們住在一起。」

「這便奇怪了。」寧騎城皺起眉頭，有些惴惴不安，「明明在地道裡發現有狐族鑽地龍的碎片，怎麼會沒有他們的蹤跡？」

「鑽地龍是何物？」柳眉之第一次聽說這個東西，不由很好奇地望著寧騎城。

「鑽地龍又名縱地獸，是狐族至寶之一，在《天門山錄》中有記載，是縱地利器，若沒有這個利器，他們是很難挖通地道進詔獄的。」寧騎城望著柳眉之，也看出他是真不知情，便轉移了話題，繼續問道，「蕭天和明箏現如今在哪兒？」

「……」柳眉之沉默了片刻，突然乞求地望著寧騎城道，「你答應過我，絕不傷害明箏，她是個可憐人，父母早亡，孤苦無依……」

「閉嘴！」寧騎城突然大怒，厲聲道，「何時輪到你來教我如何做？」寧騎城不耐煩地盯著他，催促道，「快說。」

「在城裡。」

「住在哪兒？」

「望月樓。」

寧騎城大為驚訝，沒想到他們還敢待在城裡，竟然還在離他衙門不遠的地方。他一陣冷笑，這些日子他派出多人幾乎把京師翻了個個兒，卻唯獨沒把近在咫尺的這些酒肆妓院放在眼裡，不由火冒三丈地問道：「他們為何不出城？」

「他們也策劃過出城，七夕那日本來借送嫁女出城，卻在半道與蒙古商隊起了衝突，被刑部勒令回去。」柳眉之說道。

「原來是他們搗的鬼。」寧騎城恍然大悟，目光逼向柳眉之道，「他們出城後要去哪裡？」

「我聽說他們要去一個農莊，叫瑞鶴山莊，好像是興龍幫在城外的據點，但具體在哪兒我便不知道了。」柳眉之說完，坐在那裡發呆。

寧騎城掩飾著眼裡的興奮，在屋裡來回踱著步，有些舉棋不定。他費盡心思謀劃的這一著棋眼看便可以收網了，卻突然又冒出一個瑞鶴山莊。

寧騎城從思慮中回過神來，看到心灰意冷的柳眉之發呆的樣子，突然一笑道：「柳堂主的琴藝天下聞名，不妨彈奏一曲如何？」柳眉之並不領情，他抬眼盯著寧騎城，突然道：「你要怎樣才肯放過我？」

寧騎城一笑，從腰中解下一個錦囊扔給柳眉之，道：「從今兒起，你要寸步不離跟著他們，一直跟到瑞鶴山莊。」寧騎城說完，抬腳往外走，走到門口又回過頭，望著目瞪口呆的柳眉之道，「下個月的月圓之夜，還是惜月河畔。」說完，飄然而去。

柳眉之一隻手緊緊攥著錦囊，心裡悲憤難抑，他不知寧騎城要他跟著這幫人到底打的什麼主意，但是想到這種鬼也不如的日子看不到盡頭，便再也控制不住自己，臉上淚水橫流。

三

寧騎城扔下柳眉之獨自走出樂坊，李達便從一旁巷子裡駕著馬車過來，寧騎城跳上馬車，吩咐直接回府。

馬車一路順暢到了巷子口，突然看見府門附近有兩個人在打鬥，兩人的拳腳都不俗。由於是夜裡，已敲過二更，巷子裡並無行人，只聽得呼呼拳腳之聲。

寧騎城從馬車上跳下來，突然聽見其中一人叫他：「黑子，抓住他，他是個探子。」

寧騎城聽出竟是乞顏烈的聲音，心裡一驚，縱身向打鬥的兩人奔去。其中一人看見他很是慌亂，連連後退。離近了，寧騎城才發現此人是獨臂，看身法有些熟悉，便使出幾招無影拳，一拳套一拳，步步緊逼，三招便按住了此人，扳過面孔一看，大叫了一聲：「陳四！」

「大人，饒命。」陳四急忙跪下，一隻臂膀空蕩蕩的，衣袖隨風飄動。

「你在這裡做甚？」寧騎城厲聲問道。

「小的想見大人一面，」陳四匍匐在地，一副可憐狀，眼睛膽怯地瞄著寧騎城，可憐巴巴地說道，「自小的殘疾以後，便被趕出了東廠，家裡有老有小要我養活。小的想求大人，讓小的回東廠當差。」

「行了，你回去吧，改日我見了東廠百戶李東，給他捎個話。」寧騎城看了眼一旁的乞顏烈，急著打發走陳四。陳四唯唯諾諾地感謝一番，眼睛瞟了眼乞顏烈便轉身跑了。

寧騎城見陳四跑遠，便轉回身盯著乞顏烈古怪的衣著。乞顏烈膀大腰圓卻穿著一件緊窄的漢人衣袍，頭上扣了頂斗笠，耳旁的髮辮還是露了出來。這身裝扮顯得十分猥瑣滑稽。

「義父，不是說好不來府裡找我的嗎？你今日怎麼又來了，而且還在我府門外與人大打出手，你是生怕別人不知道我與你的關係嗎？」寧騎城壓低聲音，又急又怒地說道。

「小子，先別教訓我，你剛才就不該放了那個人。」乞顏烈說道，「我來時便看見他鬼鬼祟祟躲在暗影裡，盯著你府裡大門，你被人算計了都不知道。」

「走吧，進去再說。」寧騎城低頭往府裡走，心裡想著這個陳四銷聲匿跡了有一段時間，不知從哪裡冒出來，如何會出現在他府門外，難道真是如其所說求他說情回東廠嗎？

兩人沿著遊廊直接走到書房，李達急忙端來茶水果品。寧騎城對李達交代道：「以後要多留心大門外，找兩個府丁守住大門。」李達應了一聲，便下去部署了。乞顏烈啜飲一口茶，放下茶盞，從腰間解下一個布囊，遞給寧騎城道：「這是你養母給你做的小衣，讓你貼身穿。」

寧騎城急忙接過布囊，剛才的不悅一掃而光，又驚又喜地打開布囊看了一眼，心中不免有些傷感：「我養母她如今還好嗎？」

「放心吧，我還能虧待她？」乞顏烈說著，突然指著牆上貼的一張海捕文書上的女子畫像問道，「我一進來便看見這張畫像，此女子是誰？」

寧騎城難掩臉上的尷尬，就似突然被人偷窺到裸身一樣不自在，他背過身敷衍道：「只不過是一個逃犯，我正在抓她。」

「逃犯？」乞顏烈不無憐惜地搖搖頭，道，「如此清麗的佳人，竟是逃犯，可惜呀。」

「義父，請坐下說話。」寧騎城伸手相請道。

乞顏烈看了他一眼，以長輩的語氣說道：「可別忘了你是在草原長大的雄鷹，與你為伴的，也只能是草原上的雀鷹。」

「義父，此次深夜來訪，難不成是要給我說雀鷹之事？」寧騎城打斷他的話，問道。

「當然不是。」乞顏烈突然狠擊桌案，又惱又怒地說道：「此次弓箭盾甲被繳獲，損失慘重啊，黑鷹幫這兩年積攢的家底就這樣被掏空了，此事絕不能善罷甘休。」

「義父有何打算？」寧騎城盯著他問道。

「我來見你，就兩件事。」乞顏烈咬牙道，「一是救出和古瑞，再者我要去見王振，與他交易的兵器悉數被繳，我讓他包賠損失的銀兩。」

寧騎城搖搖頭，臉上浮出一絲苦笑：「救和古瑞，我正在想方法，這個我能辦到。你想見王振？門都沒有。義父，王振是什麼人我太了解了，貪而無信。這些年他貪的銀兩富可敵國，但是他依然沒完沒了地斂財。讓他退還銀兩，只是痴人說夢。此次皇上恩准的三十萬兩賑災款，他都敢往腰包裡裝，你那點銀子算啥。」

乞顏烈一愣，盯著寧騎城問道：「此消息確鑿？」

「確鑿。因為賑災不力，朝堂上幾乎打起來，連皇上都抱恙不上朝了。」

「這三十萬兩賑災銀，王振會藏到哪裡？」乞顏烈雙眼放光。

「義父，難道你要動賑災銀的念頭？」寧騎城吃驚地看著乞顏烈。

「這還不是被王振逼的。」乞顏烈一雙細小的眼睛亂眨了一陣，吧嗒下嘴巴，突然一掌拍到桌面上，惡狠狠地道，「這叫以牙還牙，哼，不退銀子，我把它搶回來，咱瓦剌人就是這脾氣。」

「義父，你當這裡是邊關村寨呢，你想搶便搶，說燒便燒？」寧騎城被逗樂了，「義父，這是京城，你還是少惹事吧，等我把和古瑞弄出來，你便離京回草原躲避一時。」

「不，我主意已定。」乞顏烈正色道，「你跟著那個老東西，一定知道賑災銀藏在何處。你告訴我，藏在哪裡？」

寧騎城嘆口氣，道：「其實這事王振一開始便沒有讓我參與，我也看出王振對我並不信任，我只是他手上一個得力的刺客而已，需要殺人時才想到我。」寧騎城頓了一下，眼眸一閃，接著說道，「他們行事雖然詭祕，但還是讓我嗅到了蛛絲馬跡。義父，有一個鑫福通錢莊，我懷疑便是王振的藏銀之地。」

「哦？」乞顏烈湊近道，「小子，這次不用你出手，搶東西這事，我們在行。」

四

趙源杰在牢頭的陪同下，高一腳低一腳地從坑窪不平的過道裡走來。刑部大牢年久失修，每年朝廷撥的銀子還不夠衙役的俸祿，再加上這裡關押的都是些微不足道的小人物，也引不起上面的重視，因此便任由其衰敗也無人問津。

牢頭殷勤地在前面引路，手上掂著一大串牢門鑰匙，隨著他的走動發出一陣叮噹之聲。牢頭叫高福甲，在刑部大牢已將近十年，二十歲上便接替父親的位置在這裡，從獄卒做到牢頭。牢房裡每一寸地兒他都瞭若指掌。

趙源杰一邊走，一邊說道：「高牢頭，守衛不可鬆懈。」

「趙大人，你放心吧，」牢頭向趙源杰打著保票，「這些日子，增加了十幾個獄卒守衛，我每日巡查。」

高牢頭說完，心裡似有疑惑，猶豫了片刻，便問道，「那個蒙古人和古瑞什麼來頭，好吃好喝還要增加看守？」

「近日三法司將庭審，到時蒙古使團也將列席，所以不能有絲毫閃失。」趙源杰前面到了牢房區，牢裡的犯人聽見叮叮噹當的聲響，紛紛從牢裡走到木柵欄前，一個個伸出手，各種嗓門喊著：「我冤啊……」

「大老爺，冤啊……」

「大老爺，放了我吧，我是冤枉的……」

「你們冤個屁。」牢頭大聲叫著，「滾回去，你，閆小三，搶別人東西便罷了，還殺人家一家人！就你，李栓子，你霸占人家農田還霸占人家媳婦，弄得一屍兩命，你冤什麼？再不老實，把你們從這裡趕出去，遷到錦衣衛的詔獄去。」

牢頭一頓說辭，過道兩旁立刻安靜下來，犯人紛紛退回去。顯然錦衣衛詔獄聲名遠揚，對犯人都有一種震懾力。片刻後，牢房裡已然恢復常態，發呆的還發呆，捉蝨子的接著捉蝨子，睡覺的繼續睡覺。

高福甲鼻孔裡哼了幾聲，得意地往前走，這句話他經常掛在嘴邊，比打板子管用，百試不爽。一旁的趙源杰也被逗樂了，感慨這裡真是跟森嚴的詔獄無法相比。

走道上站著三個獄卒，看見他們走過來，立刻挺直腰板看著他們。高牢頭問道：「今日你們值守，有什麼情況？」一個獄卒上前一步回道：「回牢頭，一切正常。這個犯人一直在睡大覺。」

「晌午飯吃了嗎？」趙源杰問道。

「回大人，這個不知道，我們是午後換崗，只看見他在睡覺。」趙源杰皺起眉頭，推開高牢頭和獄卒，大步走到這間牢房前。木柵欄裡放著一個托盤，上面的飯菜未動。牢裡靠牆的草鋪上背對著牢門躺著一個人，一動不動，身上還蓋著號衣。

「牢頭，開門進去看看。」趙源杰心裡有些忐忑。

高福甲拎起鑰匙串，摸索半天找到鑰匙，打開大鐵鎖，推牢門走進去，一邊大聲說道：「喂，起來了，趙大人來看你了。」任牢頭怎麼喊，和古瑞躺著紋絲不動。高牢頭急了，上去抓住和古瑞的肩膀把他扳了過來。

高福甲往和古瑞臉上一看，立刻嚇得魂飛了一半，不由退了幾步，驚叫起來：「啊呀……鬼呀……」只見和古瑞身上很完整，只是臉上一片血糊糊，只看見幾個血窟窿。

幾個獄卒聽見喊聲好奇地跟在趙源杰身後走過來，一看這情景，幾個人一陣鬼哭狼嚎地跑出去，一邊喊道：「我的娘呀，嚇死我了。」

高福甲渾身顫抖，臉色煞白。他在獄中十幾年，還從來沒經過這麼可怕的事，在他們重重的守衛下，犯人死得如此蹊蹺和慘烈。高福甲忍了半天，終於忍不住跑出去，在走道上吐了起來。再看那幾個獄卒，一個個雪白著臉蹲在角落裡驚恐地看著他。

趙源杰一臉沮喪，像霜打的茄子似的吃力地走出來。高福甲緊走幾步，匍匐到趙源杰的面前，嘶啞著嗓音道：「大人，小的該死，小的百口莫辯，願聽大人發落。」

趙源杰後背一陣陣發寒，他看著跪在地上請罪的高牢頭，嘆口氣上前扶起他，道：「起來吧，高牢頭。」

高福甲顫巍巍站起身，這才說出心中疑惑：「趙大人，刑部大牢雖不及詔獄那般銅牆鐵壁，但也不是想進便進。自大人吩咐卑職加強守衛，我加崗加哨，增加巡查，外面的人是斷然做不到這般悄無聲息的，定是內部人下手，圖的便是滅口。」

趙源杰思忖片刻，道：「你能確定牢中死屍就是和古瑞？」

「這……」高福甲一愣，顯然被問住了。他愣怔片刻，一時啞口，一雙漆黑的眸子驚慌地瞪著趙源杰，「這個……他面部已毀……確實無從查證……」

「凶手想滅口，只需一刀，幹麼還要費力去搗毀他的面孔，這不是脫褲子放屁，多此一舉嗎？」趙源杰冷靜地分析道。

「依大人的意思，此人被張冠李戴，那……那個真和古瑞呢？」高福甲似是被自己的言辭驚得目瞪口呆。

「先不要聲張，你速去找仵作，驗查屍體。」趙源杰道。

高福甲一聽此話，招呼著幾個衙役拔腿便向外跑。趙源杰凝視著高福甲倉促離去的背影，心情異常沉重起來，心裡的疑團也進一步擴大。他心裡清楚必須把這個消息火速通知于謙和蕭天，事態發展到這個地步，牽一髮而動全身。

五

此時已至黃昏，望月樓籠罩在一片溫和的霞光中。前院已經開始灑掃，準備迎客。後院隱蔽在一片綠油油的樹蔭中，反而顯得更加靜謐。

小院天井中的老槐樹下，傳來一陣陣清脆的笑聲，可以看見兩個衣裾飄飛的身影，兩人正在習劍。蕭天一身灰色長衣，明箏一身青色衣裙，兩人身影交織，煞是好看，蕭天不時扳住明箏的手臂指正一二。那日小六從瑞鶴山莊帶來玄墨山人的獨門丹藥，明箏服下後頭疾慢慢好轉，這才讓大家鬆了口氣。明箏身體好轉便閒不住，蕭天只好答應教她劍法。一來可以活動筋骨，再者也給她找些事做，免得她出去亂跑，暴露了行蹤。兩人在老槐下習劍，由於心思專一，並沒有發現在離他們數步之遠的遊廊上，一個人躲在廊柱後向他們偷窺，廊柱邊露出一片紫色裙角，一雙黑亮的眼睛痴痴地盯著老槐下那個長身玉立的身影。

「梅兒姑娘，妳在瞧誰呢？」一個溫和的聲音從背後響起，柳眉之一身白衣悄無聲息地站在梅兒背後。梅兒驚慌地回過頭，臉上一陣紅一陣白，她結結巴巴道：「沒看誰，從這裡路過。」

「哦？路過半個時辰了吧，」柳眉之一雙鳳眼狡黠地衝梅兒眨了下，「我跟著你，腿都站酸了。」

「你……」梅兒臉色一變，怒道，「柳堂主，請你自重些。」

「我知道你是思慕那位蕭幫主，」柳眉之上前一步，靠近梅兒低聲說道，「哪個少女不懷春呢？」柳眉之從梅兒慌亂的眼神可以看出，他說對了，再說他也不是第一次看見梅兒躲著偷窺了，覺得這是個好時機，便又上前一步，鼻尖幾乎貼到梅兒鼻尖上，「思慕是一回事，能不能得到是另一回事，你想得到蕭幫主的垂青，必須有吸引他的本錢。」

梅兒一隻手摸著臉，重複著柳眉之的話：「本錢？」

「不是指容貌。」柳眉之冷笑一聲，「你以為像他那樣的男人會稀罕這些皮毛嗎？」

梅兒張著嘴巴，迷茫地望著柳眉之。

「你剛才稱呼我一聲柳堂主，那你便應該聽聞過我的本事。」柳眉之又靠近一步，幾乎把梅兒擠到廊柱上，「我的靈魂一半歸了神佛，我便有了神的力量，你若歸入我的門下，我便度你神的力量，到那時你就可以夢想成真。」

梅兒盯著面前極其俊美的一張面孔，他的聲音悅耳又溫和，像磁鐵般牢牢吸引了她，讓她身子僵住，動也不能動。柳眉之俯下頭，溫潤的嘴唇輕輕貼上梅兒的雙唇，梅兒渾身一顫，腦子裡一片空白，突然一陣尖銳的痛，使梅兒清醒過來，她的舌尖火燒火燎，柳眉之狠狠咬了她，她又羞又惱，使出全力推開他沿著遊廊跑了。

梅兒臉上燒得通紅，毫無目的地跑了一會兒，發現身後沒人追來，才站定，這才發現前面是圍牆。這裡是遊廊的盡頭，靠圍牆建有一個小屋，裡面堆著雜物和灑掃的工具。

梅兒長出一口氣，回過頭，驚得叫了一聲，柳眉之不知何時站在她身後。「你跑什麼？」柳眉之一笑，一隻手搭在梅兒的腰間。梅兒看著柳眉之含情的眉眼，竟然轉不開雙目，久久地盯著他。

柳眉之把梅兒攬進懷裡，轉身抱進小屋裡。屋裡很暗，中間卻有一片空地，柳眉之控制住梅兒，笑著看著她，一邊低聲說道：「梅兒，跟我去瑞鶴山莊吧，你知道那個地方嗎？」

梅兒眼神痴迷地看著柳眉之，眨著眼睛搖搖頭。

「我問你，你一直跟著他們，知道他們這幾日在屋裡說什麼嗎？」「說……說銀子的事，還有……我聽不太明白……」

「梅兒，你記住，你是我的人，我會顧你周全，你只要隨時聽我召喚便可。」

小屋裡全然黑下來，偶爾傳來幾聲呢喃的呻吟聲，與屋外鳥雀的啾啾聲混成一團。遊廊旁一株丁香樹，飛過的雀兒踩踏著白色的花瓣，在黑夜落了一地。

半個時辰後，梅兒在一片混亂的夢中驚醒過來。她抬頭看著黑乎乎的小屋，屋裡只剩下她一人。那個俊美男人的面孔在眼前一晃而過，就像什麼也沒有發生，像極了一個春夢。梅兒迷迷糊糊站起身，慌亂地跑出去，一邊跑一邊回想剛才小屋裡的事，越想心裡越亂。

她一口氣從側門跑到望月樓門外，西苑街上已是一片火樹銀花，街面上人來人往，車水馬龍。她害怕獨處，便往人堆裡鑽。正瞎逛，被一隻手抓住，「梅兒，你去哪兒？」

梅兒回頭看，見是夏木，心裡一下舒坦了，上去抱住夏木便哭。夏木嚇了一跳，忙問：「梅兒，你怎麼了？」

「剛才看見一隻死耗子，嚇死我了。」梅兒胡亂編排了一句。夏木笑了起來：「嗨，耗子有何可怕。」

「夏木，你在這裡做甚？」梅兒好奇地問道。

「瞧熱鬧唄，」夏木笑著，從腰間的香囊裡抓出一把瓜子，塞給梅兒，壓低聲音道，「翠微姑姑吩咐我在這裡望風。」

「哦，原來這樣，我來和你做伴吧。」梅兒一邊嗑著瓜子，一邊說道，「前幾日明箏姑娘昏迷不醒，咱們姊妹倆連門都沒出過，如今明箏姑娘好了，也該輪到咱們出來耍耍了。」

兩人便聊了起來。

「梅兒，你家裡還有親人嗎？」夏木問道。

「唉，即使有也無處尋了。」梅兒嘆口氣，「我十四歲進宮，父母是收了宮裡銀子的，他們也沒想過讓我這個女兒出宮，又尋他們讓他們再添煩惱，何苦來呢？你呢？夏木，你如何打算？」

「我是孤兒，是翠微姑姑把我養大的，我最大的心願，也是姑姑的心願，便是能夠回到故鄉。」

梅兒嘆口氣，道：「都是苦命人。」

兩人正在門口敘話，突然從街上駛過來一輛四輪馬車。馬車一停，從車上跳下來七八個男人，這些男人個個身形剽悍，腰間佩著劍，只是他們的裝束五花八門，甚是怪異，不像是本地人。

這夥人來勢洶洶地向望月樓走去。門口的兩個姑娘看著這些人神態上帶著煞氣，早已慌了神，求助地跑到夏木身邊，夏木和梅兒不敢耽擱，急忙迎上前。

「各位公子，望月樓的歌舞乃京城裡一絕，」夏木硬著頭皮強擠出一絲微笑，道，「各位公子何不進來一睹風采啊。」

「叫誰公子？」一個凶巴巴的嗓門打斷了她的話。

「各位爺，」夏木急忙改口道，「小奴不識……」

「夏木姑娘？」一個高大的身影從後面走過來，拽開前面的兩人湊到夏木面前，他一把拽下臉上的黑色面巾，露出滿是橫肉的臉。

「和古瑞？」夏木看著面前的男人，有些不敢相信自己的眼睛，那日在東升巷三岔口，明明看見刑部的人帶走了他，可是他如何又會出現在這裡？

「哈哈，有你在便好辦了。」和古瑞說著，上前一把抓住夏木的手臂，道，「夏木姑娘，辛苦妳一趟，帶路找妳們老鴇去。」

夏木驚出一身冷汗，忙說道：「我們姑姑不在，你有事給我說吧，我回頭轉告她。」

和古瑞一聽，回頭向眾人道：「砸了她的破窯子，看她出來不出來。」說著，重新裹上黑色面巾。數條身影從夏木身邊掠過，她也被裹挾著走進望月樓。這些人闖進樓裡，見啥砸啥，只片刻工夫，大廳裡便一片狼藉。樓裡的客人被突然而降的災禍嚇得紛紛四散而逃。這時，翠微姑姑聽到動靜，從樓上氣呼呼地跑下來。

「哪來的狂徒，沒了王法了，這可是天子腳下。」翠微姑姑怒喝道。

「老婆娘，你還認得我吧？」和古瑞把臉上的黑色面巾拽下來，咬牙切齒地叫道，「你可把我害慘了，這個仇不報，我誓不為人。」

「和古瑞？」翠微姑姑驚得幾乎失語，「你不是……不是……」

「不是在牢裡嗎？哈哈，你個臭婆娘，你以為我會死在牢裡……」和古瑞怒吼一聲，狂暴地叫道，「哈，臭婆娘，我如今出來，便是向你討銀子來了。」

翠微姑姑急忙穩住自己，她眼角的餘光掃了眼和古瑞身後的幾個大漢，心裡盤算著怎麼化解。她向夏木遞了個眼色，夏木心知肚明，忙走到和古瑞面前施一禮道：「恭喜公子脫離牢獄之苦，夏木向公子道喜了。」

和古瑞聽見夏木如此說，又見她眉目流盼、溫柔可人的樣子，態度不由也軟了，對著夏木道：「我本不想為難她，只要她肯出銀子。」

「哎喲，好說好說。」翠微姑姑看有轉機，忙上前賠禮道，「公子呀，七夕那日完全是誤會……」

「誤會個屁。」和古瑞蠻橫地道，「若不是你們衝撞我們的馬車，也不會招來刑部的人，別廢話，此次的損失必須包賠。」

「哎喲，你看我這裡哪有值錢的東西呀，不過勉強混碗飯吃。」翠微姑姑一邊哭窮，一邊湊到和古瑞面前伸出一個手指。

「一千兩。」翠微咬咬牙說道。

「十萬兩。」和古瑞打斷她的話，凶惡地盯著她。

「我的天呀，這不是要逼出人命嗎？」翠微姑姑拍著大腿號起來。

「給你三天時間。」和古瑞最後說了一句，視線便轉到夏木身上，夏木一陣緊張，急忙後退了幾步，和古瑞逼上前，道，「夏木姑娘，你可願意跟我去遊玩幾天？」和古瑞說著，一把抓住夏木的手，夏木驚慌地想掙脫，和古瑞身後一個大漢二話不說扛起她便走，夏木在那人的肩上奮力撕打，那人絲毫不為所動，走到外面把她扔到馬車上。

「臭婆娘，三日一到，不送銀子，便撕票。」和古瑞撂下一句，便領著眾人大搖大擺走出去。

「你們……搶人啦……」翠微姑姑和眾姑娘跟著跑出來，只見那輛四輪大馬車一溜煙駛遠了。

這時，從一側跑過來幾個人，梅兒領著蕭天、明箏和盤陽趕過來。翠微姑姑看見蕭天他們從後院跑出來，大為惱火，怒喝著梅兒：「梅兒，妳好糊塗，妳為何帶他們到這裡來，這裡我可以應付。」

「翠微姑姑，我擔心妳吃虧。」梅兒滿心委屈地說道，她剛才看見那幫蒙古漢子砸東西，便偷溜出去，跑到後院向蕭天報信。

「走吧，進來說話吧。」翠微姑姑向四周掃了一眼，急忙招呼蕭天他們走進望月樓。蕭天看著狼藉的大廳，不由緊皺眉頭。

「夏木被和古瑞搶走了，說是拿十萬兩銀子去換。」翠微姑姑怒道，「這個天殺的和古瑞，像從地底下冒出來一樣，這便如何是好？我這裡哪有十萬兩銀呀？」

蕭天緊皺眉頭沉默不語，一旁的明箏沉不住氣了，問道：「蕭大哥，你不是說和古瑞關在刑部大牢嗎？」

「一定是出事了。」蕭天望著窗外，突然對翠微姑姑交代道，「你回後院，囑咐咱們的人這兩日不要出門。我去馬市探查一下，夏木一定會被拉回馬市。」

「我也去。」明箏立刻上前道。

「帶上我吧，給你們望個風。」盤陽也走出來道。

翠微姑姑拉著蕭天走到一旁，壓低聲音道：「夏木的兩個哥哥都在檀谷峪保衛老狐王戰死了，她是家裡唯一的血脈，你無論如何要把她帶回來。」

蕭天點頭道：「我早有意去他們的老巢看看了，你放心吧。」

六

四輪馬車避過大街和人多的路面，專揀僻街小巷，一路揚鞭策馬疾駛。車裡擠著五個人，夏木被綁了雙手，嘴裡塞進一團布坐在中間。她一旁坐著和古瑞，他早已扔下面巾，脫去喬裝的狹窄漢服，露出裡面蒙古袍子，他一邊擦臉上的汗，一邊安慰夏木：「美人，別怕，只要那個臭婆娘交了銀子，我便放了你。」

「和古瑞，幫主若是回來，問起了咱們怎麼說？」對面一個寬臉的漢子問道，「幫主可是嚴禁咱們出門呀。」

「怕什麼？我叔父回阿爾可還要幾日呢，」和古瑞臉上橫肉一抖，「對付這般漢人就得這樣，我在牢裡不能白受一場罪。沒事，一切有我呢。」

聽和古瑞這麼說，幾個漢子也不再追問。馬車拐入東陽街，馬市的大門便在前面。和古瑞從車窗往外看，四周一片漆黑，院子裡異常安靜。他探出頭對前面駕車的人道：「快，下去開門。」

從車上跳下兩個人，跑到大門前去推大門，馬車很快駛進院裡。

突然，院子裡亮起火把，火燭把大院照得亮如白晝，幾個身著蒙古袍子、肩背弓箭的大漢呈扇形站在院中，乞顏烈像一頭被激怒的獅子站在正中間，怒視著他們。他手握一根長鞭，馬車剛一停穩，乞顏烈的長鞭帶著呼呼風聲，便打了過來。

和古瑞從車裡看見乞顏烈站在院中，嚇得腿亂抖，心裡一陣叫苦，不是說好去阿爾可草原搬救兵嗎，如何不到三日便回來了？行蹤已暴露，更不敢讓叔父看見車上還有女人，只好對夏木小聲道：「你待在這裡，別動。」

夏木瞪著眼睛直搖頭，和古瑞拽著她把她塞進座下，方跳下馬車。其他六人已齊刷刷跪倒在地，和古瑞的腳剛挨著地面，「嗖」一聲，從空中劃過一道黑影，和古瑞慘叫一聲，摔倒在地。和古瑞慘叫連連，一邊左右滾躲著長鞭，一邊向乞顏烈爭辯道：「叔父，我也是想彌補咱們的損失，望月樓那老鴇有錢，我想……」

「你個蠢貨！」乞顏烈怒斥一聲，手腕抖動，長鞭帶著風聲又向和古瑞掃了過來，一鞭快過一鞭，「你還狡辯，我義子費多大勁才把你從牢裡撈出來，你這邊的屁股還沒擦乾淨，又出去惹事。」

「叔父，我出去是喬裝，沒人認出來。」和古瑞委屈地說。

「你……氣死我了……」乞顏烈揮鞭子甩了出去，「你跑到望月樓那種地方，是嫌沒有人知道你出來了？你個蠢貨，你要害死我義子了。」

「叔父，你心裡只有你那個義子，」和古瑞不服氣地站起身，也不再躲避鞭子，怒氣衝衝地道，「一口一個你的義子，好像這天下只有他，所有的功勞都是他一個人的。叔父，你別忘了，我才和你血脈相連，他不過是個被你收養的漢人。」

乞顏烈被氣得差點吐血，他捂住胸口劇烈地咳著，心裡無限悲哀。不錯，和古瑞是他一族血脈，但是，這樣一個混人如何與寧騎城相比，論武藝、智謀、意志，他連寧騎城的皮毛都不如。若不是從小把他養大，又把他養母挾持在身邊，這樣一個強大的漢人，他們如何能對付得了。

乞顏烈知道和古瑞沒有壞心眼，只不過太蠢，便嘆口氣道：「和古瑞，不讓你出門，是不想刑部的人再把你抓進大牢。」乞顏烈抬起頭，看見那幾個人都還跪著，便向他們招招手，道：「都起來吧，明日你們護送和古瑞回阿爾可吧。」

「叔父，我不回去。」和古瑞突然跪下來，梗著脖子叫道，「我要將功補過，我知道叔父要搶鑫福通，算我一個，怕死便不是和古瑞。」

「閉嘴！」乞顏烈怒喝一聲，又劇烈地咳起來，他一隻手撫著胸口，氣得說不出話，半天才嘶啞著嗓音道，「你閉嘴，你個蠢貨，我乞顏烈如何會有你這樣一個後代，真是氣死我了，你要讓全城的人都知道嗎？」乞顏烈對身後的幾個大漢吩咐道，「把他關起來，沒有我的允許，誰也不能放他出來。」幾個大漢走過來按住和古瑞，和古瑞掙扎著，十分不服氣。

「幫主，」寬臉漢子突然上前一步，道，「剛才和古瑞從望月樓帶回一個姑娘，如何處置？」

「什麼？你為何不早說？」乞顏烈一聽此言，臉色都變了，「那還能留嗎？拉出去埋了。」

乞顏烈大步跑到馬車前，寬臉漢子和另兩人提前一步上了馬車，裡面哪還有人影，只見地板上扔著一卷繩索，乞顏烈怒不可遏地抓住寬臉漢子的衣領問道：「人呢？」

寬臉漢子一驚，臉上瞬間變了顏色：「這……明明在車上啊。」

另一個漢子說道：「她一個女子，即便跑也不會跑多遠，咱們快去追吧。」乞顏烈氣得心口劇痛，剛才只顧教訓和古瑞了，根本沒有留意馬車，再加上大門也沒有上鎖，他回頭向身後一招手，吩咐道：「你們騎馬沿著這條路追，找到後不要留下活口，快去吧。」十幾個人紛紛向馬廄跑去，不一會兒，十幾匹快馬從馬車前飛馳而過，出了大門分成兩隊，向左右兩個方向馳去。

院子裡，剩下的人跟著乞顏烈向裡面走去，火把一撤，院子裡暗了下來。

寬臉漢子走到馬車前，準備拉著馬去馬廄，一想到剛才那位姑娘，他便很奇怪，圍著馬車轉了一圈，兩匹馬不安分地踏著地面。這時他發現車轅旁多出一塊黑影，月光正照在頭上，他慢慢走近，看見那個黑影在瑟瑟發抖。

「出來，快出來。」寬臉漢子說著彎腰鑽進車下，一把抓住那個人的衣衫欲從車底下拉出來。

「求你放了我吧。」夏木哀求道。

「原來你躲在這裡！跟我走！」寬臉漢子正要強行拉走夏木，突然從身後暗影裡躥出一個黑影，一腳踹到他太陽穴，寬臉漢子鼻孔裡哼了一聲，便一頭倒到地上。

夏木驚慌地抬起頭，臉上又驚又喜。蕭天示意她不要出聲，接著暗影裡又跑出兩人，明箏和盤陽一把拉住夏木，四人飛快地跑到圍牆邊的暗影裡。

蕭天看著三人道：「盤陽，你和明箏護送夏木回去，小心不要撞到蒙古人馬隊，繞道走。」

「蕭大哥，你呢？」明箏不放心地問。

「剛才在牆頭上聽到和古瑞說，他們要搶鑫福通，不知道他們又在密謀什麼，我過去探查清楚。」蕭天抬頭環視整個院子，又說道，「這個院子很大，藏身的地方很多，你們放心吧。」

盤陽和明箏點點頭，蕭天手扶圍牆搭成人梯，回頭對三人道：「你們動作快點。」盤陽和明箏身上都有功夫，只有夏木不懂武功，此時看見要從蕭天身上上去，早已有些頭重腳輕站立不住。

盤陽上前架住夏木從蕭天身上踏了幾步上到牆頭，明箏也踏著蕭天的背上到牆頭。蕭天見三人站到牆頭上，便放心地離開圍牆，潛入黑夜裡。

和古瑞被綁了雙手，一臉委屈地慢騰騰地向後院走著，押他的兩個人不時催他，和古瑞回頭張望：「急什麼，我要見我叔父，我有話說。」

不多時，乞顏烈領著眾人大步走來，看見半道上的和古瑞，怒斥幾個押送的漢子道：「你們磨磨嘰嘰幹什麼？」

「叔父，你聽我說，你再給我一次機會吧，」和古瑞哭喪著臉道，「我想立功贖罪。」

「立功？」乞顏烈冷冷地看著他，鼻孔裡哼了一聲，「就因為你今天的膽大妄為，已打亂了我所有部署。」乞顏烈走近他，惡狠狠地說道，「如果今夜找不到你綁來的那個女人，明天就必須送你出城，如果讓刑部的人找到你，麻煩便大了。你要知道，這是大明的京城，不是你撒歡的草原。」

「那個女人……跑了？」和古瑞很驚訝。

乞顏烈氣得一腳踹到和古瑞腿上，氣呼呼地領著眾人向後院的幾間廂房走去。乞顏烈直接走進正中的堂屋，身後的人呼啦啦跟著走進來。早已有人上前點燃燈燭，堂上明亮起來，眾人逐一落座。

「幫主，咱黑鷹幫五大金剛都已到齊，你有何吩咐，儘管講來。」其中一個黑臉大漢說道，他是五大金剛中最年長的，叫慶格爾泰。

「不瞞眾位，」乞顏烈嘆口氣，臉色依然難看，他被姪兒和古瑞氣得焦躁不安，連說話都氣喘，「是，是這樣，前些日子接到咱們瓦剌部落首領也先的口信，讓咱們在京師為大軍入關做準備。但是出師不利，花費鉅資交易的弓箭盾甲被刑部繳獲，據暗樁來報，這批兵器被兵部的人接收，拉到了北大營，真是豈有此理！再去搶回來，也不太可能，北大營是大明精銳所在。」乞顏烈嘆口氣，接著說道，「也先在關外，急需這些兵器，咱們身為瓦剌人，定要為部族出一份力。我此次招你們進京，便是為這事，不得不冒險搶王振的藏寶地，搶來銀兩再交易兵器。」

「幫主，沒啥說的，做吧。」五大金剛之首查干巴拉急不可耐地說道，他雖身形瘦小，卻看上去精明強幹。

「讓這個畜生一攪和，恐怕要提前了。」乞顏烈站起身，在座前踱了幾步，果斷地說道，「那便定在兩日後，我義子會暗中探明錢莊的虛實，找到藏銀地，咱們攻進去，速戰速決。你們回去後各自準備，咱黑鷹幫也不是吃素的。」

「幫主，你那個義子，可靠嗎？聽說是個漢人？」查干巴拉問道。

「你們不可小看他，說出他的大號怕嚇住你們。」乞顏烈壓低聲音道，「寧騎城聽說過嗎？」

「是……那個錦衣衛指揮使？」查干巴拉瞪著眼睛，繃住了嘴巴。

「他會探明鑫福通藏銀地，你們還有疑慮嗎？」乞顏烈問道。幾個人點點頭，不再疑慮。

「幫主，放心。」五大金剛排行老二的賽罕得意地道，「火蒺藜我準備了十個，哈哈哈。」

「好，」乞顏烈終於露出了笑臉，「賽罕，這次可是展示你手藝的時候了，哈哈。」

眾人一起跟著笑起來，突然慶格爾泰站起身道：「我聽見馬蹄聲，是不是他們回來了？」

「走，出去看看。」乞顏烈率眾人向前院走去。

這時，大門已打開，幾匹馬奔進來，其中一匹直接行到乞顏烈面前，一個人翻身下馬道：「幫主，在外面逮到一個可疑之人。」

「哦？那個女人找到沒有？」乞顏烈一邊往外走，一邊問道。

「回幫主，我們這一隊沒發現那個女人。」在門外兩個人扭住一個戴斗笠的男人，那個男人一邊扭動身體，一邊大叫：「放了我，我什麼也沒偷。」

「想偷東西？」乞顏烈一把打掉那人的斗笠，借著身後火把的亮光，看見眼前的男人只有一條胳膊，甚是眼熟，片刻後他想起來：「是你？咱倆還真是冤家路窄，上次讓你跑了，這次你可是自投羅網。」

被綁的獨臂男人也認出乞顏烈，眼裡閃爍著詭異的光。

「說，你在這裡想幹什麼？」

「說實話，你能放了我嗎？」陳四低著頭，嘴角擠出一絲狡黠的笑。

「你說。」

「偷馬。」

乞顏烈一聽，一腳踹到陳四的胸口，對身後的人道：「拉出去，埋了。」

第二十章　鑫福錢莊

一

翌日巳時，趙府管家陳順迎來兩位神祕的來客，兩人身著便袍一前一後從大門走進來，直接被陳順請到老爺的書房。趙源杰看見他們從遊廊走來，急忙走出去相迎：「于兄、張兄，快，裡面請。」

三人依次在太師椅上落座，陳順差僕役端來茶水。陳順看三人神情嚴峻，知道他們有要事相商，不敢停留，匆忙退下。「陳順，你到門口看著點。」趙源杰不放心地叮囑道。

「是，老爺。」陳順應了一聲，悄然退下。

「于兄、張兄，事情已經查明。」趙源杰直奔主題，看著于謙和張雲通道，「仵作能夠肯定，那具屍體不是和古瑞。昨日牢頭高福甲告訴我一件事，前幾日有個犯人暴病身亡，是高福甲驗了屍才拉走的，因此有印象，他在案卷上查到此人，因卷宗上沒有親屬的紀錄，只能暫放在停屍房，本想次日交與仵作送到亂墳崗埋了，但是次日那具屍體不見了。」

于謙和張雲通對視一眼，兩人神情憂鬱，都有些急火攻心。于謙道：「如果和古瑞被換掉，僅憑咱們一面之詞，真相難以澄清，畢竟缺少證據，而蒙古使團已向禮部上疏要人，如今的局面太被動了。」

「他們這次出手，讓咱們猝不及防，手段太高了。」趙源杰道。

「和古瑞是此案中唯一的當事人，他已消失，」張雲通嘆口氣道，「恐怕又要不了了之了。」

于謙皺著眉頭，他身形單薄，在獄中久失調養的身子還未恢復，仍面帶病容，他自責道：「此事是我大意了，本以為進入刑部大牢由源杰看管，比較放心，沒想到王振的觸角已經滲透到朝堂的各個地方，讓人防不勝防。今後咱們做事必須事必躬親，不可盲目信任下屬。」

「是我的錯。」趙源杰低下頭，陷入深深的自責，「兄長教訓得極是。」

「還有一個情況，」于謙從衣襟裡取出一封信件，他舉著信說道，「我得到密報，王瑞慶在河南忽患惡疾暴亡。王瑞慶正值盛年，死得如此蹊蹺，剛好在蒙古商隊私運兵器的事爆出來之後，只有一個解釋，有人要滅口。」于謙舔了下乾澀的嘴唇，看著無比震驚的趙源杰和張雲通，「如今王振兩頭出擊，明日或最晚是後天，河南的奏章便會到達朝廷，這樣一來，順理成章地換了賑災的大臣，這是王振給咱們挖的一個深坑。」

「太惡毒了，朝廷大員竟然被他們視若蚍蜉！」張雲通氣得猛擊一下大腿。

「怪不得這兩日早朝，朝堂上突然口徑出奇一致，不管是哪個陣營都要求換賑災大臣。」趙源杰恍然大悟道。

「如今王瑞慶已死，陳文君貪腐案已查實，即使不能換也得換了。咱們總不能再上疏求皇上不要換了。可是一旦換了賑災大臣，豈不是替王振他們背了黑鍋，那三十萬兩銀子便成了新上任大臣的奪命銀了。」

「真沒有想到他們竟如此下作，」趙源杰拍案而起，震得桌面上茶盞「叮噹」響，「為一己私利，竟置百萬災民於不顧。」

「現如今被逼入死胡同，只能做殊死一搏了，癥結所在，便是那三十萬兩銀子。」于謙扭頭凝視趙源杰，臉上盡顯焦慮之色，「源杰，還沒有蕭幫主的信嗎？」

「沒有。」趙源杰搖搖頭。

「只聽你們說蕭幫主如何，哪天也給我引見一下。」張雲通滿是好奇地說道。正說話間，陳順突然推門進來：「老爺，門外來了一個孩子，說叫小六，給你捎信，非要見你面。」

「哦？」趙源杰先是一愣，思忖片刻，想起來上仙閣那個機靈的小夥計叫小六，想到這兒他激動地站起身，對陳順道，「快，請他進來。」

一盞茶工夫，陳順領著小六走進來。小六走進來看見裡面坐著三個人，想到幫主對自己的叮囑，他仰著脖子道：「我只見趙源杰，趙大人。」

趙源杰早已站起身，笑著說道：「我便是，這兩位也是你蕭幫主的朋友，你只管講來，不妨事。」

小六警惕地掃視了屋裡另外兩個人，聽趙源杰如此說，便放下心，從衣襟裡掏出一封信交給趙源杰，說道：「幫主說，讓你看完信，回個話，我再回。」

「好孩子。」趙源杰歡喜地摸了下小六的腦袋，回頭叫陳順，「快帶小六到正堂吃些果子去。」

陳順領著小六退下後，三個人都神情激動地盯著那封信。

趙源杰急忙展開那封信，匆匆看了一眼，迅速交給于謙，于謙看後又交給張雲通。信上說了三件事，第一件看見和古瑞！第二件馬市是黑鷹幫的據點，寧騎城有可能是黑鷹幫門下弟子！第三件黑鷹幫正密謀八月初一搶劫鑫福通錢莊。

三人看完信交換著眼色，不由面面相覷。這封信極其簡練，但蘊含的資訊量卻大得驚人，三人竟一時啞口無言。

靜默片刻，趙源杰第一個打破沉默道：「和古瑞現身，說明剛才咱們的推測是對的，他被犯人的屍身換下。可是這寧騎城是黑鷹幫的人卻是出乎意料，黑鷹幫為何要去搶鑫福通呢？」

張雲通拿著信箋皺起眉頭：「這個蕭幫主想告訴咱們什麼呢？」

于謙低著頭坐在椅上蹙眉沉思。過了片刻，他突然眉頭一揚，大聲說道：「太好了，一切都迎刃而解。」于謙興奮地站起身，走到張雲通面前拿過那封信，對他們兩人說道：「信上這三件事，看上去不相關，其實是緊密相連的。剛才源杰說得不錯，和古瑞被調包救出了刑部大牢，但是誰會有如此手段，而且又有這個動機呢？只有寧騎城。若蕭幫主判定得不錯，寧騎城是黑鷹幫的人，他必會去救這個蒙古人。那麼，這第三件，便是重中之重。關於黑鷹幫，我也是從遼東守將口中聽說的，黑鷹幫是草原上最大一個幫派，黑鷹幫的前身便是前朝大元的流亡皇族，與當今的瓦剌有血緣聯姻關係。這也是為何這些蒙古人要私運兵器，定是與關外有聯繫。上次刑部繳獲了那批兵器，他們肯定不會善罷甘休。搶劫鑫福通錢莊，是他們一定得到了密報。」于謙看著他倆，壓低聲音道，「咱們別忘了寧騎城是王振的心腹，他很可能知道王振的藏銀地。」

「難不成王振的藏銀地便是這個鑫福通錢莊？」趙源杰瞪大眼睛，聽于謙這麼一梳理，他才恍然大悟。

「蕭幫主幹得漂亮，查明了這三件事。」于謙雙眸放光，看著他倆道，「咱們才有了扭轉危局的轉機。」

「于兄的意思是……」張雲通望著于謙。于謙點點頭，對趙源杰道：「源杰取筆墨，給蕭幫主回話。」

趙源杰急忙走到書案前，鋪開一張宣紙，于謙走過去拿起筆，說道，「此乃天作之合，在黑鷹幫動手之前，咱們奪到銀子，有黑鷹幫做替罪羊，應無後患。」于謙在紙上飛快地寫下兩行字。

趙源杰面露欣喜：「于兄，若是蕭幫主奪銀成功，這賑災的銀子豈不是有著落了。」

「善哉善哉呀，」張雲通也站起身，說道，「咱們可以商議新的賑災大臣了，此次肯定沒人反駁。」

「是。」于謙終於露出笑臉，道，「此差張兄最合適不過，再加上禮部的蘇通，皇上定會恩准，到時以張兄的才幹，此番大災之年定會平安度過。」

「好，我願擔當此任，只是千斤重擔是在蕭幫主那裡，」張雲通喜悅過後，又多出一份擔憂，「他們能……」

「以我對蕭幫主的了解，」于謙笑道，「難道鑫福通比詔獄還堅固，詔獄他們都劫了。」

「原來那幫流匪是他們。」張雲通大笑，一邊直搖頭。

「兵部和刑部都不會袖手旁觀，」于謙道，「源杰，你提前把所有捕頭、衙役集結好，等著八月初一，對付黑鷹幫便行了。一定要提防著東廠和錦衣衛。」

三人重新坐下，又商議了片刻，便叫來小六，把信折好交給他。小六把信塞進衣襟裡，向三位大人鞠躬後，退了出去。

二

小六懷揣著信箋一路疾走。自那日和古瑞帶人大鬧望月樓後，望月樓歇業兩日，後又重新開張。而進入後院的側門被封死，需繞到後街上一個不起眼的鐵匠鋪裡，從鐵匠鋪進到院裡，有一個小木門，是望月樓後院的側門。

小六叩了三下木門，給他開門的是林棲，林棲一看見他便罵道：「臭小子，又玩去了，送封信要半日。」

「我沒玩。」小六不客氣地懟了一句，走進木門。

「臭小子。」林棲拍了下他腦殼，急忙鎖死木門，轉身領著他向小院的正房走去，「大家都在等著你呢。」

「我真沒玩。」小六梗著脖子抱屈道。

盤陽站在正房門前，看見林棲領著小六回來，急忙跑屋裡回稟。屋裡坐著蕭天、明箏、翠微姑姑和李漠帆，眾人等得焦心，聽到盤陽說小六回來了，都鬆一口氣。

小六直接把信遞給蕭天，蕭天接過信，微笑著望著小六道：「好小子，差辦得不錯，下月等你爹跑鏢回來，我一定在他面前好好誇誇你。」

「謝幫主。」小六喜出望外地說道。

「去玩吧。」蕭天在小六走後，打開信箋，匆匆過目後，拿到燭臺前燃了，座上幾人目光盯著他，急切地等他開口。蕭天微微一笑，道：「果然與我預料的一樣。讓咱們在黑鷹幫動手前動手，有黑鷹幫做擋箭牌，勝算很大。」翠微姑姑陷入沉思，一臉陰鬱，思忖了半晌還是決定一吐為快：「蕭幫主，我還是那句話，你我遠在江湖，為何要為朝堂中人所用，為他們賣命？別忘了咱們都是官府通緝之人。」

「此話差矣。」蕭天站起身，眺望窗外，「你我雖遠在江湖，但仍是大明臣民，覆巢之下安有完卵，何況關係到百萬災民之生機。于謙和趙源杰皆為朝中忠正良臣，他們用心良苦要力挽狂瀾，雖然朝中閹人把持朝政，但我相信，天地存正氣，終將邪不壓正，奸邪只能逞一時之歡，而無長久之理。」蕭天環視眾人，接著說道，「此番與他們聯手，以興龍幫之名解賑災燃眉之急，於百姓、於朝廷都是好事一樁，而且還能借機敲打王振，此次是咱們與朝中大臣一起聯合對付王振，為何不做？再者，如果咱們能助于謙和趙源杰這些朝中大臣奪回朝綱，肅清閹人，還大明一個清明的天下，那我們日日所盼的昭雪之日豈不是近在咫尺？」

蕭天句句中肯的一番說辭，讓翠微姑姑深為感動，她雙眼噙淚，頻頻點頭，在座的眾人也頻頻點頭，不再有疑慮。

蕭天接著說道：「此番行動不需要太多人手，但需要嚴守機密。此事不可讓白蓮會的人參與，因此對柳眉之要避之。在座的人中除了翠微姑姑，她要到前院料理望月樓便不參與了，其餘人全部參與咱們這次行動。」

「只……只……咱們這幾個人？」盤陽不安地盯著蕭天。

「有人幫咱們。」蕭天一笑道，「這兩日夜裡我派林棲一直祕密跟蹤寧騎城，寧騎城已把鑫福通錢莊探查清楚，咱們只需跟著他便是。」

在座的人皆驚訝不已。看到大家疑惑的目光，蕭天便把自己多日跟蹤寧騎城得出的結論說了出來：「寧騎城雖是王振的心腹，是那個閹人的乾兒，但是他還有另一重身分，就是黑鷹幫的門下弟子，想想他奇詭的武功和謎一般的身世，不難發現他身上的疑點。此次刑部大牢和古瑞被調包救走，定是寧騎城所為。刑部大牢雖不及詔獄森嚴，要做到不為人知卻不易，論輕功絕技也只有他有這個能力。」

「還記得那次在虎口坡的遭遇嗎？」蕭天看著林棲和盤陽接著說道，「當時在錦衣衛裡便混有幾個蒙古人。前日在馬市救出夏木姑娘後，我便潛入後院，趴在屋脊之上，聽到他們所有談話。這才確定馬市是黑鷹幫的據點，而寧騎城竟然是乞顏烈的義子。」

眾人恍然大悟，李漠帆問道：「黑鷹幫？我如何沒有聽說過？」

蕭天扭頭看著明箏，微微一笑道：「明箏，你給大家講講黑鷹幫。」明箏聽蕭天讓她講黑鷹幫，便把剛才聽得雲裡霧裡的一番話放到腦後，她大病初癒，有些事她沒有參與，所以聽起來吃力。要講黑鷹幫，她信手拈來：「《天門山錄》中記載，黑鷹幫是草原最大的幫派，現在的幫主叫乞顏烈，是前朝大元逃亡的皇族後裔，出生在瓦剌部族。黑鷹幫幫主之下，是五大金剛。每個金剛都統領一支由蒙古勇士組成的剽悍的隊伍，現如今人數是謎。黑鷹幫入會時必發血誓，『滅明復元』是他們的誓言。」

在座的眾人聽完不由瞠目結舌，他們望著蕭天等著他的下文。

「京師看上去一派繁華，但繁華的背後卻是危機重重。」蕭天接著說道，「與黑鷹幫勾結的人是也先，他在關外對大明虎視眈眈。黑鷹幫急於搶劫銀子，便是要解也先之急，購買弓箭盾甲。因此絕不能讓他們得逞。黑鷹幫在朝中安插到王振身邊的寧騎城，這次倒是幫了咱們大忙了。」

「幫主，你這麼一說，我算是明白了，」李漠帆笑起來，「咱們等於是撿了個便宜，那個寧騎城把咱們要幹的事幹了一半，他從王振處探明了藏銀地，咱們只要神不知鬼不覺地提前搶過來便行了。」

蕭天一拍李漠帆肩膀，笑道：「老李，你總算聰明了一回。」屋裡的氣氛瞬間活躍起來，大家紛紛笑起來。

「八月初一，不就是明天嗎？」盤陽突然想起來。

「是，黑鷹幫明日動手，」蕭天皺起眉頭，說道，「咱們只知道他們動手的時間，現在還不能確定他們用何種方法攻進去，用何種方法運銀子。今夜咱們還要守在鑫福通。聽林棲說，在鑫福通碰見咱們的老熟人孫啟遠了，他如今駐守鑫福通負責守衛。與鑫福通相鄰的一戶宅子是個米行，咱們已經祕密高價盤下。白天不宜進出，天一黑全部從圍牆翻入，不要從正門進，以免引起注意。還有，這個米行的夥計還是原先的人，避免與他們照面。」眾人點點頭，不再有異議。

「幫主，若是柳眉之問起來，這裡的人去哪兒了，如何回答？」李漠帆突然說道，「這些日子，柳眉之總愛與我套近乎，還拐彎抹角問這問那，似乎與梅兒姑娘打得火熱，經常一起出門。卻對我說，帶著梅兒出門是假扮夫妻，避人耳目，真真假假的說不清楚。」

「哦？」蕭天擰眉思忖片刻，道，「柳眉之是白蓮會的堂主，咱們還是要以禮相待，但是有關咱們的事，他知道的越少越好。如今困在京城，還是要提醒他注意安全。他若問起咱們的行蹤，便說是興龍幫每年一度的祭祖大會在即，都在準備。」

「這是個好藉口。」李漠帆點點頭，笑道，「還是幫主鬼點子多，不……不是，是想得周全。」

眾人都笑起來，紛紛起身，各自準備去了。

三

山陽街在京城的西南角，並非繁華的鬧市，卻因幾家著名的錢莊而聞名，後來又聚起幾家錢莊。錢莊一多，緊跟之後便來了幾家鏢行，然後酒肆、油坊、米麵行也成堆傍在這裡，漸漸熱鬧起來，號稱京師的金銀大道。這條街僅錢莊便有日日昌、天成銀號、寶豐銀號等等，鑫福通在這裡並不顯眼，因門面小，很多人並不知道。

酉時已過，山陽街上的酒肆早早掌燈迎客。街上車水馬龍，人流如織。在人流中由北面悠然過來兩騎，皆是富家公子的打扮，錦袍玉帶，腰佩寶劍。兩人在一個酒肆前下馬，抬頭看著酒肆門頭上的匾額，上書「積香居」三字。門前小夥計忙迎上前，牽過馬打著招呼：「兩位公子爺，快裡面請。」

蕭天抬頭看了眼樓上，問小夥計：「可有視線好的座位，好一邊飲酒，一邊賞京城美景。」

「有啊，公子爺是從外地來吧，」小夥計歡喜地說道，「你可是選對了地方，二樓靠北邊，不僅視線極好，而且涼快舒適。」

蕭天和明箏跟著小夥計走進酒肆，一樓也坐了不少人，兩人直接跟著夥計走上樓梯。到了樓上，明箏不由啞然失笑，二樓基本只是搭了個屋簷，連門窗都沒有，倒是真涼快。不過這裡視線極好，向北面可以看見一片商鋪屋宇，樓上也沒有幾個客人，正合兩人心意。

「小二，揀你們店裡最有特色的小菜上四盤，再上一壺清酒，去吧。」蕭天叫住小夥計吩咐道。小夥計高興地應了一聲，便「噔噔」跑下樓去了。

蕭天和明箏靠著木欄在一個方桌前坐下，蕭天指著一旁一片屋宇，壓低聲音說道：「那便是鑫福通，咱們坐在這裡可以看見全貌，你看它門面雖只有三間，卻是個三進的院子。幫裡兄弟已探明，鑫福通的掌櫃姓王，據我推測定是王振的親戚，不然他不會放心把銀子存在這裡。」

「這麼深的院子，咱們怎麼找呀？」明箏盯著那片黑壓壓的屋宇犯了難。

「三進的院子，布局卻很古怪。」蕭天壓低聲音道，「林棲曾經夜探過一次，他說，第一進院子是錢莊和五間廂房，應該是住著帳房管事等錢莊裡的人。最古怪的便是第二進院子，從垂花門便設有崗哨，有守衛輪值，日夜交替不斷。而第二進院子左右兩側是馬廄，中間是一座藏書樓，這座藏書樓竟然要守衛日夜輪值看守，豈是藏區區幾本書嗎？定是有蹊蹺。」

「那第三進院子呢？」明箏好奇地問道。

「住著女眷。」蕭天道，「咱們此次重點是去看藏書樓。」

這時，小夥計端著木盤走過來，把幾樣葷素搭配的菜肴放到桌上，把一壺酒和兩個酒盅放好，便笑著退了下去。

蕭天給明箏面前的酒盅斟上酒，明箏直搖頭，叫道：「蕭大哥，這都火燒眉毛了，你還有心情喝酒？」

「今日這酒必須喝，我要告訴你個好消息。」蕭天給自個兒也斟上酒，「小六帶回趙大人的那封信裡，在末尾附有一句話：得密報王瑞慶患惡疾暴亡。」蕭天看著明箏，道，「咱不管王瑞慶是怎麼死的，是被王振滅口還是真有病，他如今的下場，是大快人心，足以告慰你父母的亡靈了。」

「工部尚書王瑞慶？」明箏驚愕地問道，「就是原先我父親手下的司務，後來聯合王振構陷我父親的那個王瑞慶？」

蕭天點點頭：「正是他。」

明箏眼裡透出淚光，她低下頭沉吟片刻道：「看來天道還是公正的。」她迅速抹去眼裡的淚，「如今困在城裡，若不然我定要到父母墳頭上香，告訴他們這個好消息。」

「不急，等咱們幹掉了王振，一同報喜。」蕭天說道。

明箏點點頭，喜悅地望著蕭天道：「蕭大哥，會有這一天嗎？」

「會有這一天的。」蕭天深邃的目光變得堅定，「因為天道昭彰，善惡皆有報。」

明箏點點頭，眼裡閃著淚光，舉起酒盅一飲而盡。明箏飲完又要斟滿，蕭天奪下酒壺，道：「你只許喝一盅，不然醉了，會誤事。」

「這是清酒，又不是烈酒，不礙事。」明箏去奪酒壺，被蕭天按住，他望著那一片黑壓壓的屋宇道：「一會兒，還要翻牆，我可管不了你。」

「我只是喝酒壯膽，我心裡……」明箏看著蕭天，說出心裡話，「我此次心裡一點底都沒有，蕭大哥，你為何一點也不緊張？」

蕭天淡淡一笑，道：「我心裡有底，咱們這次只需牢牢盯住寧騎城便成功了一半。放心吧，此時焦心的不僅是咱們。多吃點，咱們估計要蹲守一夜了。」

半個時辰後，蕭天和明箏離開積香居，牽著馬走到街市上。此時街上夜市已休，很多店鋪都打烊了。兩人把馬匹拴到一個不起眼的油坊前面，街面與油坊有處斷牆相隔，牆裡堆滿柴塊。這家油坊也已打烊。兩人走到牆後暗影裡，迅速把身上的綢袍脫下來，露出裡面的夜行衣。蕭天把綢袍塞進馬鞍旁褡褳裡，便和明箏迅速離開了油坊，鑽進一旁的小巷子。

這一片的巷子呈「井」字形布局，明箏跟著蕭天走了一會兒便轉迷糊了，正待要問，便看見蕭天向她招手。兩人蹲到一處高大的圍牆下，圍牆旁是棵大榆樹，蕭天對明箏道：「應該是這裡，正好有棵樹，我先上去。」

蕭天抱住樹幹，「噌噌」幾下，便上到樹杈上，低下頭去看明箏，明箏卻不見了。

「喂，你在看什麼？」在一旁樹杈上，明箏得意地向蕭天揮手，有意顯擺不用他幫忙，她照樣能爬上來。

蕭天一愣，回頭一看，明箏已爬到離他不遠的枝杈上。但是那根枝杈似乎經不住她的重量，開始晃動起來，蕭天急了，壓低聲音道：「沒讓妳上來，快下去，妳在下面望風即可。」

「又讓我望風？我爬樹很在行的。」明箏總想在蕭天面前露一手，便又往上爬了幾下，「蕭大哥，為何不用飛天翼，用它豈不是看得更周全？」明箏想到那次掛在飛天翼上的神奇經歷，很是嚮往。

「此物乃狐族至寶，不到萬不得已，不會用。」蕭天道。

「我看狐族人很聽你的，」明箏側頭問道：「為何？」

「我也算是個狐族人。」蕭天輕描淡寫地回了一句。

「為何？」明箏心下一驚，略一分神，雙手有所鬆動，身體不由「刺刺」地往下滑，蕭天一看，忙伸出手臂，但晚了片刻，明箏急速往下墜落，耳邊聽見「咔嚓」一聲，明箏身體失去重心，落了下去。明箏從樹上沒跌到牆外，卻跌到院牆裡面，先是重重地摔到屋頂上，然後「咔嚓嚓」一陣響，身體又從屋脊掉進黑乎乎的屋裡，摔到一堆麥秸上。明箏強忍著身上的痛，掙扎著坐起身，屋裡嗆人的牲畜糞便的臭氣使她狂打了幾個噴嚏，她急忙捂住嘴，但她的動靜已經驚擾了這裡的寧靜，她面前突然湊上來幾張黑乎乎的臉，把她嚇得失聲叫了起來。

突然，一隻手捂住她的嘴，蕭天的聲音在頭頂響起：「別叫了，驚到馬了。」明箏沒想到蕭天隨著她落了下來。過了片刻，明箏這才看清，她面前站著三匹馬。蕭天一把拉起她，看了看她的腿，問道：「沒事吧，妳不是挺能爬樹的嗎？」

「誰沒有失手的時候？」明箏狼狽地揉了揉膝蓋，不好意思地問道，「都怨我，這可怎麼上去呀？」

「既然進來了，便不能空著手回去。」蕭天低聲說著，隱在馬廄的石槽內向外查看。

「蕭大哥，這裡既是馬廄，那咱們便是掉進了第二進院子了？」明箏向前走了兩步，手伸到木柵門，剛要去推門，被蕭天一把拉回來。

與此同時，一隊家丁從回廊走過來，其中一個家丁手提一盞宮燈在前面照著路，昏黃的燭光照亮了那一隊家丁，他們皆是身穿甲冑，腰佩寶刀，有十幾個人，其中打頭的那人眉眼有些熟悉。

黑暗中明箏一眼便認出來：「是孫啟遠。」蕭天一把捂住明箏的嘴，在她耳邊「噓」了一聲，示意她不要說話，兩人蹲下身，藏進石槽下面。清亮的月光下，孫啟遠一身甲冑領著一隊家丁走過來，他走到一排馬廄前，嘟囔了一句：「這些馬真他媽的精神，老子都困成這樣了，瞧瞧它們。」

「頭兒，馬可不就這樣嘛，要不怎麼能日行千里呢？」其中一個隨從對孫啟遠說道。

「幾更了？」孫啟遠問道。

「聽見才敲過二更。」

「好，再守一個更便交值了。」孫啟遠回過頭，對身後的隊伍大聲道，「都精神著點，瞪大眼睛。」

一隊人沿著中間碎石小徑向裡面走去，再往前便是一幢雕梁畫棟、吊著飛簷的三層木樓。月光下可以看見一個匾額，上書「藏書閣」三字。這隊家丁走到藏書閣前，繞著樓走去，漸漸消失在木樓後面。

明箏看那隊家丁走遠，從石槽裡抬起頭，剛要站起身，便被蕭天再次拉下，「別動，有人來了。」

明箏一驚，目光從石槽的上面向院中查看。只見從屋脊上飛身跳到院中一人。此人一身夜行衣，頭蒙黑色面巾，身形敏捷詭異，身後背著長劍。他機警地落到院中，蹲地查看片刻，便向一旁的馬廄跑來。

蕭天迅速拉明箏躲到石槽下面，明箏低聲問道：「這個賊不會是來偷馬的吧？」蕭天並不答話，過了片刻，蒙面人並沒有走進馬廄，卻聽見屋頂「啛嚓」作響，片刻後響聲消失。

蕭天擰著眉頭，抬起頭看見蒙面人已離開這邊的馬廄，向對面的馬廄跑去，蕭天很是不解地小聲嘟囔：「寧騎城在幹什麼？」

明箏一聽，身子一僵，瞪大眼睛問道：「蒙面人是寧騎城？」

「不是他是誰？」蕭天說著，從石槽裡出來，站起身緊緊盯住蒙面人。蒙面人跑到對面的馬廄前，躍上房頂，從背上取下一個背囊，在房頂似是撒了些什麼東西。「那是什麼？」蕭天一驚，「他在幹什麼？」

片刻後，蒙面人匆匆向院裡幾間房子走去，同樣是躍上房頂，在做著同樣的動作。這次明箏也看得清清楚楚：「蕭大哥，他在幹什麼？」

此時，蒙面人從房頂跳下來，向藏書閣跑去。月光下，蒙面人身法詭異地從樹杈上飛躍到藏書閣飛簷上，做著相同的動作。蒙面人的詭異身法讓默默觀看的蕭天和明箏交換個眼色，兩人同時點點頭，都在心裡再次確認，確實是寧騎城。

蒙面人在藏書閣的屋簷上，盤旋了一盞茶工夫，飛身躍下，從一個格窗跳進樓內。

蕭天立刻起身，附在明箏耳邊說道：「寧騎城去的地方便是藏銀地，我必須跟上他，妳不可亂動，寧騎城耳目極靈，萬一被發現，前功盡棄。」蕭天目光嚴峻地盯著明箏，眼神裡滿是不容置疑的威嚴。明箏身不由己打了個冷戰，突然發現蕭天冷酷起來也足以使人膽寒，他平日縱容明箏慣了，在此生死關頭，來不得半點差錯。明箏從蕭天的眼神裡看到了危機，哪裡還會有半點頑皮，急忙老實地點點頭。她知道蕭天不是嚇唬她，她不是沒跟寧騎城較量過。

蕭天沿著馬廄前的暗影，飛快地向藏書閣跑去，不多時便消失在暗夜裡。明箏只好隱在馬廄裡，伴在幾匹馬之間，默默等待。

足足有一炷香工夫，蒙面人從那個格窗翻出來，躍到一旁屋脊上。與此同時，孫啟遠領著那隊家丁從後面走過來，走過藏書閣，在藏書閣轉了一圈，幾個家丁還說著話：「回去交值了。」

這隊家丁沿著碎石小徑走後，蒙面人從屋頂跳下來，幾乎就是掐著時辰，分秒不差。蒙面人身形冷靜地大喇喇地從碎石小徑走到遊廊，再從遊廊翻到圍牆上，便消失在黑夜裡。

不多時，另一個黑影向這裡飛奔而來。明箏走出馬廄，迎著蕭天跑過來：「蕭大哥，你看到銀庫了？」

「先弄清一個問題，剛才寧騎城跳上屋頂幹什麼。」蕭天說著，一個飛躍跳到馬廄的屋頂上，發現屋頂只壓了稀稀拉拉一層瓦，怪不得剛才明箏會掉下來，瓦下面是厚厚的稻草。蕭天在瓦上摸到一些粉塵，白色的，放在鼻下，有些刺鼻的味道。他略一沉思，眼前一亮，起身迅速跳下房頂。

「蕭大哥，你發現了什麼？」明箏問道。

蕭天拉著明箏走到暗影裡，伸出手讓明箏看：「妳看這是什麼？」

明箏掰著蕭天的手，除了有些灰，沒發現什麼：「這……沒什麼呀。」

「磷粉。」蕭天眼神閃亮地說道。

「哦，磷粉？」明箏詫異地摸著蕭天手上的粉末，本以為是灰塵呢，便問道，「寧騎城這是要幹什麼？」

「磷粉，見火星便著，」蕭天看了眼兩邊的馬廄和遠處樹蔭裡的藏書閣，壓低聲音道，「若我推測得不錯，這便與他們明日的行動有關，必是趁起火大亂時下手，這樣一切難題迎刃而解，妳想，起火後定有水車前來滅火，那水車的體積，多少銀子也裝得下。」

明箏這才恍然大悟：「好機巧的計謀啊。」

「蕭大哥，咱們快回去吧，把這個消息告訴大家。」

「不急，咱們還沒有見到銀庫呢。」蕭天眼睛盯住藏書閣，「剛才我看見寧騎城走進一個石壁裡，走，咱們也進去看看。」

蕭天和明箏迅速走到那個格窗前，格窗沒有扣死，一推便開了。兩人先後跳進去，裡面的布局是一個很普通的藏書樓。蕭天領著明箏直接走到這層樓後面，一個普通的石壁前，石壁上刻著一些古人勸人讀書的詩文，什麼書山有路勤為徑等等。蕭天指著石壁道：「若不是親眼看見，誰會想到這個石壁便是機關所在。」

「這個石壁？」明箏盯著石壁看，「你看見寧騎城動這個石壁了？」

「不是動，我看見他走進去了。」蕭天道。

明箏看著這面黑乎乎的石壁，問道：「蕭大哥，有火折嗎？我想看一眼。」

蕭天看看明箏，問道：「這個石壁可是有何玄機嗎？」蕭天知道明箏熟讀《天門山錄》，便是比一般人而言多出很多見識。

「不錯，你說寧騎城進入石壁，我便心裡有底了。」明箏一笑道，「見石壁皆可歸入八卦門。」明箏狡黠地眨下眼，說道，「這是《天門山錄》中的一句話，書中記載，十大幫派之一的八卦門，是奇門遁甲之祖，善於縱地設陣，此門設置機關無人能破，只有此門長老能破。八卦門設置密室入口皆是一面石壁。」

蕭天低頭思忖片刻，突然抬起頭說道：「三年前，寧騎城曾追殺過八卦門，當時在江湖上也曾有傳言，說是此門一位長老被錦衣衛帶走……難道是八卦門幫王振設置的密室？要破此門難道還要請八卦門？」

「遠在天邊，近在眼前。」明箏得意地一笑道，「你如何把我給忘了？」

「妳有破解之法？」蕭天又驚又喜地問道，「難道《天門山錄》上有破解之法？」明箏點點頭，面帶疑慮地說道：「既然寧騎城能進去，我想他必是從書中得到的解法，但是……」明箏盯著石壁，此時蕭天已從懷裡取出火折，就近找到一個燭臺，點亮後叮囑道：「只有眨眼工夫，便要滅掉，妳仔細看。」

燭臺被蕭天舉到石壁前，片刻後便被滅掉。

「《天門山錄》上是羅列了石壁的破解之法，但是卻要去選擇。」明箏說道，「破解之法分為三級，一級裡有八個走勢，要在八中選一；八個走勢裡又分八層，再次八選一，方可開啟石壁。」

「如此複雜？」蕭天聽後，額頭出了層冷汗。

「對，每一步都不能出錯，一旦出錯，前功盡棄。」明箏道，「此門皆是按八卦圖所構，你若熟悉八卦運勢，便好辦多了。蕭大哥，若你是那位八卦門長老，你會把此門設置成三級中哪一級？」

「若是我被寧騎城綁來為他們修銀庫，」蕭天抱臂沉思，片刻後指著石壁道，「我不想讓他們如願呀，必是最低一級。」

「我同意。」明箏笑著點點頭，道，「三級中分日、月、易三級。日代表陽，月代表陰，易代表周易。日是最高級別，月則次之，易是最低級。若是選擇易級，則按周易測字運行。再看八個走勢，乾、坤、艮、兌、震、巽、坎、離八勢，代表天、地、山、澤、雷、風、水、火。它們在八卦中的位置是乾三連、坤六斷、震仰盂、艮覆碗、離中虛、坎中滿、兌上缺、巽下斷。」明箏說著，伸手在石壁上比畫著，回頭看著蕭天問道，「選哪裡？」

「這……」蕭天對八卦和周易這些玄之又玄的玄學知之甚少，此次聽明箏如此一說，腦袋裡早已是一團糨糊。

「還幫主呢。」明箏白了他一眼，站在石壁前喃喃自語，嘴裡吐出的字元既古怪又陌生，蕭天站在一旁看著，乾著急幫不上忙。只見明箏一邊默念口訣，一邊伸手掐指算數。

夜已深，從大格窗射進的月光均勻地灑在明箏的臉上，可以看見她額頭上豆大的汗珠，蕭天有心想替她擦汗，又怕打斷她思路，只能眼巴巴看著她。

足足有一炷香的工夫，明箏突然深吸一口氣，一屁股坐到地板上。蕭天嚇了一跳，急忙蹲下問道：「明箏，可破得了嗎？」

「太費腦子了，」明箏氣惱地瞪著石壁，「八卦門的人簡直不是人，氣死我了。」

「破不了，算了，反正咱們也知道藏銀地便是這裡，大不了明日炸了它。」蕭天安慰她道。

「算出來了。」明箏挑眉頭一笑道，「我說你去開。」

「啊！」蕭天愣怔住，不敢多言，又不知道該如何做，傻乎乎地看著明箏。

「蕭大哥，你笨死了。」明箏笑著站起身，走到石壁面前，說道，「八卦門的石壁難破在，它看上去就是一面光滑的石壁，你無處下手。其實都在面上，按六十四卦，算了，我說你也不會明白，我叫你做什麼，你只管做吧。」明箏說著手扶石壁，一隻手在石壁上遊走，終於停在一個位置上，她扭頭叫道，「蕭大哥，手按住這個位置。」

蕭天伸手過來，「哪裡？」他著急地問道。

明箏用另一隻手抓住他的手放到自己手背上，蕭天溫暖的大手掌一下蓋住她的手，她不禁心下一顫，臉上火燒火燎地發燙，蕭天的手也跟著顫了一下。此時兩人靠得很近，可以聽見對方急促的呼吸聲，明箏感到空氣都在瞬間凝固了，她急忙把自己的手縮回去，飛快地說道：「往下，用力。」

蕭天頭「嗡嗡」直響，全然沒有了反應能力，結結巴巴地問：「什麼？」

明箏一看他可笑的樣子，只能親自動手了，便一隻手按住他的手，道：「用力，往下按。」

光潔的石壁在他們掌心凹進一個圓孔，蕭天這才恍然明白過來，他用力按下去。明箏的手掌在石壁上遊走，又停在另一個位置上，這次蕭天很快跟上來，按下去，又出現一個圓孔。明箏繼續在石壁上尋找，不多時，在石壁上出現八個圓孔。

明箏長出一口氣，指著最下面的一個圓孔對蕭天道：「最下面的圓孔下對應有一塊凸起的石板，你的力氣可以打開，看裡面有沒有一個八卦盤，若有按逆時針轉一圈。」

蕭天立刻俯身到最下面的圓孔，用力按下去，下面有塊石板彈出，掀開石板，裡面果真有一個八卦盤，他照明箏所言逆時針轉了一圈，只聽一陣「嗡嗡」的響聲，面前的石壁沿著那八個圓孔，漸漸分成兩半，面前出現一個足有六尺寬的縫隙。

「石壁破了，太好了。」蕭天興奮地抓住明箏的手驚喜地說道。

「火摺子。」明箏好奇地盯著黑乎乎的洞口，有些詫異，「不該呀……」

蕭天急忙從地下撿起扔掉的燭臺，衣襟裡又取出一隻火折，想走進洞裡再燃，他往縫隙裡踏進一腳後便愣住了，這哪裡是洞口，他的腳又觸到了另一層石壁。蕭天頭上冒出大顆的汗珠，他緊張地回頭看著明箏，盡量輕聲地提醒她：「明箏，還有一層石壁。」明箏聽出蕭天嗓音中的戰慄，很坦然地站在原地，對蕭天道：「你點亮燭臺，讓我看一眼第二層石壁的全貌。」

「明箏，巡更的家丁估計要過來了。」蕭天說著，燃了火折點亮燭臺，高高舉起來。燭光亮起的片刻，他倆都被眼前所看見的第二層石壁所震住，他張著嘴半天沒有合上。昏黃的燭光下，這第二層石壁宛如天上銀河般分布著大大小小或細若拇指或粗若碗口般的石鈕。

遠處傳來沉重的腳步聲……

蕭天急忙滅了燭臺，塞進衣襟裡，伸手拉住明箏，明箏抬腳走進石壁的瞬間，外層石壁「嗡嗡」幾聲，漸漸合上。

裡面一片漆黑，明箏環顧左右，很是詫異：「《天門山錄》中記載，八卦門設置的機關一般都是雙石壁，但是第二層石壁是虛設的，難道……難道這次他們設了雙機關？」

「或許，有這個可能。」蕭天伸手摸著石壁上密密麻麻的石鈕，心裡一片忐忑。

兩層石壁中間，只有一個人的距離。明箏上下牙打著戰，幾乎站立不住，她靠向蕭天，一隻手抓住蕭天的手臂，用虛弱得幾乎聽不見的聲音說道：「蕭大哥，我若是說我不知道接下來該如何做，你會怨恨我嗎？」

蕭天抓住明箏的手臂，感到她身體的顫抖，他猛地意識到事態的嚴重，若解不開這層石壁，他們便被死死困在這裡。本來他們便是不可為而為之，他沒有理由埋怨明箏，此時明箏已經慌了，他絕不能再慌，他必須鎮定。

蕭天拉住明箏，故作輕鬆地道：「不用怕，最壞便是等到明日，寧騎城給咱們開石壁。他打開後看見咱倆，還不嚇個半死，我一劍便可了結了他，這叫因禍得福。」

明箏「撲哧」一聲笑出來，顯然放鬆了許多。她緊緊靠著蕭天，哽咽道：「我可不想死，我還沒有和你成親呢。」明箏感到蕭天脊背一僵，一雙結實的臂膀慢慢環抱住她，黑暗中看不見彼此，卻聽得見彼此的心跳，倆人感到從未如此接近過，這麼親密無間，彷彿這世上再也沒有什麼可以分開兩人。

「明箏，若有一天我負了妳……」蕭天輕聲問道。

「你不會。」明箏打斷他，「咯咯」笑了幾聲，「若有那一天，便是你我絕別之日。」明箏說完抬起頭，黑暗中雖看不清蕭天的臉，卻感到他僵直的身體靠在石壁上，明箏踮起腳尖，把臉湊到那團溫熱的氣息前，輕輕湊上去，明箏的唇觸到一片濕漉漉的皮膚，像是蕭天的面孔，明箏一愣。突然，一團熱氣撲過來，把她緊緊包裹住，那團熱氣溫暖柔軟，幾乎要把她整個人融化掉。明箏感到身體懸了起來，似是跌進一個黑暗的漩渦中，耳邊只聽見一個暗啞的聲音：「明箏，妳記住，以後不管發生何事，妳是我蕭天愛過的唯一的女人。」

「蕭大哥……」明箏剛動了下嘴唇，便被一股熱氣堵住。明箏這才發現他們不知何時已倒在地上，突然，石壁的下面發出「嗡嗡」聲，原來兩人的腳蹬住石壁下方。兩人都聽見了這種聲響，蕭天機警地坐起來，他一把拉住明箏。剛才還在命懸一線中盤桓，片刻後便出現轉機，兩個人又驚又喜，也顧不上細思量剛才的親密舉動，呼呼喘著粗氣對望了一眼。

「你再蹬石壁下方。」明箏叫道，「點上燭臺。」

蕭天抬腳便蹬，石壁下面慢慢鬆動。蕭天急忙從衣襟裡取出燭臺，點燃。他倆這才看清，這層石壁以中間為軸心，像書頁般翻開了，露出一人寬的洞口。沒想到他倆竟然誤打誤撞打開了這層石壁。

蕭天驚喜地回頭看著明箏，燭光下明箏笑得很燦爛。蕭天道：「老天不負苦心人啊，走，進去看看。」

明箏抬腳邁進去，身體卻被蕭天拉住：「別急，我先進，看裡面有沒有暗器。」蕭天說著，跨進去，舉著燭臺向裡面看。

裡面是一條最普通不過的密道，有十幾級臺階，通到地下。原來銀庫是修在地下的。蕭天舉著燭臺，查看著下方，倆人走下十幾級臺階後，前方又是一面石壁，明箏驚叫起來：「啊，還有石壁？不可能呀，只有『日』級才會有三層石壁。」

蕭天舉著燭臺往後看，看到身後臺階處有一片空地。他走到臺階一側，忙叫住明箏：「這裡像是一個門。」說著，便去推。只聽「吱」一聲，這層臺階下的石板開了。

「裡面隱約有光亮，難道有人？」蕭天閃身走進去，明箏也緊跟上來，裡面是一條一人寬的走道。「這個位置……應該在藏書閣的下面。」蕭天道。

前方有光亮，蕭天急忙捂滅手中燭臺，塞進衣襟裡。蕭天拉著明箏的手，倆人放輕腳步，悄悄前行。光亮在走道盡頭，倆人貼著牆壁，走到盡頭，光亮是從一扇小窗裡透出來的，小窗一旁是一扇木門，蕭天躍身到小窗上，雙手扒住窗臺，看了看，跳下來對明箏道：「裡面沒人。」

蕭天推開木門，明箏跟著探出頭，不由發出一聲驚叫。

這是一間正方形的地下室，應該正好在藏書閣的下面。四周皆是石壁，中間放著一張八仙桌，座上有兩盞長明燈，四周全是一個個楠木大箱子，有的箱子滿當當的合不上，金元寶和銀元寶堆在上面，地下也有。

明箏驚得半天說不出話。蕭天走到方桌前，看到桌面上放著一個黃金鍛造的金盒子，不由好奇地打開，翻看起來，片刻後忙合上。明箏看蕭天神情古怪，好奇地伸手去抓金盒子，被蕭天攔住，明箏更好奇了，上去便奪過來，蕭天有些尷尬：「你不能看。」

「我要看，什麼寶貝？」明箏不由分說便打開了。

金盒子裡散發著撲鼻的石灰粉味，盒子裡鋪著厚厚一層石灰，上面有兩個紅布包，還有一個破舊的信箋用紅繩繫著。明箏拿起一個紅布包，被蕭天一把奪過來，說道：「妳要看的話，我先告訴妳這是何物，妳再看。」

蕭天解開那個信箋的紅繩，看了一眼，說道：「果然如此，這是王振的淨身契約，紅包裡是他身上的物件。對於一個太監來說，贖回自己的身上物，是尤為重要的一件事，讓它隨身下葬，否則不能進祖墳。」

明箏聞聽後退了一步，臉上現出受驚後的潮紅，她怒道：「王振這個閹人，害了那麼多人，不能讓他入祖墳，咱把他的東西燒了吧。」

蕭天一笑，一把按住明箏道：「說到底，別看他如今權傾朝野，金銀滿屋，不過是個廢人，給他留下吧。免得他下輩子人不人鬼不鬼，希望他死後能托生成健全之人。」

明箏氣哼哼地說道：「那便把他這一屋子銀子全搬到災區去。」蕭天環視著四周，為難地說道：「能搬多少便搬多少吧。」

蕭天說完，拉著明箏便向外走，一邊走一邊說：「銀庫也看過了，現如今還有一件要事要辦。」

「還有何事？」明箏問道。

「連夜去通知趙源杰，讓他明日一定盯住來滅火的水車。」蕭天說著，拉著明箏向走道走去。

四

八月初一一早，辰時未到，天還沒有全亮，鑫福通側門前便跑來一個人，衝門外的兩個家丁說要見孫啟遠，是遠方親戚。

一個家丁打著哈欠跑回門口耳房，推開門一看，孫啟遠正躺在炕上呼呼大睡。家丁推醒孫啟遠說道：「一個人在門外說是你的親戚，要見你。」

「老子剛躺下，狗屁親戚……」孫啟遠翻了個身，張嘴打了個哈欠，問道，「男的，女的？」

「是個獨臂男人，好像還受了傷，頭上纏著綁帶。」家丁說道。

孫啟遠聽到「獨臂」兩字，立刻坐了起來。他一雙老鼠眼狐疑地瞪了家丁一眼，翻身下床，罵罵咧咧地披上外袍跑出去。

孫啟遠從側門走出去，便看見石階下蹲著一個衣著襤褸的男人，孫啟遠下了幾級臺階，拍了下那人的肩：「陳四。」

陳四抬起頭看見孫啟遠，立刻站了起來：「孫百戶，你帶我去見高公公，我有大事要回稟。」

「我說陳四，我哪還是百戶呀，早被擼了。」孫啟遠看著陳四的慘樣，嘖嘖兩聲，說道，「你小子如何混成這樣，像是城外逃荒的，你這樣如何去見高公公？」

「我是死裡逃生，活著便已萬幸。」陳四沉著臉眼睛血紅地說道，他湊近孫啟遠，壓低了聲音，「我發現一個天大的祕密，定要寧騎城那小子萬劫不復。」

孫啟遠一聽此言，眼裡一亮。要論對寧騎城的恨，他不比陳四少，要不是為寧騎城背黑鍋，他如何會落到給人看家護院的地步，他以前可是堂堂東廠百戶。孫啟遠盯著陳四問道：「證據確鑿嗎？」

「是高公公讓我盯著他，」陳四伸手比畫了下，「我不折不扣盯了他三個月。」

「好，我帶你進去換件衣服，然後帶你進宮。我有高公公給的東廠腰牌。」孫啟遠說著，領著陳四走進角門。

一盞茶工夫，孫啟遠帶著更換了衣裳的陳四，悄悄出了鑫福通側門。臨走時孫啟遠交代幾個家丁，不可鬆懈，他很快便回來。

孫啟遠走後不久，本來晴朗的天空，漸漸烏雲密布。山陽街上一些挑擔行走的小販緊著收拾攤子，尋思著去躲雨。只有沿街歇腳的拾荒人仰臉望著天空，這裡面夾雜了不少外來的災民。自春夏以來，便很少下雨，大家看見烏雲便興奮不已。

陰雲在京城的天空紮堆了半個時辰，卻被一陣風吹散了，太陽露出它不屑的面容，大地便又火燒火燎地熱起來，街上也恢復了往日的喧囂。

這時，自西頭行過來一列馬隊，看裝束便能認出是蒙古使團。馬上之人皆身穿各色蒙古綢袍，腳蹬氈靴，腰佩彎刀、火鐮，還有各色鼻煙盒、玉佩等物件，總之腰間掛了一堆零碎，顯示著主人的富有。為首之人一邊驅馬前行，一邊左右查看街道兩邊的店鋪。這時身後一匹馬湊到跟前，馬上之人壓低聲音道：「慶格爾泰，這些漢字你認得全嗎？咱們可是去鑫福通錢莊。」

慶格爾泰此時皺著眉頭，搓著下巴上一撮花白鬍子，一臉無奈和掃興：「幫主非選我來扮什麼使團，這件袍子我穿著難受。」他瞇眼看著一旁店鋪上的匾額，叫道，「漢人的字看起來都一個熊樣，誰分得清？」

「摸錯地方可是要壞大事。」說話的是黑鷹幫五大金剛之四叫特木爾，特木爾又高又瘦，人稱鬼頭精。

慶格爾泰不屑地撇了下嘴，說道：「我雖不認得漢字，但認得錢莊。」「錢莊啥樣？」特木爾問道。

「你見過漢人的算盤嗎？」慶格爾泰看見把特木爾問住了，不由得意地仰起下巴，說道，「那傢伙神了，不管你多大的買賣，幾千匹馬還是幾千張皮貨，只要在上面劈里啪啦一扒拉，它便能立刻告訴你賣了多少銀子多少銅錢，太神了，所以有算盤的地方就是錢莊，走吧！」

說話間來到一家鋪面前，慶格爾泰勒住馬，眼睛盯住鋪面裡立著的一個一人高的紅木大算盤，他笑著指著那裡道：「這便是算盤，走，去看看。」

「慶格爾泰老爹，不是這裡。」隊伍裡跑出來一匹馬，馬上坐著一位姑娘，正是和古帖，她驅馬趕到慶格爾泰面前說道，「幫主知道你們對這裡不熟，讓我給你們帶路。」

「這……不是錢莊？」慶格爾泰瞪大眼睛問道。

「是，這也是錢莊，你看匾額上寫著日日順，不是咱們要去的錢莊。」和古帖耐心地解釋。

慶格爾泰鬧了個大紅臉，特木爾在一旁大笑。和古帖驅馬走到前面，免得他們再出錯。

和古帖驅馬向前，在一片青石臺階前停下。青石臺階上三間普通的格窗門面，門頭上懸掛著黑底鎏金牌匾，上書「鑫福通」三字。慶格爾泰盯著那三個密密麻麻的字，又問了一遍：「丫頭，你沒弄錯吧？」

「慶格爾泰老爹，你放心吧，就是這裡。」和古帖說道。

慶格爾泰和特木爾對視一眼，交換了個眼色，慶格爾泰交代眾人在這裡待命，他帶著和古帖和特木爾大步走向青石臺階。

一個錢莊夥計看見走進來三個蒙古人，不敢怠慢，急忙迎上前行禮道：「遠道而來的客人，裡面請。」

「掌櫃的在嗎？」慶格爾泰說著不太流利的漢語。

「在。」夥計問道，「請問貴客來此是兌換還是鑄銀？」

「兌換銅錢。」慶格爾泰大喇喇地說著，特木爾把背後的一個皮囊扔到地上，說道，「這一袋碎銀，足有五百兩，兌成銅錢。」

小夥計頗有些詫異地望著三位蒙古人。以前也有蒙古人登門，都是把碎銀子鑄成元寶，便於攜帶。可這三人卻要把碎銀兌換成銅錢，真是奇怪。他們這裡的動靜早已被當日的執事看見，執事走過來，向小夥計使了個眼色，意思是照辦。但要兌換這麼多銀子，顯然櫃檯上人手不夠。執事又從後面叫來幾個夥計。

在三個蒙古人的注視下，夥計們拿來秤開始稱碎銀。皮袋裡的碎銀，在秤上放一次，便有一個夥計看秤，一個夥計唱斤兩，一個夥計在算盤上計數，一個夥計在帳簿上記帳，整個大廳忙得不亦樂乎，把三個蒙古人看得瞠目結舌。

正在這時，突然聽見街上「劈里啪啦」鞭炮的巨響，響聲擾亂了這裡的次序，記帳的聽不見唱的兩數，不一會兒便亂了套，慶格爾泰叉著腰大喊：「錯了，全錯了，莫非你們要趁機竊我的銀子。」特木爾也在一旁起哄。

執事皺著眉頭，派一個夥計去街上查看。不一會兒，夥計跑回來，說道：「是隔壁米行，改成綢緞莊了，今日開業，做成了幾筆大生意，剛剛拉走了幾大車貨，一個個大箱子，你聽，又放開了。」

這時，一個家丁從後堂跑過來，看見執事大喊：「執事老爺，不好了，後院走水了，你快去瞧瞧吧。」

執事一聽，嚇得渾身一顫，丟下手中的帳冊，帶著幾個夥計向後院跑去。慶格爾泰向特木爾使了眼色，兩人一起擋住執事和眾夥計的路，大叫道：「你們不能走，你們走了，我們的銀子怎麼辦？」

「三位老闆，少安毋躁，我看看便回來。」執事好言說道。

「不行，你這一走，我的銀子若是少了，我找誰去？」慶格爾泰橫在他們面前。幾個夥計一看，這不是明顯來找碴兒的嗎？其中一個夥計，便推了慶格爾泰一把，特木爾正等著出手的機會呢，一看那個夥計動手，便向夥計打過來，兩個人頓時扭打到一處。

夥計哪裡是特木爾的對手，很快便被打得鼻青臉腫，其他夥計氣不過，紛紛圍上來，加入扭打的隊伍，大堂上一片混亂，執事拍著櫃檯，聲嘶力竭地喊著：「住手，別打了！」

此時鑫福通的側門，也亂成一鍋粥。家丁的頭目孫啟遠一早出門，還沒有回來，其他家丁像無頭蒼蠅般亂轉。院裡突然著火，股股濃煙從第二進院裡冒出來，不時聽見馬匹的嘶鳴聲。他們乾瞪著眼瞅著，不能離開門崗去救火，只能待在這裡乾著急。

從巷子裡駛過來一輛運水車，車上坐著四個火甲，他們穿著厚重的防火盔甲，車上放置著水桶、繩鉤、梯子等物，運水車停到門口。門前守衛的家丁看見運水車和火甲很是詫異。

「怎麼又來一輛運水車，喂，你們是哪個衙門的？」一個家丁問道。

家丁的話顯然讓坐在車上的幾人很震驚，乞顏烈拉下護面，露出滿臉虯髯，粗聲粗氣地問道：「小哥，難道剛才已有水車火甲進去？」

「你們回吧，裡面已有人滅火了。」那個家丁說道。

「我們也是接到指令前來滅火的，快把門打開。」乞顏烈說著，目光狐疑地望向院裡，只見一些黑煙從院裡飄出來，已不見明火，看來火勢已被控制住，不由心生詫異。身邊的查干巴拉有些耐不住性子，從車上跳下來，一把抓住那個家丁領口，吼道：「快開門！」

其他幾個守門的家丁見勢忙拔刀，他們看著這幾個火甲面容猙獰，行跡疑點很多。其中一個家丁怒道：「好大膽，敢在鑫福通門前撒野。」

乞顏烈急忙制止查干巴拉，跑到幾個家丁前好言相勸：「我們前來滅火，你們不讓進門是何道理？」

「我懷疑你們是冒充的，」那個家丁手指著院內，「已經來了一輛水車，還有四五個火甲。」

「你說我們是冒充的有何憑證？」賽罕一隻手抖著繩索，一隻手便要去腰間摸刀。

乞顏烈上前按住賽罕拔刀的手，問道：「那輛水車是何時進去的？」

「半個時辰前。」家丁不耐煩地說道，「你們回吧，不然，我們便不客氣了。」

乞顏烈緊皺眉頭，心裡莫名地慌亂起來，他預感到哪裡出了差錯，又一時理不出頭緒。正在他猶豫思忖之際，賽罕和查干巴拉駕著水車向大門衝去，四個家丁見狀，紛紛拔出刀衝過來。

正在相持不下之際，從巷口突然衝出來幾匹馬，馬上之人皆是捕快的打扮。一匹馬打頭衝到這裡，大喊：「住手，什麼人在這裡肆意鬧事？」說話的正是趙源杰，趙源杰一身官服，威嚴地翻身下馬走到眾人面前。

幾個家丁一看趙源杰的官服打扮認出是刑部的人，膽子便壯起來，一個家丁忙施禮道：「大人，這幫火甲很是可疑，非要進院子，大人，你也知道，我們是錢莊，一般人等是不能隨便進來的。」

「大人，我們是接到他們主家報案，趕來滅火，這幾個人狗眼看人低非說我們是冒充火甲。」乞顏烈說著，眼角的餘光飛快地瞟了眼馬上那幾個捕快，心裡不由暗自叫苦，今日真是出師不利，形勢不妙。

趙源杰走到乞顏烈面前，沉著臉，上下打量他，說道：「是不是冒充火甲，衙門裡說去，跟我們走吧。」趙源杰一揮手，馬上五個捕快翻身下馬，向幾個火甲圍過來。與此同時，遠處傳來一聲烈馬的嘶鳴聲，接著疾馳而來一隊人馬。門口幾個家丁一看是錦衣衛頓時蒙了，剛來了一撥刑部的人，這錦衣衛怎麼也來了。只見打頭之人正是寧騎城，他連朝服都未換下，一身飛魚朝服很是亮眼，看來是從宮裡直奔而來。由於一路狂奔，寧騎城的臉色更加陰鷙和慘白，他衝守衛的家丁呵斥道：「為何不讓水車火甲進入，出了亂子，你們擔當得起嗎？」

幾個家丁頓時縮了脖子退了回去，迫於錦衣衛的威名，他們不敢冒犯。寧騎城回頭盯住了趙源杰，似笑非笑地抱拳道：「這不是趙大人嗎？你也是趕過來查看火勢的？」

「寧大人，」趙源杰一拱手道，「我是追捕案犯路過此地，忽聽聞此處走水，過來看看。」

「哦，趙大人你追捕案犯為重，這裡有我呢，你請吧。」寧騎城很委婉地想攆趙源杰。

趙源杰抬頭看了眼遠處，點點頭道：「我看火勢已滅，那我便辦案去了。」趙源杰說著，翻身上馬，他身後幾個捕快也跟著上馬，一隊人馬向街上疾馳而去。

幾個家丁見有錦衣衛在此，也放下心，遂打開側門，放水車進去。寧騎城對身後的衛隊吩咐道：「你們先回府，我進去看看火勢。」他身後的衛隊，一個個掉轉馬頭先行回府了。

一進到院裡，寧騎城便拉下臉怒道：「義父，為何不聽我的，提前放火？」

乞顏烈一愣，眼裡噴出火星：「火不是我們放的，我看時辰不到一直候在巷尾，照你的吩咐，賽罕背著箭囊，裡面是十五支火箭，現在箭囊還在水車裡。我們是看見黑煙才跑過來，我還以為是你動的手腳，這到底是怎麼回事呀？那幾個看門的非說半個時辰前進去一輛水車，還有四五個火甲。」

寧騎城一聽此言，心裡「咯噔」一下，擰起眉頭，叫道：「快跟我去銀庫。」他催馬向前，水車緊跟其後。

前院裡一些家丁和後院的女人也跑來端水盆滅火，前院火勢基本已滅。他們直接趕到二門的垂花門，裡面依然濃煙滾滾，馬廄裡的馬受驚，在院子裡四處奔跑，院子裡一片狼藉。

院子裡並沒有看見水車和火甲。寧騎城和乞顏烈四目相視，寧騎城咬著牙說道：「進去看看，便清楚了。」

藏書閣的大門大開著，寧騎城一踏進去，便看見七八個家丁被捆綁成一串拴在廊柱上。寧騎城和乞顏烈面面相覷。寧騎城大步走過去，從其中一個家丁嘴裡拔出堵在嘴裡的草繩，問道：「快說，怎麼回事？」

「是一幫蒙古人做的。」家丁喊叫起來，「救命呀！」

「蒙古人？你如何知道是蒙古人？」乞顏烈怒道。

「他們都穿著蒙古人的袍子。」家丁喊道，「他們搬走了銀子，快放我們出去吧。」

乞顏烈不等他說完，便一刀挑了他，血濺了一地，其他的家丁嚇得趴到地上，渾身發抖。

「一個也不能留。」乞顏烈怒道，舉刀大開殺戒。

寧騎城拋下乞顏烈向石壁跑去，等乞顏烈跟過來，卻看見寧騎城呆呆地佇立在石壁前發愣。石壁已開，鋸齒般裂開六尺寬的口子。

寧騎城面色嚴峻地望著乞顏烈：「義父，撤吧。」

「為何？」乞顏烈瞪著寧騎城。

「咱們被人利用了，」寧騎城面色陰沉地盯著洞口，擰著眉頭道，「若此時不走，恐怕要替人背黑鍋。」

「混蛋，那豈不是白忙活了？如此周密的計畫，如何落到這個地步，真是氣死我了。」乞顏烈此時氣紅了眼，叫道，「你不是說，這銀庫機關沒人能破嗎？」

「有一個人能破。」寧騎城咬住下唇啞著嗓音說道，他此時才想到明箏，只有她有這個能力，《天門山錄》她熟讀能誦，破解之法便在書中。他怒火沖天地一拳擊到一旁石壁上，石壁紋絲不動，他的手背已血肉模糊。

「這麼說是有人走在咱們前面，他們能把銀庫搬空？」

「銀庫藏銀之多，豈是幾個人便可搬空？」

「既來之，便不能空手回，你快走吧。」乞顏烈推開寧騎城，「再晚恐對你不利。」

寧騎城看乞顏烈主意已定，也不再強求，他轉過身，突然又回頭道：「義父，讓賽罕把那十五支火箭射出去，給院子裡的人找點事做，好給你贏點時間。還有，不要留下把柄。」

乞顏烈點點頭，他迅速向院裡跑去，叫來他的人，簡單布置了一下，賽罕跑到水車裡去取箭囊，其他幾個人跟著乞顏烈跑向藏書閣。

寧騎城走出藏書閣，卻不見自己的馬，他走到馬廄前，發現院子裡馬少了不少，寧騎城正奇怪，看見又有幾匹馬跑進中間的馬廄裡，其他馬廄房頂冒著黑煙，只有這片屋頂沒有起火。他跟著跑過去，這才發現馬廄的後牆倒塌一片，幾匹馬跑了出去。

寧騎城看見腳下有重物碾壓的痕跡，像是馬車的車轍。寧騎城鐵青著臉盯著腳下，車轍印在草料和糞便間清晰可見，他瞬間便明白，這坍塌的牆體便是那些人出走的路線。

他擰著眉頭，恨得雙手握拳，左手手背上剛凝結的傷口又掙破出血，血一滴滴滴到草料上。自己精心謀劃了多日的行動沒想到敗得如此慘，不僅如此，弄不好還要把自己也搭進去。他知道自己的對手是誰，卻毫無辦法。

他轉身往回跑，看見院裡背著箭囊正往右側幾間房屋上射火箭的賽罕，告訴他馬廄這邊有出口，讓他叫乞顏烈適可而止，速戰速決。說完這些話，他轉身跑到馬廄，從那個出口跑到小巷，找到自己的馬，翻身上馬，急忙離開這個是非之地。

五

孫啟遠從宮裡回來，便聽見街上行人議論：「出大事了，聽說一個錢莊被火燒了半個院子。」「是失火還是遭搶劫呀？」「這誰說得準。」「如今城裡四處是災民，保不齊是他們幹的。」

一個銀號被燒了？他沒有在意，想到鑫福通前前後後府丁夥計無數，這種倒楣事無論如何不會輪到他頭上。但是當他走到近處，抬頭看見鑫福通上空熊熊的火焰，便傻眼了。

一些街坊拿著自家的家什，端盆提桶地跑過來，有人大喊：「快些救火吧，不然燒到俺們家了……」大夥向裡面跑去。孫啟遠魂都嚇飛了，大罵今年這麼倒楣，好事沒遇到一樣，倒楣事一樁接一樁。

孫啟遠在門口留下兩人，領著幾個家丁衝到院裡。正碰見櫃上的執事，執事渾身是水，他叫住孫啟遠大喊：「火勢這麼大，為何不報官，叫水車和火甲？」

孫啟遠身後的家丁喊道：「他們來了呀，進來了兩撥人，兩輛水車和兩撥火甲。」

「你去看看，哪裡有水車和火甲，大家滅火還要端水，」執事氣得渾身亂抖，「今日倒楣透了，早上櫃上來了一幫蒙古人，非要把銀子兌成銅錢，像是故意找碴兒，結果在櫃上大打出手。櫃上一亂，後院突然失火，連藏書閣都燒起來了。這要出大事啊，孫檔頭，你我的命看來不保了。還不快去找人呀。」

孫啟遠頭「嗡嗡」直響，聽說早上蒙古人來找碴兒，他心裡「咯噔」一聲，想到早上陳四向高公公回稟的事，心下已明白八九分，這哪裡是失火，分明是有人放火，想必是報那次弓箭被繳沒之仇。孫啟遠一陣急火攻心之後，反而鎮定了，想到高公公的一句話，有人要倒楣了，這個人還真不一定是誰呢。

這時，離東陽街還有兩個路口，慢悠悠地駛過來一輛水車，似是被水箱壓的，左晃右晃，艱難前行。坐在車頭的乞顏烈命賽罕抄近道，一路上他們走得太慢了，這輛水車裝得太滿了。乞顏烈一路上急得大罵：「混蛋，不讓你們裝這麼多，你們不聽，看看這車跑得還沒人走得快。」

「幫主，看見那麼多銀子，不拿，不是傻子嗎？」賽罕哈哈大笑道。

「你懂個屁！」乞顏烈臉上、額頭全是汗，本來這身上的火甲衣便緊，他回頭問道，「那火是你們幾個誰放的？」

「我們一起放的，這不是咱們的老規矩嗎？以前跑到邊塞村寨，搶過後都放把火，這叫毀屍滅跡。」查干巴拉大笑著說道。

「唉，一群蠢豬。」乞顏烈苦著臉直搖頭。

「幫主，你說誰是豬？」賽罕湊過來問道。

「我，是我，成了吧。」乞顏烈連著嘆了幾口氣。這次行動真狼狽呀！乞顏烈心裡苦不堪言，抬頭看見再過一個街口便到東陽街，心裡稍微好受些。

這時，街角突然出現一堆人，乞顏烈一看這些人的衣著，破破爛爛的樣子，知道是逃荒的災民，便抽出腰中的鞭子向擁上來的人群抽過去，一邊大喊：「讓開路，你們這些叫花子。」

「截住這輛車，裡面有銀子。」一個人大喊道，「把車砸開……」

不知從哪裡跑出來這麼多災民，人們擁到車上，把幾個蒙古人拉到車下，圍起來便打。幾個蒙古人都身負功夫，但無奈人太多，被牢牢地按住，一頓拳腳，幾個蒙古人個個被打得鼻青臉腫，躺在地上動彈不得。

瘋狂的人群撬開水車的車廂，裡面的銀元寶像水一樣從車廂裡流出來，流了滿大街。人們興奮地喊叫著，往各自的布袋裡裝。

乞顏烈趴在地上，他傷得不輕，咬牙切齒地看著搶銀子的人群，想到寧騎城的那句話，氣得要吐血。他向離他最近的賽罕叫了一聲，賽罕瘸著腿爬過來，扶住他，問道：「幫主，這些災民哪來的呀？」乞顏烈望著四周圍過來的災民，聯想到今日種種遭遇，不由咬緊牙關道：「被人算計了，撤吧。」趁著街上人群越聚越多，他們混入人群溜走了。蕭天一身短衣，混在人群裡，看著那幾個蒙古人狼狽逃竄，示意自己人不要再追，得有人給他們背這個黑鍋。他拉低頭上的斗笠站在水車旁，示意人們不要擁擠：「不要擠，不要擠，每個人都有份……」一邊分發銀子，一邊盯著四處的巷子，他旁邊站著明箏，打扮成小叫花子，「沒拿的快點來拿，拿了銀子，快點出城，回家鄉買糧買種過日子吧。」

幾個白髮蒼蒼的老人，烏黑的雙手捧著閃閃放光的銀元寶，向站在水車前的幾個人納頭便跪，叩了幾個響頭，相互攙扶著走了。

蕭天看到李漠帆和其他幾個人穿著破舊的衣服混在災民群裡，他向他們示意出城，幾個人接到指令瞬間消失在人群裡。

從人群中走過來一對夫妻和一個幼女，男人正是陳文達，他眼中含淚，兩鬢的白髮在微風中飄動，他向蕭天深施一禮道：「蕭公子，你的大恩大德我陳某無以回報，我回河南安頓好妻女後，再進京與君相會。」

「你還要進京趕考？」一旁的明箏詫異地問道。

「男兒當立志，趕考圖功名，我也要為國為民出份力。」陳文達侃侃而言。

「老秀才，別吹了，走吧。」幾個同鄉在一旁催道。

「怎麼是吹呢？你們一群鄉野村夫，如何懂得鴻鵠之志哉？」陳文達說著，再次向蕭天和明箏深施一禮，背著包袱拉著妻女和同鄉一起向城門走去。

「咱們也走吧。」蕭天道。

「他們估計都到城門前了。」明箏道，「趕去與他們會合。」陳文達和眾鄉親走到西直門時，已是夕陽西下，太陽的餘暉灑在城牆上，把高大的城牆染成一片金黃，顯得無比威嚴。

陳文達和眾鄉親走到城門前，倒是把守城門的魏千總著實嚇了一跳，只見烏泱泱一片災民圍過來，他慌得急忙跑過去。這時，自城中走來一隊官兵，後面還跟著幾輛大車。

魏千總抬眼仔細瞧，認出打頭的是兵部侍郎于謙，便客氣地上前打著招呼：「于大人，你這是……」

「魏千總，老夫這次領兵換防山東。」于謙和顏悅色地說道，看了眼四周烏泱泱擠在城門前等待盤查的災民，笑著對魏千總道，「魏千總，這麼多災民要出城，多好的事呀，你還不快些打開城門，都是窮老百姓，有啥查的？他們一走，你的壓力不也輕了不少，京城豈不是也少了禍端？」

魏千總一聽，真是這麼回事，立刻喜笑顏開地向于謙抱拳道：「還是大人看得明白，受教了。」說完，轉身向盤查的官兵大喊：「開城門，放行！」

于謙在馬上向魏千總拱手道：「魏千總，就此別過。」然後隨著災民的隊伍出了城門。走出去不遠，他回過頭，望了眼身後的兩輛大車，臉上浮起欣慰的微笑。

第二十一章　朝堂對峙

一

卯時剛過，天色未明，乾清宮裡大小太監和宮女都已忙碌起來。一個清掃的小太監伸了下懶腰，捂嘴打了個哈欠，突然瞥見一臉陰鬱走到面前的司禮監掌印太監王振，唬得小太監臉色發白，慌忙跪在地上，身子不住發抖，口齒不清地道：「小的該死。」王振鼻孔裡哼了一聲，他歷來最恨偷懶的奴才，他進宮這些年來，哪一天踏實地睡過覺，哪一天不是如履薄冰，盡心盡力地伺候皇上？

早已有小太監跑去回稟執事太監，執事太監慌不擇路地奔過來，跪下向王振請安，一邊大聲教訓偷懶的小太監。

王振眉頭緊鎖，不安地望了一下大殿，問道：「皇上醒了嗎？」

「皇上昨兒個讀書晚了些，這會兒還睡著呢。」執事太監賠著十分的小心說道。

「可是在讀我送過來的《太祖遺訓》？」王振問道。

「正是。」執事太監躬身回道。

「那我到偏殿候著吧。」王振面色十分陰鬱，低著頭直接往裡走去。他本不想這麼早來面見皇上，但是他幾乎一夜未眠，思前想後深感事態緊急，已容不得他再有絲毫閃失。

昨日，鑫福通的掌櫃王福通哭著跑來見他，他這才知道鑫福通被一把火燒了，鬼才相信是失火，一定是有人盯住了錢莊。他精心打造的銀庫，玄而又玄的密室機關，竟然被人攻破。東廠的人趕到密室時，只看見滿地狼藉，大半銀箱被搬空，連……連他的金盒子……也不翼而飛。這件事對他的打擊尤其沉重，他突然感覺到一股寒氣向他襲來，讓他如芒在背。

王福通說當日有一幫蒙古人搗亂，認定是蒙古人搗的鬼。但王振不相信那些蠻夷人能破得了他的機關，定是另有其人。能把銀庫搬空，而又做到神不知鬼不覺，絕非易事，定是一個組織嚴密的團夥。

這兩日東廠的人全部撒出去，帶回的消息五花八門，但有幾條甚是異常，當天在鑫福通門前出現過刑部的人，有人看見刑部侍郎趙源杰帶衙役出現在小巷裡，還有錦衣衛指揮使寧騎城也出現在小巷裡。

寧騎城當天去那裡幹什麼？雖然他也想到是寧騎城把銀庫的建造者八卦門掌門生擒來的，但是只交給了王浩，並沒有讓寧騎城參與，寧騎城應該不知道銀庫的事。想到趙源杰，王振便氣不打一處來，趙源杰跟于謙來往甚密，這在朝中無人不知。王振對寧騎城的不滿也始於此，于謙在詔獄竟然毫髮無損，這讓王振一口氣憋在胸中，骨鯁在喉。

聯想到前些日朝中的動靜，吏部尚書陳柄乙和于謙聯合幾個大臣上疏要皇上重新甄選賑災官員，雖然他也樂於把這個燙手的山芋扔出去，但心裡總有些隱隱不安。看來這些人是死了心要跟他過不去，他們自以為在賑災上抓住了把柄，今日早朝定要他們知道自己的厲害，不施以重拳，不足以滅他們的氣焰。

寢殿外宮女們站成一列，她們見王振走來，紛紛躬身行禮。王振走到偏殿他經常坐的軟榻上坐下，早有小太監捧上蓋碗茶。王振接過茶碗，心不在焉地喝起來。

直到辰時，寢殿裡才有了動靜。候在殿外的宮女們迤邐而入。王振已無心喝茶，匆匆地趕過去。

「先生在外面嗎？還不快引進來。」

聽聲音皇上心情不錯，帷幔內一個小宮女走過來向王振深施一禮道：「先生請。」

王振躬身走進去恭敬地跪地叩頭行禮：「皇上，奴才聽聞皇上昨個兒又讀典至深夜，奴才叩請皇上，萬萬不可用功過度傷了龍體啊。」

朱祁鎮散著一頭烏髮，面容皎潔紅潤，他接過宮女遞上的漱口水，喝了一口，另一個跪在地上的宮女，急忙舉起頭頂上的鎏金陶盂，朱祁鎮漱了口，面露微笑地看著匍匐在地的王振：「先生不必多禮，快起來吧。」

王振謝過恩站起身，一個小太監給他搬來一張軟椅，王振再次謝恩，小心地坐到椅子上。

「先生，朕昨夜讀《太祖遺訓》，又想到先生給朕講的太祖幾次征戰的故事，感慨萬千，夜不能眠。」朱祁鎮兩眼放光，盯著劍架上一柄寶劍發呆，「要是朕也能像太祖一樣征戰疆場該多好呀。」

王振再次起身，拱手一揖，趁機大肆恭維道：「萬歲爺是大明之聖君，不僅雄才大略，文武雙全，而且寬嚴並濟，知人善任。假以時日，當功勞蓋世，比太祖爺也有過之。」

「唉，此話差矣，怎可把朕與太祖相比，不可妄語。」朱祁鎮訓道，但看上去並沒有生氣的樣子，反而雙目熠熠生光。

「老奴是說萬歲爺胸懷大志，定會給太祖臉上增光。」王振躬身道。朱祁鎮仰面笑道：「知我者，先生也。」

王振看朱祁鎮心情大好，耐心地等著幾個宮女服侍他更衣束髮，一切穿戴妥當，又用過茶點，朱祁鎮抬腳準備向殿外移駕時，王振突然跪下，頭磕著地板咚咚直響：「奴才該死。」

朱祁鎮一愣，對今天王振的異常有些不安。這麼多年王振伴其左右，從東宮到登基朝夕伺候，從來沒有出過差錯，他也異常信任他，看見他如此這般心下已是十分不忍，只聽王振口中念叨：「萬歲爺如此信任奴才，奴才辦差不力，請萬歲爺責罰。」

「先生，何出此言？」

「萬歲爺有所不知，昨個兒東廠番子來報，鑫福通錢莊被一群來歷不明的人搶劫後，放火燒了。在皇城根下竟有人如此放肆，我大明的太平盛世豈容這幫奸逆匪徒破壞！最可怕的是據有人稱在出事那天，還看見朝中人從中協助……」

「反了！」朱祁鎮眉頭一皺，「可有奏章？」

「有。」王振從懷裡拿出三本奏章。

「都是誰上疏？」朱祁鎮翻看奏章，口中念叨著：「李明義……周浩文……王德章……」朱祁鎮念叨著上摺子的大臣的名字，在腦子裡想著這幾個人的出處，皺起眉頭，一邊匆匆過目了下奏章。

「李明義是禮部尚書，」王振知道皇上對這幫大臣還不熟悉，忙說出他們的官位，「周浩文是大理寺左少卿，王德章是禮部左侍郎。」

「都是位高權重的大臣呀，」朱祁鎮回頭望著王振，「先生，他們所奏之事可屬實？一個小小的鑫福通錢莊怎會牽扯到這些大臣？」王振湊前兩步在朱祁鎮耳旁低語了幾句，朱祁鎮猛地抬起頭，「竟有此事？有朕給你撐腰，看誰敢胡來。來人——」朱祁鎮對一旁的太監道，「上朝。」

早朝地點便在乾清宮。只有重大日子，如皇帝大婚、冊立皇后、正元節、冬至等才會在奉天殿。

此時，乾清宮門外早已聚集一眾大臣。清晨微涼的秋風下，大臣們擇群而處，四五個一夥，七八個一群，都在低聲議論著什麼。昨日在山陽街發生的大案早已傳遍京城，大臣們豈有不知道的。鑫福通錢莊在一般人眼裡只是個錢莊，而在朝堂之上，卻是有人知道其來歷的，那個掌櫃王福通是王振的表親，這個祕密已經不再是祕密了。

群臣都在努力壓抑著自己的衝動，不管身處哪個陣營，這件事都足以震動神經了。這件事的矛頭直指王振，王振是什麼人？當今皇上的親信，掌管司禮監和東廠，他乾兒寧騎城掌管著錦衣衛，可謂一人之下萬人之上。有人敢跟王振作對，這件事本身就已足夠鼓舞人心了。

聯想到近一年來京城發生的大案，除了鑫福通被劫，還有貢院考題洩露案、詔獄被劫案，最有傳奇色彩的便是狐王令的懸案了，這個案子至今未破，傳說中的狐山君王一直被書寫在海捕文書裡，卻石沉大海。這樁樁件件都是大臣們私底下談論的話題，再加上朝堂上日益分化的兩個陣營，王振雖說可以一手遮天，但並不是所有人都願意趨附於他。由吏部尚書陳柄乙、戶部侍郎高風遠、兵部侍郎于謙組成的陣營日益走到前臺，讓沉悶的朝堂刮起一股清風。迫使那些左右搖擺不定的大臣日益焦慮，既畏懼王振的勢力，又心知肚明那些骯髒的勾當！滿心嚮往公正清明，又分明被私心左右，所以有點風吹草動，最先亂了陣腳的便是他們。

戶部尚書張昌吉從人堆裡獨自向右邊走，即使臉上很平靜，但眉眼平添的焦慮還是一眼可以看出。他不想參與幫派之爭，但想找個清淨的地方談何容易。不一會兒，一個矮胖的人就靠了過來，是他的下屬侍郎李衛春，他就像他的影子，總黏著他。

「恩師，要出大事了。」李衛春一臉神祕地說道。

「不要參與他們的事，我們遠遠觀望即可。」張昌吉訓斥道。

「我謹遵恩師教誨，不參與他們的事。只是剛得到消息，幾個言官要在御前搬出太祖內臣不得干政之遺詔，要聯合上疏彈劾王振，他們羅列了這些年王振犯下的十大罪狀，洋洋灑灑有萬言之多……」

張昌吉幾乎把眼珠瞪出來，他浸淫官場數十年，憑著思慮周全、做事圓滑左躲右閃戰戰兢兢才得以保全，眼睜睜看著身邊的大臣換了一撥又一撥，或流放或砍頭或株連九族，這些大臣有些比他有才華，有些比他有能力，但是他們總是明知不可為而為之，如今聽屬下如此一說，他的心一陣戰慄，難道又要經歷一場血雨腥風嗎？與他同樣焦慮的還有趙源杰，他站在幾個言官組成的人群外，想叫住人群裡與幾個言官低聲交談的高風遠，但是一直沒有機會。來的路上，他從與高風遠短短幾句交談中得知，今天幾個言官要聯合行動，讓他震驚不已。此時于謙在河南協助張雲通和蘇通賑災，朝中他們勢單力薄。此時是應該防範王振反咬一口之時，怎可再莽撞冒進？他想聯合高風遠勸退言官，一想到此，他便想念于謙，他不在，這些人也少了主心骨。

此時，一隊錦衣衛校尉已從乾清宮出來，眼看就要早朝，高風遠從人群裡走過來，趙源杰迎上前，兩人交換了個眼色，趙源杰從高風遠凝重的臉色上看出挽回的機會不大，不由一陣緊張，手心裡沁出冷汗。

「此時並不是最好的時機。」趙源杰壓低聲音道，他知道朝中這些言官忍王振不是一天兩天了，他們以為借著鑫福通被劫，牽出王振貪污賑災銀兩一事，就可以借機扳倒王振。但是卻忽略了一點，王振痛失錢莊，絕不會坐以待斃，瘋狗的撕咬是最瘋狂的，此時最該做的便是保持實力，靜觀其變。趙源杰知道高風遠在眾言官眼裡的分量，他希望高風遠能說服那些言官暫忍一時，便加重語氣道，「高兄，不能做無謂的犧牲。」

「于兄，我盡力了，卻無法改變他們的想法。再說下去，便是對他們的侮辱，你以為他們會為了保全自己而選擇沉默嗎？」高風遠目露淚光道。

「上朝了。」陳柄乙走過來阻止兩人爭執。

大臣們已按官階順序站成兩隊，趙源杰和高風遠急忙走進隊伍裡。大臣們面容肅穆地整理衣冠，緩步前行走進宮門，兩側的錦衣衛校尉分立兩旁，寧騎城站立在漢白玉臺階上，凝視著依次而入的大臣，一如既往的冷若冰霜。

朝臣走進大殿，百官按文武品級左右分開，品階高的站在前排，低的站在後排。大殿裡早有太監在四處掌了燈燭，御座前的香爐裡燃了檀香。

御前太監走進大殿，朗聲宣告：「皇上駕到——」

王振躬身扶著皇上朱祁鎮走上御座，他的目光飛快地掃視了一眼下面群臣，見李明義和王德章站在隊伍裡，稍微放下了心。群臣整齊劃一地跪下山呼萬歲，儀式已畢，御前太監朗聲道：「有本啟奏，無本退朝。」

「臣，有本。」

寂靜的大殿突然傳來一個蒼老的聲音。大家順著聲音去尋，原來是工科給事中陳友中。大殿裡一片死寂，氣氛驟然緊張。陳友中五十多歲，唇下的鬍鬚已發白，此時由於緊張和衝動而顫動著。

王振的目光越過陳友中瞪了下李明義，不滿溢於言表。李明義嚇得渾身一顫，他也搞不懂怎麼突然蹦出來個陳友中，原本他是想第一個站出來啟奏的，不想被這個老東西搶了先，再看王振那陰成鍋底的臉，更是嚇得魂差點出了竅，便用惡毒的目光狠狠瞪著陳友中，這頭老倔驢，在朝中是出了名的直言極諫。

皇上朱祁鎮微微皺了下眉頭，他心裡有些厭煩這些言官，一言不合就要死要活的，又不好當著群臣的面表現出來，只好很有耐心地道：「愛卿，你要奏何事呀？」

「陛下，臣斗膽當著眾臣……」陳友中雙目突然炯炯閃亮，露出決絕之意，他唇齒輕微戰慄，語氣也有些不連貫，但在寂靜的大殿裡卻異常清晰響亮，「控告王振欺君罔上、陷害忠良、結黨營私的大逆之罪。臣不敢相瞞，王振之罪罄竹難書、罪孽滔天、人神共憤。臣若不供呈給陛下，怎對得起頭頂上的烏紗，還請陛下聖聰明斷。」

寥寥數語，就像是往大殿裡扔來了一個炮仗，一下子炸得滿屋子人皆驚恐異常。連親近陳友中的眾人也被他直諫的率性所震驚，更何況王振的擁躉了，一個個嚇得面如死灰，驚懼異常，就是王振一時也愣在當地，毫無反應。

「你……你說什麼，你老糊塗了吧？」朱祁鎮迷惑地探下身，有些不悅地看著陳友中，「你可知誣告罪加一等？」

「臣，句句屬實，有本可查。」陳友中篤定地舉起奏章。

「陛下，臣有本。」突然，李明義聲音尖利地喊了一聲，他臉色蒼白，額頭上滲出大顆的汗珠，剛剛陳友中的參本差點讓他驚厥過去，若是今兒個因自己的失誤導致陳友中的參本讓皇上看到，自己豈不被王振恨死，如今他的小命便攥在王振手裡，他一家數十口豈有活路？顧不了這麼多了，拚了！他高喊著把手中參本高高舉過額頭。

朱祁鎮急忙把目光從陳友中轉向李明義，見是禮部尚書，有種解圍的輕鬆感，遂點了下頭：「愛卿，快講。」

「陛下，請容臣稟明。」李明義視線內瞥了王振一眼，見他面色鐵青，又聯想到昨日王振對自己的叮囑，他明白王振的判斷是對的，那些人現在要對他們下手了，王振倒了，下一步就輪到他了。如此他只能硬著頭皮站出來，臨時起意，即使胡編也要把這潭水攪渾。「臣，告陳友中私結黨羽，誣告忠良，意在行忤逆之罪。」李明義話音剛落，群臣皆已驚出一身冷汗。陳友中只是控告王振陷害忠良、貪汙銀子，罪之大不過還在朝堂上，而李明義所說私結黨羽行忤逆可是跟皇帝作對呀，這是要株連九族的大罪呀。

「哈哈，李尚書，你說我私結黨羽可有證據？」陳友中轉過身鄙視地望著李明義問道。

「哼，」李明義冷笑一聲，「九月初八你在家裡廣邀群臣飲宴，你們當時在密謀何事？」

陳友中喉嚨裡「咯」的一聲，他本來就有喉疾，此時急火攻心臉色突變，剛要回答，就聽一個洪亮的聲音在身後炸開了。

「陛下，臣可以證明此事，」禮部左侍郎王德章上前一步道，「當日微臣去國子監正巧路過陳府，李尚書所言不虛，微臣親眼所見陳友中在府門外迎客。」

皇上朱祁鎮的臉色沉下來，盯著陳友中：「你可還有話說？」「陛下，臣冤枉呀，那日是老母的壽誕……」

不等陳友中說完，李明義接著高聲說道：「陛下，當此大災之年，作為朝臣不能為君分憂，還聚眾宴飲，又私下結黨，請問是何居心？」

陳友中額上沁出豆大的汗珠，他沒想到李明義會揪住自己這個把柄不放。他在京城是出了名的大孝子，在老母八十大壽之日，他不顧幾個好友的勸說執意要為老母辦壽宴，大錯既已釀成，他無怨無悔，問心無愧。「老臣為母盡孝，難道這也是不良居心不成？」

「朕問你，你承認在府裡辦宴會了？」朱祁鎮不冷不熱地問道。

陳友中身後的趙源杰和高風遠聽到皇上如此一問，皆嚇出一身冷汗。兩人隔著幾個大臣，交換了一下眼色，趙源杰對高風遠點了一下頭，他們不能再任局勢如此急轉直下，陳友中此時已處於凶險之中，一個閃失便可能玉碎。

高風遠上前一步：「陛下，朝中人皆知陳友中是大孝之人，尤其對他老寡母，其孝心感天動地。」

「陛下，」王振躬身下了幾級臺階跪到御前道，「老奴只知天下有一種孝，就是對陛下盡忠，對朝廷盡力，肝膽塗地在所不惜，而某些人打著盡孝的幌子，背地裡卻做著見不了人的勾當。老奴就曾拒絕赴宴，而被人記恨，遭人陷害，請陛下明鑑。」王振一席話實在厲害，如此顛倒黑白，又如此能言善辯，氣得陳友中鬍鬚亂顫：「哼，老臣只知當臣應為朝廷盡忠盡力，卻不知閹人也可為朝廷盡力，難道你忘了太祖遺訓，內臣不得干預政事，干預者斬嗎？」這句話點到了王振的死穴，把王振氣得七竅生煙：「老奴雖為內監，但看到忤逆之事即使有違祖訓也要干預，陛下，陳友中已坐實聚眾私結黨羽之罪，請皇上下旨吧。」

如此公然干預皇上臨朝，早已激怒了眾言官。

刑部給事中韓峰走出佇列，高聲道：「陛下，不可聽王公公一面之詞，陳友中所奏王公公的罪狀是否屬實，可令三法司聯合勘審，定可查個水落石出，既可正本清源，又能為朝廷重振法紀。」

王振突然叫了起來：「陛下，你聽聽，這還不算私結黨羽嗎？陳友中的奏章還未到御前，他竟然要聯合三法司了，這恐怕早已是私下商議好的吧？」

「王振，你所犯下的滔天罪行難道也是我們商議出來的嗎？青天在上，你敢發這個誓嗎？」陳友中怒火中燒幾乎豁出去了。

「呸，老奴眼裡只有皇上，哪來的什麼青天、白天！」王振氣急敗壞地叫囂著。

「嗚呼哀哉，陛下，若太祖顯靈，豈容這等閹人玷污朝堂！」陳友中怒喝道。王振看到陳友中情緒失控，竟然把太祖都搬出來了，他哪裡知道這是皇上的軟肋，只需再一步就可把劣勢扭轉過來。他偷眼窺看皇上，心中暗喜，這一步也省了。朱祁鎮覺得全身的血液好像都湧到了腦門上，不提太祖還好，一提到太祖二字，就像是在搧他的臉，從他記事起太后就在他耳邊叮囑要謹遵太祖訓誡，他每天讀的也是太祖的書，連這些卑下的臣子也拿太祖壓他，更可氣的是居然稱呼他的先生為閹人！他四肢發顫，氣得連話都說不上來。

王振瞅準時機，撲通跪下：「陛下，老奴無臉再苟活，他們侮辱奴才是小，鄙視陛下你年輕好欺是真呀！」

朱祁鎮好一陣才緩過來，嘶啞著嗓子叫道：「反了，反了，朕平時尊你們是老臣，處處護你們周全，才讓你們如今越發失了綱常禮法，來人呀——」

寧騎城面無表情地從一側走過來：「陛下。」

「把他們兩人拉出去，廷杖三十，看誰還敢如此無視朝綱！」朱祁鎮喘著氣叫道。寧騎城轉過身，向兩邊一揮手，上來四個錦衣衛校尉，不由分說，上前拉起陳友中和韓峰就往外走。韓峰正值壯年，而陳友中已盡顯老態，怎能受下三十大板？

高風遠這時想到趙源杰的話悔之晚矣，他想保住兩人的性命，一轉眼卻看見趙源杰死死盯著他，這眼神是在提醒他不可再莽撞，高風遠心痛地垂下頭。

大殿外響起淒慘的哀號聲，不一會兒聲音弱下來。一個校尉走進大殿回稟：「陛下，三十大板已畢，兩個人……都斷氣了。」聽到校尉如此回稟，眾朝臣皆震驚不已，有的嚇得噤若寒蟬，有兩個言官當場跌坐到地上，好半天才爬起來。殿中一片死寂，這個時候皇上不發話，誰也不敢多吭一聲。

「唉，好生收殮吧。」朱祁鎮從群臣臉上，終於看到皇權高高在上的威懾力，心裡的那股氣頓消，只是沒想到這兩個人這麼不經打，他緩和下語氣，「眾愛卿，誰還有本要奏？」

「陛下，臣有本。」周浩文走上前，他中等個，唇上一小撮鬍子，眼睛細小但炯炯有神，此時由於緊張，細長的眼睛不停地眨動著，多了幾分狡黠。他偷眼望了一下李明義，從他眼裡讀出欣賞和鼓勵，這一下激發了他的鬥志。他能有今天全是李明義一手提拔的，他也清楚今天是他報恩的時機。他不再猶豫，鎮定地說道：「陛下，臣要奏的是……刑部侍郎趙源杰夥同兵部侍郎于謙通匪，搶劫銀庫，數額巨大，忤逆犯上，請陛下明斷。」

周浩文的話音未落，整個大殿又一次地動山搖，朝臣們個個驚悸恐慌，人人自危。趙源杰猛地聽到自己的名字，一時愣住，石雕般一動不動，他沒有想到他們這麼快就出手了，而且還直指于謙。不遠處的高風遠已失去耐心，他揪心地望了一眼趙源杰，決定不能再沉默了。

「大理寺少卿，你所奏之事可有證據？」高風遠高聲道出周浩文的官職提醒他，誣陷之罪在他可是要罪加一等的。

「鑫福通錢莊被劫當日，有蒙古人來錢莊以兌銅錢為由鬧事，後來後院銀庫就著火了，這時趙源杰就在錢莊附近並在側門出現，有錢莊家丁和管事可以做證，當日正在執勤的寧大人也可以做證，難道都是巧合？銀庫被盜後，北大營有兵卒調動，有兩輛運糧車不知去向，據西直門魏千總講，那日見于謙率兵卒十幾人和兩輛運糧車出城。」

周浩文不慌不忙侃侃而談，看來是有備而來。

趙源杰走出來，從陳友中和韓峰被廷杖起，他已有種預感，今天要過一次鬼門關，而且王振明顯是衝著他們來的。想到此他竟坦然了，只是他擔心高風遠也被牽扯進來。既然他們已經盯上了他，那他就得把一切擔起來，盡量減少牽連。趙源杰神態安然地一笑道：「周大人，如果按照你的說辭，只要是出現在案發現場的都是從犯，那麼何止這些人，我還可以說出許多。」

「你這是狡辯，」周浩文突然出其不意地說道，「于謙出城後去了哪裡？」

「他去山東換防。」

「哈哈，趙大人，」周浩文飛快地堵截住他，「你一個刑部的人如何會知道兵部的事，看來你們早已串通好了。」

趙源杰猛地清醒過來，中了周浩文圈套，他只想趕快撇清于謙的嫌疑，不想把自己兜了進去。趙源杰剛要開口，只聽周浩文接著說道：「趙源杰，即使沒有這件事，你通匪的把柄也早顯露出來。那次繳獲蒙古商隊弓箭盾甲，所抓的那個蒙古商人和古瑞，為何暴斃在刑部大獄中？其實他沒有死，有東廠的番役曾看見他出現在望月樓。是你收了蒙古人的好處，私下放的人吧？看來你們早有來往，與蒙古人勾結在一起。不僅如此，」周浩文說道，「據趙源杰府上一個小廝說，他與江湖中人過往甚密，與興龍幫幫主蕭天是把兄弟，蕭天曾幾次深夜來訪。更讓人想不到的是，興龍幫參與劫走錦衣衛詔獄要犯白蓮會堂主柳眉之，趙源杰也參與了那次劫獄，如此也坐實了他同白蓮會早有聯繫。如果沒有他的協助，興龍幫如何會如此輕鬆地把地道挖到詔獄地牢，救走柳眉之，而在他們刑部便有詔獄建造圖。」

「陛下，」周浩文緊接著說道，「現在，趙府小廝張小四，就在殿外，我可以當庭與他對質。」

周浩文洋洋灑灑一通話石破天驚，殿中一片死寂，群臣都在無比緊張地關注著事態的發展。

「哼，朕的朝中竟有如此忤逆之人，太讓朕失望了！還不快傳那個證人，趙源杰，我倒要聽聽你還有什麼話說。」

趙源杰額上滲出大滴的冷汗，從周浩文步步緊逼的說辭中，他看到可怕的一幕，也是他最不願看到的一幕，于謙和蕭天都被牽連了進去，而府中的小廝竟然出賣了他。此時，他才想起來，前些日管家陳順對他說小四不見了，他並未留意，不想釀成如此大禍，小四不僅見過蕭天，沒準還偷聽到了什麼。一想到此，趙源杰知道自己已被逼入絕境。

一個二十出頭的小夥子在錦衣衛校尉的帶領下，誠惶誠恐地走上大殿，他低著頭，腳下磕磕絆絆，渾身篩糠似的跪倒在地上。趙源杰扭頭一看，果然是張小四，他氣得眼神似刀般死死盯著他。張小四偷窺了一下趙源杰，低下頭匍匐到地上，再不敢抬起頭。

「張小四，你別怕，」周浩文得意地說道，「今天萬歲爺給你做主，你有什麼照實說就是了。我問你，你可認識這個人？」

張小四點了下頭。

「好，你把趙源杰怎麼與于謙勾結，聯通白蓮會和興龍幫企圖忤逆之事向萬歲爺一五一十說清楚。」

就在此時，誰也沒有看清楚趙源杰是怎麼跑過來的，因為太快，誰也沒有反應過來。趙源杰大喝一聲「狗奴才……」已抓住張小四的脖子死命掐下去，張小四掙扎著，眼裡露出絕望的光，他只吐出三個字「是他們……」已被趙源杰生生掐斷了氣。

離張小四最近的校尉反應過來，他上前抓住趙源杰的雙手，趙源杰轉身抱住校尉一口咬住他的脖子，一股血噴濺出來，校尉癱到地上。大殿裡一片驚叫，皇上嚇得一把抱住一旁的王振，大喊：「來人呀，反了。」

剛才還志得意滿的周浩文望著趙源杰，一邊驚慌失措地往後退，一邊擦著冷汗涔涔的額頭。大殿中間那個被鮮血染紅的校尉在地上做著最後的掙扎，在痙攣中更多的血噴出……

寧騎城帶著幾個帶刀校尉從偏殿向這裡奔來。眼見幾個校尉撲向趙源杰，只見趙源杰突然一轉身向大殿中一根柱子撞去，只聽「咚」一聲，頓時血染圓柱，趙源杰一臉一身的血，他搖搖晃晃轉過身，用盡最後一絲力氣，大喝一聲：「王振，你聽著，我趙源杰變成厲鬼也絕不放過你，絕不放過你！」說完，應聲倒下。

突如其來的變故驚得整個大殿上的人目瞪口呆，慘烈的現場，橫陳的屍身……身心脆弱的人支援不住倒下來，高風遠只覺喉頭一熱有些站立不住，一口血湧上來，讓他生生給咽了下去。一旁一隻手有力地扶住了他，高風遠扭頭一看是張昌吉，張昌吉花白的鬍子亂顫，眼神用力看向他。

高風遠想甩開他，但被那隻手死死抓住。

高風遠臉上的淚止不住流下來，他明白趙源杰是以自己的死堵住了被王振一夥撕開的口子，保全了大家。

這場變故讓王振和李明義也猝不及防，尤其是看到趙源杰滿臉鮮血臨斷氣前還在大殿上吶喊，那幾句話讓王振毛骨悚然。他原以為勝券在握，要一網打盡他的宿敵，沒想到趙源杰以死抗衡血染大殿，如今只能草草收場。他知道這種場合不能再讓皇上待下去，他躬身上前，發現朱祁鎮臉色煞白，嘴裡胡亂嘟囔著：「反了，反了……」

「陛下，老奴還是扶你離開這個血腥之地吧……」

王振的提議正中朱祁鎮下懷，他早就坐不住了，急忙站起身。王振一揮手，兩旁御前太監忙扶住皇上起身，一個御前太監匆忙喊了一聲：「退朝，皇上起駕。」

王振走到幾個錦衣衛校尉旁，咬牙切齒地叫道：「把這個逆賊的屍身拉出去餵野狗。」說罷，氣呼呼跟在幾個太監身後走了。

他們的身影一離開大殿，眾臣就四散而去。高風遠和幾個趙源杰生前好友一下就圍到屍身前。幾個帶刀校尉把幾個人推開，正欲拖走屍身，高風遠聚集在胸口的怒火一下爆發了，他衝幾個校尉大喝一聲：「誰敢動他，就從我的屍身上踩過去！」幾個校尉面帶猶豫，突見寧騎城皺著眉頭陰沉著臉走過來。

「寧大人，你看……這……」

「還不走，想讓他變成厲鬼去找你們？」寧騎城面無表情地轉身白了高風遠一眼，徑直向殿外走去。

幾個校尉像得了大赦一樣，飛一般向殿外跑。

二

接下來的兩天，各種小道消息像這深秋的風一樣肆無忌憚地刮向京城的大街小巷。雖然那日早朝之後，皇上因龍體有恙兩日沒上朝，大臣們都鎮定自若緘口不言，但是那日早朝上發生的事還是被添油加醋地傳了出去。

街頭巷尾都是議論的聲音，上仙閣也不例外，一早大堂裡便擠滿喝茶的各方來客，大家三五成群聚在茶桌前，說三道四，好不熱鬧。

「聽說了嗎？一個早朝下來，五條人命……」

「真是慘呀，看來這官也不是好當的……那個趙大人真是一個慘呀，聽說此人很是清廉……」

這兩人只顧說話，沒留神一個少年從一旁走過來撞到身上。「喂，小子，沒長眼睛嗎？」那個人剛要發火便認出少年來，「小六，是你。」

「三爺，是我，小六。」少年正是小六，他傻傻地笑著，「三爺，我正聽你說早朝的事呢，不小心碰著你了，聽說死了很多人？」

「去去去，一個娃娃家，這是你該操心的事嗎？」「你給我說說唄。」小六纏著問。

「想聽說書去戲坊子去。」那人把小六打發走了，繼續與好友聊天。

小六走到一邊，衝他們的背影扮了個鬼臉，他在這裡轉悠一天了，幫主讓他回城裡打探消息，聽來聽去也就這些。

自那日他們混進災民的隊伍出了城，便直奔瑞鶴山莊。直到前一天，上仙閣韓掌櫃派人到山莊捎話，說朝中出大事了，幫主才派他回來。這兩日他在大街小巷溜達，聽到的也是八九不離十，便準備動身回去。

小六回到瑞鶴山莊時已是黃昏，他一路跑到蕭天居住的櫻語堂，發現裡面坐滿了人。蕭天和玄墨山人坐在居中的太師椅上，兩邊依次是明箏姑娘、翠微姑姑、李漠帆、盤陽、林棲，還有玄墨山人的兩個徒兒吳劍德和陳陽澤。

小六看見大家神情凝重，忙跑進去單膝跪地道：「幫主，小六回來遲了，請幫主責罰。」小六舔了下嘴唇，正打算把在城裡打探到的事向幫主稟告，卻看見蕭天向他擺了下手。

「起來吧，」蕭天道，他緊繃著臉，臉色煞白，眼裡布滿血絲，「這件事我們已經知道了，盤陽比你早回來半日，你先下去吧。」

小六這才明白屋裡的氣氛為何這麼壓抑，大家都默不作聲，往日這些人往這裡一坐，嘰嘰喳喳好不熱鬧。他偷眼瞥了下明箏，發現她眼角還有淚光，突然想起來幫主和明箏姑娘跟那日死在乾清宮的趙源杰是有交情的。小六不敢久留，退了出去。

大廳裡眾人靜默了片刻，玄墨山人接著剛才的話題道：「此時冒險進京，恐不妥。」

「是呀，」翠微姑姑看著蕭天，有些急了，「趙大人之所以那樣做，還不是為了保全大家。你此時進京，豈不是正中王振的圈套？別忘了東廠的人無處不在呀。」

「大家不要勸了，我意已決。趙兄出殯之日，我必須去。」蕭天擰眉斬釘截鐵地說道。自從盤陽口中得知那日朝堂上的慘案，他的心就像是在油鍋裡煎熬，「趙源杰是父親生前最得意的弟子，在朝堂上無疑是一股清流，其志高遠，品如璞玉，一心想整肅朝綱。如今他慷慨赴死，我等如若貪生怕死連送他最後一程都做不到，還算什麼兄弟？」

「我也去。」明箏望了眼蕭天，「送他最後一程。」

在座的人互相交換著眼色，他們被困京城數月，好不容易脫身，如今又要回去。他們明明知道進京危險重重但又無法阻攔，蕭天已經把話說到這個份兒上，每個人都糾結著。

「這樣吧，我陪幫主和明箏姑娘一同前往。」李漠帆最後說道。

「也好，」玄墨山人看蕭天主意已定，知道他是一個重情義的人，也不再勸了，「有李把頭跟著，他對京城比你們熟，多少有個照應，我們也放心了。」

大家一看玄墨山人都同意了，便不再說話，各自起身回去安排了。屋裡只剩下了蕭天、明箏和李漠帆，兩人從各自的位置走過來，坐在蕭天的身邊。

明箏忍了許久的眼淚終於流下來，她低下頭抹淚，「蕭大哥，趙大人此舉當真讓我意外……」

李漠帆頗不平靜地說道：「是呀，幫主，我以前只認為江湖中才會有義薄雲天的真君子，我……我真沒想到朝中大官也會有這麼有氣節的！」

蕭天苦笑一聲，仰天道：「你們以為這大明江山是誰在扛著？朝中如果都是王振之流江山早就土崩瓦解了，是一批又一批像趙大人一樣有氣節的大臣在支撐著，江山如畫的背後，是血流成河。要論英雄，他們才是。」

「蕭大哥，此番進京你是否還有別的打算？」明箏盯著蕭天，長時間的相處已讓她對他十分了解，聽聞噩耗後，蕭天一直蹙眉沉思，眼裡逼人的戾氣是她從未見過的。

「不錯，剛才大家都在，我不能說，」蕭天臉色突變，雙眸似把利劍閃著寒光，「這個仇，不能不報！」明箏和李漠帆面面相覷，但很快兩人眼裡也燃起復仇的火焰，兩人幾乎異口同聲道：「對，報仇！」

「趙源杰的血不能白流，此仇不報，我誓不為人。殺了王振這個奸佞小人，為冤屈的忠良昭雪，這件事我義不容辭。」蕭天望著明箏和李漠帆，語氣堅定地道，「明日一早，咱們便出發，」蕭天想了一下，「為了避免麻煩，打扮成乞丐混進城。」

商量已定，三人便各自準備去了。

翌日辰時，三人穿戴妥當，向馬廄走去。蕭天遠遠看見翠微姑姑朝他們走過來。小六已經給三匹馬餵足草料，正準備套馬鞍：「幫主，翠微姑姑早早等在這裡了。」

「翠微姑姑，妳還有事要交代？」蕭天問道。

「昨夜我想了半宿，既然你進城了，何不趁機打探一下青冥的下落，那個張公公不是放出來了嗎？」

蕭天點了點頭：「我也正有此意，姑姑放心，我有辦法聯繫上張公公。」

「再有，你們一定要當心，東廠的人並不是都穿官服，小心靠上來的陌生人。」翠微姑姑囑咐道。

三人與翠微姑姑和小六告別後，翻身上馬，離開山莊後一路疾馳，趕在晌午前到達京城外一家叫迎客的小客棧。三人把馬匹寄存在此，用過午飯，丟下一錠銀子作為酬謝，囑咐掌櫃照料馬匹，就匆匆離開了。

店裡夥計盯著那錠銀子，嘟囔著：「穿得像乞丐，卻這麼有錢。」掌櫃白了夥計一眼，見怪不怪道：「你懂什麼？」

三人走到城門前，一眼看見太陽地裡一群曬太陽的老乞丐，便慢慢湊過去坐在他們旁邊。西直門外有重兵把守著，來往的行人、車輛都要檢查。城牆上赫然張貼著幾張嶄新的海捕文書，看見幾個熟悉的名字：狐山君王、柳眉之、明箏、蕭天。還有幾張離得太遠看不清。

「蕭大哥，怎麼你的名字也在上面？」明箏大吃一驚。

蕭天微微一笑：「我早就在上面了。」

「什麼？」明箏沒聽清，蕭天也不再解釋，盯著城門，想著進城之策。

這時，從城門洞裡過來一個車隊，守城的魏千總很快就放行了，從他們畢恭畢敬的態度上看，應該來頭不小。車隊打頭的是一輛行李車，上面整齊地擺放著幾個木箱，中間的馬車相當考究，從拉開的藍色帷帳間可以看見車裡坐著一位慈眉善目的老婦人，身邊還有兩個女僕。這輛馬車後面緊跟著兩匹駿馬，馬上之人皆商人打扮，他們身後跟著六個騎著馬的隨從。

「看樣子像是官宦人家。」明箏說道。

「哎，這個人看上去有些面熟。」李漠帆指著頭匹駿馬上的人，略一沉思，猛然想起來，「我想起來了，是高大人，高風遠。他常和趙源杰一起到上仙閣喝茶。」

蕭天一把抓住李漠帆的肩膀：「你可認清楚了？」

「沒錯。」

提起高風遠，蕭天突然想起有一次與于謙和趙源杰談話時說起過此人，他們政見相同，關係密切，與王振等宦官勢力勢不兩立。高風遠與趙源杰都同在國子監任過教習，一向很親近。蕭天略一沉思，為今之計也只能冒此風險了。蕭天猛地站起身，伸手拉了下破草帽的帽檐，壓低聲音道：「走，跟上他們。」

明箏和李漠帆一愣怔，還沒弄清楚蕭天的想法，只見蕭天已大步走過去。「找機會和他談談，最好讓他領咱們進城。」蕭天盯著車隊，回頭給兩人解釋道，「快去，把咱們的馬取回來，跟上他們。」李漠帆點點頭，迅速轉身向客棧的方向跑去。

馬隊前行得很慢，前面有行李車，中間有老夫人，不敢太快，高風遠也不催促，信馬由韁地往前走著。自那日從乾清宮回到家，幾日未眠，痛失好友的悲傷依然籠罩著他。

這時，後面一匹馬趕過來，馬上是府裡家丁：「老爺，咱們後面跟著三個人，鬼鬼祟祟的。」一旁的管家一聽，臉色一變：「不會是東廠的人吧？」

兩人的對話把高風遠的思緒拉回現實，他拉住馬轡繩，回頭查看。遠遠看見三個衣衫襤褸的人騎著剽悍的駿馬在馬隊百步之外，走走停停。馬隊快，他們也快，馬隊停，他們也停，甚是可疑。

「必須甩開他們，」高風遠一想到一會兒要去會面的人，馬上驚出一身冷汗，自責自己太不謹慎，如今的形勢稍有不慎便會有血光之災，「叫上幾個人，在前面的山路拐角動手，狠揍一頓，要他們知難而退。」

「是。」管家撥轉馬頭向後面跟隨的家丁馳去，他招了下手，跟過去四匹馬，馬上之人個個精壯，身背刀劍。

馬隊進入虎口坡，兩邊的山勢漸高。管家向四個家丁一點頭，四匹馬馳向山口的背陰處，埋伏起來。馬隊繼續緩慢前行。

半炷香的工夫，山口傳來兵器相碰發出的刺耳的響聲，接著傳來戰馬嘶鳴和喊聲。山口處騰起一股股塵土，漸漸地聲音小下來。

馬隊正好行到一個茶坊前，高風遠叫停馬隊，差人去茶坊給車上老夫人添些茶水。跟上來的管家得意地說道：「老爺，看那邊動靜，估計讓咱們拿下了。」

「好，拉回來審審，看受誰的指使。」高風遠吩咐道。

一陣馬蹄聲後，幾匹馬來到近前。高風遠和管家遠遠看見三個衣衫襤褸的人各自馬上綁著一個家丁，後面跟著家丁的四匹馬，另一個家丁獨自綁在一匹馬上。高風遠和管家面面相覷，驚得目瞪口呆，要知道這幾個家丁是他花大價錢從鏢局請的呀。

「來人呀，保護老爺。」管家一聲令下，剩餘的幾個家丁向來人圍過去。

「高大人，且慢！」蕭天把馬上被綁的家丁扔到馬下，高聲說道，「此乃誤會。」

「放屁，你個狗奴才，東廠的狗番子，休要我們上當！」管家和幾個家丁衝上來。這時，從路邊茶坊裡跑出來一個人，他跑到兩方中間，先是哈哈一笑，然後向雙方馬上之人拱手道：「高大人，且慢。」又回頭對蕭天道，「蕭公子，承讓。」

高風遠定睛一看，喜出望外，來人竟是于賀，于謙府裡的管家，于謙最信任的家奴。高風遠翻身下馬：「于賀，你家老爺呢？」他剛說完，臉色一變，想起對面的不速之客，忙警惕地望著蕭天，追問道：「你到底是何人？為何要跟蹤我？」

「這真乃大水沖了龍王廟，一家人不認得一家人。高大人，我家老爺候你多時了，你且跟我來見我家老爺，他會告訴你的，這是我家老爺的吩咐。」于賀說完，轉過身對蕭天道，「蕭公子，你也請吧，我家老爺今日出門遇到喜鵲，真是個好兆頭，果然又遇貴人。」

雙方從剛才的劍拔弩張瞬間變成故人，頗有些戲劇性，氣氛一時變得輕鬆起來，幾個被綁的家丁也被鬆了繩索。高風遠和管家一看，家丁一個個也都完好無傷，頓時對這三人神祕的身分產生了好奇，他們武功如此了得，高風遠也不由心生敬意。

蕭天三人翻身下馬，李漠帆拉住三匹馬拴到附近樹上，不放心地回頭詢問：「幫主，突然冒出的這人是誰呀？」蕭天沒有見過於賀，但聽他與高風遠的對話已猜出七八分，果然如他所料，高風遠出城是來密會什麼人的，沒想到是于謙，這也讓他喜出望外，他正愁聯繫不上他呢。

身後的明箏望著那個茶坊失聲笑起來：「蕭大哥，我進京城走的就是這條路，當時，我姨母也是去這個茶坊打的水。」

「我知道。」蕭天一笑。

「你如何知道？」明箏大惑不解。

「我們走的是一條路。」蕭天撂下一句話便往茶坊走去。

「啊？」明箏皺起眉頭，近來蕭大哥說話越來越讓人摸不著頭腦。

破敗的房舍裡走出來一個一瘸一拐繫著圍裙的羅鍋男人，看到一下子來了這麼人，高興得合不攏嘴，忙著招呼客人：「客官，小店就我一個人，既是夥計又是掌櫃的，招待不周，多多包涵。」

「掌櫃的，好茶伺候著。」于賀說著，引著眾人向一旁坡上一棵大榆樹走去，沿著石級上了坡，榆樹下有一個石桌，幾個石礅，桌邊坐著一個人，正是于謙。

于謙站起身迎接眾人：「高兄，蕭兄，別來無恙……」三人在這裡相聚真是意外之喜。于謙隨後把雙方的人簡要地介紹一遍。高風遠這才知道，原來這三個神祕的人其實早已耳聞，不止一次從于謙嘴裡聽說，可以說神交已久，只是沒有機會見面而已。

于謙先是把張雲通和蘇通在河南、山西賑災的事簡要給他們幾人說了一遍，大家很是欣慰。他是前日聽聞朝中變故，連夜趕了回來，朝局不明，雖然趙源杰以死化解了王振精心布局的這著棋，顯然這時他不宜貿然進京，便暫住在這個小店，著人前往高府，這才有了這次密會。

蕭天也說出自己進京的目的，原來大家想到了一起。一陣唏噓感慨後，大家把話題集中到趙府出殯一事上。

「現如今，趙府裡外都有東廠的番子，由於趙大人當堂撞死，血染朝堂，他與王振成為死敵，雖然沒有定下罪名，但懾於東廠的勢力，朝中大臣都不敢去祭奠。」高風遠憤然說道，「王振就是想殺雞儆猴，連出殯都不允許。」

「難道就沒有辦法了?」一旁的李漠帆插嘴道,「你們當朝的人就是太唯唯諾諾,在我們江湖,講究鋤奸懲惡,怕他做甚?」

對李漠帆的話,于謙笑而不答。高風遠感同身受,不住唏噓點頭。蕭天與于謙相視一笑:「兄長,你肯定已有了主張,不妨說出來。」

「李俠士話糙理不糙,」于謙接著說道,「其實趙大人已經給咱們指出了一條路,他的死就是答案,現在已經到了決一死戰的時候,不是咱們死就是他亡,到了今天,已無退路。」

「殺了王振,還朝堂一個清明。」高風遠雙眼放光,咬牙說道,「大不了去與趙大人做伴。」

「高兄此話差矣,既然出手,就要想出萬全之策,該死的是他王振,而不是我們。」蕭天突然開口道。

「蕭兄,你有何高見,快快說來聽聽。」高風遠盯著蕭天,自從知道這個沉默寡言的清瘦男子就是蕭天,對他甚是欽佩。

「各位,那日朝堂之事其實早已天下皆知,趙大人忠正廉潔的名聲也是盡人皆知,我們現在要做的就是大張旗鼓地給趙大人辦喪事,只要我們人多心齊,他王振能殺盡天下人嗎?古往今來,邪終究壓不了正。」

「說得好,蕭兄弟跟我想到一起了,」于謙突然站起身,胸有成竹地道,「高兄,我差遣于賀給你傳話說今日在這裡與你會面,要說的就是這兩件事,王振要除,趙兄的葬禮要辦,沒想到機緣巧合遇見蕭兄弟,他說得極是,邪不壓正,我們不應該怕他,相反,現在是他王振怕咱們的時候。」

「此話怎講?」高風遠一愣。

「你想呀,一個幹盡壞事的人,最怕什麼?」于謙笑道。

「對呀，對，對，我想起來了，」高風遠眼圈一紅，突然站起來，「我想起來趙大人臨死前的一句話，他衝著王振喊道，我趙源杰變成厲鬼絕不放過你……」

「厲鬼！」于謙大喝一聲，「好，我們就是他王振的厲鬼。」高風遠一愣，不知他在說什麼。

「哈哈，于兄，厲鬼這個差事就交給我來辦吧。」蕭天何等的聰慧，兩人心有靈犀。蕭天接著說下去，「先把王振嚇出病來，讓他不敢出門，咱們再大張旗鼓地給趙大人辦葬禮，讓全天下人都看著，是非自有曲直，公道自在人心。」

「好呀……」明箏雖然插不上話，但聽得熱血沸騰，不住地點頭。

李漠帆插了一句：「我看厲鬼讓林棲去扮最合適，我見過不少武林高手，但像林棲這樣練就一身輕功絕技的不多，簡直是出神入化，飛簷走壁如走平路，進出皇宮像進無人之地，太——」他正說到興頭上看見蕭天射過來的眼神，急忙閉嘴。

直到此時，高風遠才明白于謙和蕭天的計策，不禁拍手叫絕：「哈，有蕭幫主出手，別說厲鬼了，閻王爺也能搬來。」

「這個高兄放心，裝神弄鬼這種事交給兄弟我來辦儘管放心。」蕭天略一沉思道，「接下來，咱們說說怎麼除掉王振這個閹賊吧。」

三人上前，湊到一起，壓低聲音談論了約有半個時辰，這半個時辰裡，三人反反覆覆思謀每一個細節，直到三人都滿意。明箏和李漠帆站在遠處，不時望一眼這裡，李漠帆對明箏道：「三個臭皮匠，頂個諸葛亮。況且是三個聰明人，你就放心吧。」

一切安排妥當，高風遠突然想起一事，擔心地說道：「于兄，你回京如果讓王振知道，恐怕麻煩就來了。」

「哈……這就是我約你來這裡的原因，我扮作你的家丁潛入京城，這樣就不會引起他們的警覺，再說了，在這個時候，他們料想我不敢進京，此時在我家中或許是最安全的。」于謙說著，轉身望著蕭天三人，「不光是我，恐怕還有他們，都要扮作你的家丁，一起回京。」

高風遠恍然大悟，手指著于謙開懷大笑起來。

三

翌日黃昏，西直門外守城門的魏千總剛要發令關城門，就見一隊車馬行進到跟前，他認出是昨日出城祭祖的戶部侍郎高風遠大人，便迎著上前道：「高大人，此行一路還順暢？為何如此匆匆呀？」

「不瞞魏千總，我火速回京，因惦記著趙大人的喪葬之事，頭七我必去祭拜。」高風遠落落大方地說道。

說者輕鬆，聽者卻已驚出一身冷汗。魏千總也算是一條漢子，素來喜歡高風遠豪爽正直的品性，他緊張地靠近高風遠的馬身，壓低聲音道：「高大人，你在我這裡說說即可，千萬不要在別人那裡亂講，東廠的人這幾日四處抓人呢。」

「我不怕他們，我就是要去趙大人家祭拜，那是我的好兄弟。」高風遠說著頭也不回，催馬進城門。

魏千總搖搖頭，向左右兵卒一揮手：「查什麼查，沒看自個兒都往刀尖上撞，誰敢跟他呀。」兵卒散開，直接放行。魏千總望著他的背影嘆息：「難得呀，唉。」

馬隊進城後不走主街，專揀僻街小巷。此時晝市已休，街面清寂。不久，馬隊分成三股，各自消失在巷子裡。

蕭天三人一路騎行，來到西苑街。

李漠帆問道：「幫主，咱們是回上仙閣嗎？」

「不行，李把頭你忘了，」明箏提醒他，「上次劫詔獄，上仙閣就已經被東廠和錦衣衛的人盯住了，住進去不是自投羅網嗎？不過，總不能還回望月樓，翠微姑姑這一走，恐怕那裡也不安全。」

「聽說韓掌櫃把上仙閣經營得生意興隆，想不想去看看？」蕭天此話一出，李漠帆和明箏不由大眼瞪小眼，很是詫異。

「這……幫主，那地方太引人注意。」李漠帆道。

「不錯，最危險的地方也是最安全的地方，他們不會想到咱們還會回去。」蕭天說道，「于大人都敢回府，咱們就不敢嗎？就回後面的獨院吧，又隱祕又方便。」

「好。」李漠帆點點頭。當時買下上仙閣後面一個小院，只是為了安全起見不想讓外人買去，沒想到如今竟成了來京城後的落腳點。

三人繞過西苑街，經小巷到上仙閣後面，燒餅鋪外面的爐火已熄，從屋簷下飄出飯菜的香味。三人牽著馬走進窄小的過道，李漠帆抬腳踹掉木門上的銅鎖，推開木門，三人拉著馬走進小院後，李漠帆反身插上門閂。

小院裡一派凋敝，滿目荒草。明箏看見馬廄裡還剩有草料，便依次拉著三匹馬走進馬廄餵料。李漠帆抄起一把掃把開始掃地面的枯葉。

蕭天向兩人招手，一臉凝重道：「進屋，我有話說。」說完，他轉身走進屋裡，直接坐到落滿塵土的八仙桌旁，望著進來的兩個人，「昨日在虎口坡商議之事，事情重大，咱們必須從長計議。」蕭天望著李漠帆，「漠帆，你現在便出城，回瑞鶴山莊，去把玄墨山人、林棲、盤陽、小六、梅兒姑娘叫過來。」

「是。」李漠帆點了下頭，又疑惑地問，「小六和梅兒姑娘也叫來？」

「是，我有重要的事交給他們兩人，小六可以聯繫上宮裡的張公公，而梅兒姑娘對宮裡地形最熟。」

「是。」李漠帆由衷地佩服幫主思謀事的周全，他應了一聲，起身去牽了自己的馬，便離開小院。

屋裡只剩下他和明箏兩人，蕭天看著明箏突然說道：「明箏，妳不是一直想知道狐族的事嗎？這會兒也沒事，給妳講個故事。」

「蕭大哥，我以前問你，你總推託不願說，」明箏一臉驚訝地問道，「你今兒怎麼有心情給我講狐族的事？」

「因為我想既有機會進宮刺殺王振，何不趁此機會從宮裡救人，豈不是一舉兩得？」蕭天臉上浮上一個慘澹的微笑。

「從宮裡救人？救誰啊？」明箏一愣。

「翠微姑姑的親姪女，名叫青冥。」蕭天輕嘆一口氣，他沒想到自己在明箏面前說起青冥竟能如此輕鬆，以前他一直對這個名字諱莫如深，蕭天看了眼明箏，明箏瞪著一雙清澈的大眼睛盯著他，想聽他往下講，蕭天頓了一下，接著說道：「妳還記得在城門洞看到的海捕文書嗎？官府通緝的第一個人便是狐山君王，我還記得妳說街坊如何說來著？」

「說那個狐山君王，長相凶殘，白天是人形，夜裡是山狐，手撕大力士，口吞嬰兒，嚇死人了。」明箏說著笑起來，「都是街坊們編排的，不足為信，你既認識很多狐族人，那你也認識狐山君王吧？」

「認識。」蕭天一聲苦笑，「狐山君王，其實是漢人，他父親被貶到雲貴充軍，他隨父同行，路過湖南時被東廠高手追殺，生死一線時，被山上狐族人所救，當時父子兩人都身負重傷，便在山上療傷。救他們父子的便是狐族的郡主青冥。為了報恩，父子倆留了下來。老狐王與他父親相談甚歡，一高興兩位老人便要結親，於是，他便被封為狐山君王，在狐地只有郡主的夫婿才有這個封號。」

「啊，蕭大哥，你是說這個狐山君王是青冥郡主的夫婿？」明箏好奇地問道。

「他們只是有個婚約，卻並沒有成親，因此還不能算狐山君王，只是大家私下都這麼稱呼他。」蕭天接著說道，「不久，老狐王訂下大婚之日，但是誰也沒有想到在大婚的前一日，檀谷峪遭襲擊，東廠督主王浩率東廠和錦衣衛裡的大內高手，血洗狐地，逼迫老狐王交出狐族三個鎮界之寶：狐蟾宮珠、飛天翼和鑽地龍。老狐王不從，拚死抗爭，最後王浩搶走了青冥和狐蟾宮珠。老狐王死前讓狐山君王立下血誓，救出郡主，奪回至寶，重振狐族。」

明箏瞪大明亮的眼睛，心裡湧上一陣莫名的悲傷，過了片刻，她問道：「這位青冥郡主如何到了宮裡？」

「後來，狐族人多方打聽，才知道當年王浩搶到青冥後，驚豔於她的美色，為了討好皇上，便隱瞞她的身分，以江南美女的身分進獻給皇上，不久被冊封為妃子。」

「妃子？」明箏瞪大眼，「咱們要把皇上的妃子搶過來？」

蕭天默默點了下頭，他抬眼盯著明箏，看見她若有所思的樣子，便問道：「明箏，妳怎麼了？」

「我在想……青冥，你說的這個妃子，我是不是見過？我再想想……」明箏擰著眉頭，冥思苦想。

「妳在哪兒見過？」蕭天一愣。

「當然是在宮裡。」明箏回了一句。她想起那個月夜在宮裡匆匆所見的白衣女子，太短暫，夜裡也看不清面容，只記得一雙黑得不見底的憂傷的眸子。「若那日我見到的女子是青冥，她的處境並不好，她想回家，她在樹上刻著日子，一天刻一道，很是可憐。」

蕭天盯著明箏，瞬間臉色變得煞白。

「蕭大哥，你怎麼了？」明箏看見蕭天臉色突變，有些擔心地問道。

「明箏，妳難道一點也不好奇我為何如此了解狐山君王嗎？」蕭天咬了下牙，他不想再隱瞞下去。

「你說過呀，你行走江湖多年，結交了很多朋友。」明箏覺得蕭天此刻很是古怪。蕭天看了眼明箏，突然說道：「狐山君王，便是我。」

「你……」明箏一時沒有反應過來，她站起身瞪著蕭天，簡直不能相信，明箏頭「嗡嗡」直響，有些站立不住，她原以為經過近半年的相處她對他已十分了解，她已把自己託付給他，一心對他，把他看作未來的夫君，但是，此時此刻他竟然對她說他是狐山君王，那個叱吒風雲的傳奇人物，那個狐王令背後的主人，竟然是他！如此驚天動地的祕密，他一直隱瞞著她。

蕭天一步上前，扶住了她：「明箏，我不該隱瞞，但是，這個身分太危險，我不想……」蕭天沒有說完，明箏已經掙脫了他，往外面跑去。

蕭天一個箭步擋到前面：「明箏……」

「蕭天，你對我到底隱瞞了多少事？」明箏渾身顫抖，憤怒地喊道，「自從我們相遇，你一次次地變換身分，從一個落魄書生，到家父舊友之子，後來變成興龍幫幫主，怎麼又變成了狐山君王，你是孫猴子，會七十二變嗎？」

「不是變出來的，是……是我本來便是。」蕭天有些語無倫次。

「你本來是什麼？」明箏氣得眼淚直流，「對了，蕭天，我還少說了一樣，你還變成別人的夫婿了！」

明箏氣得嗚嗚哭起來。

「那個故事你也聽了，我和青冥根本沒有成親，只是有婚約而已，」蕭天看著明箏，一旦挑破了這層紙，心裡便痛快了許多，他扶住明箏的肩膀，安慰道，「救出青冥，是我報她的救命之恩，把她送回狐地，是我對老狐王發的誓言。」

明箏抬起頭，淚眼婆娑地看了眼蕭天，不放心地問道：「你以後能做到不再對我隱瞞嗎？不會又變出什麼別的身分吧？」

「再不敢對妳有任何隱瞞。」蕭天信誓旦旦地說道，突然眼神一晃，又想起一事，急忙低聲下氣地說道，「對了，還有一事，春上在虎口坡你救下的狐族老人，其實是我，只不過戴了假面。除此以外，我蕭天再無隱瞞。」

「什麼？我救下的狐族老人原來是你！蕭天……你……」明箏氣得揮拳向蕭天一頓亂捶，還是不解氣，氣得大哭。明箏想起虎口坡那個血腥的黃昏，原來那時起他就在她身邊……明箏回想起往事，臉上陰晴不定，感慨不已。蕭天以為明箏為自己的隱瞞在生氣，忙解釋道：「明箏，當時那種情況，是不得已呀。」

蕭天一邊給明箏擦去臉上的淚，一邊急得抓耳撓腮，急忙轉開話題說道：「別哭了，夜裡咱們要去拜訪一個人。」

「誰？」明箏果然中計，瞪著他沒好氣地問。

「于謙。」蕭天笑道。

「為何突然去拜訪他，你們不是才見過面嗎？」

「當時不便多說，去見他，也是要向他坦白我的身分，救青冥，我想得到他的首肯。」蕭天說著，拉著明箏重新坐下。

第二十二章　宮廷深深

一

宮牆外，圓月初升，雖說仍是秋日，乍來的寒氣，還是讓人有明顯不適之感。偌大的皇宮，一片清寂，涼風陣陣，只有值夜的宮女太監瑟縮著躲在避風之地，不時走出去應一下差。

小順子就沒有這麼幸運，外面剛響起二更的梆聲，就被執事太監陳公公從床上拽起來，叫他去請高公公來司禮監。一出司禮監大門，一陣風捲著幾片枯葉猛撲到他臉上，他渾身一顫，不由抱緊雙臂。

「呸……呸……」他吐了幾口唾液，重新把身上單薄的衣衫裹緊，把腰上的帶子繫緊。門外的甬道一片漆黑，本來在甬道中間有一盞夜燈，不知何故，此時卻熄了。

好在有月光，小順子低著頭抱著膀子向高昌波所在的印綬監走去。不遠處有一個影子晃了一下，小順子沒在意，以為是哪個小太監也像自己一樣倒楣，夜裡被差遣辦差。

影子突然躥起來，在半空裡晃著。

這次，小順子看見了，這一看不打緊，幾乎把他的魂嚇出來，他顫聲喊著：「親娘呀……」只見一張雪白的面孔，披頭散髮，頭髮四處飛揚，臉上似乎還往下掉血滴，是鬼無疑。鬼在半空中晃蕩，一會兒飄到宮牆上，一會兒又飄下來……小順子掉頭就往回跑，一邊跑一邊沒命地大叫：「鬼來了，有鬼呀，鬼要吃人呀……」

小順子迎面撞倒一個人，兩個人摔到一處，發出劈里啪啦的響聲，原來是正打此處路過的守更人，被小順子撞到，梆子錘頭掉一地，他顧不上去撿，訓斥小順子：「毛手毛腳瞎嚷嚷個啥，哪兒有鬼？老子天天在這塊地兒溜達，鬼呢，鬼呢？」

小順子認出此人是天大膽，便一把拉住他，顫著手向他身後一指叫道：「天大膽，你……你往後……在你身後……」說著，撒腿就跑。不多時，小順子聽見後面傳來嘶啞的喊叫聲，天大膽眨眼工夫便攆上小順子，由於他人高馬大，雙腿得力，一會兒便從後面跑到小順子前面，聲如破竹般沒命地高喊：「鬼……鬼……有鬼呀……」喊聲在空曠的甬道傳出去很遠，一些院門打開，一些小太監和小宮女好奇地探出頭，他們辨認出是敲更人天大膽的喊聲，便驚慌地關死院門。近日，這條甬道常鬧鬼，前日一個小宮女遇到，被嚇出病來，現在還躺在床上。今天連敲更的天大膽都遇到了，更是讓人深信不疑。這消息像此時的寒風一樣迅速刮到宮裡每一個角落。

司禮監掌司陳德全聽完小順子的講述，也嚇出一身冷汗。但是王振吩咐要見高昌波，還要過去傳話，他看著哆嗦成一團的小順子，寬慰道：「你多提個燈籠再走一趟，鬼最怕燈火了，快去吧。」

小順子豈敢抗命，只得從一個燈架上又提起一個燈籠，硬著頭皮走出去，磨磨蹭蹭地出了司禮監大門，他高舉著兩個燈籠，一邊走一邊嘴裡念念有詞「阿彌陀佛，阿彌陀佛……」

沒走多遠，聽見前面有腳步聲，小順子大喊：「鬼呀，別找我呀，我和你一樣是可憐人呀！」

「小順子，是我。」

小順子抬眼一看，原來是萬安宮裡的張成，見他手裡抱著一包蠟燭，神色慌張地走過來。

「張公公，你從哪裡來，可是見……」

「有鬼，我見了，嚇死我了，宮中誰不知道，俺們宮裡都不敢熄燈，這不，我又求神拜佛找到一包蠟燭。」張成極其誇張地又描述了一般，小順子聽後腿都軟了。張成明知故問道：「外面鬧鬼，你小子還跑出來幹麼，往鬼嘴裡撞呀？」

「我，我去辦差呀，去請高公公來司禮監。」小順子帶著哭腔說道。

「不就是到印綬監嗎，我正好回萬安宮，繞一下而已，行了，今天算你小子運氣好，你找個避風的地方貓一會兒再回去吧，改日你小子得好好孝敬我一下。」

「那是，那是……」小順子頓時喜笑顏開，不勝感激地對張成拜了拜。張成望著小順子屁顛屁顛跑回去，方長出一口氣，沒想到今天如此順利，前幾日他在這一帶晃來晃去，也沒有遇到司禮監的人。

三日前，小六冒充他的姪子在宮門外等他。他這才知道李把頭和幫主已經回到京城。自他從浣衣局回到萬安宮，就在康嬪的指使下四處活動尋找青冥，秋月這丫頭也總是催促他，但是在偌大的皇宮尋找一個人，宛如大海撈針。上月末，太后跟前的拂衣姑娘打聽到一件事，一個廢妃企圖挖地洞逃走，被關進乾西里。

這個消息一告訴康嬪，康嬪和秋月就要去乾西里看看，為了賄賂守院的太監，康嬪給他一些首飾讓他拿外面當了換銀子，那日他找機會出宮，不想竟遇到了小六。

小六傳了幫主的話，他這才知道宮裡鬧鬼是怎麼回事，聽到幫主謀劃的事他震驚到無以復加，但是害怕歸害怕，他還是咬牙應下了，心想自己一個風燭殘年的廢人，被蕭幫主和恩公高看一眼，能為他們所用，此生也無憾了。近幾日他幸災樂禍地看著宮裡平日裡耀武揚威的一眾人等如今被嚇得鬼哭狼嚎的模樣，暗自佩服幫主的謀略。

他正苦於沒機會見到王振身邊的人，恰如累了有人給塞了個椅子，小順子的出現讓他順理成章輕鬆地便見到高昌波。他按照小六的吩咐，一路上想著要說的話，不知不覺已走到印綬監門外。院門敞開著，從裡面冒出一股濃煙，發出刺鼻的艾葉的味道。張成認出一個小太監小通子，正往火裡扔艾葉。

「小通子，你在幹什麼呀，老遠都嗆得慌。」

小通子回頭看見是張公公，道：「俺家爺說了，這樣可以驅鬼。」

「你家爺呢？帶我去見他，我有事回稟。」張成在院子裡左右張望，除幾個小太監忙著熏艾，其餘的都歇下了。

「爺在屋裡，歇了。」

「快去給我傳話，我剛從司禮監那邊過來，有事回稟。」小通子一聽司禮監三個字，立刻扔掉艾葉往正房跑去。不一會兒，小通子跑過來說：「爺讓你進屋回稟。」

張成掀開棉門簾走進房裡，看見高昌波披著棉氅坐在炕上。張成急忙把懷裡的一包燭火放到門旁，走到炕前向高昌波請安。

「張公公，什麼風把你吹到我這兒了？」高昌波慵懶地抬眼皮白了他一眼。

「高公公，如今宮裡鬧鬼，嚇得那些小子都不敢出門了，便替小順子帶個話，你說他一個勁地求我，大叔大叔地喊，我也不好回絕不是。就請高公公過司禮監一趟，先生有事要吩咐你。」

「嗨，如今這宮裡是越來越沒有規矩了。」高昌波罵道。

「可不是咋的，」張成說著，又湊前一步，壓低聲音道，「剛才在司禮監外的甬道裡，又碰見鬼了，也不能怨小子們，太嚇人了，一看就是一個來尋仇的厲鬼，別說那幫小子，連我這個土埋半截的老傢伙都被嚇住了。往年也聽聞宮裡鬧鬼，但從未撞見過，只當是那些宮女嬤嬤沒事嚼舌根消遣來著，但這次不同，是真撞見了，在幾個宮上面飄來飄去，那冤孽氣太重。」張成說著心有餘悸地縮了縮脖子。

「這個楣頭衝的，唉。」高昌波剛才的精神頭被澆滅了一半，人也萎了下來，搖著頭嘆道，「唉，如今咱們還要出去當差，這可如何是好？」

「我早年認識一個道長，聽他說過厲鬼的事，厲鬼身上怨氣太重，如不及時驅走，消解他身上的怨氣，讓他附身到債主身上，那個債主就會陽氣耗盡而亡。」張成瞪大眼睛看著高昌波。

「啊，」高昌波渾身一震，挺無助地看著張成問道，「我讓小子們熏艾葉，你說有用嗎？那你說，這鬼到底是衝著誰來的？」

「肯定不是衝著我來的，我賤命一條，撞見幾次了。」張成大喇喇地說了一句，突然壓低聲音道，「明擺著，誰身上命案多，就……」

高昌波瞪著眼睛點點頭，「可有破解之法？」

「我看只有請道長做法場，驅鬼消怨。這事你問我，可算找到人了，妙音山上三清觀，有一個姓高的道長，法力無邊，你老可以打聽打聽，快得道成仙了，這事得速辦，要不道長成仙了就不過問凡間事了。」

高昌波騰地從炕上下來，心裡突然有了主意，他衝外面高喊：「小通子，準備燈燭跟我出門。」高昌波轉回身，望著張成客氣地道：「張公公，我就不留你啦，哪日閒了過來咱哥倆喝兩盅。」

「一定，以後還要仰仗高公公，那小的就告辭了。」張成躬身退出去，到門口抱起那包蠟燭往外走。

張成走出印綬監發現自己後背已經被汗溻濕了，他慢慢騰騰地走著，不一會兒，聽見一陣腳步聲，他回頭看見高昌波帶著兩三個小太監挑著幾個巨大的宮燈向司禮監的方向走去。張成露出笑臉，想到託付的事辦妥了，心裡一陣高興，不由哼起小曲，向萬安宮走去。

小通子提著兩個燈籠走在前面，高昌波走在中間，後面還跟著倆小太監高舉著宮燈。一路上陰風陣陣，小通子手不住地抖著，燈籠也跟著亂晃。

「你個小崽子，沒吃飯嗎？走個道都走不穩。」高昌波抬腳踹了下小通子，小通子身子一趔趄，差點摔倒。

高昌波急著趕路，生怕在道上遇到什麼不祥之物。此時招他去司禮監一定有大事，近來王振閉門不出，除了按時去向皇上請安，幾乎不邁出司禮監半步。估計跟宮裡鬧鬼有關。宮裡有人傳說，那日早朝趙源杰頭撞廊柱而亡，現如今變成厲鬼索命來了。

高昌波想到王振此時的處境，感到自己的機會來了。他隱忍多年，追隨在王振身邊，一直在等這個機會，是時候亮出他的利劍了。他王振如今已沒有可以倚重的人，而寧騎城的真面目也該揭開了，想到這裡，高昌波一陣冷笑，沒想到自己無意間布的一個局，竟然結出意想不到的果實。

小順子蹲在司禮監大門外的石臺下，看見燈影，迎著他們跑過來。

「你小子，從我身邊出去，到了這裡還不老實，可真會耍滑，看我不到你主子面前告你，還不去開門！」高昌波嚇唬他道。

「爺，小的不敢了。」小順子忙跑去開門。

高昌波徑直往裡走，穿過庭院，走向正房。此時陳德全已站在院裡候他多時，他迎著高昌波過來，壓低聲音道：「高公公，請跟我來。」

陳德全引著高昌波走向偏房，屋裡很暗，只有一盞夜燈。進門就看見門旁立著四個身負武功身材高大的東廠高手，腰間佩有寶劍。高昌波往裡面看，只見王振坐在正中的太師椅上，身後的暗影裡站著兩人。

「德全，看座。」王振臉上堆著笑向高昌波招手。

高昌波急忙上前請安，禮畢後躬身坐到陳德全搬來的椅子上，「先生深夜招老奴來，有何吩咐？」

「你在外面都聽到些什麼，如實說來。」王振面色疲憊地盯著高昌波，昏暗的燭光下，只看見他的雙眸混濁，眼袋臃腫，雙頰塌陷，整個人憔悴不堪。高昌波心下也是一驚，可以看出這些天王振的日子不好過。

「先生，」高昌波略一尋思，湊身向前道，「宮裡這幾日鬧鬼你也知道了吧，宮裡都傳開了，說是趙源杰變成厲鬼來找先生了。」

「笑話，我怕他一個死人做甚？」王振瞇起眼，雙眸裡射出冷酷的寒光。

「先生，你當然不怕鬼，你是在世鍾馗，專抓小鬼。但是宮裡那些人怎麼能與先生你比，大家惶惶不可終日，時日長了，恐要出亂子，要是皇上過問起來，事便大了。」

高昌波短短幾句話說到了王振心裡面，他望著高昌波問道：「你可有什麼破解之法？」

「先生，這你可是問對了人，別的我不知道，但獨獨對此我還知道一二，我認識一個道長，驅鬼降妖，人間獨一份。」

「說來聽聽。」王振混濁的眼眸裡精光一閃。

「妙音山三清觀，一個姓高的道長，是我本家，法力無邊，請他來宮裡做法場，一來可以驅趕鬼怪，二來也可以安撫宮裡人心。」

「哈哈，區區小鬼，不足掛齒。」王振滿意地看了高昌波一眼，「我明天一早，就去稟明皇上，在宮裡辦一場大法事，這個事就交給你來辦，讓那些好嚼舌根的蠢貨看看，別以為拿一個小鬼就能嚇住我。」

高昌波一愣，本來是想在王振面前討個好，出個主意，沒想到王振卻讓他來辦這麼大的差，頓時有種受寵若驚的感覺，急忙起身應下，「小的一定盡全力辦好差，請先生放心。」

「坐下，」王振向他一擺手，臉上也有了笑容，顯然心情好了許多，「此時找你來，不是為了說這個，昌波，你對寧騎城怎麼看？」

高昌波聽到王振稱呼自己名字，而不再稱呼公公，心裡一熱，瞬間兩人的關係拉近了不少，又聽王振提起寧騎城，高昌波心裡一動，嘿嘿笑了一聲。

「寧騎城？」高昌波偷偷瞄了眼王振，他在宮裡混了這麼多年，別的本事沒有，就有一項，會察言觀色，會說主子想聽的話。他知道王振疑心重，朝中大臣能監視的都有東廠的人盯著，不能監視的就打發到地方。莫非王振也對寧騎城起了疑心？他直了下身子，心裡一陣竊喜，看來自己終於等到了時機。他壓抑著自己的衝動壓低聲音道：「先生，寧騎城這個人仗著自己一身武藝，從來不把別人放在眼裡，桀驁不馴，像一匹野馬，他這個人可不好說。」

「哼，只管說。」王振陰沉著臉。

「唉，我就奇了怪了，那個于謙在詔獄待了幾個月，出來的時候竟然活蹦亂跳的，這以後處處與先生作對，先生不覺得奇怪嗎？」

「你是說……」

高昌波向王振跟前湊了下，壓低聲音道：「先生，有一事，老奴不知當講不當講？」

「何事，只管說來。」王振皺起眉頭。

「說到此事，我得先說一個人，此人叫陳四，是原東廠百戶，一次跟隨我去詔獄提審于謙，不知何故惹惱寧騎城，被打殘，斷了隻手臂，趕出東廠。這陳四不服，揚言非報此仇不可，至此伺機跟蹤寧騎城尋機報仇。陳四祕密跟蹤寧騎城四個月，把他的老底掀了個底朝天。陳四找到我，說要揭發寧騎城，告他忤逆之罪，我把陳四安撫住，也沒有主意，苦於不知怎麼辦，不想此時先生問我此事，我……」

「竟有此事，若是妄言相誣，可是滅九族之罪。」王振眼神凶惡地瞪著高昌波。

高昌波眼皮一抖，顫聲道：「當時老奴也是如此相告，那陳四說寧騎城與東陽街馬市的蒙古人有祕密來往，有兩次夜裡，看見蒙古人深夜潛入寧府，不知密謀些什麼，很晚才出來。陳四說寧騎城有一個蒙古女人叫和古帖，而且還信誓旦旦地說寧騎城是蒙古人安插在朝中的奸細。」

王振瞇起眼睛陷入沉思，臉上一片陰晴不定。過了片刻，王振緩緩說道：「若陳四所言屬實，這倒是讓我想到，當初與蒙古人交易弓箭，也是他的提議。想想近日接連發生的事，鑫福通傾注了我多年心血，被劫一空，那個八卦門掌門修築的密室，也能被破解，若說他沒有嫌疑，鬼才信，也只有他有這個手段。唉，真不讓人省心呀。」

「先生，照我看，這陳四所言也未必可信，寧騎城是孤兒，流落在京城被招入錦衣衛，還是你提拔的他，看他身手不凡還認作乾兒，不能讓陳四一家之言壞了你們父子之情。」高昌波偷偷乜了王振一眼，笑著說道。

「哼，什麼父子之情。」王振瞇起眼睛，臉色越發陰沉，「此人不得不防，你去把陳四祕密帶來，我要見他，我要親耳聽到事情的真相。」

「是。」高昌波站起身，畢恭畢敬地躬身道。

「自王浩死後，東廠督主一直空缺，本想讓寧騎城一肩兩職，幸虧還沒有落到實處。現在看來，我對他希望越大失望也越深，若能證實陳四所言非虛，絕不會輕饒他。」王振直視著高昌波，鬼火般的雙眸一閃，「這個位置你先擔著。」

高昌波渾身一激靈，愣怔了片刻，突然雙膝跪地叩頭，幾乎帶著哭腔喊道：「謝先生厚愛，老奴無能無才，怕辜負了先生的重托呀。」

「既用你，你便有可用之處，你對我的忠心日月可鑑，外人我再也信不過了，起來吧。」王振向他擺了下手，「把你印綬監的差事交給得力的手下人，明天便到東廠衙門辦差吧。」

高昌波眼淚鼻涕齊下，急忙用袖子抹去。年近五十突然官運來了，那東廠督主是何等的風光富貴，是他這麼多年夢寐以求的，連朝中重臣都得忌憚三分。看來寧騎城的揹運來了，像那樣一個叱吒風雲的人物也有今天。

「你先給我辦三件事，」王振吩咐道，「第一件事，派個最可靠的人盯住趙府，還有趙源杰他的那群狐朋狗友，看看誰敢去趙府祭拜！第二件事，找道長，就是你說的你的那位本家，來宮裡做場法事！第三件事，你們東廠給我盯緊馬市那幫蒙古人，還有寧騎城，我倒要看看他還耍什麼把戲。」

「先生，小的全記下了。」高昌波畢恭畢敬地說道。

「如今朝局不穩，皇上自那日受了驚嚇，一直心情不好，太后操勞過度身體欠安，真是一團糟呀，所以，你我要同心協力，杜絕那種事情再發生，對朝臣中敢忤逆犯上者皆殺之。」

高昌波額頭上冒出豆大的汗珠，他低著頭一個勁地點頭稱是。

「你回去吧，我也乏了。」王振閉上眼，向高昌波揮了下手。

高昌波躬身退出，門邊的幾個持劍護衛給他打開大門，然後「砰」的一聲，大門在他身後關上。高昌波用袖口擦了下額頭的汗，心想，一個屋裡住進六七位東廠高手護衛，看來王振也怕了。

高昌波一想到接下來要做的事，興奮之餘心裡更是怵得慌。要他去對付那個神出鬼沒的寧騎城，他還真是沒有多大的把握。思考片刻，高昌波突然找到了自信，寧騎城說到底不過是一介武夫。

二

寧騎城此時騎著他的黑駿馬獨自出城，他哪裡會知道宮裡發生的變故，近日諸多不順讓他心煩意亂，連續的失手也讓他高傲自負的自尊心受到重挫。

他的腰牌和繡春刀掛在一處，他懶得拿出來，但明眼的守城兵卒看也不看，直接開了城門，別的錦衣衛他們認不準，但寧騎城哪個不認識。

寧騎城打馬疾馳，頭頂上一輪圓月如影隨形，似乎在提醒他今天是月圓之夜，按約定今天柳眉之必須來面見他。從不帶香囊的他，今天腰間繫了一個，裡面有為柳眉之準備的一丸丹藥。寧騎城一聲冷笑，緊咬牙關，想著一會兒見到柳眉之這個傢伙該怎麼對付他。

出京城十五里，青石鎮外有一片湖，白天是個垂釣的好去處，夜裡這裡人跡罕至，卻可以欣賞湖光月色。但對他們這樣各懷心事之人或許只求個僻靜。這個地方是柳眉之選的，寧騎城有一次打此路過，只記得有一片湖。當他頂著月光騎馬走近湖邊時，也被這裡的美景柔軟了一下心腸。他翻身下馬，把馬拴到湖邊的楊樹下。此時湖邊空無一人，湖面在微風吹拂下，一道道泛著銀光的漣漪蕩向岸邊。

寧騎城負手而立，高大的身影在岸邊投下長長的影子。四周一片寂靜。寧騎城估計了一下時辰，已經近四更，可是仍然不見柳眉之來，他的忍耐已快達到極限，任月影一點點西移，眼看東邊已泛起一絲魚肚白。

這時，從山路方向響起一陣馬蹄聲。一騎自東面飛馳而來，馬上一個白衣人緊打馬背，呼嘯而來。寧騎城急忙躲到樹後，看見那匹馬飛快地奔到湖邊，馬上之人四處張望。

沒等馬上之人轉過身，寧騎城已閃身來到馬下，飛身一躍把馬上之人拽到馬下，三下兩下就制服住壓在腿下。柳眉之憤怒地喊道：「放開我，你個瘋子……」

寧騎城扳過那人面孔，確認是柳眉之後，這才住了手，一把拉他起來，「我以為你不來了，再晚一會兒，我就把那顆解藥餵魚了。」寧騎城陰陽怪氣地說道。

「給我，快給我。」柳眉之軟下來，知道自己鬥不過他，這時不能激怒他，便緩和了語氣說道，「我已經拚全力了，騎了幾個時辰才到這裡。」

寧騎城聽聞他的話，仔細打量著他。柳眉之摔得不輕，趔趄了幾下才緩緩站起身，腿仍瘸著。今兒個他沒有穿女裝，一身白色長衣幾處被劃破，碎布片在風中飄著，看來他沒有說謊，應該是從遠處緊趕而來。

「說，此時他們在哪裡？」寧騎城努力壓抑著自己的衝動，這個問題困擾了他許久。

「說……說不清楚，荒山野嶺，地名我也說不清。」柳眉之吞吞吐吐地說道。

「柳眉之，我跑這麼遠不是聽你說這個的，」寧騎城看出柳眉之在跟自己兜圈子，胸中一股惡氣往上翻，「能讓你活著離開京城就說明你還有可用之處，如果你對我沒有用了，你的下場就和雲一樣，你的書僮雲你還記得吧？」

柳眉之渾身一顫，雲如魔鬼的身影時常出現在他的噩夢裡，每次聽到這個名字都讓他顫抖不止。但是說出瑞鶴山莊等於把那些人送入寧騎城的魔爪下，別人都好說，唯獨明箏，他仍然是放不下。

「想好了嗎？」寧騎城盯著他問道。

「把解藥給我。」柳眉之想著必須確保解藥到手，他才會考慮告訴他多少。自他在詔獄不幸吃下那個可惡的「鐵屍穿甲散」，他一直生活在恐怖之中，每天起床第一件事就是照鏡子，查看自己皮膚有無變化，直到確定自己吃下去的解藥是真的，他才能放下心。

「想要解藥，就要拿出東西來換，這樣才公平。」寧騎城冷冷地瞥著他，又走近一步，「還有，我問你，鑫福通錢莊那一票是不是他們幹的？」

「很多事他們是背著我做的，我真的知道的不多。」柳眉之一臉委屈地說道。

「那好，我告訴你，鑫福通銀庫是我找到八卦門，綁來他們的掌門雲山隱士修建的。當時我只接到王振的指派，去綁了人，其實並不知道是為他修銀庫，後來去了鑫福通才明白。八卦門可是奇門遁甲之祖，想要破解堪比登天，這麼多年安如泰山，為何此時被破？只有一個解釋，必是明箏參與了，你那個好妹妹，她就是一本活的《天門山錄》。此書從我手上被你盜走，只有我知道《天門山錄》中有八卦門的祕笈和暗語。如今，他們正躺在銀子上睡大覺呢，你還在這裡欺瞞我，對我說知道的不多。」

「他們搶劫了鑫福通錢莊？」柳眉之大驚，追問道，「這是幾時的事？我真的不知曉呀。」

柳眉之額頭上滲出冷汗，聽寧騎城如此一說，他腦子開始飛快地運轉回憶起來。從詔獄被救出來，他就被他們安排住進望月樓後院，還有兩個人日夜伺候他，不停地給他喝進補的湯藥，禁止他出門，說是外面查得厲害。那段時間他也特別貪睡，也不清楚原因，以為是在詔獄落下的病根。聽寧騎城一席話，他才頓悟，原來他們早就防備他，或許他喝的湯藥裡被加入了催眠的藥材也不是沒有可能，要不這些時日他為何特別貪睡，再聯想到他們身邊還跟著一個藥王玄墨山人，這還有何奇怪的，怪只怪被他們下了套，他還想著如何保全他們。

「那……他們會把銀子藏到哪兒？」柳眉之一想到他們搶了王振的銀子，而那些銀子足以買下一座城池，眼前幾乎冒出金星。

「哈，這個該我問你吧。」寧騎城掃了眼柳眉之，從他臉上的神情來看，不像是知情的樣子，便決定繼續刺激他，「你還為他們保守祕密，他們跑一邊數銀子的時候，想到你沒有？」

「別說了。」柳眉之憤怒地瞪了眼寧騎城，心裡明白他說的沒錯，蕭天與他之間的芥蒂是個死結，不可能化解，他們救他只是把他當作一個人情賣給了白蓮會，畢竟白蓮會信眾遍布大江南北，勢力很大。

「你真不知情？」寧騎城誇張地大笑起來。

「寧騎城，」柳眉之冷漠地繃緊下唇，湊近一步，眼神迫切地盯著他，「咱們來做一個交易吧，如果我把他們正在密謀的大事都告訴你，你可以把我身上的毒全解了嗎？」

寧騎城暗自一驚，然後發出一陣冷笑：「說說看，是什麼？」「你要向我保證一事，不要傷害明箏我才說。」

「這個你放心，我剛剛說過，明箏姑娘就是一本活的《天門山錄》，我疼她還來不及呢，怎麼捨得傷害她。」

「解藥。」柳眉之心一橫，衝著寧騎城伸手道。

「媽的，見你的鬼，都說我寧騎城奸，你比我有過之而無不及。」寧騎城怒火沖天地從腰間解下香囊，扔給他。

柳眉之雙眼放光地接過香囊，像一個餓久的人看見饅頭一樣，抖著雙手撕開就往嘴裡填，他大口地嚼著，努力分辨是否跟上月吃下的一樣，直到確認無誤，他才平靜下來。

寧騎城臉上掛著一絲冷笑，抱著雙臂看他吃下去，然後才呵呵笑起來：「這下放心了，說吧。」

「他們在瑞鶴山莊。」柳眉之淡淡地說道。

「哦？」寧騎城吃了一驚，他們果然去了這個山莊，他也已查明瑞鶴山莊在大蒼山和小蒼山之間的山坳裡，名義上是一個南方茶葉商人購置的，「往下說。」

「蕭天的身分你知道嗎？」柳眉之冷眼望著寧騎城，這下輪到他看寧騎城的笑話了。

「興龍幫幫主。」

「哈哈，那我告訴你，他就是你們費盡心思要找的狐山君王，你信嗎？哈哈……」柳眉之望著寧騎城呆愣的表情，一點也不覺得奇怪。他知道這個消息時比他還震驚，就在三天前，興龍幫的李漠帆回到山莊，叫梅兒跟他回京。臨走時梅兒偷偷跑來與他辭行，並對他說了他們要在京城幹的事，這個驚天的祕密，驚得他幾日未眠。

「還有一件事要告訴你，他們正在策劃刺殺王振。」柳眉之看著寧騎城愣怔無語的表情，快意地說道。

寧騎城往後退了一步，柳眉之透露的消息相當於狠狠搧了他一個大嘴巴，蕭天，這個在他眼皮底下的文弱書生，即使後來知道是興龍幫的幫主，也沒有引起他的注意。一個江湖幫派讓一個文弱書生當幫主只能自取敗落而已，但沒想到他……竟然是交過幾次手，幾次都沒能擊敗，武功之高，智謀之深，讓他深深敬畏的狐山君王。

寧騎城湊近柳眉之，惡狠狠地盯著他問道：「不會是你嫉恨蕭天，故意編排的吧？」

柳眉之不屑地一笑：「信不信由你，反正我知道的都告訴你了。」寧騎城掉頭就跑，飛奔到楊樹下，解開拴馬的韁繩，翻身上馬。柳眉之發現不對，追過來，大喊道：「寧騎城，你別走，我要你給我解毒——」

寧騎城發出一陣獰笑，根本不看他，催馬就走，一邊丟下一句：「下個月，月圓之夜，再見——」

「你個騙子！」柳眉之站在湖邊，放聲大罵。

三

刮了一夜風，萬安宮裡一片狼藉。花架東倒西歪，花盆碎了一地，滿院落葉。自從菱歌姑娘成為康嬪入主萬安宮，把一個空空蕩蕩的院子變成了種植園，各種花架、花棚，堆得滿滿當當。雖說院裡還住著一個惠嬪，但是惠嬪生性內斂，喜歡刺繡，幾乎足不出戶。

一早幾個宮女和太監就出來清掃，直到此時才清理出一小片地方。秋月從東廂房露了下頭，也跑過來幫忙，一邊掃地一邊埋怨：「媽呀，我的祖奶奶呀，種這些破玩意兒幹麼呀？」

一旁宮女小琴嘻嘻笑道：「秋月姑姑，也只有妳敢這麼說咱們娘娘。」

「你們不知道，咱們主子娘家是種地的，就喜歡種東西，以前愛種稻穀，現在用不著種稻穀，就改種花了。你看吧，要是宮裡斷了供，咱們娘娘保不齊就帶著咱們把這院子改稻田了。」

「秋月，我的珍珠簪子呢？」從東廂房傳來康嬪尖利的喊聲。

幾個宮女回頭瞅著秋月，小琴伸手指著秋月髮髻上別著的一支珍珠簪子道：「姑姑，在妳頭上。」

秋月恍然大悟，伸手把頭上的珍珠簪子拔下來，扭頭向東廂房走去，一邊走一邊吆喝：「戴妳個破簪子喊得震天響，妳像個當娘娘的嗎？」

幾個小宮女嚇得直吐舌頭，小琴鄙視地望了眼秋月的背影說道：「這個宮裡，娘娘不像娘娘，奴才不像奴才，唉，待在這個破地方，何時才有出頭之日，我看是沒指望了。」

「不，我挺喜歡康嬪的，很和氣呀。」一個小宮女說道。

「妳懂什麼，皇上都把咱這個地方給忘了，沒有恩寵，有何指望，妳瞧瞧別的宮裡宮女穿什麼，咱們穿什麼。」小琴撇了撇嘴說道。

「我說小姑奶奶們，有嚼舌頭的時間，院子也早清理完了。」張成風塵僕僕從後面走過來，衝著幾個宮女喊了一嗓子。

「咦，張公公，」小琴笑著迎上去，「我要的香粉帶來了嗎？」

「哎呀，下次出宮再說啊。」張成不耐煩地揮了下袖子，匆匆向東廂房走去。一路上穿過遊廊、花架、飼養鳥雀的大小籠子，張成直搖頭，心裡也不由嘆息，若是這些東西能讓菱歌姑娘和秋月姑娘緩解心中苦悶也不算白忙活。

此時菱歌已梳妝完畢，正與秋月坐著喝茶。兩人雖說是主僕，在外人面前也竭盡全力顯示著主尊僕卑，但在這個屋裡，大門一關，她們便變回好姐妹。

秋月一見張成過來，急忙起身迎上去，給他搬來一把椅子。張成一落座，就把昨夜的事向兩位姑娘說了一遍。

「張公公，你真見到那個鬼了?」秋月問道。

「是呀，真嚇人，如果不是小六說那是他們的人扮的，我真會嚇昏過去，那傢伙，在半空飄來飄去的。」

「這麼說，狐山君王和翠微姑姑都來了?」菱歌驚喜地問道，眼圈開始發紅。秋月一瞥菱歌，取笑道：「你看你，又來了。」

「我只見到小六，小六是我們興龍幫的，應該是跟你們的人在一起的，他只告訴我，抓緊找到青冥。」張成略一沉思，壓低聲音道，「你們的人正在籌畫這件事，他們扮鬼就是要嚇宮裡的人，讓他們去請道長來宮裡做法事，這樣他們就可以混進宮裡救青冥了。」

「太好了。」秋月和菱歌四目相望，不由潸然淚下，「總算熬到頭了，我們應該把這個消息快些告訴拂衣和綠竹去。」

「兩位姑娘，別高興得太早，現在你們還沒有去過乾西里，拂衣姑娘給的信兒也不知道是不是真的。那個地方住了許多人，年老色衰又無生養的妃子多了去了，還有宮女……得盡快去一次，看青冥是不是在裡面，這個呀，還得你們去認，老奴我可不認得。」

「是呀，」秋月點頭，「菱歌去不成，妳一個嬪妃跑那個地方做什麼，只有我們仨可以去，但是拂衣在太后身邊又走不開，只剩我和綠竹可以去了。」「嗯。」張成點點頭，「到時候我陪著妳們去，也好有個照應。」

三人正說著話，宮女小琴一路小跑進來：「回娘娘，印綬監的小通子求見。」菱歌看了眼秋月和張成，張成突然想起昨夜的事，忙向菱歌一點頭，菱歌輕咳了一聲：「叫他進來吧。」

片刻後，小通子喜笑顏開地走進來，給康嬪跪下行禮：「康嬪娘娘，小通子給你請安了。」

「起來吧。」

「娘娘，」小通子說著瞟了一眼張成，一臉喜色地道，「娘娘有所不知，高公公今兒一早被宣去了乾清宮，萬歲爺降旨，高公公如今成了東廠新督主，已經去衙門當差去了。」

「哎呀，當真是個大喜事啊。」張成說著，與菱歌和秋月交換了眼色，聽小通子往下說。

「爺叫你過去，有好事吩咐。」小通子笑著說。

「好，我這就向高公公賀喜去。」張成說完，想到自己亂了規矩，忙躬身向康嬪請示下，「娘娘，你看……」

「去吧，去吧，也代我問聲好。」菱歌心裡一動，她與秋月對視一眼，秋月心領神會急忙轉身取了一個包有碎銀的香囊走到小通子跟前，塞進了他手裡。小通子以前哪有過這麼好的待遇，急忙叩頭謝恩。

張成跟著小通子走出萬安宮，禁不住好奇，想問小通子印綬監到底發生了何事。小通子一路上把玩著秋月給他的香囊，高興得合不攏嘴，只是胡亂地敷衍他幾句。

張成真想踹他幾腳，但一想，這孩子也是可憐，自小被家人賣入宮裡，先不說進宮前淨身受的罪，在宮裡也沒過過一天好日子，從沒有看見過銀子。

「你小子，樂夠了吧？」張成拽住他一隻耳朵，問道，「高公公，不，高督主叫我何事呀？」

「這個，我哪會知道？」小通子笑道，「你過去就知道了，反正是好事唄。」

兩人正說著看見寧騎城從甬道走過來，他一身飛魚朝服像是從早朝下來，一路心事重重低頭快步走著。

張成靈機一動突然叫道：「小通子，高公公當上了東廠督主，不封你個百戶呀？」

「我哪有那命？」小通子說著看見走過來的寧騎城，心裡慌得慌，後半句咽回肚裡，身子不由往張成身後躲。

「見過寧指揮使。」張成急忙躬身行禮。

「你們剛才說什麼？什麼高公公，東廠督主？」寧騎城眼窩深陷，一臉憔悴。他昨夜從青石鎮趕回府，幾乎一夜未眠，早上急匆匆進宮來見王振，冷不丁聽見這兩個太監的對話，心裡咯噔一下，有種不祥的預感。

「寧大人，你還不知道呀，」張成笑著說道，「高公公現如今成了東廠督主，萬歲爺才下的旨。」

寧騎城的臉色變得慘白，他瞪著張成，這個一把年紀的老太監沒必要唬他，他急於去見王振的迫切心思在這一刻起了變化，這個消息像是一盆冷水猛地澆到他身上，他一陣陣發寒，停下來，望著遠處，不經意地問：「高公公此時是不是在司禮監？」

「是呀。」張成實誠地回答，一旁的小通子直拽他的衣袖。

寧騎城臉上現出一絲冷笑，本來自己一夜未眠，籌謀著怎麼去化解將要面臨的危局，現在看來，他可以休息幾天了。自詔獄出事，他被迫交出東廠大印，王振曾經在他面前不止一次表示過將上奏皇上讓他繼續坐鎮東廠，還說這樣可以將錦衣衛和東廠兩股勢力整合在一起……哼！寧騎城轉回身，心裡尋思著自己是不是有什麼把柄落在王振手裡，但腦子裡一片空白，這段時日發生太多事，對他來說首尾兩端顧此失彼，被人揪出點端倪做文章也是有可能。想到這兒他心裡已有數，他不由打了個哈欠，向宮門走去。

張成望著寧騎城的背影，暗自一樂，以前不可一世的寧騎城也有今天，看見小通子還一臉發怵的樣子，笑道：「瞧你小子的出息，怕他做甚，你家爺都成東廠主子了，知道嗎？連朝中大臣都要懼他三分，以後你小子腰杆挺直了，知道嗎？」

小通子半懂不懂地點點頭：「張公公，那東廠督主是多大的官呀？」

「傻呀！」張成拍了下小通子的腦殼，「看見寧大人了嗎，跟他一樣大！」小通子張著大嘴巴半天沒合上，直到張成走出多遠，他才反應過來，屁顛屁顛跟過來：「那你怎麼說爺在司禮監？爺明明在印綬監裡等你呢。」

「懂什麼？這叫殺殺他的銳氣，以後見咱倆要客客氣氣的……」張成胡亂給小通子解釋著，從知道高昌波成東廠主子那刻起，他就明白寧騎城在王振面前失寵了，少了這個人，他們的事就好辦了。

兩人走到印綬監門口，便被一圈人擋在外面。張成一看，全是各個宮裡被主子派來向高昌波賀喜送禮的，有太監也有宮女，都是各個宮裡有頭有臉的人物。印綬監裡忙成一團，小通子夠機靈，拉著張成從側面一個角門走進去。

小通子引著張成走到一個不起眼的待客室，輕敲房門：「爺，張公公給你帶來了。」

「進來吧。」

原來高昌波在這裡躲清靜呢，張成進門倒頭便拜，頭磕到硬實的地面上發出咚咚的響聲，嘴裡念念有詞：「奴才叩見東廠督主。」

「起來，起來吧。你小子就別來這一套了。」高昌波嘴裡雖這麼說，心裡還是挺受用的，臉上不由露出笑容。高昌波雖然貪財愛權，但畢竟在宮裡浸淫半生，見多了榮辱沉浮不過一瞬間，這個突如其來的大榮耀給他帶來一時的興奮過後，便是煩惱。他知道以前在印綬監悠閒的日子不復存在了，他如今要給王振賣命了。

一夜未眠的他，今早起來第一件事就是招兵買馬。在他離開印綬監前，得先找一部分心腹到跟前。

「張公公，你如今在萬安宮真是太委屈你了，今兒找你來，我也不拐彎抹角了，給你個痛快話，跟著我幹吧，保你有個好前程。」

「督主，你不是在開奴才的玩笑吧？」張成一時拿不準高昌波的心思，問道。

「跟著我到東廠，我給你個百戶幹幹，可好？」

「那敢情好呀，」張成又躬身叩頭，「謝高督主提拔，奴才定粉身碎骨報效督主恩情。」

「唉，」高昌波嘆口氣，憂心地說道，「奶奶的，這個差事不好幹呀，你要打起十二分的精神來，萬安宮的差你就放下吧，趕明我會打發人回明你家主子，你現在去辦一件事。」

高昌波伏在他耳邊說一句，張成一聽果然是請道長做法事之事，不由心中暗喜，更加佩服幫主的神機妙算。高昌波從案上拿起一塊腰牌交給張成，有了這塊東廠腰牌，便可輕鬆出入宮門。

張成從印綬監出來，一路疾走。走進萬安宮時，院子已經打掃乾淨。他沿著遊廊準備先向康嬪請安去，一路上想著突然降臨的好事，以後他就可以大搖大擺地公然出入這座宮城了，手裡不由緊緊攥住那塊腰牌。

大殿一側的窗下，一個宮女鬼鬼祟祟地在向殿內張望，從裡面傳來女人們嘰嘰喳喳的說話聲和笑聲。張成偷偷走過去，突然拍了那個宮女的肩膀，那個宮女嚇得一哆嗦，忙回過頭，竟然是小琴。

「你在這裡做甚？」張成問。

「啊，張公公，我，我看綠竹姑娘過來了，想向她打聽件事，要不，等她出來再問吧。」小琴尷尬地說著，又補充道，「她那個尚儀局的執事姑姑是我同鄉。」說著便退出去。

張成看著小琴離去，急忙邁步走進屋裡。此時康嬪坐在居中的座上，綠竹和秋月一邊一個正說到興頭上。三人看見張成進來，秋月高興地迎上前：「張公公，你可回來了，我們正說著要去乾西里呢。」

「我的姑奶奶們，妳們別只顧了高興，別忘了這是在宮裡啊。」張成突然壓低聲音，指著門外，「剛才妳們都說什麼了？外面有人呢。」

「啊，誰？」秋月驚叫道。

「小琴，我老遠看見她在這裡鬼鬼祟祟，不知她聽到多少，」張成看著三人，「妳們以後一言一行都要小心著點。這丫頭心裡鬼著呢。」

三人面面相覷，努力回想剛才都說了什麼，綠竹臉上一白，「我說，我說終於熬到頭了，再也不用在這裡提心吊膽了，做夢都夢到家鄉。」

「妳說妳這丫頭，心裡怎麼存不住一點兒事呢？」張成皺起眉頭。

「張公公，就算小琴聽到這些話，」康嬪說道，「她也不一定會明白我們說的是什麼，何況她倆咋咋呼呼的沒個正經。」

「是這樣最好，現在這個節骨眼可別出亂子呀。」

「張公公，一早小通子找你是為何事呀？」康嬪不放心地問。

「大好事呀，」張成從懷裡取出那塊腰牌，壓低聲音道，「簡直是神在助咱們，高昌波當了東廠督主，讓我跟著他做，還承諾給我個百戶試試。」

三人傳看著那塊腰牌，秋月走出去看了眼門外，關上房門。「張公公，你成了東廠的人，那宮裡的人巴結你都來不及了，」秋月道，「肯定不會為難你的，是吧？」

「哈哈，我就知道妳這個丫頭要說什麼，讓我帶妳們去乾西里。」張成說道，「你們現在收拾一下，康嬪要是去，得換上宮女的衣服，還要想好說辭交代好身邊的宮女。我在外面等妳們。」

一炷香的工夫，三人收拾停當，穿著清一色的宮裡低級宮女的服飾走出萬安宮。康嬪專門交代兩個平日裡受過她恩惠的宮女，說自己身體欠安需要休息，外人不可打擾，讓兩人守住寢殿大門。張成在宮門外看了三人一眼，點點頭：「一會兒，你們什麼也不要說，聽我的就是。」

沿著甬道，走出去不遠，天空便變成鉛色，不一會兒沙礫般的細雪便落下來。天氣驟然變冷，一路上也沒遇到幾個人，宮裡人都縮進屋裡取暖呢。一路上張成憑藉手中腰牌暢通無阻，走到乾西那幾所破院子時，雪下得更大了。

張成知道住在這裡的大都是廢妃和年老又無生養的嬪妃，但沒想到這裡竟如此淒涼，路過其他的宮總能見屋頂冒出取暖燃爐子的煙氣，這裡什麼也沒有，死一般寂靜。

院門邊的門房推開一條縫，一個白髮的老太監啞著嗓子叫道：「是何人呀，不知道這兒是什麼地方嗎？沒有太后口諭任何人不許進入。」

張成走到門邊，把手中腰牌在他面前晃了晃，道：「今兒個早上，萬安宮失竊，有人看見竊賊跑進這個院子，督主命我帶人來這裡看看。」說著一回頭，秋月走上來，道：「是呀，公公，我看見那個賊跑到這個院子，就麻煩你讓我們進去，一會兒就出來了。」說著，從手絹裡露出兩錠銀子，老太監眼睛一亮，接過銀子，不放心地交代：「要快點出來呀。」

四人依次從窄小的木門走進去，院裡空空蕩蕩只有兩排房子，房間裡黑咕隆咚寂靜無聲。

「快點，挨著房子找吧。」張成吩咐道。

三姐妹卻愣在當地，她們在皇宮待了大半年，眼見的都是碧瓦紅牆，滿眼浮華，不承想皇宮裡面竟然有這麼破敗的院子，院子裡住的都是人老色衰的嬪妃宮女……三人不禁一片悲涼，瞬間聯想到自己不由一陣心驚。

「姐妹們，咱們可不能老死在這裡，一定要找到青冥郡主，逃出這個鬼地方。」秋月像對自己發誓似的說道。

綠竹緊緊拉住菱歌的手，兩人也是這麼想的。張成在一邊低聲叫道：「還愣著幹麼？」

三人迅速散開，張成和秋月跑到南邊那排房子，菱歌和綠竹跑到北邊。

「唉，真遭罪呀。」張成說著，看著面前殘破的木門，輕輕推開，裡面一排三張炕，上面躺著三個花白頭髮的女人，張成望著秋月，秋月搖頭，道：「不是，我們郡主才二十二歲。」兩人從屋裡走出來，走到第二個木門前。

門開著，裡面有兩個中年女人坐在一個小幾上，一個給另一個梳頭，兩人看見有人來，呆瞪著雙眼盯著他們，一動不動。

兩人轉身就走，一直走到第三間屋子前，突然，從北邊傳來菱歌的喊聲：「秋月，過來——」菱歌的聲音裡有驚喜又有恐懼。張成和秋月交換了個眼色，立刻向她們的方向跑去。綠竹站在路中間向他們招手：「快來，在這裡。」秋月一愣，弄不清綠竹話裡「在這裡」是指她們還是指青冥郡主，她的心怦怦亂跳，張成扶了她一把，她才站穩。綠竹引著他倆走到其中一間房裡。屋裡很暗，只有靠窗一張炕，此時傳來低聲的抽泣，菱歌跪在屋子當中高低不平的地面上。

秋月愣了一下，眼睛這才適應這裡的陰暗。她看見只有一層薄被的炕上，背對著他們坐著一個女人，一頭烏髮一直垂到地面。秋月猛然醒悟，菱歌以前是服侍郡主梳頭的，看來這個女人必是青冥了。

秋月鼻子一酸，撲通跪下，綠竹也跟著跪下。

「郡主，我是菱歌呀！」

「郡主，我是秋月。」

「郡主，我是綠竹。」

過了一會兒，那個背影緩慢地動了一下，慢慢轉回身。三人都暗吃一驚。青冥面容雖無大變，但是卻消瘦得厲害，膚如白雪，雙目猶如一潭湖水漆黑深邃看不見底。昔日那個秀雅輕靈、天真無邪的青冥郡主已消失得無影無蹤。

青冥瞪著那雙漆黑的大眼睛，看著她們就像看見幻覺一樣，一臉的不相信。她遲疑地轉動著眼珠，依次看過菱歌、秋月、綠竹，片刻後，臉上有了變化，她張開嘴，但是什麼也說不出來，突然，她眼裡溢滿淚水……

「郡主，我是菱歌。」菱歌撲到她面前，「我們來救妳出去……」

「妳是菱歌？」青冥終於認出菱歌，向她伸出一隻手。菱歌站起身，走到青冥身邊，一把抓住青冥冰涼的手：「我是，郡主，我們找妳找得好苦呀！」

「你們……」青冥已經很長時間不說話了，她艱澀地吐出每一個字，馬上就被淚水所打斷，她已經很長時間不會流淚了。但是，突然看見她們，她好像從一具行屍走肉又變回了人，她感覺自己身上一點一點有了氣血，她張著嘴，臉上的淚流進嘴裡，菱歌拿手帕給她擦淚，她想了半天，終於說出她想說的話，「狐山在哪兒？」

「郡主，是狐山君王安排我們進宮來找妳的，這次一定救妳出去，咱們一起回狐地。」菱歌心酸地說著，不忍看她。

「回狐地？真的嗎？」青冥慘白的臉上飛上一層紅暈。

「郡主，妳一定要保重身體，」秋月湊上來說道，「要不，狐山君王看見妳這個樣子會心疼的。」

青冥漆黑的雙眸閃了閃，她點了下頭。在這暗無天日的後宮生活了五年，彷彿已經過去了一生，她原以為以後就這樣了。她不是沒有抗爭過，死過又活了過來，人有時候總想一死了之，但死到臨頭，又有牽掛，為了那一絲牽掛，又會頑強地活下去。青冥閃爍的雙眸一瞬間又恢復死寂，她嘆了口氣：「讓妳們如此費力，救我一個廢人，我於心不忍。」

「郡主，妳如何說出此話？老狐王升天了，我們狐族只有郡主妳了，大家都在等著妳呢。」菱歌幾乎抽泣地說道。

也不知是菱歌的話感動了她，還是她看見菱歌她們被感動了，青冥突然上前抱住了菱歌：「我好想妳們呀，想檀谷峪……」

「郡主，妳一定要振作起來，咱們的好日子就快來了。」秋月在一邊安慰道。

「是呀，」綠竹也插話道，「狐山君王智慧超群，他會做到的。」

「姑娘們，時辰不早了。」張成一直站在門口望著院子，這時，他回頭催促著她們。

「郡主，我們必須走了。」菱歌握住青冥的手，青冥身體一抖，雙手猛地抓住菱歌的手，「別走……」

「郡主，別怕，我們再來就是帶妳離開這裡的時候，妳要多吃食物，一定要保重。」菱歌說著，禁不住哭起來。秋月走過來硬拉住她走出去。

四人沿著窄小的木門走出乾西里。張成給三位姑娘指了回去的道，然後，他們就分開了。他準備出宮，他急著把宮裡的事轉告李把頭，張成目送三位姑娘離去，便匆忙向宮門走去。

第二十三章　上山之路

一

張成出宮，一路上遇到不少跑過來跟他打招呼的太監，有熟悉的，也有不熟的。這群人平時看著不起眼，但他們的耳目最明，嗅覺最靈。為了在這片紅牆下活著，個個都有一套趨炎附勢的本領。

張成知道高昌波坐上東廠督主寶座，自己連帶著也沾了光，如今他走到哪裡甩一下手中的腰牌，任何人都不敢再小看他，他彎了十幾年的腰終於可以挺直了。人一旦心氣順了，精神也跟著好起來。想到這一切，他便由衷地感激李漠帆，若不是他，他早已暴屍荒野了，哪還有如今這種日子。

張成是一個知恩圖報的人，現如今恩人交付給他的事，他時時刻刻不敢怠慢，給興龍幫做事他也有種自豪感，再說與那幾個姑娘處熟了，漸漸把自己當作她們之中的一員，與她們感同身受。

張成出了宮門，一路比自己想像的還要順利。可見東廠勢力之大，在京城可謂是盤根錯節，呼風喚雨。他一路疾走，很快來到西苑街，拐進小巷，燒餅鋪前的爐火還在燃著，一陣烤熟的燒餅的香氣直鑽入鼻孔。

燒餅鋪前聚了一堆人，人堆裡突然跑出來一個人衝他笑：「張公公，你來了。」

「小六，是你小子，你家主子在嗎？」張成看見小六，提著的心才算是放到肚裡。

小六觀看了一下四周，引著張成走進一旁一個木門。

院子裡落了一層雪，馬廄裡拴著七八匹馬，林棲正站在院裡拌草料。小六進去後一溜煙跑進正房。不一會兒，蕭天迎出來，他身後還跟著明箏、李漠帆、梅兒、盤陽。幾人寒暄過後，立刻走進房間，李漠帆囑咐小六到燒餅鋪盯著街面。

張成一落座，就把宮裡這幾日發生的事說了一遍。屋裡眾人皆又驚又喜。驚的是高昌波成為東廠督主，寧騎城在王振面前失寵，他們少了一些麻煩！喜的是青冥郡主有了下落，一切的走向都比他們想的要順利。

「青冥姑娘在乾西里，看上去身體很虛弱，一定吃了不少苦，那個地方破敗不堪，比冷宮都不如，是一些年老色衰有病的宮人等死的地方。」張成說著，嘆了口氣。蕭天雙眉皺成一團，眼神裡滿是驚懼：「怎麼可能？」他說到一半停下來，張成的描述太出乎他的意料。他一直以為青冥進宮，再不濟也會生活無憂，比宮外漂泊流浪的日子會好，沒想到竟然是這個結果。他深深自責道：「我為何早沒有想到呢？」

明箏偷偷看著蕭天，他臉上的不安和緊張使她感到陌生，他在她面前的每一種情緒她都瞭若指掌。但此時此刻，她心裡很難過，想到蕭天背後還有另一個女人，那個幽禁在宮中的神祕女子，曾經與她還有一面之緣。那個美如仙子的女子與他還有一紙婚約……明箏不敢細想，他們費盡心力把她救出來後，她將如何面對她？一旁的李漠帆看到明箏神色有異，忙接過話題，與張成聊起東廠新督主高昌波，這才讓尷尬的氣氛活躍起來。「哎呀，張兄，以後見面，要改口叫你張百戶了。」

李漠帆樂呵呵地說道。

「狗屁百戶，還不是給高昌波賣命。」張成搖搖頭。

「那你以後行事可是方便多了，看來高昌波很信任你。」李漠帆道。

「這個倒是，我在宮裡也有年頭了，而且經常與高昌波打交道，他也了解我，多年受冷遇，沒有靠山，他都知道。」張成說著，抬眼看了下窗外，「呦，時辰不早了，我不宜在外久留。」

李漠帆看張成要告辭，便叫住蕭天，蕭天這才從混亂的情緒中回過神來，他站起身叮囑幾句，告訴他這邊妙音山高道長做法場的事一說定，就讓小六去找他。

幾人正要送張成出門，小六又風塵僕僕跑過來。蕭天讓李漠帆送張成，自己叫過來小六問道：「又是何事？」

「幫主，是于大人府裡的管家于賀，他在外面呢。」「快帶過來。」

不一會兒，一身腳夫打扮的于賀匆匆走進來，摘下草帽，說道：「蕭幫主，不好了，我家主人和高大人在妙音山被扣下了，我跑回來給你報信。」

「什麼？你慢慢講。」蕭天頭「嗡」一聲，此次謀劃的重點就是要請到高道長，這點對高風遠來說並不難，那高瑄道長是高風遠的叔伯，怎麼會在這上頭出了問題，難道還有隱情？

「今兒一早，我家主人扮作高府家丁和高大人出城，以前往妙音山占卜問卦為名，一路上都很順利。誰知道到了山上，高大人和我家主人進去就沒有出來，我在外面候了一夜，感到事出蹊蹺肯定凶多吉少，就跑來搬救兵，蕭幫主你救救我家老爺吧。」

這時李漠帆走回來，兩人說的話聽了大半，「這還了得，幫主，抄傢伙去救他們吧。」

「還沒有弄清事由，不可魯莽行事。」蕭天說道。

明箏在一旁偷笑道：「那個老道，最是古怪，他們貿然前往去找他，當然要碰壁了。」眾人全都轉向明箏，明箏卻不再說下去。

「明箏姑娘，妳如何知道呀？」于賀驚訝地問道。

明箏一笑，離開眾人跑到馬廄裡給馬匹餵草料去了。李漠帆看著蕭天，指指明箏：「也許你能問出點什麼。」

「這丫頭今天怎麼怪怪的？」蕭天皺起眉頭。

「是嗎？」李漠帆暗自發笑，作為旁觀者他看得很清楚，當著明箏姑娘的面，說要解救青冥，這事放在哪個女子身上也不會舒服。他暗自嘆口氣，心道：若果真把青冥郡主從宮裡解救出來，不知這兩位女子該如何相處，幫主如何選擇？想到這裡不由搖頭嘆氣，嘟囔道：「我看難呀……」

蕭天不去理會李漠帆，拋下他走到馬廄，看見明箏在餵她的棗紅馬，便也抱過一把草料站在她一旁餵馬，他看她一眼，突然一笑說了句玩笑話：「借妳的書用一下，好嗎？」

「我哪來的書呀？」明箏沒好氣地說道。

「那妳如何知道那個老道最是古怪？」蕭天問道。

「你——」明箏扔下草料，白了他一眼，她一句不疼不癢的話，就在蕭天面前露出馬腳，對，她是想到了《天門山錄》裡有關十大幫派的紀錄，其中一章就是三清觀。明箏想了想，搖搖頭，「一個怪人而已。」

「上面怎麼說的？」蕭天著急地問道。

「不知道你在說什麼。」明箏回嗆他道。

「《天門山錄》上怎麼說的？」蕭天耐著心又問了一句。

「我不想說，你能把我怎麼著？」明箏白了他一眼。蕭天直到此時才注意到明箏臉上的情緒，想到剛才張公公來後的變化，心裡什麼都明白了。他冷下臉，負手而立：「明箏，救青冥郡主是我蕭天義不容辭的責任，妳可以不說，但是難不住我。」

蕭天突變的臉色和決絕的語氣，讓明箏愣在當地，她從未見過他用這種語氣跟她說話。以前她故意氣他，而他總是默默忍受，從未計較。但此次，在救青冥這件事上，他發這麼大的火，讓明箏不禁有種百爪撓心的複雜情緒。

蕭天轉身離去，明箏下意識地一把抓住他的衣袖央求道：「蕭大哥，我不是有意的……我錯了……」

「妳沒錯。」蕭天站住。

「我知道錯了，以後再也不這樣了。」明箏低下頭。

「上面怎麼說的？」蕭天回過頭恢復了溫和的語氣。明箏偷偷瞥了蕭天一眼，看他恢復了常態，心裡對自己的這點出息一千個不滿意，恨不得揍自己一頓，但嘴上卻老老實實地說道：「《天門山錄》上說：現任道長高瑄，道法高深，性情古怪，供奉魯班，專伺機甲。」

明箏望著蕭天，看他正在用心思考，才鬆了一口氣。

蕭天不再理會明箏，開始思考這幾句話的意義，顯然這對說服高道長關係重大，他一邊想一邊踱回屋裡。屋裡幾個人正在討論。這時玄墨山人和兩個弟子正走進來，聽說了這事，也加入進去，一時間說什麼的都有。

「林棲，飛天翼在什麼地方？」蕭天突然扭頭問蹲在板凳上的林棲。

「在上仙閣。」林棲道。

「去取過來，一會兒咱們就出發去妙音山。」蕭天又面向于賀道，「于賀，我一會兒帶幾個兄弟跟你上山，你放心，我有辦法讓道長放了你家主人和高大人。」眾人望著他，看見他說得如此自信，明白他已有了主意。

大家分頭去準備了，明箏悄悄走到蕭天身後，小聲問：「蕭大哥，你有何法子去制服那個老道？」

「這個法子還是你告訴我的。」蕭天一笑。

「我？我何時說過呀？」明箏迷惑地看著蕭天，那樣子擺明了他不說清楚，絕不甘休的樣子。

「是不是你說，他專伺機甲？這樣一個痴迷機關遁甲的人，咱們就投其所好唄，飛天翼雖是狐族祕術，但早已馳名天下，被各派名流俠士所追崇，用它引出高道長，只要他肯跟咱們見面，便有希望說服他。」

「你可真夠狡猾的了，」明箏撇了下嘴角，「老道這麼不好說話，你能說服他？」

「高道長只是不願與朝堂之人打交道，所以我們過去，興許會有機會。」蕭天說著，眼睛望向院裡，看見林棲背著一個木箱走進來。

玄墨山人走過來：「蕭幫主，需要我的人，你言語一聲。」

蕭天一笑，拱手道：「前輩，你且在這裡休息一日，等我從妙音山回來，再做打算。」

玄墨山人領著兩個弟子回房間去了。其他人圍上來，看著蕭天，從眾人的眼神裡看出來，大家都想去。蕭天略一思索，道：「小六和梅兒姑娘留下，其餘人現在出發。」

眾人應了一聲，對蕭天的安排毫無異議，大家抓緊準備去了。李漠帆和盤陽去馬廄牽馬，他們一共五人，選了五匹最壯的馬。馬拉出馬廄，明箏才發現沒有她的棗紅馬，明箏返回馬廄，看見那匹棗紅馬臥在地上，她上前去牽它，棗紅馬一動不動。

盤陽跑過來：「明箏姑娘，這馬不知吃了何物，剛才口吐白沫，它行不了路，騎別的馬吧。」

「怎麼了？」蕭天走過來，看見臥在地上的棗紅馬，「你騎我的馬吧，時辰不早了，今晚必須趕到妙音山，明日一早進山。」

六人騎著馬分成三路出城，李漠帆一身富家闊商的打扮，和于賀扮作一主一僕先出城！盤陽和林棲打扮成鏢行鏢師背著貨箱第二個出城！蕭天和明箏扮成官家貴少相約出城狩獵也順利出城。

二

時值冬日，天上飄著雪花，城門的守城兵卒也沒有耐心細查，急著躲在避風處烤火呢。他們出城都很順利，不到一個時辰就在城門外的茶攤前會合了。

官道上人員車馬都很少，他們一行從一片片農莊、被白雪覆蓋的麥田，漸漸進入山裡。前方的路上，積雪越來越厚。天色暗下來，在白雪的映照下，天空變成灰暗的鉛色，雪野越發白得刺眼。馬行進的速度也慢下來，有些馬匹顯出疲態，呼哧呼哧喘氣。

而明箏騎的那匹大黑馬卻越發精神，它在雪地裡撒歡，越跑越遠。她聽見背後蕭天的喊聲：「明箏，穩住牠……」明箏甩鞭子拉韁繩想制服牠，但這匹大黑馬哪裡肯聽明箏的使喚，估計一路上都憋著這口氣呢，這時全使了出來。牠馱著明箏撒了歡地在林子裡亂竄，一會兒明箏就迷失了方向。

明箏環視周圍，除了乾巴巴的林木什麼也看不見，腳下是深淺不一的雪地，哪裡還看得見大家的身影。明箏氣得揮起手中鞭子打在大黑馬的屁股上：「都是你，和你的主人一樣，總想欺負我……」

馬開始尥蹶子，明箏被顛得一陣天旋地轉，手一鬆，從馬背上滑下來，重重地摔在雪地上。大黑馬在她身邊轉了一圈，便跑了。

明箏躺在雪地上，渾身酸痛，也動不了，眼睛直直地望著頭頂上的天空，一瞬間突然想到在那個世界的父母，她感到此時離父母如此之近，或許只隔了身下這一層薄薄的雪。一陣風過，樹枝上的落雪飄到她臉上，她閉上眼睛，臉上全是雪片。不知過了多長時間，一陣馬蹄聲傳過來。大黑馬在她身邊停下來，從馬上飛身躍下一個人。

「明箏……」

蕭天撲到明箏身邊，一把將她抱到懷裡，一隻手迅速解開身上大氅包住明箏冰涼的身體，用自己的體溫暖著她。他緊張地托起明箏慘白的臉，只覺得她的臉冰涼一片。

「明箏，妳不能……妳這是怎麼啦？」

當時蕭天發現大黑馬發飆就交代其他人先行進山，他催馬去追。他讓明箏騎大黑馬，是想著大黑馬腳力好，又健壯，會比較安全，沒想到大黑馬會發飆。他追了一會兒就失去了目標，心裡一陣後怕，他一邊尋找，一邊吹口哨。

可能大黑馬聽到他的口哨聲，從遠處發出嘶鳴。蕭天聽到後，迅速向那個方向追去，大黑馬似乎嗅到他的氣味，向他奔過來。蕭天看見大黑馬的身影，一陣高興，但是離近後卻看到馬背上是空的，那一刻，蕭天頭「嗡」的一聲，幾乎背過氣去。

好在大黑馬跟了他多年，通些人性。他一躍上馬背，大黑馬就嘶鳴一聲，帶著他在林子裡跑來跑去，最後終於找到這裡，看見明箏倒在雪地裡，安靜得似一片落葉，蕭天嚇得魂都飛了出來。

蕭天緊緊地抱著明箏，腦子裡全是明箏的音容笑貌，他早已習慣了有她在身邊，不管是吵吵嚷嚷還是賭氣生氣，只要她在便好，如果失去了她，將是他無法承受之痛。想想自己對她的苛責和不顧，他滿心悔意。

「明箏，妳不能死，妳一定不能死……」

「我要被你勒死了。」

蕭天聽見懷裡微弱的聲音，急忙低頭查看，只見明箏翻著白眼吐著舌頭。剛才還滿心悲傷的蕭天，瞬間被逗樂了，急忙鬆了雙手。

「明箏，妳好點了？」蕭天又驚又喜，雙手拉著大氅裹住她，不安地問道。

「一點都不好，我被你的大黑馬暗害了。」明箏活動了一下被蕭天暖過來的雙臂，要不是差點被他勒死，她真不願意動彈，賴在他的懷裡又溫暖又舒服，還可以就勢懲戒一下他的高傲自大，何樂而不為呢。

「是我的錯，本想著這幾匹馬就牠腳力好，想讓你省點力氣的。」蕭天慚愧地說道。

「讓我省力氣，我差點死在牠身上，怎麼辦，動不了了。」明箏開始耍賴。

「妳不用動。」蕭天說著站起身，一把抱起她，向大黑馬走去。

「蕭幫主，不，狐山君王，」明箏陰陽怪氣地說道，「你對你的這本書可真好呀，你就當我是書算了。」

蕭天嘿嘿一笑，也不說話，任她挖苦諷刺，他只管大步走到大黑馬前，把明箏放到馬上。

明箏大叫：「我不坐這個，牠不聽我的！」

「牠聽我的。」蕭天說著，躍上馬背，把明箏往自己懷裡一攬，催馬就走。似乎是為了印證蕭天的話，大黑馬在主人的手下異常乖覺和順從，馱著兩人步伐既輕鬆又沉穩，馬蹄敲打在冰凍的路面上，發出悅耳的「嗒嗒」聲。

明箏越發氣不過，嘴裡嘟嘟囔囔地說道：「喂，我沒說錯吧，這馬就是欺生，還有你，我在你眼裡就是那本書，你用得著，就翻幾頁，用不著就甩一邊，以後我改名字了，不叫明箏，叫《天門山錄》。」

蕭天任她在懷裡發牢騷，就是含笑不語。他望著遠處的山道，辨認著雪地上的馬蹄印跡，估計李把頭他們已到了山下。

前行了一陣子，蕭天突然覺得耳根清淨了，忙低頭一看，明箏靠在他懷裡已經睡著了。蕭天長出一口氣，一隻手緊緊攬住明箏，一隻手拽著韁繩，催馬前行。

前方已見山的輪廓，奔馳了幾十里山路，大黑馬也開始呼哧呼哧喘氣。蕭天望著山道上新鮮的印跡，推測李把頭應該就在前方不遠的地方，他拍了下大黑馬的腦袋，不忍再讓牠勞累，決定休息一下，明早定能趕上。蕭天小心地翻身下馬，還是驚動了明箏，明箏睜開眼睛問道：「到了？」

「沒有，咱們休息一下再走，大黑馬跑不動了。」蕭天扶著明箏把她抱下馬背。

「它會跑不動？」明箏瞪著大黑馬，終於出了心中一口惡氣，拍了拍大黑馬的屁股。

大黑馬搖了下尾巴，在他們身邊臥下，呼哧呼哧打著響鼻。

明箏走到一棵榆樹下，靠著樹幹坐下，這才發現自己身上披著蕭天的大氅，而他只穿著單薄的袍子。

蕭天在四周走來走去，身上佩劍發出叮噹之聲。不多時蕭天抱來一些枯樹枝擋在四周，既可以避風，也可以起到隱蔽的作用。

「蕭大哥，你別瞎折騰了，一會兒天便亮了，我們還指望你鬥老道呢。」明箏叫住蕭天。

「哦，不叫我『喂』了。」蕭天一笑，轉回身走到明箏身邊坐下。

「我想叫你什麼就叫你什麼，誰叫你變來變去呢。」明箏理直氣壯地說道。

「我何時變來變去了？」蕭天有些哭笑不得。

「那我問你，蕭書遠、蕭天、興龍幫幫主、狐山君王，這些都是誰？」明箏瞪著他。

「我承認這些都是我，但我從來沒有變呀。」「你敢說你沒有變？」

「我變的只是外表，這裡，初心不變。」蕭天說完，心裡一片敞亮。

「蕭大哥，我只想問你一件事。」明箏突然說道。

「什麼？」

「你能不做狐山君王，離開狐族嗎？」

蕭天看著明箏，沒有馬上回答。

「你已經為他們做了很多……」明箏哽咽著說。

「我必須完成我背負的重托，一些事是由不得自己的。」蕭天低下頭，沉吟了片刻，他站起身離開明箏向遠處的山路走去。

明箏望著他漸行漸遠的背影，臉上的淚嘩地流下來。

三

一陣馬的嘶鳴聲吵醒了明箏，她睜眼一看，天已大亮，蕭天正在往大黑馬背上套馬鞍，她發現自己窩在一片乾草裡，身上裹著大氅，不知睡了多長時間，自己是怎麼睡著的，明箏腦子裡一片混沌。

「醒了，快起來吧，咱們該出發了。」蕭天說著，又勒了下馬鞍。

明箏看他的臉色，一定是一夜未睡。唉，自己這點出息，該生氣時不知道生氣，該悲傷時不知道悲傷，她昨夜應該很傷心地哭了，竟然睡得這麼香，真是沒心沒肺呀。

「妳嘟嘟囔囔說什麼？」蕭天走到她背後問道。

「啊，我哪有說話呀？」明箏急忙自己翻身上馬，這次大黑馬很配合，很給她面子。

大黑馬歇足了，一路疾馳。兩人很快來到山下，李把頭他們正坐在一個茅草搭成的亭子裡喝茶，亭子旁有間木屋，一個村婦正坐在爐子前燒水，看見他倆急忙起身迎客。

「一起的，」亭子裡的李漠帆對村婦說道，「再準備些炊餅。」蕭天和明箏走進亭子，村婦端上兩碗熱茶。蕭天看村婦慈眉善目的，便接過茶碗，問道：「大嬸，這進山的路可好走？」

村婦臉色一變，問道：「你們要進山？你們是外地的吧？不知道這個地界的規矩吧？」

「啥規矩？」李漠帆問道。

「俺們在這裡住了半輩子，也只是在近處打個野鹿，逮個野豬，從不敢越過山門一步，你們也許不知道，這妙音山山頂就是三清觀，那些道士個個成仙成道，神龍見首不見尾，這些年口口聲聲要進山的人多了去了，卻只見去，不見回，也許跟著成仙了？」

農婦的話引得盤陽和林棲大笑，蕭天和李漠帆笑著直搖頭，只有明箏正襟危坐，認真地聽農婦說話。于賀聽後神情更加緊張。盤陽看著他笑著說：「村裡人沒事都愛編些神仙、妖魔鬼怪的故事。大家聽著圖一樂唄。」

蕭天和李漠帆走到一邊小聲商量了一會兒，然後，兩人走到眾人面前。「林棲，你穿上飛天翼到山頂見到三清觀的人，遞給他們這個，」蕭天說著，從懷裡取出烏金的狐王令，「就說狐山君王拜見高道長。」林棲接過狐王令，揣進懷裡。

盤陽和李漠帆打開木箱，于賀站在一旁觀看，臉上現出不可思議的驚訝之色。明箏也過來幫忙，她曾經見識過，那次體驗她一生也忘不了，怪不得那麼多人覬覦它，連王振這個坐擁眾多寶物的人也要不擇手段得到它。它的精巧和奇特讓其他寶物都失去了光芒，顯得世俗和平庸。

飛天翼慢慢展開羽毛，在早晨清冷的陽光下發出明亮的光芒。盤陽騎馬過來，他將帶林棲前往前面坡上，一有風過，林棲就可以操縱飛天翼騰空而起。

兩人騎馬走後，眾人也騎上馬沿山道上山。蕭天回頭問于賀：「那天你們上山順利嗎？」于賀想了想道：「一路上，兩位大人交談甚歡，上山時還順利。到了山門前是高大人先上，然後有位道士下來，引著我家老爺走進山門，他們不讓帶隨從和馬匹，我就只好在山門外等他們，但怎麼也等不到他們，我感覺不妙，就回去找你們了。」

一行人迤邐而上，村婦仍站在道上向他們張望著。山道時而平緩時而陡峭，覆蓋了一層雪，分外難行。不一會兒，盤陽從後面趕過來。他向蕭天說道：「一切正常。」

在一個簡陋的石砌的山門前，蕭天命令大家下馬。雖然他不相信山下村婦的話，但還是謹慎為好。山石壘成的山門，一個字也沒有，什麼也看不出來。

李漠帆笑著第一個走進去，他看看四周什麼也沒有，向他們揮手：「村婦胡說八道，快進來吧。」說著，便大步向前走。

「李把頭，慢著！」明箏突然叫住他，她看到一些古怪的標記很不一般。

蕭天知道其中的厲害，尤其是明箏熟悉《天門山錄》，可以說他們中只有明箏了解三清觀。蕭天見李漠帆不以為意繼續向前走，便厲聲叫住他：「李把頭——」但已經晚了，眨眼的工夫，就像眼前突然刮過一陣風，飄過一陣雪片後，李漠帆就不見了蹤影。

眾人這才站定，個個身上都驚出一身冷汗。面前的路平平坦坦，雪白的一層雪，連一點痕跡都沒有，一個大活人便憑空消失了。

蕭天回頭望著明箏：「妳可知道是怎麼回事？」

明箏眨著眼睛，努力地回想，並不時地搖頭：「這……讓我想想。」蕭天回頭向其他幾個人擺手，他們聚攏到一起，慢慢向後退。

「蕭大哥，在《天門山錄》裡是有三清觀的紀錄，它在十大幫派排第五，但文字是最少的。你知道道教奉老子為太上老君，而高瑄高道長最是推崇老子的《道德經》，他尊道崇德，三清觀裡一切皆按《道德經》裡篇章字序命名，而他又痴迷機關遁甲之術，因此所有機關設置皆是文字之謎。」

蕭天站在一旁聽著這些如墜迷霧之中：「這……這老道也真是太怪異了。」他盯著她，知道這一次可真是太為難她了，「明箏，你別怕，能解多少是多少，大不了，咱們攻上山去！」

「蕭大哥，你別傻了，弄不好，咱們連人都見不了，就被機關要了性命。」明箏看著面前的路面，「蕭大哥，你去把上面的雪掃去，讓我看看。」

蕭天聽明箏這麼一說，騰空而起，將要落下之時接連幾個掃堂腿，輕點地面又騰空返回。路面上的雪被掃去一片，露出下面的木紋，原來路是木頭鋪的。明箏蹲下身，仔細察看下面木頭紋路，成片的木板並沒有規律，看了一會兒便有些眼花繚亂。明箏索性坐到地上，屁股被硌了一下，她扒開雪看見木板的連接處並排放著五塊鵝卵石，鵝蛋大小，排列整齊。明箏環視四周，皆是茂密林木，而這鵝卵石不像是隨意放的。

明箏陷入沉思，她盯著那五塊鵝卵石，臉色發白越來越難看，腦門上滲出大顆大顆的汗珠。「明箏……」蕭天緊張地看著她道。

「我兒時《道德經》倒背如流，可如今要用卻……」明箏終於開口說話，「第五章是……天地不仁，以萬物為芻狗；聖人不仁，以百姓為芻狗……是……天……對，第一個字是天……」

明箏站起身，面對蕭天道：「只能賭一把了，我並沒有把握，高道長把進山的路都設成字謎，走錯一步，就會掉進陷阱。我想此時李把頭就是掉進了陷阱裡，咱們快些進去找到他，他也會少受點罪。」

蕭天一把抓住明箏的手：「妳說吧，怎麼走？」

「你……你別抓著我呀。」明箏想掙脫出手。

「我怕妳掉進去。有我最起碼有個墊背的。」蕭天嚴肅地說。

明箏撲哧一聲笑出來，突然想起那次掉進馬戲坊陷阱裡，他的作用還是很重要的，瞬間的心猿意馬後，馬上被面前的嚴峻所震懾，眼前的一切讓她頭皮發麻，只能冒險一試了，看自己猜測得對不對。

明箏再一次仔細看面前的木紋時，剛才的雜亂無章漸漸有了眉目。明箏一陣暗喜，她指著面前的路說道：「看見沒有，木紋中間暗藏著一個字，看出來沒有？」

蕭天凝神細看，果然看了出來：「天——」

「蕭大哥，你去試一下，我拿不準，『天』字是能走還是不能走，你拿重物放上去，如果不動，就可以走。」

蕭天迅速回頭叫盤陽：「去搬塊石頭。」

不一會兒，盤陽抱著一塊石頭走過來，蕭天接著衝「天」字的一撇投去，只聽「哐」一聲，石頭轉眼不見了，木板又恢復了原樣，腳下卻傳來轟鳴聲，所有人都看得心驚膽戰。

「這便是了，天字不能走，跟我來。」明箏突然信心十足地說道。

眾人跟在明箏身後小心地繞過「天」字走到前面，明箏一揮手止住大家腳步。她俯身四下張望，蕭天問道：「還要找鵝卵石？」

「不一定，總之有暗號，」明箏說道，「道士有時候也要下山，這暗號是留給他們自己人看的。」明箏低頭尋找，一旁的蕭天道：「怎麼沒有鵝卵石了？」

明箏大笑：「《道德經》共八十一章，這要多少鵝卵石呀。」明箏看到一處木板中間鑲著一塊石頭，石頭被打磨得很平滑，上面刻著圖案。「在這裡。」明箏一陣高興，她蹲下來盯著圖案，上面畫了一個月亮，月亮中間一個「正」字，旁邊還畫了一個太陽。

蕭天盯著那幅圖突然開口道：「是正字，上面寫著呢。」

明箏不作聲，她仔細看著那個圖，又陷入沉思：「不對，暗語只是一個數位，或者數位的組合，這個正字，不對……」

明箏的話提醒了蕭天，蕭天也覺得她說的有道理，哪有把謎底放到牌面上的。

「一個月亮上寫個正字，代表什麼？正……正月？是正月嗎？」明箏雙眸一亮，「正月裡多少天？」

「三十一天。」

「是三十一？」

「那旁邊怎麼還有個太陽？」

「難道是再加一日？」

「三十二？」

「讓我想想，第三十二章是……」明箏凝思默想，「道常無名，樸，雖小，天下莫能臣。對，是……道。」

「天……道，」蕭天瞇起眼睛，點了下頭，臉上現出難得的微笑，「這個高道長，真是個有趣之人。」

「你還說他有趣？難為死我了！」明箏說道。

蕭天打頭掃除掉路面的雪，下面的木板紋路雖然繁雜，但因為心裡有了謎底，一會兒路面就清晰起來，一個道字呈現在眼前。

「走吧。」

幾人剛剛走過道字，從前方傳來一陣爽朗的笑聲。眾人止住腳步，看見一行人從一處山石後走出來。打頭的是一位五十歲左右身穿青色道袍的道士，此人長身玉立，頭挽道髻，唇下三綹長髯，身上自有一種絕塵的仙風道骨，讓人肅然起敬。蕭天突然看到道長手中拿著一物，正是狐王令，心裡已猜出七八分，他大步上前，拱手一揖道：「對面可是高道長？」

「這位必是狐山君王了。」高瑄微笑著盯著蕭天看了片刻，突然話鋒一轉，臉上露出孩童般淘氣的神情，「哎，你是怎麼破解的？」他看了一眼蕭天一行身後的路，充滿好奇，這些年還沒有一個人在沒有得到他暗示的情況下，如此輕易地進來，但轉念間，又點頭捋著鬍鬚道，「也不奇怪，能造出飛天翼，這點雕蟲小技又算什麼。」

蕭天嘿嘿一笑，此道長雖工於機巧，卻也不失率真本性，又拱手道：「道長，你接到狐王令，我的人呢？」

「是呀，你的人呢？你快快叫他，」高瑄急急說道，「剛才他飛到山頂，把權杖扔到我面前就飛走了，我是追著他下來的，我此生最大的願望就是能一睹飛天翼的真容。」

「哦，」蕭天一笑，拱手道，「高道長，請恕晚輩如此無禮冒犯，實屬無奈之舉。」

「狐山君王何出此言？」高瑄繼而笑道，「你是我想請都請不來的貴客呀。」

「道長如此大度，讓小弟甚是欣慰，」蕭天說道，「那就先請道長把我的人放了吧。」

「你的人？放了？什麼人呀？」高瑄一臉迷惑。

「前日，我的兩位兄長還有剛才一個兄弟，他們……」不等蕭天說完，高瑄已恍然大悟，他冷下臉轉身望著眾弟子，大弟子韓文澤走過來，面帶窘態道：「師父，你在山頂專心修行，我便沒有打擾你，本以為又是山下村裡的狂妄之徒，便有心教育一番。」

「人呢？」

「在修青峰塔。」

「修塔？」

「主要是搬磚和泥。」

蕭天一聽，既可氣又可笑。好在人沒事，但想想高風遠和于謙兩位大人在搬磚和泥，還是忍不住氣道：「高道長，我這兩位兄長，可不是一般市井之人，他們是朝堂中人。」

「哦，是這樣，這就怪不得我徒兒了，我以為是什麼逸士高人，我有話在先，朝堂中人一律不結交。」

「高風遠雖是朝廷官員，作為你的姪兒前來看望你，難道有什麼不妥嗎？」

「高……是高風遠？」高瑄突然想起來自己是有這麼個姪子，「是我長房姪兒，那另一位大人是……」

「兵部侍郎于謙。」蕭天話一出口，便見高瑄神情突變，眼前一亮，看來這位道長雖遠離京城，但對朝中事還是知道一二的。

「你怎麼不早說呢。」高瑄回頭叫道，「文澤，你做的好事，快，快前面帶路去見他們。」說完又回頭叮囑蕭天，「看清腳下，跟著我走。」

眾人早已領教了他的機巧設計，哪還敢造次。在高瑄的帶領下，上山的路異常順利和快捷。在道觀一旁的山崖上，一座九層塔已現出雛形。韓文澤知道自己闖了禍，急忙先行跑到被木板圍起的工地。

不一會兒，韓文澤帶著四個人走過來。于謙、高風遠和他的隨從，還有腿上打著綁帶的李漠帆。于賀第一個跑過去，走到于謙面前簡要地把經過講了一遍。高風遠氣呼呼地走到高瑄面前叫道：「喂，有你這樣待客的嗎？你可是我老叔。」

高瑄把氣又撒在弟子身上，轉回身教訓起韓文澤：「我讓你們修塔，你們可好，想出這招，還有多少人在工地？」

「十幾個，不過這些人都是擅闖道觀，掉進陷阱裡的，他們是自作自受。」

「既然讓人家修塔，便要好吃好喝，別忘了給工錢。」高瑄一向護短，此時話鋒一轉也不多加責罰，反而給徒兒出了這招，看得周圍幾人哭笑不得。高瑄吩咐完，回過頭來看看高風遠，又看看于謙，笑道：「修塔也是積德嘛。」

「道長說得極是。」于謙微微一笑，「做了一天搬磚的活總算見到了道長，心裡高興得很呀。」

高瑄這才尋思著問他們的來意：「你們……來見我，不會是占卜問卦的吧？」于謙笑道：「讓道長言中了。」

「哦，是占卜人還是事？」

「人。」

「誰？」

「王振。」

「看來是要占卜生死。」高瑄呵呵一笑，環視了一圈眾人，道，「進我的書齋詳談吧。」他轉身吩咐弟子，「準備午飯給眾人。」

一行人跟著高道長走進三清觀，直接走到大殿旁的書齋裡。眾人坐定後，高瑄直言道：「你們想刺殺王振，這個事我幫不上忙。」

「老叔，我們只借用你的身分，不用你動手。」高風遠說道。

「不用我動手，誰動手？」「我。」蕭天道。

高瑄望著蕭天，沉吟片刻：「這些年多少人想殺他，都沒有成功。我雖然在妙音山閉門不出，但天下事也知一二，近日觀天象，月亮運行至端門外遮掩了金星，此天象預示大凶之兆。」

「除此禍患，也是順應天道。」蕭天道。

「話是這麼說……」高瑄眼神猶疑地望著眾人。

「那老叔是應許了？」高風遠高興地問道。

「不，你們去幹你們的，與我何干。」高瑄轉眼就翻臉。

「這……」高風遠和眾人面面相覷，怎麼說了半天又回到原點。

「高道長，我們此次籌畫周全，絕不會連累三清觀，」于謙明白高道長的顧慮，解釋道，「三清觀裡上上下下上千人，全靠道長你的護佑，我們絕不會讓你有絲毫閃失。」

高瑄一臉驚訝地扭頭望著于謙：「你怎知我觀裡人數？」

「哈哈，你忘了我在你觀裡搬了一天磚。」

「你們呀，」高瑄手指著他們，又是點頭，又是搖頭，「真是服了你們了，但我有個條件，事情過後我要看到飛天翼，而且是拿在手裡看。」

「好，我答應你。」蕭天爽快地回答，至此所有人都鬆了一口氣。

看到高瑄總算答應了，于謙就叫其餘眾人去用午飯，他叫上蕭天和高風遠，在書齋裡又把這兩天自己搬磚時細思的籌畫當著高道長他們說了一遍，最後，他又添上救青冥郡主的環節，最讓蕭天驚嘆的是，竟然用上了飛天翼，如此一來，連高瑄都驚嘆，完美得簡直天衣無縫。

第二十四章　鳳凰祥瑞

一

十一月初一，是宮裡選定的道士做法事的日子。早在幾天前各宮裡都傳開了。近日被鬧鬼以及各種聳人聽聞的駭人傳言驚嚇到的各宮裡的人，都鬆了一口氣，數著時辰盼望道士快些驅趕和鎮住那些張牙舞爪的妖孽。

灰暗的天空又開始飄雪花，即使是這樣一個讓人盼望的好日子，天也不給個好臉，仍然陰沉著。各宮都緊閉著大門，不敢有絲毫鬆懈，似乎擔心妖孽被驅趕到自己宮裡似的。偌大的皇宮一片寂靜，長長的甬道上被細雪鋪成白色。

此時，甬道上跑出一條歪歪斜斜的腳印，慌張雜亂地向前延伸著，一直到萬安宮門前。一個人猛拍宮門，一個掃雪的宮女開了門，看見是張成很是驚訝：「張公公，你老早呀。」

「早個屁，快領我去見妳家娘娘。」張成匆忙地說道。

小宮女一看張成一臉焦躁，忙吐了下舌頭，心道這去了東廠當差，連脾氣也大了，但明白他如今身分變了，不再是宮裡供人差使的下等太監，搖身一變成了東廠督主的紅人，便只好低眉順眼地前頭領路去了。

張成抬頭看了眼天空，時辰不早了。從妙音山到京城車馬行程也就是三個時辰，高道長一行是卯時出發，眼看已到巳時了。法事將在正午開始。他看見秋月從遊廊走過來，忙叫住小宮女：「你忙去吧。」

秋月看見張成一臉大汗走過來，心下一驚。眼看今天這個日子她們姐妹就要脫離苦海，她和菱歌幾乎一夜未睡，用狐族最古老的咒語祈福，生怕出了紕漏。這一早就看見張成匆忙趕來，一種不祥之感猛地向她襲來。

昨日她們四姐妹本來是約好要在萬安宮裡聚會，但是只有拂衣來了，左等右等不見綠竹，三姐妹很是詫異，又猜不出原因，只好作罷。今日一早，秋月便開始望眼欲穿等拂衣和綠竹，沒等來她倆，卻等來了張成。

「張公公，你怎麼來了？」秋月本來想笑，卻比哭還難看。

「見了康嬪再說吧，出大事了。」張成哭喪著臉說。

一聽此言，秋月心裡咯噔一下，臉變得煞白。秋月也顧不得禮節宮規了，張口叫道：「菱歌，菱歌……」

菱歌正在寢殿由兩個小宮女梳頭，由於她忘了交代，兩個小宮女又給她梳起了高髻，她往銅鏡裡一照才發現。前日張成過來交代她們，今日要偽裝成下等宮女去和青冥會合。她又不好責罵，只好想出頭疾犯了，讓小宮女把髮髻散了，重新梳。

菱歌聽到秋月驚慌的叫聲，礙於兩旁的宮女，只得嘴裡怪罪著：「這丫頭越發沒了規矩。」話是說給兩個小宮女聽的，心裡也已發毛，不出事秋月是不會亂了方寸的，身體便已站起來，對身邊的梳頭宮女望春道：「你們先下去吧。」

秋月跑進來，一眼看見兩邊的宮女，這才知道自己冒失，急忙躬身一禮：「娘娘，請妳示下……」

菱歌看兩個宮女走遠了，瞪了一眼秋月：「總是這麼毛手毛腳。」菱歌看見她身後的張成，也是一愣。前日張成走時說沒有大事不會再來這裡，他是冒著風險來的。一個東廠的百戶經常往後宮裡跑，總是不妥。菱歌臉色一變，莫非真出事了？

「娘娘，出事了！」張成咽了一口唾沫，舔了下乾澀起皮的嘴唇，不安地說道，「昨日，綠竹犯了事，被打發去了浣衣局，聽裡面的小太監說是被人告發的。那個地方我待了三個月，跟牢房不相上下。只怕是綠竹姑娘來不了了。」

菱歌和秋月面面相覷，秋月喃喃自語：「在這個節骨眼上出了這事，為何早不事發晚不事發，偏偏就在昨天？就差一天，就差一天呀。」

「是誰告發的？」菱歌問道。

「聽說是你們宮裡的小琴。」張成咬牙說道。

「是她？」菱歌大吃一驚，「昨晚，宮裡女官來了，傳來口信，說是尚儀局缺人手，咱宮裡小琴耳聰目明，甚是機靈，有意叫去聽差，問我可否願意。」

「那你如何說？」張成問道。

「我和秋月並不喜歡她，想著她走了圖個清靜，便答應了，原來……」菱歌叫道，「是她又擇了高枝。」

「這丫頭我早就看出不是個省油的燈，這下可好，害慘了綠竹，我說呢，綠竹一來，她總是很熱情又總是好奇地問這問那。」

「你不知道，綠竹來這裡都是偷偷溜出來的，這下可好，她把綠竹擠兌到浣衣局，她去頂替了綠竹。」秋月越想越生氣。

張成嘆口氣：「我早說，妳們要提防著點。」

「現在說這個還有何用，綠竹怎麼辦？」秋月幾乎哽咽起來，「我這就去浣衣局。」秋月轉身就走。

「回來，小姑奶奶呀，妳別再添亂了。」張成一把抓住她，把她拉回來。

「張公公，你說怎麼辦，我們不能看著她自己留在這裡，我們拔腿就走吧？」秋月焦心地說。

「現如今只能以大局為重，」張成勸道，「眼下是顧不上她，妳們一會兒等到拂衣便去見青冥，從西直門進來的運水車正午後就要出宮，運水車是咱們的人，妳們就藏身在車裡出宮，聽明白了嗎？」

這時，那個梳頭的小宮女急慌慌跑過來，進了門連施禮都忘了，結巴著回道：「娘娘，太……太后傳懿旨，在……在大殿……」

菱歌呼地站起身，她被封為康嬪已是半年有餘，除了見過一次皇上外，從未被太后召見過，連太后的模樣都沒見過。在這個離乾清宮最遠的宮裡，住著兩位最不受皇上和太后待見的妃子，一個康嬪，一個惠貴人，兩人與世無爭又自得其樂，一個嗜好耕種，一個醉心刺繡，兩人也不參與爭寵，怎麼就招惹到太后了……傳旨來了……

還是張成沉住氣，他叫住菱歌道：「娘娘，不要緊張，不妨聽聽。」說著退到一旁。

秋月攙扶著菱歌走出去，與同樣聽到口信的惠貴人在院子裡相遇，兩人一同向正殿走去。太后身邊掌事的陳嬤嬤早已等候在那裡，康嬪和惠貴人疾走幾步上前行禮。

「康嬪、惠貴人，快免禮。」陳嬤嬤笑嘻嘻地上前道，「今兒個，太后高興，在慈寧宮擺宴，傳所有嬪妃到場，太后專程讓我來看看二位嬪妃，說平日裡這兒是太冷清了點，今兒個皇上也過來，好久沒有這麼熱鬧了，一會兒三清觀的高道長作法，讓大家去瞧個熱鬧，也好驅驅近日的晦氣。」

惠貴人禁不住喜出望外，急忙向陳嬤嬤致謝，又令一名貼身宮女送上一個沉甸甸的荷包。康嬪愣了半天，要不是秋月拉了下她的袖子，她仍然傻愣著。陳嬤嬤只道是平日被冷落慣了，一時沒反應過來，不由憐惜地道：「康嬪，太后對我說起妳，說妳柔嘉淑順，克令克柔，甚是惹人喜愛呢。」

康嬪身子一顫，差點跌倒，一旁的秋月急忙扶住她。秋月看見菱歌面色慘白，內心也如刀割般疼痛，其實這一刻她感同身受，心情一下子跌進谷底，太后的懿旨等於斷了她倆的退路。菱歌掙扎著穩住身子，但眼淚還是止不住流下來，她等了大半年，唯一的一次脫身的機會就這麼失去了。她強打精神躬身一禮道：「謝太后想著妾身。」

陳嬤嬤點了點頭，看到由於太后召見她們感激涕零的樣子，也不由陡然感慨起來：「太后仁德呀！」惠貴人急忙稱是，一旁小心地賠著笑。

「好啦，懿旨我也傳到了，老身該回去交差了。」陳嬤嬤望著兩位嬪妃，「妳們也快快回去重新梳妝吧，」說著目光就盯在了菱歌的頭上，「康嬪呀，雖說妳在自己宮裡可以隨意一些，但也不能辱沒了皇家的顏面，妳瞧妳的髮髻，是不是太隨意了些。」

「是，陳嬤嬤教導得極是。」菱歌強顏歡笑，硬是把眼裡的淚水逼了回去。

康嬪和惠貴人送陳嬤嬤出了宮，回來的路上，惠貴人對康嬪道：「姐姐，一會兒咱姐倆一起去吧，也好做個伴，妳是知道的，我與那些姐妹不熟。」

菱歌含笑答應了，兩人就此告別，各回自己寢殿。

一回到這邊，張成便從偏殿走出來，他已從兩人面色上看出一定不是什麼好事，就急忙問：「陳嬤嬤來幹什麼？」

「張公公，今兒一早我就聽見烏鴉叫，」秋月哭喪著臉叫起來，「怎麼辦呀，太后要開宴會，傳所有嬪妃到場，菱歌要去赴宴，我也得跟著去。」

「綠竹在浣衣局，我和秋月又要去赴宴，」菱歌慘白著臉，眼神發直地說著，突然她看著張成和秋月，想到一件事，「太后要辦宴會，那麼拂衣，拂衣肯定也脫不了身，她也走不了。」

眼前的突變驚得三人目瞪口呆，這麼一算，四人都脫不了身，那麼他們的計畫……張成的臉瞬間變成了灰白色，他張著嘴，半天說不出話。

「只有一個人了，」菱歌眼睛盯著秋月，「只有秋月了，我去赴宴帶別的宮女，秋月……」

「不，」秋月眼睛一紅，眼裡立刻溢滿淚水，「不，咱們說好的呀，咱們姐妹四人一起來，也要一起走，走出這個鬼地方，回到咱們家鄉，都說好的呀。」

「傻孩子，」張成突然說道，「菱歌姑娘說得對，只剩下妳了，只有妳能帶著青冥離開皇宮，全看妳了。」

秋月眼神發直，曾經魂牽夢繞的這個日子，眼看著已在眼前卻變得面目全非，支離破碎。她不停地搖著頭，眼淚順著臉頰往下流，她終於喊出來：「不，要走一起走！」

菱歌一巴掌甩在秋月臉上：「秋月，妳忘了來之前，咱們在翠微姑姑面前發的誓言了嗎？妳我命如草芥，如果能換回青冥郡主，咱們狐族便還有希望，咱們父母兄長的仇便有血償的一天。」

秋月搖搖晃晃地站住，聽了菱歌一番話，雖然心如刀絞，但也冷靜下來，彷彿一瞬間長大成熟了：「菱歌，妳別說了，我聽妳的。」

「那好，給我梳頭吧。」菱歌淡淡地說道。

張成擦了下眼角的淚，起身告辭。他必須趕回衙門了，一會兒高昌波要帶人在宮門口迎接三清觀的車馬，也要例行檢查。「兩位姑娘，老奴先走了，妳們多保重。」

菱歌看張成走後，回過頭對秋月說道：「妳要記住，妳代表咱們姐妹，我們出不了宮沒什麼，妳一定要完成咱們的使命，青冥郡主就交給妳了。」說著從銅鏡下的首飾盒夾層裡取出一個藕色繡金的荷包，交給秋月。

秋月接住荷包突然跪下，抱住菱歌泣不成聲。

「妳走吧，把望春叫過來。」菱歌緊咬住下唇，她怕控制不住自己哭出聲，她說完回過頭，急忙擦去臉頰上的兩行清淚。

秋月轉身走出去，在門外叫住望春，望春低頭應了一聲，默默走進去。

秋月沿遊廊向宮門走，天空又飄起雪花，一會兒地上就白了一片。雪片飛到她的臉頰上，涼颼颼的，分不清是臉上的淚還是融化的雪。

出了宮門，秋月腦中突然蹦出一個念頭：臨走見一眼綠竹。這個念頭一冒出來就牢牢地占據了她的心。她知道這要冒風險，但一想到她就要和綠竹、拂衣天各一方，拂衣在太后身邊她見不到，而綠竹就在浣衣局，她身上這個荷包裡面有為收買乾西里門房老太監準備的兩個金元寶和五十兩銀子，只要拿出十兩銀子就可以收買看院的太監。

秋月抬頭看了眼灰濛濛的天空，時辰尚早，跑這一趟應該來得及。一拿定主意，她沉甸甸的心似乎敞亮了些，走起路來步伐也輕鬆起來。

天寒地凍，在外面走動的人非常少，一些辦差的小太監和小宮女也都行色匆匆，這時對面一個小太監叫住她：「秋月姐姐，你這是去哪兒？」「啊，小通子。」秋月看見小通子抱著一個白布包匆匆走來。

這時，甬道裡出現兩行宮女，一個個手裡端著各色托盤，托盤上各種錦囊和盒子，看樣子是為太后擺宴做準備。打頭的是一位面貌雍容的中年女官。秋月認出來是魏姑姑，尚儀局的當家姑姑。

秋月心裡咯噔一下，暗叫不好，怎麼會遇見她呢，她因為常去找綠竹而被魏姑姑訓斥過兩次，但此時躲已來不及了，只能低頭退到牆角。秋月眼睛盯著地面，眼角的餘光看見這一行人迤邐而過。

突然，一個熟悉的聲音在她面前響起來：「哎，這不是萬安宮裡的秋月嗎？妳跑到這裡幹什麼？」說話的是小琴，這個聲音無論如何她都能辨認出來。秋月抬起頭，眼含怒火，狠狠地瞪著隊伍裡托著木盤的小琴。

小琴有意放大聲音：「哎喲，妳還瞪我，我好怕妳呀。」小琴一邊說著，一邊向她炫耀似的拉了下身上嶄新的胭脂色襦裙，挑釁地望著她道，「妳以為這是在萬安宮呀，我告訴妳，我再也不用受妳的氣了。」

「小琴，綠竹是不是妳告發的？」秋月看著她，怒火再也忍不下去。

「是又怎麼樣。」小琴挑釁地望著她。

「妳個浪蹄子！」秋月說著，一把抓住小琴的衣襟，準備搧她個耳光教訓一下，為綠竹出口氣。小琴卻撒潑似的隨手扔了托盤，與秋月扭打到一處，一邊大喊大叫：「哎喲，要打死人了，救命呀……」

走在前面的魏姑姑，聽到身後的隊伍亂成一片，一陣惱羞成怒，氣勢洶洶地衝過來，看見兩個宮女扭打到一起，從腰間抽出軟鞭，向兩人甩過去。宮裡人都知道魏姑姑本家是武狀元，而她也自小練武，一手軟鞭舞得風生水起。

小琴一陣鬼哭狼嚎，兩人躲著鞭子分開來，小琴眼尖，看見自己身下一個藕色荷包，急忙抓到手裡。沒等小琴打開荷包，魏姑姑就一把奪過來，她打開一看，頓時兩眼發亮叫道：「好呀，這個荷包是誰的？」

秋月額頭滲出豆大的汗珠，她知道自己闖下了不可原諒的禍，正不知該如何脫身，聽到魏姑姑的問話，只能一聲不吭靜待機變。魏姑姑見兩人都不吭聲，把荷包裡的金元寶和銀子倒到手裡數了數。

直到此時，小琴方發現自己所處的險境，她扯著嗓音喊道：「姑姑，不是我的，是她的呀！」

「是她的！」秋月也跟著大喊。

「來人呀，把兩個賤婢拉到慎刑司，大刑伺候，看她們招不招。」魏姑姑說完，她身邊四個年長點的宮女，拉起秋月和小琴就走，小琴掙扎著撕心裂肺地哭著。牆邊的小通子早已嚇得雙腿發軟，身子靠到了牆上。

二

宮門前一陣鼓樂響起，一隊車馬迤邐而來，馬上之人皆束髮，頭戴道冠，身著青色道袍。中間有一輛四輪馬車，馬車上罩著青布鎏金帷幔，帷幔半閉著，裡面端坐著一個三綹長須的道士。早已聞訊趕來瞧熱鬧的百姓擠在宮門前大街上向這裡張望，議論紛紛：「快看，三清觀的……」

「大法師……」

「來超度亡靈的……」

突然，從一旁斜刺裡跑出一隊身著盔甲的錦衣衛，攔到道士的隊伍前。道士們勒馬停下，一個個面容肅穆，也不與前方人理論，只是冷漠地對峙著。

高昌波從他的方向一眼瞧見錦衣衛中的寧騎城，不由火冒三丈，這件事明明交給東廠來辦，與你錦衣衛何干，難道你想拆我的臺？高昌波一側頭，看見孫啟遠已退到後面，暗罵了一句，便叫張成，張成應了一聲，向前走去。

張成從道士的隊伍裡辨認出李漠帆和蕭天，他倆雖說打扮成道士還黏了假須，但他還是一眼認了出來。他不知道寧騎城怎麼會出現，但是此時無論如何不能出紕漏。

他走到寧騎城面前，笑著拱手一揖道：「寧指揮使，他們是太后請來宮裡做法事的道士，我們督主在這裡親自迎接他們。」

「哦，是這樣。」寧騎城皮笑肉不笑地呵呵兩聲，「但是如果這些道士中間混入逆匪，威脅宮闈，這個責任由誰來負？」

「不會的，」張成背後直冒冷汗，他大聲說道，「這些道士是高督主親自請來的，再說，東廠的人也會在場監督。」

「怎麼，寧指揮使不信任本都督嗎？」高昌波十分不悅地打斷張成的話，走過來說道。

「宮牆之內責任所在，敝人不敢鬆懈。」寧騎城硬邦邦地回道，「既然是高督主親自請來，又能擔保他們進宮，若是宮裡出了需要擔責的事由高督主擔著，下官便放心了。」他的目光從眾道士身上掃過，一揮手，手下眾人呼啦啦閃到一邊。道士的隊伍繼續前行，車馬停在麒麟客棧，車馬上的所有物品卸下，高道長與高昌波在上等客房用過茶點。一行人就在高昌波的帶領下聲勢浩大地從東華門進宮。

張成緊跟在高昌波的身後，招呼著眾道士，和東廠的幾個百戶一起，檢查他們所帶物品。他瞅準一個機會，走到李漠帆和蕭天身邊，簡短地把宮裡的情況說了一下，至於四個狐女，只有秋月有機會出宮。

蕭天沒想到宮裡突發變故，但事到眼前，已無法改變，只能是謀事在人成事在天了。從剛才寧騎城出現，他就預感到今天的事會困難重重。他低聲問張成：「宮裡錦衣衛多嗎？」

「多，」張成四下瞄了一眼，低聲說道，「寧騎城似乎是衝著高昌波來的，本來東廠督主和錦衣衛指揮使一直是寧騎城一人兼著，雖然也有人不滿，但懾于王振的勢力沒人敢說。現在大家都知道寧騎城在王振面前失寵了，兩人之間的矛盾也從暗裡轉為明裡了。」

蕭天和李漠帆對視一眼，蕭天點了點頭，對張成低聲道：「張兄，一會兒我們必須幹掉四個錦衣衛。」

張成一愣，倒吸口涼氣。

「你知道他們值守的地方，你帶我們找個不起眼的地方，我們再動手。」李漠帆見張成仍然愕然地望著自己，便解釋道，「這樣做也是不想給你惹禍上身，你明白嗎？幫主說了你不能有事，如果我們穿著道袍動手，你就脫不了干係，咱們就往錦衣衛身上推。」

張成猛然醒悟，眼裡閃著淚花，心裡不由泛起一陣陣暖流，急忙點頭道：「有，有個地方，又偏又僻。」

張成所說的這個地方挨著宮牆，在甬道盡頭，原是守更人歇腳的地方，後被寧騎城要過來當夜裡值守的禁衛交接落腳的地方。

此時道士的隊伍迤邐前行，張成有意落下，與他遙相呼應的是蕭天、李漠帆、盤陽，還有玄墨山人。那玄墨山人穿不慣道袍，而他身上的道袍又過於肨大，可能是臨時從一個道士身上扒下來的，他一路上都在擺弄。不過，好在他不用黏鬍子。

在甬道的拐角處，張成抽身而出，他向四人擺手，四人瞅準機會轉身跟過去。張成帶著四人很快走到另一條甬道裡。路上遇到一些太監和宮女，他們看見張成氣宇軒昂地在前面帶路，以為是公差，急忙躲閃。

很快進入那條甬道。突然從對面步履整齊地走來一隊身著盔甲的錦衣衛。如此不期而遇，使幾人的神經驟然繃緊，張成腦子裡一片空白，蕭天和李漠帆對視一眼，蕭天沉著地緊跟在張成身後。

「喂，你——」一個錦衣衛手指張成，「你們來這裡做甚？」

張成本來看見錦衣衛便緊張，又見校尉高大威武氣勢逼人，心裡已亂了方寸，結巴著說不出話。那個錦衣衛站住，對身後的幾人一使眼色，其他幾人迅速圍過來。張成正準備解釋說自己是東廠的，身後突然躍出兩個身影，出手之快讓他心驚膽寒，還沒看清，已倒下了兩個錦衣衛。

張成一回頭，只聽蕭天說道：「既來之，就是他們了。」張成迅速退到牆邊，讓出面前的空間。只見盤陽和玄墨山人一人抓住一個開打起來，蕭天躍上高處出腿掃向中間一人。錦衣衛雖看上去威武不凡，但很多是官宦人家的孩子，只為了充充門面，真正身負武功的不多。眨眼工夫，五名錦衣衛連佩刀都沒有出鞘就被撂翻在地。

張成心驚肉跳地望著他們，不停地左右看著，生怕再撞上什麼人，恨不得挖個地洞鑽進去。

「這兒有藏屍的地兒嗎？」李漠帆問道。

張成一臉大汗，雙腿直打戰：「藏屍？沒有呀，我的爺呀，這兒是皇宮，哪來的藏屍地兒？」

蕭天看出張成已被嚇壞了，再讓他找地兒藏屍，太難為他了。他環視四周，這裡確實偏僻，他抬眼看見前面牆頭上露出一些乾巴巴的樹枝，就問：「牆那邊是什麼地兒？」

「啊，」張成看了一下，「是一處花園。」

「好，進花園，換衣服，把道袍就地掩埋。」蕭天說道。張成望望高大的圍牆，又回頭望望他們，滿臉疑惑。盤陽明白蕭天的意思，他從一名錦衣衛身上解下繡春刀運力向一邊宮牆刺去，寒光一閃，繡春刀沒過大半，刀刃已深深刺進牆體。玄墨山人走過來，運用他們天蠶門的獨門氣功，手到風起，只聽轟的一聲，牆面裂開，裂縫似一條爬行的蛇，伏在上面。接著，蕭天和李漠帆一起出拳重擊，又一聲轟響，煙塵四起，露出一個半人高的窟窿。

「快，把他們先抬進去。」蕭天在一邊說道。

張成眼瞅著這一切，算是心服口服了，急忙跟著盤陽一起搬屍體。蕭天叫住他：「張兄，這裡不用你了，你回吧，免得他們生疑。」

「好。」張成應了一聲，就向甬道前面走去，他一路疾走，心裡想著正好到道場上瞄一眼。遠遠聽見銅鑼和各種法器奏出的樂聲，心裡不由默念諸事皆順，諸神保佑。遠遠看見高道長在場上步罡踏斗，召遣神靈，不由心生敬畏，目露痴痴的憧憬，想到過往親人……

突然，他的手臂被人猛地一拍。張成嚇了一跳，定睛一看，原來是小通子，小通子仰著臉，邀功似的說道：「爺，我告訴你一件事，你賞小的點什麼？」

「去去去，一邊玩去。」張成不耐煩地白了小通子一眼。

「你可別後悔，以後秋月姑娘怪罪你，你可別說我沒告訴你。」說完，一溜煙跑了。

只片刻，張成忽覺不對，轉身向小通子追去。

三輛運水車依次進入御膳房。宮裡主子的飲用水都是從京西的玉泉山運來的，而宮裡水井裡的水則是宮裡眾多太監和宮女使用。由於今天太后設宴，因此午間加了一趟水。每日天不亮早間的水車就離開宮裡了，這一趟自西直門進入城裡，在街市上耽誤了一會兒，這會子頭人正向御膳房的管事太監回話。

一些太監和宮女按規矩取水樣，拿銀針測水。一切都按部就班地進行著，來接水的各處宮女會依次前來。院裡有個隔開的棚子，是幾個趕車人歇腳的地方。由於此處不比別處，他們聚在一處不敢亂動，只能悶頭吃乾糧。

明箏和梅兒都是一身短衣打扮，臉上抹了灰土，髒不拉嘰的，一看就是從鄉里出來的不濟事的少年郎。她倆混在幾個趕車人中間，也不顯眼。只是兩人焦急不安的情緒與幾個趕車人不一樣。

她倆能不急嗎？眼看著幾輛水車上的水都卸完了，可宮那邊連個人影也沒看見。蕭天臨行前交代，水車一到，那邊聽見馬車上的鈴鐺聲，就會趕過來。四個狐女加上青冥郡主，會事先換上宮女的服飾過來取水，她們進入御膳房後，會先藏起來，待水卸完，擇機進入水車裡，其中一輛水車上標有記號，是狐族人都認識的羽毛的標示。這輛水車是經過三清觀高道長改造過的，機關巧妙。

而來往於皇宮和玉泉山的運水車頭人是興龍幫的熟人，他們冒險前來，都是擔著人頭的，如果接不到人，那大家豈不是白忙活了。明箏實在忍不住了：「不行，不能等了，水卸完車就得出宮，我得過去看看。」

「明箏姑娘，再等等吧，一定是哪個環節出了紕漏。」梅兒臉上冒出一層冷汗，她在宮裡生活過多年，深知宮裡不比別處，波譎雲詭，瞬息萬變。

「不行，一定是出事了，不然，不會這樣。」明箏抬頭望著外面，心急如焚，這些日子所有人奔走忙碌，不就為了能在今天把這位狐族郡主救出宮闈嗎？千鈞一髮之時，怎能出紕漏？想到蕭天沒日沒夜地籌謀，如果今天失敗了，那對他將是多大的打擊！況且他此時還身負重擔，不知道他們四人去刺殺王振能不能成功，但最起碼在她這裡別出錯。

想到此，明箏下了決心，豁出去了，她靠近梅兒壓低聲音道：「我出去看看，妳在這裡盯著，想辦法拖著，我不來，別走。」她突然捂住肚子，哎喲叫了起來。

院子裡管事公公回過頭，不耐煩地叫道：「小子，叫什麼？」

「爺，我可能吃壞了肚子，我想上茅廁。」明箏捂著肚子彎著腰叫道。

「妳個小崽子，這是何種地方，妳以為是妳們村呢？忍著，不准出門。」

明箏捂著肚子就往外跑，心想只要耍賴跑出這個門就好辦。明箏一邊大聲嚷嚷著一邊往外跑，剛出了院門，從身後突然躥出三個太監攔住她，兩個太監一邊一個扭住她的胳膊。正在此時，走過一個人大聲問道：「胡鬧什麼，成何體統？」

眾人抬頭，看見張成領著幾個人由此過。明箏眼前一亮，突然往地上一蹲，大叫：「哎呀，我肚子疼，你們宮裡人太欺負人呀，給你們出力幹活，連拉屎尿尿都不許……」一個年紀長點的太監嫌棄地撇了撇嘴：「看妳那醃臢樣！」

張成一眼瞧見被他們扭住的人是明箏，又一聽原來是這麼回事，再看明箏頻向他使眼色，已明白怎麼回事。那年長太監也認出張成，忙上前寒暄。張成笑著走過去向年長太監說道：「今日太后設宴，又請來三清觀大法師作法，可不能出亂子，這個傢伙交給我，你快去忙吧。」說完厲聲對明箏道：「妳個小崽子，我今兒教妳懂點規矩。」

年長太監也樂得脫身，便帶著那兩個太監回院裡了。

張成回頭對身後幾個隨從吩咐道：「你們快去道場盯著點，我也正好想出恭，跟這個小崽子一起去一趟。」幾個隨從嬉笑著點頭去了。

幾人一走遠，明箏急忙問道：「我們苦等了半天，眼看著水車裡水卸完了，還是不見人影啊。」

張成臉皺成苦瓜樣：「明箏姑娘，出大事了。」他拉著她走到一處背風的凹牆處，「壞事了，我剛剛得知秋月被關進慎刑司，這事搞的，唉，菱歌去往太后處赴宴，拂衣在太后身邊走不開，綠竹被罰進了浣衣局，本來就只有秋月可以去接青冥的，這下好了，全都去不了了。」

「那怎麼辦？」明箏驚叫道。

「只有妳去了。」張成飛快地說道，「我來這裡就是找妳的，」說著從懷裡翻出一包東西塞進明箏手裡，「妳快換上吧，現在就跟我走。」

「這是什麼？」明箏指著那個包問道。

「宮女的衣服，也不知合適不，順手偷的。」明箏皺了下眉頭，抓起那包衣服跑進牆角，張成在一旁不停地催促，明箏再次走過來時，張成不由失聲笑起來，這衣服也不知是哪個胖宮女的，明箏穿著又大又胖，但總比沒有強。兩人迅速向乾西里的方向跑去。兩人跑跑停停，專揀僻靜小道走。一路上沒遇到人，也難怪，今兒宮裡難得有大熱鬧瞧，得空的還不都去看稀罕了。張成在前面走著，回頭叮囑明箏：「路，妳記下了嗎？」

「路？什麼路？」明箏迷惑地問道。

「回御膳房的路，」張成說著，一邊四下裡瞅著，「我把妳送到乾西里，妳要想辦法自己進去，找到青冥，帶她回到御膳房，然後藏進水車。我現在是拿命來幫妳帶路，妳知道嗎？要是高昌波一直看不見我，要出事的。」

明箏頭「嗡」的一聲，差點被腳下的路絆倒：「我自己？」張成點了下頭，「我必須趕到道場，蕭幫主他們已經到了。」

拐過甬道就看見一片灰色低矮的院落，孤零零地蜷縮在角落裡。「你身上帶刀了嗎？」明箏突然伸手向張成要道。「我的姑奶奶，妳想做甚？」張成伸手從皮靴裡拔出一把匕首交給她。「快刀斬亂麻。」明箏說著一推張成，「你快走吧。」

張成的背影消失在甬道裡，明箏迅速向那個院落跑去，四周一片靜謐，在這偏僻的被人遺忘的冷宮，有種讓人窒息的萬念俱灰的平靜。

明箏一咬牙，覺得事已至此，已無選擇。她跑到院牆邊，找到一處低矮的地方，縱身一跳，連爬帶扒翻過牆頭，身體沒停穩，撲通一聲掉下去，摔了個嘴啃泥。她爬起來，一抬頭，看見不遠處站著兩個白髮女人，兩人痴呆地盯著她，嘴裡嘟囔著什麼，明箏下意識地摸出匕首……

「一隻蛤蟆。」

「明明是隻羊。」

「蛤蟆。」

「羊。」

明箏在兩個女人蛤蟆和羊的爭論中走過去，她發現兩個女人根本就沒有看她，兩人痴呆的模樣讓人心酸。她向院裡跑去，一扇扇門或緊閉或敞開，門前有人坐著，院子裡也有人在溜圈，只是一個個都如那兩個女人一樣又呆又傻。明箏一看，心裡已有數，這個院子裡都是些年老色衰之人，可以說只是一些活死人，這種地方用不著守衛，頂多有幾個看門的太監。她拿定主意站在院子裡大喊了一聲：「青冥！」

喊了幾聲，青冥沒有出來，把守門太監給叫了出來。老太監瘸著一條腿趕過來，詫異地望著院子裡站著一個宮女，啞著嗓子問道：「喂，妳誰呀妳？」

明箏走到老太監面前，趁其不備，一把勒住老太監脖子，把匕首架到他的脖子上。老太監「媽呀」叫了一聲，雙腿一軟往地下禿嚕，「姑奶奶，饒命呀……」

「說，青冥在哪兒？」明箏問道。

「不曉得呀。」

「長頭髮的女人。」明箏加了一句。

「啊，長頭髮的只有一個，我帶妳去。」老太監顫巍巍領著明箏走到一扇緊閉的房門前，「就這個女人頭髮長。」

「跟我進去，別耍花招。」明箏一腳踢開房門，拉著老太監走進屋裡。只見一個女子盤腿坐在炕上，背對著自己，一頭黑髮垂到地上。明箏看著頭髮覺得就是她了，便大聲問道：「妳是青冥？」

女子回過頭，看著明箏愣了片刻。

明箏看見青冥瞬間也愣住了，心中一片恍惚，她記起那日被罰提鈴，夜晚撞見的那個仙女般的妃子不是她，但是又似是她，結結巴巴地道：「妳……我以前見過妳……」

「妳不是……妳，菱歌她們呢？」青冥望著面前這個衣著不整的陌生宮女，心裡一涼，她只知道菱歌她們今天來接她，並帶她出宮，她早早穿好菱歌拿來的宮女的衣服就坐著在等她們……

「一時解釋不清，妳跟我走吧。」明箏不願多說。這時她才看清對面牆上，坑坑窪窪地刻著些圖案，這些圖案很面熟，突然她想起來和狐族人穿的大氅上的刺繡一樣，或許是他們心中的圖騰。她心裡已確信此女子就是青冥了，便緩和了語氣道：「出去，我再告訴妳事情的緣由。」

她手下的老太監一聽要帶走人，便急了：「不可，不可呀，這裡的人沒有太后的懿旨是不能走出這個大門的。」

「你個老太監，你給我聽著，」明箏說著，順手抄起炕上的被單綁上了老太監的雙手，把他推到門後，「你記住，如果有人問你，就說她變成鳳凰飛走了，記住沒有？」老太監盯著她手中的匕首，不敢亂動，直點頭。

「我不走。」青冥冷冷地望著她，一種拒人千里的樣子。

「妳……不走？」明箏氣急敗壞地叫道，「蕭大哥為了救妳籌謀了這麼長時間，妳竟然說不走？」

「妳說什麼？」青冥深邃得不見底的雙眸中，突然泛起一層漣漪，「妳再說一遍。」

「蕭天在外面等妳呢。」明箏氣呼呼地編了個謊。

「他為何不來？」青冥瞪著漆黑的眸子望著她。

「有事！」明箏心煩意亂地望著青冥，「妳不走是吧？」

「扶我起來吧。」青冥伸出一隻手。

「妳……」明箏不悅地白了青冥一眼，看她使喚自己如家奴，「你真把自己當主子了。」這句話到嘴邊又被她咽了回去。她只想趕快帶她離開這裡，她上前去扶她，心裡大吃一驚，青冥在她手上就如同一張紙片般輕薄，她不敢再有絲毫的不忿，乖乖地扶著她下了炕。

三

慈寧宮裡酒宴已開始，難得皇上朱祁鎮有這個興致，與太后坐在一起吃酒，他們母子看上去母慈子孝，一片安好。朱祁鎮自上次早朝受到驚嚇，又惹上寒症，在寢宮服湯藥閉門不出已有六日之久，今日正好借著太后擺宴出來散散心，又聽聞三清觀大道長親自來宮裡做法事，心情自是大好。

太后的下首坐著郕王朱祁鈺，此時見皇上朱祁鎮幾杯酒下肚面色發紅，神采奕奕，一顆懸著的心才放下。

朱祁鎮身後，王振躬身寸步不離地服侍著，每樣菜肴都要親自嚐過之後才端到皇上面前。太后斜眼瞥著王振，又扭頭望了下大殿中兩排端坐的嬪妃，臉上的不悅越來越明顯。王振又選了一道菜，樂呵呵地端到皇上面前，低聲說道：「萬歲爺，嚐嚐這個，你定喜歡，金絲酥雀如意卷，還有這個鳳尾魚翅……」

朱祁鈺看見母后面露不悅，急忙端著酒盅走到皇兄面前，深深一揖打破僵局道：「皇兄，小弟敬皇兄。」

朱祁鈺本來就是個謹慎之人，前些日朝堂上黨派之爭，他也有所耳聞，皇上這些日的病情多少也與此事有些關聯，這血光之災是衝著誰，他當然心知肚明，他也看出母后對王振是滿腹嫌惡，但是由於他往日曾和于謙等大臣有過交往，心裡不免有些擔心，不知皇兄對他會不會心生嫌隙。「皇兄，小弟看皇兄容光煥發、神采飛揚，臣弟甚是欣慰啊。」

「鈺弟，朕身上已無大礙，哈哈，來，喝酒！」朱祁鎮笑著望了眼朱祁鈺，看到他滿臉謹慎的笑容，哈哈一笑，在朱祁鎮看來這個弟弟從小就懦弱得如一攤稀泥，真想不明白太祖的血液是如何在他的身上流淌的。

朱祁鈺看皇兄一飲而盡，自己也爽快地抖斛而進，然後躬身退回座位。朱祁鈺從皇兄的臉上也沒看出什麼，心裡仍然有些惴惴不安。

「來人，把前面的香爐撤了，熏得我眼睛都睜不開了。」太后突然說道。太后身邊的拂衣忙走下去，與另一個宮女把香爐搬到外面去。下面的眾嬪妃都默默地坐著，一邊矜持地拿捏著用最文雅的樣子，吃著面前食盤裡的菜肴，一邊看著臺上太后。她們心知肚明，剛才太后的那般話是說給大太監王振聽的，但王振揣著明白裝糊塗，還是一個勁地給皇上布菜。拂衣從菱歌身邊走過，看見跟在菱歌身邊的不是秋月而是梳頭宮女望春，心裡已明白了七八分。兩人四目相對，那一瞬間兩人眼中都溢滿淚水，她倆明白以後她倆將永遠相伴，留在這深似海的宮城裡了，此時此刻她們的姐妹情義又深了一層，如同親人一般。

拂衣從殿外回到太后身邊，幫太后端著酒盤。

「王公公，你到道場上去看看，這兒用不著你了，也給這些嬪妃一個服侍皇上的機會。」太后實在忍不住了，只好硬生生趕人。

「是，太后，」王振急忙躬身作揖，「老奴是應該退下去，但擔心這些年輕主子服侍不好皇上，還是讓老奴服侍吧。」

「母后，」皇上微笑著道，「讓王公公留下吧，我都習慣了，換個人不習慣，再說她們也不知道我的喜好。」

「皇兒，」太后手指著下面的嬪妃，「我給你選的這些妃子，哪一個不是伶俐乖巧，慧心獨具。」

「母后，」皇上看母親變了臉色，不好當著眾嬪妃的面再駁她的面子，他雖然不喜歡母親給他選的這些妃子，但也不想因為此事讓母親不悅，「我們一起去看看高道長做法事如何？」他想借此轉移一下母后的視線。

「不可啊，皇兒，」太后望了眼大殿外，隱約可以聽見外面鑼鼓的聲音，「道場上煞氣太重，近來宮裡又不太平，皇兒你身上的寒症剛剛見好，不可沾染污穢之氣。」

「這樣吧，」太后眼望著王振，一臉威嚴道，「王公公，你跑一趟，本宮賜酒一壺，賞給高道長等眾法師。」

拂衣端著盤子走到王振面前，王振不敢違抗，急忙跪下從拂衣手中接過玉盤，起身退出去。

太后見王振終於離開了皇上，臉上的陰雲散去，向下面的淑貴妃使了個眼色，淑貴妃款款起身，向皇上朱祁鎮走去。

王振眼角的餘光早已看到這一幕，他就知道太后早想把他驅離皇上身邊。王振冷冷一笑，如今不是他離不開皇上，而是皇上離不開他。數十年來的習慣，抬頭低頭間的默契，多少個日夜的相伴，不是幾個美貌的妃子便可以替代的，王振端著玉盤向大殿外走去。

廊下兩旁站著兩排御前侍衛，王振端著玉盤從他們身邊走過。在拐角寧騎城走出來，他目送王振背影離去，剛才大殿上的事他站在側殿看得一清二楚，心裡一陣冷笑，仗著皇上的信任，他連太后都不放眼裡。

寧騎城心裡雖然一萬個鄙視王振，但是在這個以權力為尺碼的皇城，有誰可以撼動王振？他清楚他不是王振的對手，這些天他之所以氣定神閒，對王振與他的疏遠和王振起用高昌波一直保持沉默和裝聾作啞，是因為他手裡有一步棋，定要一舉把目前的頹勢扳過來。

他在等待機會。自那個月圓之夜柳眉之告訴他，蕭天一夥在密謀刺殺王振後，他便進入了平靜的蟄伏狀態。旁人很少看見他的身影，只當是他今非昔比，在王振身邊失了寵，受到了打壓。他大部分時間待在府裡，而把親信派往各處，尤其是王振身邊，他要弄清楚蕭天他們會在哪裡下手。

那個月圓之夜所得到的消息太重要了，他的煞費苦心終於有了回報，這多虧了那神祕的「鐵屍穿甲散」，這味毒丸奇在它可以瞬間摧毀人的意志。現如今，柳眉之變成了他手中的另一丸毒藥，比「鐵屍穿甲散」更具破壞力，就看他如何用了。想到此，他心情舒暢地一笑。

在他的計畫裡，重回權力中心，易如反掌，只要在王振遇刺時及時出現在他身邊便行了，然後他騰出手，再解決未決的事。一想到跟他鬥了幾年的狐山君王就是蕭天，他渾身的骨節都在嘎嘣作響，這一次看他們如何脫身，在皇宮就猶如甕中捉鱉。

他在三天前就注意到了三清觀。他的耳目從宮裡打探到王振密派高昌波到三清觀請高道長。他聽到這個消息，眼前突然豁然開朗，他派高健帶人早早進入宮裡各處，靜待他們出手，而他則躲在暗處，擇機出擊。

這時，高健突然從旁邊閃身走到寧騎城身邊，他一臉凝重，緊皺眉頭的樣子，似乎出了什麼緊急的事情。

「何事如此驚慌？」寧騎城不滿地盯著高健。

「大人，出事了，」高健舔了下乾燥的嘴唇，「手下在藕香亭附近發現五具屍體，奇怪的是外衣皆被扒去，從裡面穿的中衣看，應該是咱錦衣衛的人。」

「哦，他們真的來了，已經動手了。」寧騎城眉頭緊鎖，略一沉思，交代高健道，「記住，這件事交代下面不要傳出去，現在不能打草驚蛇。」「大人，是何人所為，會不會驚了聖駕？」

寧騎城眼神篤定地壓低聲音道：「一切都在我的掌握中，怎麼，連我都不信任嗎？」

「當然，」高健急忙點頭，但是仍然憂心地道，「今日宮裡進來的外人較多，怕不好掌控啊！」

「哈哈，又不是只有咱們，」寧騎城一笑，「你沒看東廠那幫人急趕著向主子表忠心嗎？把心妥妥地放進肚裡，去吧。」

寧騎城打發走高健，心裡已然明瞭，對方已經出手了。唯一出乎意料的是，對方竟然敢偽裝成錦衣衛，這不是往他和王振的傷口上撒鹽嗎？寧騎城不敢大意，撇下高健尾隨王振而去。從現在開始王振的周圍隨時可能出現刺客，但他不會貿然出手，他會等到最後一刻。

王振端著玉盤一邊走，一邊生氣，心裡那口氣越聚越重，他看到太后對自己的提防，他對皇上的一片忠心她視而不見，卻獨獨因皇上信任自己而耿耿於懷。

王振陰沉著臉，沿遊廊一路向前，他身後有四個小太監隨行。前方響起越來越大的喧嘩聲，鼓樂銅鑼刺耳的響聲，再加上眾道士口念經文的聲音，把個平日裡靜謐的慈寧宮攪得形同鬧市。許多閒下來的宮女太監圍著道場看熱鬧。

王振不滿地停下，前方幾個東廠值守的人在劃拳行樂，那幾個人猛然看見王振站在面前，立時傻了眼。

「你們高督主呢？」

「在……在那邊。」

「滾！」

「是。」

門廊下佇立著幾個錦衣衛，個個戴著面盔，身體緊繃沉默無語，像幾個立在那裡的柱子，與這裡喧囂的場面格格不入。王振從他們面前走過，不由多看了幾眼，他感到很意外，這裡如何會出現錦衣衛，寧騎城不是抱病回府了？錦衣衛何時在慈寧宮布下了崗哨？

一個高個錦衣衛突然迎著王振走來，王振一愣，停下腳步。高個子開口道：「王振，王公公？」王振惱怒地望過去，何人如此大膽敢直呼他大名：「你是誰？」

「要你腦袋之人。」說此話的正是蕭天，他在這裡已經靜候多時了。

蕭天他們自換上錦衣衛的服飾，就圍著慈寧宮轉，不知轉了幾圈，才選在這個地方等王振。這裡離太后的大殿不遠，又是進入道場唯一的通道，四處守衛不多，人員雜亂，又有遊廊和眾多廊柱可以做掩飾。

玄墨山人早已按捺不住心中的仇恨，他瞪著雙目低吼一聲：「王振，拿命來……」

王振一驚之下，眼見這名白髯大漢向自己撲來，他才意識到宮裡混進刺客，扯著尖細的嗓音大喊：「來人呀，抓刺客……」但是他很快發現，他的嗓音淹沒於銅鑼之中，他身後的四個隨從很快被那幾個錦衣衛制住。

王振久居深宮，閒暇時也練就了幾手三腳貓功夫，他別的不擅長，擅長跑。他「咣」地把手中物件向玄墨山人扔去，轉身便跑，蕭天和盤陽同時撲向他，他像泥鰍一樣閃身溜出去，沿遊廊向裡跑，蕭天施展輕功去追。

與此同時那幾個東廠的人發現這邊情況，迅速跑來。盤陽和李漠帆迎著他們大打出手，由於不斷有人跑來，他們一時也得不了手。這時，高昌波惱羞成怒地領著一眾人等趕過來，一邊大喊：「抓刺客……」怎奈聲音被銅鑼蓋住，玄墨山人一人堵住他們眾人。

蕭天幾個飛躍趕上王振，伸手去抓王振的衣領，一把繡春刀刺向王振的脖子，王振傻了眼，雙腿發軟，他顫抖著哀叫道：「英雄，刀下留人呀，你要什麼我都可以滿足你……」

突然，一個黑色影子從一側遊廊的飛簷上像箭般射過來，一柄青光寶劍擋住繡春刀，接著一陣陰鷙的狂笑從一旁傳來：「蕭天，你的小命今天落在我手上，放下你的刀……」

王振一眼看見寧騎城，像看見了救星，大聲喊起來：「我兒，我兒，救我呀。」

「乾爹，你的命就是我的命，他若敢動你一個指頭，我必讓他粉身碎骨。」寧騎城說著一步步逼近蕭天。

王振大受感動，大喊道：「我兒，前陣子是乾爹誤會了你，被那個高昌波矇騙，這個混蛋，兒呀，你是最忠心的人，爹心裡有數了。」

蕭天萬萬沒想到會在這裡遇見寧騎城，他像是從天而降，蕭天迅速一轉手把王振拉入自己懷裡。蕭天看到寧騎城身後一隊錦衣衛正向這裡跑來，他心裡一陣悲涼，千算萬算卻漏了一人，這個寧騎城明明被高昌波打壓了下去，怎麼會突然冒了出來？如此大好的一次機會，還是失算了。眼看著玄墨山人、盤陽、李漠帆被錦衣衛團團圍住，蕭天一咬牙，留得青山在，不怕沒柴燒，只能先退了。

「寧騎城，你先放我的人出宮，不然，我與王振同歸於盡。」蕭天大喝一聲。

「妄想！」寧騎城叫道。

「不，不，我兒，放了他們，放了好漢。」王振急忙勸阻寧騎城，他一刻也不想被刀抵住脖子了，他勸著寧騎城。

寧騎城略一沉吟，向身後的高健一揮手。高健向手下眾人下令：「放了他們！」

「看誰敢放！」高昌波氣勢洶洶地趕過來，大喝一聲，「好呀，你們錦衣衛這是要造反了。」

「高公公，你來得正好啊。」寧騎城一臉不屑地說道。

「寧騎城，你……」高昌波走到跟前，這才發現被蕭天挾持的王振，臉色忽地變得慘白，「這……這……」

「高公公，你是想早點要了我的命嗎？」王振在蕭天手上，惡狠狠地說道，「還不快放了那些人！」

寧騎城鄙視地瞥了眼高昌波，陰陽怪氣地說道：「你說呢，高督主？」

「當然……當然聽先生的，快，快放人……」高昌波嚇得出了一身冷汗，轉身向手下大喊道。

寧騎城向蕭天逼近了一步，他緊緊盯著蕭天，就像看著到手的一件獵物。他心裡清楚蕭天就像一隻煮熟的鴨子，跑不遠，即使跑遠了，他也能摸到他的老巢。想到這裡，寧騎城放下手中寶劍，對蕭天，更像是對王振說道：「只要你放了我乾爹，我便放了你。」

蕭天挾持著王振往一邊退去，他看到錦衣衛退出去，玄墨山人、盤陽、李漠帆很快混入人堆裡，由於他們穿著錦衣衛的服飾並沒有引起宮裡人的注意。蕭天看到他們已經全身而退，眼睛盯著寧騎城，他明白與他交手，他沒有獲勝的把握，在他面前更不可能殺了王振，於是，一咬牙，把王振往寧騎城懷裡一推，縱身跳到廊上，飛快地向宮牆跑去。

「抓住那幾個刺客！」寧騎城扶住王振後，向錦衣衛大聲命令道。

蕭天身子凌空躍上屋脊，運用輕功似蜻蜓點水般在屋脊上躍上躍下，轉眼沒了蹤影。那些錦衣衛校尉仰臉望著空蕩蕩的屋脊，甚是震驚，沒想到此人武功如此高超。

四

天空又開始飄起雪花，臨近黃昏天便暗下來。

甬道裡薄薄的一層雪上，留下一行歪歪扭扭的腳印。一個宮女背著另一個宮女，幾乎是小跑著一路過來，其中一個宮女喋喋不休：「唉，真是倒了八輩子黴，你說你一個大活人，你不走路，非要我背著你，你是誰呀你……」

說話的人正是明箏，她已累得出了一身大汗。背上的青冥面色平靜，眼睛只顧四處看著，並不理會明箏的牢騷，可能嫌明箏跑得太快，顛得慌，就開了口，只聽見極細的嗓音柔柔地說道：「妳……太快了……我……頭疼……」

「什麼妳妳的，我有名字，叫我明箏。」明箏騰出一隻手，往額頭上擦了把汗，「還嫌快，我都想飛，再不快點，跟不上車了。」明箏說完，便不再理她，眼睛盯著面前的路，腦門一陣突突亂跳，她只顧飛快地往前走，直到此時，她才發現路不對。

「天呀，難道走錯了？迷路了？」明箏額頭上瞬間滲出豆大的汗珠，她驚愕地叫著背後的青冥，「喂，妳在宮裡待的時間長，妳認路嗎？咱現在必須趕到御膳房。」

「妳問我嗎？」青冥才反應過來，她四處看了半天，說了一句，「不知道。」

明箏一聽氣不打一處來，身子一閃把青冥撂到了地上：「妳知道點什麼？」

青冥坐到地上，就勢盤起腿，抬頭平靜地看著明箏，任明箏滿臉通紅、急眉瞪眼地看著她，她心平氣和淡淡地說道：「妳把我送回去吧，我等蕭公子，他會來救我的。」

明箏愣了半天，才意識到她嘴裡的蕭公子就是蕭天。

明箏一咬牙，躬身拉起她的雙手重新把她背上。她知道青冥說得不錯，蕭天在她的父親老狐王面前發過血誓，豁出性命也要救她出來。如此一想她的命也是蕭天的命，救她便是救蕭天，她只得忍氣吞聲繼續往前走。

明箏一邊走一邊四處看，努力回憶著剛才張公公領她來時走過的路，越看越感覺不對，她應該是在上個岔口拐錯了，但是現在再退回去，又怕耽誤太長時間。她正左右為難，對面走過來一隊巡邏的禁軍，其中一個尉官扭頭看著她。

「喂，哪個宮的？」尉官大聲問道。

明箏腿一抖，真是怕啥來啥，她咧開嘴幾乎帶著哭腔道：「這個……這個宮女犯了疫症，他們都不敢來送，算我倒楣，讓我背她去乾西里。」

尉官看了一眼明箏背上的宮女，面色慘白，披頭散髮，瘦弱不堪的樣子，可不是得了重疾是什麼。尉官急忙捂住鼻子，「我問妳，路上可發現有身穿錦衣衛官服的人走過？」

「啊……」明箏張著嘴愣了半天。

尉官一看也問不出什麼，便一揮手，帶著那隊兵卒向前跑去。

明箏長出一口氣，背上的青冥不滿地拍了下明箏的背：「誰得了疫症？」「得了，我沒說妳得了瘋症就不錯了。」明箏沒好氣地說。

這時，頭頂上一黑，像是飛過一片烏雲，轉瞬之間，又恢復了明亮。明箏一愣，停下腳步，抬頭看兩旁的圍牆。

「明箏？」突然從空中傳來一聲驚叫。明箏立刻聽出是蕭天的聲音，她一頓，彎身放下背上的青冥，向聲音跑去：「蕭大哥，你在哪兒？」

蕭天一身錦衣衛的盔甲從牆上縱身跳下，他看著面前的明箏驚呆了，她此時不是應該待在御膳房，迎接四名狐女和青冥才對嗎？他馬上意識到一定出了事，不然明箏不會穿著宮女的衣服出現在這裡，他上前一把抓住明箏，「妳怎麼在這兒？」

明箏終於看見了親人，她幾乎是撲進了蕭天的懷裡，兩隻手緊緊地摟住了蕭天的脖子，眼淚鼻涕一起流出來。蕭天忙抓住她兩隻手把她從脖子上放下來，一邊著急地問：「出了何事？」

「我被張成叫去接青冥，四個狐女都出不來，一個被罰去了浣衣局，一個被抓到慎刑司，那兩個在太后身邊。」明箏氣喘吁吁地說道。

「妳去接青冥郡主了？」

「我接了。」

「人呢？」

「在那裡。」

明箏說著伸手指了下身後盤腿坐在地上的青冥，蕭天這才發現甬道牆壁邊坐著一人，一個穿著宮女服飾披頭散髮的女子。蕭天愣了半天，他慢慢蹲下身，這才看清這個披散著頭髮的女子竟然是青冥。他身子晃了下，五年的時間，足以滄海桑田，何況是相貌？眼前女子竟然那般陌生，蕭天呆愣了片刻，才認出確是青冥。

蕭天突然掀袍角單膝跪下，眼睛發紅雙目噙淚，顫聲道：「郡主，蕭天救主來遲了。」

青冥烏黑似深潭的雙眸閃了一絲光亮，就像空中的雪花一樣，旋即便飄走了。她平靜似水，淡淡一笑：「起來吧，她是誰？」

青冥像第一次看見明箏一樣，盯著明箏。

蕭天沒有起身，仍然單膝跪著，臉上一紅，就像做錯了事被抓個現行一樣心虛地說道：「這是明箏，是家父生前好友的女兒，與我形同兄妹。」

一旁的明箏從來沒見過蕭天如此低聲下氣過，她走到蕭天身邊很不耐煩地道：「蕭大哥，你起來，憑什麼給她跪下呀。」

「明箏，別沒規矩。」蕭天厲聲說道。

「起來吧。」青冥的聲音輕得幾乎聽不見。

蕭天站起身，這才想到目前事態的危急。他看著明箏問道：「妳們怎麼走到這裡？」

「不是『妳們』，是我，是我一個人在走，她不走，是我背著她走過來的，走錯了道，迷了路。」明箏賭氣地說道。

「什麼？」蕭天一聽此言，一步走到青冥面前蹲下身，一隻手握住了青冥的腳踝轉了一下，「郡主，妳的腿？」

「沒事，早已沒有知覺了。」青冥淡淡地說道。

蕭天和明箏都暗自一驚，明箏立刻趴到青冥的面前，氣呼呼地說道：「那妳怎麼不早說。」

「說與不說，不是一樣嗎？」青冥淡淡一笑。

蕭天站起身，心急如焚。他左右張望，皇宮如此大，對外面的人來說如同迷宮，既迷了方向，想找回原來的路堪比登天。已經沒有時間做選擇，也不可能按原計畫走出去，只能見機行事了。如今，青冥又是這種狀況，他們三人能不能走出去，他心裡也沒有底。

「明箏，妳仍按剛才那樣，背著青冥，我在前面探路，出發吧。」蕭天說完，大步走到她倆的前面。明箏雖然不情願，但是也沒有選擇，她走到青冥面前彎著腰背起她。

蕭天把頭盔拉低，遮住了半張臉，一隻手緊扣著腰間佩刀。兩人一前一後，沿著宮牆迅速向前走著。小雪花變成大片的雪，眼前的宮牆、屋脊上一片白茫茫。明箏走著，實在體力不支，腳下一滑，不由發出「哎喲」一聲。蕭天迅速回轉身子，躍身過來，一把扶住明箏。明箏身子晃了一下，雙腿站住。

「明箏，妳受累了，堅持住啊。」蕭天看著明箏一腦門的大汗，甚是心疼，但又不能替她，在宮裡一個錦衣衛背著一個宮女成何體統，馬上就會露餡。

明箏抬起頭，突然她眼露恐懼瞪著前方，用極低的聲音飛快地說道：「蕭大哥，你別回頭，過來一個人，在你身前，是寧騎城。」

蕭天一聽，身體猛地繃直了，一隻手下意識地往外抽繡春刀。接著一陣清晰的靴子撞擊地面發出的砰砰聲，雖然隔了一層雪，仍然感受到那人步伐矯健，聲音越來越近。

明箏面色發灰，她知道這兩人撞見，將是一場刀光劍影你死我活的大戰，在寧騎城面前他們三人想全身而退，宛如痴人說夢，她果斷地說道：「蕭大哥，你帶青冥走吧，我去引開寧騎城，他不會殺我，他一直想從我嘴裡得到《天門山錄》。」

「妳胡說什麼，動起手來，我不會輸。」蕭天叫道。

「可我背上還有一位妳的郡主呢。」明箏苦笑一聲，「多走出一個是一個。」明箏說完，身影一閃把背對著蕭天，青冥從她背上滑下，蕭天一驚，急忙伸手接住。明箏像條魚一樣彎身到蕭天身旁，一把抽出繡春刀，只聽見「哐啷」一聲，明箏持刀向走過來的寧騎城撲過去。

蕭天抱起青冥，青冥在他懷裡輕盈得像個嬰兒，他雖然心如刀絞，但腦子卻清楚明箏說得不錯，他頭也不回向一旁的圍牆縱身躍上。他懷裡的青冥突然伸出一隻瘦弱無骨的手，抹去了他臉頰上的淚，定定地望著他。蕭天站到牆頭，這才看出他們離宮牆已經不遠了。

明箏沒想到繡春刀如此沉重，她撲向寧騎城時，險些拿不住刀。倒是寧騎城被突來的變故弄得不知所措，他明明看見一個宮女和一個錦衣衛鬼鬼祟祟站在牆下，剛開始還以為是一對私通的男女，本來打算過來教訓一番，想看看是哪個狗崽子。剛才他一路追蹤蕭天，他不得不承認蕭天的輕功在他之上，在這個陰霾的大雪天，玩這個遊戲，對他來說真是充滿刺激。但是，當他走近這對狗男女時，他發現有些不對，那個宮女身上還背著一個宮女。

接著，他就看見那個宮女手持繡春刀向他撲過來，而那個錦衣衛雙手橫抱著另一個宮女縱身飛上宮牆，看身法不是蕭天又是誰？

「站住，蕭天……」

那把繡春刀歪歪扭扭向他刺過來，他定睛一看，面前的宮女橫眉冷目、咬牙切齒的樣子像足了一個人，不，就是她，明箏！寧騎城發出一陣陰鷙的狂笑，太出乎意料了。

「明箏姑娘，妳把自己打扮成這樣是來見我嗎？」

「寧騎城，少廢話，拿命來。」明箏持刀又向他刺過來。

「妳先把刀拿穩了，」寧騎城一閃身躲過去，「要我教妳繡春刀如何使嗎？」

「讓你知道我的厲害。」明箏斜著刺過來。

寧騎城虛晃一下，一把扣住繡春刀，明箏拔了幾下，沒拔出來。寧騎城耳目很靈，他聽到不遠處沉重的腳步聲，接著看到高昌波領著一隊東廠的人迅速向這裡跑過來，想必是他們仍然在搜查刺客。

「別動！」寧騎城說著一把奪過明箏手裡的繡春刀，就勢一拉背後的黑色大氅把明箏小小的身子整個遮住了，然後對著牆站著。

「什麼人？」高昌波尖利的嗓音大叫，「抓住他！」一眾東廠的高手向寧騎城圍過來。

「高督主，你不會連我都不認識了吧？」寧騎城回頭看他。

「寧指揮使，你在這裡幹什麼？」高昌波一看，忙賠上笑臉。

「撒泡尿。」寧騎城懶洋洋地道。

「好，你繼續。」高昌波向背後一揮手，一眾人等迅速向前跑去。

明箏聽見腳步聲遠了，從寧騎城的大氅裡鑽出來，又羞又怒，她眼露凶光，閃身與他保持距離，「寧騎城，你欺人太甚！」

「我剛救了妳。」寧騎城指著那些人的背影，「他們是東廠的，一盤問妳還不露餡？」

「你為何要救我？」明箏滿臉疑惑。

「我不想他們抓住妳。」寧騎城陰陽怪氣地一笑，「我救了妳，妳告訴我，剛才蕭天帶走的那個宮女是誰？」

「你別問了，我不會說的。」明箏遲疑了一下，道，「你救了我一次，這個人情我欠著，以後還你。」

「哦？如果我把妳送出宮，是不是等於又救了妳一次，妳又欠我一個人情？」寧騎城微笑著說，他很少笑，笑起來很恐怖。

明箏往後退了一步，對於這個男人的傳聞，她聽得多了，不管是來自民間還是官場，他都是惡魔的代名詞，他神出鬼沒的行事作風和高如驚雷的武功，都使他成為一個不好對付的人，他救自己，定是有所圖。明箏腦中一陣電閃雷鳴：「你別妄想，即使你把我送出宮，我也不會給你默出《天門山錄》。」

「最起碼妳欠我人情吧。」寧騎城哈哈一笑。他已決定把明箏送出宮，連路線他都想好了。他不願明箏落入高昌波手裡，看她跑回老巢豈不更有趣，再說她的哥哥柳眉之也在他手裡，她還能跑遠嗎？

「你……真送我出宮？」明箏幾乎不相信自己的耳朵。

「別忘了，妳欠我兩個人情。」寧騎城迷般呵呵一笑，「跟我來。」明箏如走進霧裡，似信非信硬著頭皮跟著寧騎城向一旁一個長長的甬道走去。

五

慈寧宮裡的酒宴還在繼續。在太后的授意下，幾個在太后面前得寵的妃子按位分先後給皇上敬酒，一派祥和。

皇上朱祁鎮也不願駁太后的面子，對所有敬酒的妃子都好臉相待。他喝著酒，目光掃視著一旁，發現王振被太后指使出去一直未回，不免心裡一陣煩躁。

「皇上，」太后飲過幾杯酒後面色紅潤，微有些醉意，她微笑著望著朱祁鎮，「皇上既然身體已痊癒，就該讓你的妃子去寢殿服侍你，也好為大明開枝散葉，增加子嗣呀。」

朱祁鎮望著大殿外面，心裡的煩亂更深了，他不接太后的話題，悶頭喝酒。

太后從朱祁鎮的這個眼神就猜出他在找王振，心裡的氣又躥出來，堂堂一個皇帝寵信一個閹人，根本不把自己這個太后放心裡，雖說不是生母，但她自認對他勝於親生，她無比失望，於是聲調一變，把太祖搬出來：「皇上，你既日日念太祖的文典，想太祖一生戎馬，神威英武，平定四海，雖重政務，但也廣施雨露恩寵，因此子嗣眾多，枝繁葉茂，這方是盛世呀。」

朱祁鎮突然不耐煩地扔下酒盅，只聽「叮噹」一聲酒盅滾到了地板上，兩邊的宮女太監都嚇得一哆嗦。朱祁鈺看出皇上對太后的不耐煩頓時驚出一身汗，太后當場黑了臉。

酒宴上的氣氛突然急轉直下。這時，一個人從一旁躬身跑過來，彎腰拾起酒盅，匍匐在地小心地舉起酒盅，一臉笑容道：「皇上豪氣萬丈，酒風不輸太祖當年啊。」

說話者正是王振，他短短一句話，立刻緩和了酒宴的氣氛，朱祁鎮見王振回來，心下喜悅，朗聲笑起來，並轉過身對太后一笑道：「母后教誨得極是，孩兒記住了。」朱祁鎮說得無比謙虛，也給太后挽回了面子，太后也順勢笑起來。

王振小心地退到皇上身後，這時御膳房呈上來皇上最喜歡喝的土茯苓綠豆老鴨湯，王振用銀箸試過後端到朱祁鎮面前，果然皇上一見胃口大開，拿銀勺喝起來。

王振這才得空擦去額頭上的汗，剛才在路上險被刺客殺掉，直到此時他的心還狂跳不已。他抬眼看見高昌波從偏殿向他跑過來，他揮手招來手下一個太監，自己從一側走入偏殿。

高昌波一頭大汗，不住地喘氣，他身後跟著同樣一頭大汗的張成，此時張成比高昌波更不好過，他不得已放下明箏回到高昌波身邊，也沒有免去一頓罵，跟著高昌波一路上提心吊膽生怕撞見自己人，好在一路上都沒出事。

高昌波看見王振走過來，急忙上前一步：「先生，你說怪不怪，這些刺客就像人間蒸發了一樣，了無蹤跡。」

「你個笨蛋，你手下一群窩囊廢。」王振壓低聲音大罵，「全是廢物，這次若不是寧騎城及時出現，你恐怕就見不到我了。」

高昌波垂下頭，任王振罵完，他閃爍其詞道：「先生，有……有一事我弄不清楚，他……他寧騎城的錦衣衛怎麼會出現在慈寧宮？當初，你部署他監視趙府來著，還有……這幾個刺客他們是怎麼混進宮裡來的？而且，咱們明明看見他們就是錦衣衛的打扮，這……」

「你老小子想說什麼？」王振瞇眼盯著他。

「我看這幾個刺客就是錦衣衛的人。」王振微瞇起雙目，冷冷地乜了高昌波一眼。高昌波渾身一顫，哈腰抬手臂用衣袖拭了下額頭上的冷汗，急忙解釋道：「先生，老奴沒有詆毀誰的意思，只是這事蹊蹺，不得不引人深思啊。」

「呸，今天明明是他出手救了我。」王振雖然嘴裡否定了高昌波的話，但心裡也起了疑心，「那個刺客的模樣我一輩子也忘不了，給我查所有錦衣衛人員動向。」王振想了一下，「先不要打草驚蛇，你祕密去查，對寧騎城也要派人監視。」

「是。」高昌波點了下頭，長出了口氣，臉色也恢復常態。

「還有，此事不可驚動皇上和太后，聽見沒有。」王振咬牙切齒地交代，「想要我的命，沒這麼容易。」

突然，他抬頭看見寧騎城和他的下屬高健慌慌張張跑過來。他急忙向高昌波遞了個眼色，高昌波何等機靈，看見寧騎城滿臉笑容地迎上去：「寧大人，你可發現可疑之人？」

高健走上前回話，由於身穿盔甲，只能拱手一禮道：「回高督主，卑職帶人搜查刺客，在藕香亭發現五具屍體，當場有手下認出是錦衣衛，只是他們的衣服被扒光了。」

「哦，如此說來，刺客就是穿了他們的衣服混進慈寧宮行刺的。」王振向寧騎城問道，「我兒，你怎麼看？」

「乾爹，他們是如何混入宮裡的呢？」寧騎城回頭望了眼大殿外，含沙射影地說道，「這幫道士，是今日入宮人數最多的一群人。」

聽寧騎城如此一說，高昌波臉都綠了，高道長是他請過來的，這不是明擺著想把髒水往自己身上潑嗎？他急忙上前說道：「此話差矣，雖說道士今天入宮人數眾多，可他們都是在東廠的嚴密監視下，不敢有一絲違逆的行為。」

「高督主，你此話說得有些托大吧，你真能保證刺客不是混進道士隊伍才進到宮裡的？」寧騎城微笑著說出的話卻寒氣十足。

「寧指揮使，你不要血口噴人。」高昌波忍無可忍怒目而視。

王振看兩人已然撕破臉皮，便上前一步，冷著臉道：「還沒有追究責任呢，你們便這般爭吵起來，成何體統！今日再出現任何紕漏，你們倆一個也跑不了，都得擔責。」

這時，慈寧宮的外面傳來巨大的喧嘩聲和一陣陣喊聲，這才轉移了他們的視線，王振望著外面，擔心又出什麼么蛾子，對高昌波說道：「你快到外面看看，是不是道場上出什麼亂子了，快去！」

高昌波不敢耽擱，提起袍角扭頭就往外跑。張成一看，也跟著跑了出去。

「我兒，有你在我身邊，我就放心了。」王振微笑著看了一眼寧騎城，緩步走向大殿。

寧騎城留在偏殿，目送王振走向皇上身邊，高健湊上前，壓低聲音說道：「大人，咱說的這段話，王振能信嗎？」

「信不信由他吧。」寧騎城陰著臉說道。

「大人，你剛才送出去的宮女，我怎麼看著有些面熟呀，想不起在哪裡見過了。」

高健說道。

「一個朋友托我辦的事，這個宮女的娘親死了，見最後一面，人家送了一個金元寶，我能不應下嗎？」

寧騎城嘴角露出一個愜意的微笑，這個謊說得讓他自己都很感動。

高健瞥了眼寧騎城，一臉驚訝：「大人，我發現你變了。」

「你說什麼呢？」寧騎城一皺眉，瞪著他。「大人越來越有人情味了。」高健笑道。「你這是誇我嗎？」

「當然是。」

外面的雪已經停了，雖只是申時，但天空灰暗似傍晚。高昌波從偏殿一走出來，就看見一些宮女和太監神情異樣地向前面的道場跑去。前面更是出現一波又一波喊聲。高昌波有些莫名其妙，他一把抓住一個跑動的小宮女，叫道：「你跑什麼，出什麼事了？」

「宮裡出大祥瑞了。」小宮女含糊其辭地說了一句就跑出去。

「大祥瑞？」高昌波站著納悶。只見高道長在眾道士的陪伴下向慈寧宮大殿走來，他滿面紅光，神態飄逸，道袍翩飛，玉樹臨風。眾道士尾隨在身後大聲念經文，一眾人等來到大殿外，早已有人跑去回稟皇上和太后。殿內跑出一個御前太監，傳高道長覲見。

高道長手持拂塵大步走進大殿，向皇上和太后躬身一禮後，道：「恭喜皇上，恭喜太后，宮中出現祥瑞，是大吉之兆啊。」

朱祁鎮從未見過如此仙風道骨的道士，聽他如此一說，心下大喜，忙問：「道長快講，何方祥瑞？」

「得駐飛霞騰身紫薇人間萬事令我先知。」高道長默默念了一句咒語，然後說道，「此乃鳳凰祥瑞。」

這時，從大殿外飛跑來一名御前太監，撲通跪倒在地大喊：「啟稟皇上，空中出現一隻巨大飛禽。」

朱祁鎮眼前一亮，正要起身，從外面又跑進來一個宮女，匍匐在地幾乎帶著哭腔喊道：「啟稟皇上，飛來一隻大鳥，有五彩的羽毛。」

「果真是大祥瑞呀——」朱祁鎮興奮得幾乎跳起來，他扭頭望著太后，「母后，此乃我朝大吉之兆呀！」

「是呀，皇上，咱們也過去瞧瞧吧。」太后也禁不住一陣狂喜。眾嬪妃緊跟著皇上和太后向大殿外走去。灰暗的天空下，在西南方向一隻巨大的鳥展翅飛過，其身上五彩的羽毛在空中發出耀眼的光芒。

眾人一陣驚呼。朱祁鎮慌忙跪下，眼望西南方向虔誠地雙手合十，念道：「神靈助我大明，千秋萬代，永世昌明……」太后和眾嬪妃在皇上身後紛紛跪下，口中念念有詞。

菱歌在眾人後面跪下，突然手腕被一隻手抓住，她扭頭一看是拂衣，「拂衣……」兩人緊緊抱在一起，拂衣把嘴唇貼在菱歌耳邊說道：「看見了嗎？是咱們的飛天翼，一定是來接郡主的，一定是的。」

菱歌點點頭，早已淚流滿面。

兩姐妹跪對著西南方向，重重地磕頭。

皇上朱祁鎮被王振攙扶起來，拂衣上前攙扶起太后。朱祁鎮看眾嬪妃和宮女太監都跪在地上，甚感欣慰，他抬起手道：「都起來吧，把高道長請來。」

眾人讓出一條道，高道長走過來，向皇上深施一禮。

「高道長，你可算出此祥瑞出自哪裡？」朱祁鎮問道。

高道長微搖著頭，閉上雙目，伸出右手，掐指算著，口中還念念有詞：「天清地寧，天地交精，九天玄女，賜我真明，我今召請，三界諸神，如有違抗，如逆上清，金光速現，道氣長存……」高道長口中越念越快，到後來只見搖頭張嘴而沒有了聲音……突然，高道長頓住，睜開雙目，雙目放光地高聲道：「此祥瑞出於宮裡，來自西南，乾西里。」

太后愕然地望著皇上：「乾西里，那不是冷宮的位置嗎？」朱祁鎮叫住身邊一個御前太監：「你，快去跑一趟。」御前太監急忙跪下領旨，不敢耽擱，一溜煙地向西跑去了。

朱祁鎮望著太后和眾嬪妃以及高道長，心情大好，高聲說道：「諸位愛妃，咱們進殿，吃著酒宴，耐心等待。」說著扭頭看著王振，「王公公，給高道長賜座，賜酒宴。」

「是。」王振微笑著去請高瑄。

高瑄呵呵一笑。自王振又出現在皇上面前起，高瑄的心情就直轉直下，他明白蕭天他們失手了，一次大好的機會啊，他仰天嘆息，如果此時自己手裡有一把劍，一定一劍了結這個閹人。無奈，他手無寸鐵，這場鬧劇還要演下去。

他向一旁的眾道士一揮手，點了下頭，眾道士會意，徑直回道場收拾行頭，準備打道回府了。

寧騎城站在廊下盯著那一眾道士的背影出神，高健從一旁走過來，問道：「大人，真有祥瑞嗎？」

寧騎城一陣冷笑，「騙騙皇上可以，騙不了我。」

「可是，我明明看見一隻巨大的飛禽呀。」高健驚呼道。

「你看見的只是巨大的翅膀而已，走，跟我去瞧瞧那幫道士。」寧騎城說著走出去，高健急忙跟在身後，兩人一前一後向道場走去。

此時，高道長跟在王振身後走進大殿，這時已有宮女搬來座椅，挨著龍案擺在朱祁鈺一旁。高道長與郕王見過禮後入座。

這時，跑出去的御前太監跑回來，身後還跟著一個滿頭白髮的老太監，兩人跪下，老太監渾身打戰，幾乎摔倒。

「啟稟陛下，這位是乾西里守門人魏公公，魏公公有事回稟。」御前太監說完，回頭催促魏公公。

魏公公聲音嘶啞，含糊不清地道：「回陛下，回太后，是玉嬪，七日不進水米，老奴今日看見……看見她化為一隻……一隻鳳凰，飛……飛走了。」

朱祁鎮和太后面面相覷，朱祁鎮又驚又喜：「果真是祥瑞啊！」

「玉嬪是誰？本宮如何記不得了？」太后乍然問道。

「太后，這或許便是宮裡鬧鬼的因由，」拂衣從一旁給太后的酒盅裡斟上酒，說道，「高道長法力無邊，有諸神衛護，如今開渡了她的魂魄，再不會為禍宮裡了。」

太后點點頭，聯想到近日宮裡連連鬧鬼，原來竟與這玉嬪有關，看來真是由怨氣而來，既是化為一隻鳳凰飛走了，也不失為一樁好事。太后笑容滿面地說道：「皇上，高道長真是名不虛傳，此次定要重賞啊。」

朱祁鎮此時滿面紅光，宮中出現祥瑞無論如何都是大喜之事，他作為一國之君當然無比榮耀，傳出去百姓也會認為他這個皇帝做得好，才會出現祥瑞。他高聲傳旨，重賞高道長，重賞三清觀。

王振看此時皇上如此興奮，大殿裡一團喜氣，便悄悄走到一側偏殿。他看到高昌波早已等在那裡，急得一圈一圈地亂轉。他一走過去，高昌波就湊上來。

「先生，我有事要稟告。」高昌波急慌慌地說道。

「慌什麼，我剛才看見……」王振看見一個身影跑去見高昌波，但記不住那個人的名字了。

「東廠百戶孫啟遠，他剛剛跑來稟告了一件大事。」高昌波壓低聲音道，「孫啟遠奉我的令在趙府周圍設崗監視，今天府裡突然來了一夥人，打頭的便是于謙，這裡面有高風遠、張雲通、蘇通，還有一些人官職太小記不住，總之，數十人在趙府院子裡，大張旗鼓地給趙源杰辦喪事呢。」

王振瞇起雙眼，眼裡露出惡毒的凶光：「公開與我對著幹呀。」他回頭望向大殿，壓低聲音道，「近來怪事連連，這祥瑞出得也太他媽的邪乎了，我本來打算讓你帶人扣下這幫道士細細盤查，但現在看來，此舉太不合時宜了，難得皇上這麼高興，不能給他添堵。這幫道士算他們走運，一會兒你監視他們離宮。那個老雜種說什麼玉嬪變成鳳凰，也只能騙騙那幫女人了，玉嬪是誰？」王振瞪著高昌波。

高昌波一哆嗦，說道：「你老忘了，五年前，王浩從狐地搶來的老狐王的女兒，隱瞞身分以江南美女之名進獻給皇上，後被冊封為玉妃，因屢次犯戒被貶為玉嬪，一年前她逃跑未遂，被打壞雙腿送到位於乾西里的冷宮。」

「是她。」王振微閉上雙目，陷入沉思。

「先生，你不覺得這裡面有大蹊蹺嗎？」高昌波問道。

「蹊蹺的事太多，」王振嘆口氣，「還有，剛才高健說的事你派人查一下。」

「是。」

「事已至此，這件先按下不說。現在皇上正在興頭上，讓他高興幾天。」王振叮囑道。

「那邊呢，趙府出殯之事呢？」高昌波問道。

「也好，哼，讓那個傢伙入土為安，不再禍攪咱們。」王振咬牙說道，「不過，去趙府的人員，一個不漏全部記錄在案，不急，咱們給他們來個秋後算帳。」

六

雪後的大街上，陰冷清淨，行人稀少。南窪子胡同裡卻由於趙府今日出殯，顯得特別熱鬧。路面上的積雪早已被人踏出一條道，好奇的鄰居三三兩兩探頭張望，一看滿胡同的東廠番子，又都退回去。

趙府裡傳來銅鑼樂器之音，夾雜高低長短的哭聲，遠遠飄來燒紙的白煙。孫啟遠向趙府走去，雖然他感到很晦氣，但上頭的命令，他也不敢不執行。他走到門前，府裡管家陳順戴著孝站在門前迎客，一看他這身行頭，以及身後眾多的番子，二話不說跑進大門。陳順沿著遊廊直接跑到停靈的花房，房裡一邊站著白花花戴孝的家眷，另一邊站著趙源杰生前好友，高風遠正與于謙商量出殯時走的路線。陳順慌慌張張跑過來，喊道：「大人，不好了，東廠的那個孫啟遠，在大門外要進來。」

于謙環視了眼眾人，篤定地道：「你先過去，穩住他們，說主事人一會兒出來。」

「于兄，你看怎麼辦？」高風遠看著于謙。本來府裡辦喪事這幾日都是偷偷摸摸的，無奈人越來越多，事也按不住了。「于兄，趙夫人曾交代不要通知外人，但今日出殯這事不知如何給洩露了出去，怕就怕東廠的人來搗亂，錯過了時辰。」

「是我通知的大家，」于謙鎮定地說道，「這些人都是趙源杰生前好友，大家最後送他一程，是人之常情。你放心，來的人越多，他們越不敢怎麼樣。」

「哦？」陳順將信將疑地看著于謙，但一想到主人生前就非常敬重此人，當下也就深信不疑了，「那……我去讓孫啟遠進來。」

「你等一下。」于謙說著，轉身走出去，向西廂房走去。

此時，西廂房裡李漠帆、盤陽、林棲，正圍住一張大炕，炕上躺著青冥，玄墨山人正在用銀針為青冥的腳行針通脈。

青冥已脫下了宮女的裙裝，穿著一件狐族女子的長裙，世間少有的月白色絲綢上，繡著五彩的羽毛。林棲一見這狐族衣服，睹物思鄉，掉起了眼淚。盤陽在一旁好一頓奚落。

青冥微閉著雙目，膚白如雪，面無表情，只有又長又翹的睫毛搧動時，才能判斷出她醒著。幾個人眼巴巴地盯著玄墨山人，玄墨山人行針已畢，開口道：「暫無大礙。」幾個人這才鬆了口氣。

這時，于謙推門進來，看了眼眾人：「蕭幫主呢？」

李漠帆轉回身，哭喪著臉道：「大人，不瞞你說，這次行動失敗，被攪得七零八落，要多狼狽有多狼狽，王振沒殺死，明箏姑娘被困在宮裡了，幫主救出青冥郡主，一回來，就又出去了，誰也不知道他去了哪裡。」

「糊塗，」于謙叫道，「眼下就出殯，跟著出殯的隊伍出城，這是計畫好的，怎麼……」于謙突然停下，想起明箏，嘆了口氣，「也難怪，蕭幫主與明箏姑娘情深義重。」他想到眼下的事，「你們必須躲一下，這會兒外面東廠的人要進來，來者不善，我本來是想和你們蕭幫主商量呢，這下，我就拿主意了，你們到東廂房混入家眷中。」

「這……我們像嗎？」盤陽撓著頭問。

「只能這樣了，」于謙走到青冥面前，看了一眼，「怎麼能說行動失敗了，不是把郡主救出來了嗎？王振那個閹賊，這次算他走運，下次就不會這麼走運了。」于謙的話，讓眾人沮喪的情緒多少好了些。

于謙一走出去，李漠帆看看大家，問道：「咱要不要去找幫主？」

「你忘了你們幫主留下的話，不許去找他。」玄墨山人在一旁說道，「以他的武功，你們不用擔心，他去找明箏姑娘，自有分寸。」

「既然不用管他，就快按于大人的吩咐戴上孝，坐到那邊親屬堆裡。」李漠帆催促大家。

「青冥郡主怎麼辦？」林棲問道。

「什麼怎麼辦，背上，快走吧。」玄墨山人一拍林棲的肩膀，起身就走。

陳順按于謙的交代出去見孫啟遠，一出大門，看見烏泱泱一群東廠番子，心裡一陣七上八下。

「孫百戶，我主家今日辦喪事，不便待客。」陳順略施一禮道。

「怎麼，我帶著弟兄們前來弔唁，不歡迎嗎？」孫啟遠毫不客氣地一邊說著，一邊向身後一擺手，數十人一擁而上，跑進院裡。

一進大門，孫啟遠便愣住了。

只見當院站著眾多朝中官員，他們今天雖然都是家常的裝扮，但孫啟遠還是一眼便認出來。為首的就是兵部侍郎于謙，在他身後站著大理寺卿張雲通、戶部侍郎高風遠、禮部郎中蘇通，還有幾位面孔陌生，想必是從外地趕過來的。孫啟遠尷尬地搓了下手，乾笑了兩聲：「幾位大人也在呀。」

「孫百戶，我剛剛聽你手下說，你們要抓這裡所有的朝廷官員，」于謙向他走了幾步，話語氣勢逼人卻又從容不迫，「所以，我帶著他們走出來，也省得你一個個抓了，你說，是去你們東廠牢獄，還是錦衣衛詔獄？我剛從詔獄裡出來沒有幾個月，連去的路都很熟。」

「這……是誰在胡說八道。」孫啟遠訓斥著幾個番子，揮手打向一個番子。心裡不由暗暗叫苦，跟這個硬骨頭磕上，他知道不會有好果子吃。高昌波讓他帶人來這裡攪場子，還說最好抓幾個人嚇唬一下，最好誰也不敢跟著出殯，他一看這勢頭，這哪是他能對付得了的。

「各位大人，誤會，小的也是前來弔唁的。」孫啟遠急忙拱手道。

「原來如此，那就請吧。」于謙讓出道，伸手相請。

這時，陳順從影壁跑過來，對于謙道：「大人，一個自稱張昌吉的前來弔唁。」于謙和幾位大人一愣，張昌吉？難道是戶部尚書張大人？眾人面面相覷，朝中幾乎無人不知，張昌吉是出了名的明哲保身中立的一派，你們鬧翻了天，他誰也不看一眼。今天他能出現在趙府，真是石破天驚之舉。孫啟遠一聽也不走了，也要看看是哪個張昌吉。

管家陳順和于謙大步走向大門。門外站著一個一身布衣的老者，體態微瘦，氣質儒雅，正是張昌吉。他身後跟著兩個家僕，也是樸素的穿著。

張昌吉在趙府看見于謙一點也不驚奇，倒是于謙看見張昌吉滿臉驚訝。張昌吉執了同輩的禮道：「于大人，老身沒有來遲吧？」

「張老，來得正是時候。」于謙慌忙還了晚輩禮，他一揖到地，然後上前攙扶。

院裡人們閃開一條道，幾人徑直走進靈堂，身後的人也都陸陸續續走過來。張昌吉走到靈前，早已有人端來火盆，張昌吉點燃了草紙，立在棺材前哀嘆一聲：「嗟呼，天之生人，厥賦維同，良之秉彝，獨厚我公，忠厚義烈，德望何崇，紙灰飛揚，朔風野大，悵惘不見，杳杳音容。冀公陟降，鑑我微衷！」張昌吉一篇悼詞立時催得眾人潸然淚下，眾人神色肅穆。他們中有趙源杰的同窗好友，有朝堂中一個衙門的同仁，有多年知交，趙源杰的突然離世將成為他們心中永遠的痛，痛到極致便觸發了心中久積的怒火。

不想竟真有幾個不知天高地厚在此時觸楣頭的，五六個東廠番子在棺木前探頭探腦，此舉一下激怒了眾人。高風遠和蘇通抓住兩個靠前的番子，撂翻在地。其他幾個番子圍起來要攻擊，突然發現他們反而被更多人包圍了。

孫啟遠見勢不妙灰溜溜躲到角落裡，一個檔頭跑來請示：「百戶，是抓還是不抓？」

「抓個屁，你能抓完嗎？明日還早朝呢。」孫啟遠本意是想說，把他們抓走了，明日早朝皇上見誰去，但他看見那個檔頭傻了吧唧的樣，也懶得教訓他，一腳把他踹到一邊，大喊一聲：「都給我聽著，撤——」

孫啟遠帶著人如過街老鼠般逃出去，他回頭瞥了眼眾人，嘴角不屑地一笑：「走著瞧。」

這群番子一離開，眾人一片歡欣鼓舞。于謙向張昌吉深施一禮，道：「張老，你能來，我代趙兄及其家眷感激涕零。」

「我雖人老，卻不糊塗，善惡能分得清，諸位，告辭了。」張昌吉來得快，去得也急。

于謙囑咐陳順送張昌吉到府門外。不料陳順送走張昌吉卻迎來了另一位不速之客，更讓在場的眾人驚訝不已。只見高健一身素雅的長衣出現在靈前，平日見慣他著盔甲或錦衣衛的飛魚服威武神勇的樣子，今日這樣的高健，竟有幾分滑稽。

高健是個性情中人，他也不管眾人異樣的目光，走到靈前，抓起一把草紙，一邊燒一邊哭，壓抑多日的悲傷傾瀉而下，竟比女人哭得還要聲淚俱下。

于謙和高風遠過來相勸，高健一把抓住于謙的手臂，說道：「兩位大人，你們告訴我趙兄墳塚所在之地，往後年年的今日，我必去祭拜。」

于謙和高風遠對望一眼，由於趙源杰死前被貶為庶民，沒有在京城立碑權，因此在征得趙夫人的同意下，他們決定把碑立在小蒼山，那裡離瑞鶴山莊只有一箭之地，因此，兩人有些猶豫。

稍一停頓，于謙說道：「高兄，你今日能來送趙兄一程，我們也沒有什麼可隱瞞你的，趙兄的墳塚在小蒼山。」于謙此話毫不誇張，今日進府的人，如果不是和趙源杰有著深厚情誼，是不會冒著被王振打擊報復的危險出這個頭的。

高健記下，向眾人拱手施禮後，大步走出去。

眼看時辰到了，府門大開，車輛馬匹都已備齊，由於有女眷，多出了好幾輛馬車，一共五輛馬車。這時候，院裡亂哄哄的，女眷們莫不悲號痛哭。棺材被幾個精壯大漢抬到第一輛馬車上，女眷們相扶著先後坐到其他馬車上。

家眷中林棲背著青冥郡主走到最後一輛馬車邊，盤陽早已在車邊等著了。盤陽跳上馬車，扶青冥躺在軟榻上，看來于謙專門安排了這輛馬車，可以讓青冥郡主少受點舟車勞頓之苦。林棲坐到車頭拉住馬韁繩，回頭看他們幾人也先後上了馬。

李漠帆、玄墨山人、盤陽伴在馬車四周，其他的人也都上馬跟在靈柩的後面。哀樂一起，出殯的隊伍出發了，出了府門，隊伍浩浩蕩蕩，一些街坊鄰居走出來，剛才東廠的人在，他們都沒敢出來，此時都跑出來，不少人跟著送行，一些人大喊著：「趙大人，一路走好……」

李漠帆看著此情此景，不由嘆息：「如此看來，趙大人真是個好官呀……」話說到一半，他突然看見一個少年模樣的人正掙扎著越過人群向這裡跑來，不是明箏又是誰？

李漠帆立時翻身下馬，向人群跑去，明箏看見李漠帆向自己跑來，激動不已，「李大哥，終於趕上你們了。」明箏在一天裡經歷了數次歷險後，猛然看見李漠帆就像看到親人一樣激動，一顆忐忑不安的心總算放下了。她此時無比狼狽，鞋還跑丟了一隻，腳上布滿傷口，瘸著腿。

李漠帆一把抓住明箏，又向旁邊張望著：「幫主呢？」明箏一愣，「他帶著青冥出來了。」

李漠帆一看，壞了，兩人不在一塊兒。顧不得細想，他拉著明箏就去攆隊伍。玄墨山人也看見明箏，高興地拉過李漠帆的馬離開隊伍過來。李漠帆扶明箏上了馬，自己拉著馬轡繩在地上跑。

「李大哥，你也上馬吧，我很輕，不會累著你的馬。」明箏看著在地上跑的李漠帆很過意不去。

李漠帆「呵呵」笑了兩聲：「我舒展一下筋骨。」「李大哥，那幫主去哪兒了？」明箏又問道。

「那還用說，去找你了。」李漠帆此時心情也舒展開了，剛才還在擔心明箏的安危，如今見她回來了，雖然幫主暫時未回，但是他的身手是不用人擔心的。此次行動雖然沒能殺死王振，但救出了青冥郡主，不管怎麼說人都活蹦亂跳地回來了。

「馬車上還能坐一人，明箏姑娘妳上馬車吧。」林棲勒住馬轡繩，停下馬車。

明箏一聽，立刻答應了下來。她一路急奔而來，此時是又累又餓，腳還傷了，她幾乎是滾下了馬，狼狽地爬進車廂。這才發現裡面還躺著一個人，她認出是青冥。

青冥閉著雙眼，安靜地躺著。明箏放輕動作，悄悄坐到角落。馬車繼續前行，明箏坐下後才留意到青冥身上的衣裳，蠶絲在昏暗的車廂裡無聲地發出幽暗的光亮，絲絲縷縷、溫溫婉婉地透出莫測的異族的神韻。她從未見過如此美麗的衣裳，再看自己身上的粗布短衣，不由自主驚奇地伸出手去，手還沒有落到那閃亮的絲綢上，她的頭頂輕飄飄地傳來一句冷若冰霜的話：「別碰我的裙子。」

明箏嚇了一跳，急忙縮回了手，身體也往角落縮了縮。

出殯的隊伍眼看到了西直門。守城門的魏千總早已聽到了兵卒的通報，他一看白幡從遠處路邊晃過來，突然捂住肚子對手下說：「哎喲，我中午吃壞了肚子，媽的，疼死我了。」說完，一溜煙跑了。

城門口的兵卒一看，頭兒都不管，幾個人一合計也縮進崗房裡喝水去了。出殯的隊伍浩浩蕩蕩從城門走出去，隊伍剛出城門，後面一騎似風般追趕過來，李漠帆眼尖，一下認出來：「幫主，是幫主……」

狐王令——鋌而走險救獄，一諾生死相許

作　　者：常青
發 行 人：黃振庭
出 版 者：複刻文化事業有限公司
發 行 者：複刻文化事業有限公司
E-mail：sonbookservice@gmail.com
粉 絲 頁：https://www.facebook.com/sonbookss/
網　　址：https://sonbook.net/
地　　址：台北市中正區重慶南路一段 61 號 8 樓
8F., No.61, Sec. 1, Chongqing S. Rd., Zhongzheng Dist., Taipei City 100, Taiwan

電　　話：(02)2370-3310
傳　　真：(02)2388-1990
印　　刷：京峯數位服務有限公司
律師顧問：廣華律師事務所 張珮琦律師

定　　價：520 元
發行日期：2024 年 11 月第一版
◎本書以 POD 印製
Design Assets from Freepik.com

國家圖書館出版品預行編目資料

狐王令——鋌而走險救獄，一諾生死相許 / 常青 著 . -- 第一版 . -- 臺北市：複刻文化事業有限公司，2024.11
面；　公分
POD 版
ISBN 978-626-7595-98-5(平裝)
857.7　113017453

電子書購買

爽讀 APP

臉書